Sibylle Weischenberg

Die verschwundene Diva

TINTE & FEDER

Das Buch

Die junge Journalistin Sophie beobachtet von ihrem Fenster aus, wie eine elegant gekleidete ältere Dame die benachbarte Villa betritt. Sie glaubt Luise Radell gesehen zu haben, den großen Filmstar der 1950er-Jahre – die tragische Diva, die so plötzlich aus der Öffentlichkeit verschwunden war.

Sophie gelingt es schließlich, Luise Radell zu einem Gespräch zu überreden, und beginnt, hinter ihre Fassade zu blicken. Die Schauspielerin stimmt der Veröffentlichung eines Interviews widerwillig zu, weil sie hofft, danach wieder in der Anonymität verschwinden zu können. Aber während der Begegnungen mit der jungen Journalistin beginnen die Mauern zu bröckeln, die Luise um ihr Herz errichtet hat. Die Erinnerungen an den schicksalhaften Sommer und die Filmaufnahmen in Rom 1959 überfluten sie. Als Sophie merkt, was sie mit ihren Fragen ausgelöst hat, will sie Luise helfen, die alten Geheimnisse hinter sich zu lassen.

Die Autorin

Sibylle Weischenberg ist Millionen Fernsehzuschauern als renommierte Society-Expertin bekannt. Sie stand für verschiedene TV-Promi-Magazine vor der Kamera. Darüber hinaus war sie Redakteurin bei „Der Spiegel“, Ressortleiterin bei „Bunte“ und arbeitete als Korrespondentin der Nachrichtenagentur Reuters. Sie veröffentlichte bislang drei Romane, darunter den Spiegel-Bestseller »Ich hasse den Sommer«.

SIBYLLE
WEISCHENBERG

Die verschwundene *Diva*

Roman

TINTE & FEDER

Deutsche Erstveröffentlichung bei
Tinte & Feder, Amazon Media EU S.à r.l.
38, avenue John F. Kennedy, L-1855 Luxembourg
Juni 2023

Umschlaggestaltung: zero-media.net, München
Umschlagmotiv: © Roy Bishop / ArcAngel
1. Lektorat: Ute Köhler
2. Lektorat: Cathérine Fischer
Korrektorat: Manuela Tiller / DRSVS
Gedruckt durch:
Amazon Distribution GmbH, Amazonstraße 1, 04347 Leipzig /
Canon Deutschland Business Services GmbH, Ferdinand-Jühlke-Straße 7, 99095 Erfurt /
CPI books GmbH, Birkstraße 10, 25917 Leck

ISBN 978-2-49671-337-4
e-ISBN: 978-2-49671-336-7

www.tinte-feder.de

Für meine Tochter Laura

Prolog

Dichte Rauchschwaden ziehen über den Ammersee und verdunkeln den tiefblauen Himmel. Aufgeschreckt blicken die Segler zur Uferpromenade und suchen hektisch nach der Ursache.

Sie können zunächst gar nicht begreifen, was vor ihren Augen geschieht. Bis vor wenigen Minuten zogen ihre Jollen noch träge an den Bootsstegen der unzähligen Villen vorbei.

Nichts schien die Idylle stören zu können.

Doch nun halten sie geschockt den Atem an, denn plötzlich schießen riesige Flammen empor und erst jetzt wird ihnen bewusst, dass das größte und schönste Anwesen der Region lichterloh brennt. Jeder kennt die Villa inmitten des von sanften Hügeln durchzogenen gigantischen Geländes mit den üppig bepflanzten Blumenbeeten, den Rhododendren-Sträuchern, Magnolien und prächtigen meterhohen Laubbäumen.

Allerdings kennen nur einige wenige von ihnen die Erzählungen alter Anwohner der Herrschinger Gemeinde, die immer noch davon schwärmen, dass dort früher rauschende Feste gefeiert wurden. Zahlreiche Limousinen hätten die gewundene Auffahrt gesäumt und Luxus-Boote am Steg geankert.

Lautes Lachen und Gläserklirren habe die Luft erfüllt. Musik sei über das Wasser bis ans andere Ufer geschallt und schöne, festlich gekleidete Menschen hätten auf den Terrassen getanzt, während Hunde übermütig bellend hin und her gejagt seien.

Schließlich jedoch seien sie verstummt, die Lichter erloschen, die Fensterläden geschlossen, die Gartenmöbel und Hollywoodschaukeln mit grünen Plastikbezügen bedeckt worden. Keine Menschenseele habe mehr das Eisentor mit den kunstvoll verschlungenen Initialen I und S durchschritten.

Jetzt ist es ein Ort des Schreckens. Zwar haben mittlerweile längst mehrere entsetzt blickende Zeugen des Infernos die Feuerwehr alarmiert, doch sie müssen beobachten, dass die Helfer Schwierigkeiten haben, das schmiedeeiserne Tor mit seinen Vorhängeschlössern zu öffnen, um zum dramatischen Geschehen vorzudringen.

In diesem Augenblick bricht das Dach krachend zusammen, die umherspritzenden Funken setzen auch die beiden Seitenflügel der Villa in Brand.

Einige Segler heben ihre Ferngläser hoch und suchen den Zaun rund um das Gelände mit ihren Linsen ab, ob es andere Zugänge gibt.

Verblüfft entdecken sie dabei daran befestigte Reste von einigen Fotos, Postern und Collagen in Plastikhüllen, auf denen zwei hübsche Frauengesichter abgebildet sind. Je länger sie darauf schauen, umso mysteriöser wirken die Relikte der Anbetung auf sie.

Wer hat die Plakate dort angebracht? Sind es treue Fans von Prominenten, die dort früher gelebt haben?

Ein abgebildetes Gesicht kommt ihnen vage bekannt vor, es erinnert an eine junge Schauspielerin, die vor Jahrzehnten auf dem Gipfel der Popularität angekommen war. Doch ihr Name fällt ihnen im Anblick des Schreckensszenarios nicht mehr ein.

Die andere Frau könnte ihr Zwilling sein, beide sind lachend Wange an Wange in einem glücklichen Augenblick festgehalten. Gebannt schauen die Menschen auf das größte Foto, das den vielen Jahreszeiten getrotzt hat, und betrachten mit einem Schauder die beiden Augenpaare, die die Neugierigen mit ihren Blicken zu verfolgen scheinen.

Teil 1

Kapitel 1

München, 2022

Sophie reibt sich fluchend den Zeh. Sie ist schon zum dritten Mal an eine der Umzugskisten gestoßen. Zwanzig Stück hat sie im Flur, im Gang zum Schlafzimmer und zur Küche abstellen lassen und sie ist noch nicht dazu gekommen, wenigstens einige auszupacken.

Humpelnd erreicht sie die Küche und nimmt aus dem Gefrierfach eine Packung Eiswürfel, zieht sich einen Stuhl heran und kühlt den malträtierten Zeh, der schon etwas angeschwollen ist.

Wieso hockt sie jetzt mitten im Chaos in einer neuen Wohnung in einer völlig fremden Stadt, ohne Plan und ohne Freund?

Ach ja, der hat sich entschieden, ihre langjährige Beziehung aufzukündigen und ihr einfach so zu erklären, er wolle allein nach Berlin ziehen. Er brauche eine Auszeit.

Die hätte sie jetzt auch gern. Ohne Umzugshinterlassenschaften und ohne die Schmerzen ihrer gekränkten Seele.

Sechs Jahre lang hat sie mit Patrick in Hamburg zusammengelebt. Er als angesehener Immobilienmakler, sie als erfolgreiche Journalistin in einem großen Verlagshaus. Sie sprachen von Heirat und Kinderplanung, stellten jedoch fest, dass der Ist-Zustand genau richtig war. Und als er ein verlockendes Angebot bekam, eine Filiale in Berlin zu übernehmen, fackelte sie nicht lange, kündigte ihre Stelle als Redakteurin und freute sich darauf, gemeinsam in einer völlig neuen Umgebung in die Zukunft zu starten.

Nach seiner total überraschenden Eröffnung wollte Sophie nur noch fliehen. Jede Ecke in Hamburg hat sie an die gemeinsame Zeit erinnert, ihr lukrativer Job ist bereits an eine Nachfolgerin vergeben worden und so hat sie sich zu einem radikalen Neubeginn in einer Stadt entschlossen, die ihr nur von gelegentlichen Stippvisiten bekannt ist. München.

Jetzt ist sie dabei, sich in ihrer kleinen Wohnung in einem Zweifamilien-Neubau im Stadtteil Harlaching einzuleben. Und kann froh sein, dass sie aufgrund ihrer Kontakte und der ihrer Freunde Angebote von hiesigen Medienhäusern hat, als Freelancerin zu arbeiten. Auch Werner Graber, ihr bisheriger Ressortleiter in Hamburg, will nicht ganz auf ihre Mitarbeit verzichten und bestellt bei ihr Rankings für die hinteren Seiten des Magazins im Stil von »Welcher Promi postet die meisten Selfies?«.

Sophie seufzt.

Sie wickelt ein Handtuch um ihren Fuß mitsamt der Eiswürfelpackung und hüpft an ihren Schreibtisch, den die Umzugspacker statt wie geplant in ihr Wohnzimmer in die Küche gestellt haben, wo er jetzt direkt vor dem Fenster steht.

Sophie fährt den Computer hoch.

Es hilft ja nichts. Wo war sie stehen geblieben? Ach ja, bei den Prominenten und ihren Selfies …

Aber sie wird abgelenkt, denn in diesem Moment fährt eine Limousine in die Einfahrt des Nachbarhauses. Ein Chauffeur in Livree steigt aus und öffnet die hintere Tür. Als Erstes sieht Sophie ein Paar schlanke Beine, die stilgerecht eng aneinandergepresst aus dem Auto geschwungen werden. Dann werden die hochhackigen Pumps nebeneinander auf den Kies gestellt und eine Dame stützt sich mit einer Hand am Vordersitz ab, ehe sie sich elegant aus dem Fahrzeug erhebt.

Sophie traut ihren Augen nicht. Hat die Dame tatsächlich Wildlederhandschuhe an? An einem Frühlingstag? Jetzt reicht ihr der Chauffeur ihre Handtasche, ein ultrateures Exemplar, das sie sofort in ihre Armbeuge hängt. Sie trägt ein figurbetontes Tweedkostüm, an dem sie ihren Bleistiftrock glatt streicht, ehe sie in Richtung der Haustür geht.

Nein, schreitet, korrigiert sich Sophie, die leider das Gesicht der Dame nicht erkennen kann. Denn ein breitrandiger Hut bedeckt ihren Kopf und Sophie meint entdeckt zu haben, dass sie sich auch hinter einer Sonnenbrille verbirgt.

Wow! Was für ein Auftritt.

Der Fahrer steigt wieder in die Limousine und fährt davon.

Wer ist die Frau? Solch einen Auftritt legen doch heutzutage nur noch Celebrities bei internationalen Filmfestspielen oder Premieren hin. Vielleicht noch royale Persönlichkeiten, überlegt Sophie, aber von denen gibt es hin und wieder auch weniger vorteilhafte Schnappschüsse, die weltweit abgebildet werden.

Ein schriller Ton schreckt Sophie auf. Die Klingel. Sophie nimmt sich sofort vor, ein anderes Modell zu besorgen. Oder die Klingel ganz abzustellen. Erneut klirrt der Ton durch die Wohnung. Sophie humpelt zur Tür. Vor ihr steht ein mittelgroßer Mann im Blaumann mit einem Käppi auf dem Kopf. »Ja?«, fragt sie.

»Ich bin Franz Lehmann vom Hausmeisterservice. Wir werden uns öfter sehen. Ich bin für das Haus zuständig.«

»Angenehm«, bemüht sich Sophie um einen höflichen Start.

»Ich kümmer mich im Sommer um die Gartenanlage«, berichtet er. »Und im Winter darum, dass der Gehsteig vom Schnee geräumt wird.«

»Super«, befindet Sophie und will die Tür schon wieder schließen.

»Und jetzt brauch ich Ihren Namen«, verlangt er und Sophie fragt: »Wozu?«

»Für das Klingelschild. Das ist hier einheitlich. Ich lass es anfertigen und Sie bekommen dann eine Rechnung.«

»Das mache ich selbst«, wehrt Sophie ab. »Ich will lieber nur meinen Nachnamen auf dem Schild.«

»Gibt es hier nicht«, lautet seine kategorische Absage. Sophie hat das Gefühl, dass er versucht, sich ein Stück größer zu machen, indem er sich ein wenig auf die Fußspitzen stellt.

Das fängt ja gut an, denkt sie, aber um des lieben Friedens willen nennt sie ihren Namen: »Sophie Schaller.« Den notiert er sofort auf einem kleinen Block.

»Sonst nix?«, fragt er.

»Was sonst?«

»Doktortitel oder so?«

»Nein, sonst nix«, lautet ihre Antwort und sie beschleicht das Gefühl, in einer besonders elitären Gegend gelandet zu sein. Allerdings will sie die Gelegenheit nutzen, etwas von ihm zu erfahren, schließlich scheint er ja gut informiert zu sein. »Sagen Sie, wer wohnt hier nebenan?«, will sie von ihm wissen.

»Wo nebenan?«

»Hier, direkt die Auffahrt neben diesem Haus.«

»Keine Ahnung.«

»Aber Sie kennen sich doch hier im Viertel aus. Haben Sie da auch einen Auftrag als Hausmeisterservice?«

»Nein.«

»Wissen Sie denn, was auf dem Schild steht?«

»Auf welchem Schild?«, mauert er.

»Das der Bewohner im Haus nebenan.«

Sophie hat das Gefühl, dass er sich nur unwissend stellt.

Er macht einen Schritt nach vorn und fragt misstrauisch: »Wieso wollen Sie das wissen?«

»Weil ich eine elegante Dame gesehen habe, die aus einem Auto gestiegen ist. Und ich mich frage, wer das ist.«

»Spionieren Sie hier etwa herum?«

»Nein, ich …«

»Und warum haben Sie ein Handtuch um den Fuß?«

Jetzt ist es Sophie, der seine Fragen zu viel sind, und sie will das Gespräch beenden, unterschätzt aber sein Bedürfnis, ihr die seiner Meinung nach gewichtige Bedeutung seines Hausmeister-Jobs zu erläutern.

»Ich sage Ihnen mal was! Hier in der Gegend wohnen vornehme Leute. Die schätzen ihre Privatsphäre. Da schnüffelt keiner rum! Und so soll das auch bleiben! Haben Sie verstanden?«

Bei so viel Unverschämtheit rettet sich Sophie in Sarkasmus. »Vielen Dank für Ihre freundliche Aufklärung!«, sagt sie und will die Tür vor seiner Nase zuschlagen.

Sie kann aber nicht verhindern, dass sie noch seine Drohung hört: »Ich werde Sie im Auge behalten!«, ehe er sich zum Gehen entschließt.

Der wird auf jeden Fall nicht mehr ihr Freund werden und sie ist völlig sicher, dass er sehr genau weiß, wer die geheimnisvolle Dame ist.

Sophie lässt die Identität der eleganten Frau keine Ruhe mehr und sie muss ihren Artikel dreimal umschreiben, bis er einigermaßen witzig klingt.

Sie schickt ihn mit zwei weiteren Texten an Graber und kramt, auf einem Bein stehend, in drei Umzugskartons nach ihren Turnschuhen. Als sie die endlich gefunden hat, müht sie sich ab, ihren lädierten Fuß in einen der ausgetretenen Schuhe zu stecken.

Der Schmerz ist so groß, dass ihr klar wird, am nächsten Tag auf jeden Fall einen Orthopäden aufsuchen zu müssen, der feststellen soll, ob der Zeh gebrochen ist.

Aber jetzt hangelt sie sich am Geländer im Treppenhaus herunter und humpelt zum breiten Eisengitter am Nachbarhaus Nummer zehn.

Sie beugt sich herunter und entdeckt auf dem goldenen Namensschild die geschwungenen Initialen L. R. Von wegen hier muss der volle Name angegeben werden.

Aber vielleicht betrifft dies ja nur die Mietwohnungen, und Hausbesitzer können machen, was sie wollen.

Deshalb läuft sie noch zu der Villa Nummer acht und erkennt tatsächlich einen vollständigen Namen, allerdings mit dem Zusatz Prof. Dr. Dr.

Sophie ist sich sicher, dass der Hausmeister gelogen hat und sehr genau weiß, wer in der Nummer zehn residiert. Als sie noch einmal die Vorderfront betrachtet, fällt ihr allerdings ein Unterschied zu den umliegenden Villen auf. Die Nummer zehn wirkt abweisend. Kein Fenster zur Straße hin. Das Haus wirkt hermetisch abgeriegelt. Das Dach senkt sich dunkel über der Eingangstür. Dadurch reflektiert der weiße Anstrich auch nur ganz schwach das Sonnenlicht. Die Eingangstür aus massivem Holz, im oberen Drittel durch ein kleines Fenster aus dickem, undurchsichtigem Glas unterbrochen, ist mit einem Eisengitter geschützt.

Als Sophie wieder vor ihrer eigenen Haustür steht, graut es ihr schon vor dem erneuten Treppenaufstieg. Der Fuß tut einfach zu weh.

Gleichzeitig will sie unbedingt herausfinden, wer die Unbekannte ist, sonst wird deren geheimnisvolle Existenz noch zu einer fixen Idee.

Also beißt sie die Zähne zusammen und humpelt zum riesigen Eckgrundstück an der kleinen Nebenstraße, in der sie wohnt. Dort läuft sie auf übergroße Plakatwände zu, auf denen der Gebäudekomplex zeichnerisch dargestellt ist, der Name des Bauherrn verraten wird und ein schräg angebrachter Aufdruck reißerisch verkündet: Nur noch wenige Eigentumswohnungen zu kaufen!

Bei dem Anblick ärgert sie sich, dass sie auf jeden Fall mit lautem Baulärm wird leben müssen, denn es sind erst einige Grundmauern hochgezogen. Das Bild auf dem Plakat zeigt aber, dass das komplette Bauprojekt mit insgesamt mindestens sechs Bungalows geplant ist.

Sophie hofft, von dem Baugelände in die Hinterfront des Hauses Nummer zehn sowie den dazugehörigen Garten blicken zu können.

Vielleicht wird sie ja die Dame an einem der Fenster entdecken, ohne Hut und Sonnenbrille. Zu diesem Zweck hat sie vorsorglich ihr Opernglas mitgenommen, und als sie es jetzt aus der Tasche zieht, versetzt ihr der Anblick einen kleinen Stich. Früher ist sie mit ihrem Ex-Freund regelmäßig in die Oper gegangen, und für einen kurzen Moment überlegt sie, was er wohl gerade macht.

»Sophie, lass das!«, ermahnt sie sich laut. Es hat keinen Zweck, zurückzuschauen. Er ist abgehauen und damit sollte sie ihn aus ihrem Gedächtnis streichen.

Sie balanciert auf dem aufgeschütteten Boden durch eine Lücke im Zaun.

Wieder durchzuckt sie der Schmerz im Zeh und sie überlegt ernsthaft, den Versuch abzubrechen. Wenn der Zeh erst einmal professionell getapt ist, kann sie ja noch mal einen neuen Versuch starten.

Doch in genau diesem Augenblick hört sie eine tiefe Stimme rufen: »Hey, was machen Sie da? Bleiben Sie stehen! Hier ist die Polizei!«

Vor Schreck gerät Sophie ins Straucheln und fällt kopfüber in einen Dornenstrauch, der ihr die Hände, die sie automatisch ausgestreckt hat, und Teile ihres Gesichts zerkratzt.

Wenn der Polizist jetzt verlangen würde, dass sie die Hände hebt, sie könnte die Aufforderung beim besten Willen nicht befolgen. Die Ärmel ihrer dünnen Jacke stecken in dem Gestrüpp fest und sie kann sich weder vor- noch zurückbewegen.

Der Mann kommt näher. »Was machen Sie hier?«

»Ich wollte einmal schauen, wie weit der Bau schon ist«, lügt sie geistesgegenwärtig. »Ich interessiere mich für einen der Bungalows.«

»Und dazu brauchen Sie ein Opernglas?«, fragt der Beamte, der den Gegenstand aufhebt, der ihr aus den Händen geglitten ist.

Sophie ist klar, dass sie die Nummer nicht durchziehen kann, und bittet einfach: »Könnten Sie mir bitte aufhelfen?«

»Warum sollte ich?«, lautet seine unbarmherzige Erwiderung. »Sie befinden sich hier auf einem Privatgelände und das, was Sie machen, fällt unter den Tatbestand des unerlaubten Eindringens.«

»Ich weiß ja«, jammert sie. »Aber ich komme allein nicht hoch.«

Der Mann greift mit sicherem Griff um ihre Hüften, die in den Himmel ragen, und befreit sie mit einem Ruck aus ihrer misslichen Lage.

Als sie sich umdreht, steht sie vor einem hochgewachsenen Mann in einer lässigen Barbourjacke und Jeans.

Keine Spur einer Uniform.

Aber vielleicht ist er ja ein Undercover-Kriminalist und sie will es nicht darauf ankommen lassen, ihn zu reizen.

Deshalb bemüht sie sich um einen verbindlichen Ton, als sie sagt: »Es tut mir wirklich leid, ich wollte mich tatsächlich nur einmal ein bisschen umsehen.«

»Sie wirken nicht gerade wie eine potenzielle Käuferin von Bungalows«, stellt er gnadenlos fest und fügt hinzu: »Die wenden sich für eine Besichtigung des Baus an die zuständige Immobilienagentur und vereinbaren einen Termin.«

Sophie fährt sich mit der Hand über die Schrammen an ihren Wangen und überprüft, ob die Wunden bluten.

»Nichts passiert«, lautet seine Einschätzung und Sophie beschließt, sich cool zu geben, um sich aus ihrer peinlichen Situation zu befreien.

Angriff ist immer noch die beste Verteidigung, findet sie und stellt fest: »Und Sie sind auf jeden Fall kein Polizist!«

Er zieht eine Augenbraue hoch, vermutlich nötigt ihm ihr Vorstoß doch Respekt ab.

»Nein«, gibt er zu. »Aber viel schlimmer, ich bin der Architekt des Neubaus. Und habe eine Standleitung zur Polizei, weil schon so viel Baumaterial geklaut wurde. Deshalb«, mit einer Hand zeigt er auf ein Zaunstück, »hängen hier fast acht Überwachungskameras und Sie sind in Topqualität auf dem Band zu sehen.«

Sophie läuft rot an. »Und was jetzt?«

»Jetzt zeigen Sie mir Ihren Ausweis, ich mache ein Foto davon und Sie bekommen eine Anzeige.«

»Oh, bitte nicht, das ist es nicht wert. Was soll ich denn mit Ihrem Bauklimbim? Ich bin gerade erst hier eingezogen und war neugierig, wie … Ach, ist auch egal. Auf jeden Fall war es eine blöde Idee.«

»Ihren Ausweis bitte!«

»Habe ich nicht bei mir. Ich heiße Sophie Schaller und wohne hier in der Straße in der Nummer zwölf. Und wenn Sie darauf bestehen, dann begleiten Sie mich halt nach Hause und ich hole meinen Ausweis.«

Entschlossen dreht sich Sophie um und humpelt in Richtung der Zaunlücke.

Jetzt klingt seine Stimme versöhnlicher, als er fragt: »Haben Sie sich ernsthaft verletzt? Ich habe das gar nicht beobachtet.«

Sophie überlegt ganz kurz, ob sie behaupten soll, sich bei dem Sturz ihren Fuß gebrochen zu haben, aber ihr reicht das Flunkern für einen Tag und sie gesteht: »Nein, habe ich nicht. Ich bin heute mit dem Fuß gegen meinen bescheuerten Umzugskarton geknallt und sollte bei den Schmerzen eigentlich nicht hier herumlaufen. Was heißt laufen? Ich kann kaum auftreten.«

Zu ihrer absoluten Überraschung hält ihr der Barbourjacken-Mann plötzlich seinen Arm hin und sie hakt sich kurz entschlossen ein. Falscher Stolz würde ihr jetzt auch nichts nützen und so verlagert sie ihr Gewicht auf seinen stützenden Arm und humpelt neben ihm her bis zu ihrer Haustür.

»Schaffen Sie es allein nach oben?«, fragt er. »Oder wohnen Sie im Erdgeschoss?«

»Nein, oben«, gibt sie zu. »Aber das schaffe ich, ich zieh mich am Geländer hoch.«

Er schaut auf die Klingelschilder. »Hier gibt es keine Sophie Schaller.«

»Ich habe noch kein Namensschild. Der Hausmeister war heute hier und wird eins anfertigen lassen, für das ich dann auch noch bezahlen darf.«

»Wie heißt der denn?«

»Wer?«

»Der Hausmeister?«

Sophie überlegt angestrengt, ehe ihr wieder einfällt: »Ein Herr Lehmann, ich kannte den bisher gar nicht.«

»Ach, der Franzl«, bestätigt der Unbekannte. »Ein bisschen grob, aber zuverlässig.«

»Und jetzt?«, fragt Sophie.

»Jetzt ziehen Sie sich ins Obergeschoss, legen Eis auf Ihren Zeh und gehen morgen zu einem Arzt. Hier«, sagt er, während er eine Visitenkarte aus der Brusttasche seiner Jacke zieht, einen Stift zur Hand nimmt und etwas auf die Rückseite schreibt.

»Das ist mein Orthopäde. Ich werde ihn anrufen und Sie für morgen ankündigen. Dann nimmt er Sie sofort dran.«

»Und die Anzeige?«

»Da denk ich drüber nach. Jetzt erholen Sie sich erst einmal.«

Er dreht sich noch einmal zu ihr um, als er schon auf einen schwarzen SUV zusteuert, der vor dem Baugelände steht.

Dann winkt er noch kurz, ehe er einsteigt und davonfährt, während Sophie auf der Karte liest:

Michael Habich. Architekt

Bauprojekte jeder Art

* * *

»Sie sind also Frau Schaller, die Freundin vom Mike«, stellt der Orthopäde fest, der Sophie tatsächlich sofort in sein Behandlungszimmer führen lässt, als sie am Vormittag dort aufkreuzt.

»Nein, nein«, wehrt sie ab. »Ich kenne ihn gar nicht. Das heißt, wir sind uns gestern erst begegnet.«

»Aha«, lautet seine Reaktion. »Aber er ruft nicht für jede Zufallsbekanntschaft um dreiundzwanzig Uhr abends bei mir an und bittet mich, einen angestoßenen Zeh zu untersuchen.«

»Das ist sehr nett von ihm gewesen«, stimmt Sophie zu und fragt neugierig: »Kennen Sie ihn denn schon lange?«

»Wir sind zusammen zur Schule gegangen, er ist einer meiner besten Freunde. Und Sie, Sie haben sich den großen Zeh gebrochen und ich werde ihn für einige Zeit ruhigstellen müssen. Sie bekommen von mir einen Gehschuh. Alles ist besser als ein gelegentliches Drauftreten. Sie könnten auch mit Gehstützen rumlaufen, aber wahrscheinlich vergessen Sie dann ab und zu die Verletzung und machen alles nur noch schlimmer. Einverstanden?«

Sophie bleibt nichts anderes übrig, als zu nicken.

Als sie aus dem Taxi steigt, das sie nach Hause gebracht hat, fragt sie aus einem plötzlichen Impuls heraus: »Fahren Sie öfter hierher? Kennen Sie vielleicht einige Hausbesitzer in der Straße?«

Doch der Fahrer schaut sie nur verständnislos an und zeigt auf sein Navi. »War noch nie hier!«

Sophie zieht sich nach oben und verwünscht die Tatsache, dass sie keine Wohnung in einem Haus mit Lift gesucht hat.

Was für ein Pech. Dieses Jahr scheint kein gutes für sie zu sein.

Erst ihre abrupte Trennung, der Abschied von Hamburg und jetzt ein blöder unförmiger Gehschuh am Fuß.

Die Klingel schrillt und das Geräusch zerrt an ihren strapazierten Nerven. Wenn jetzt wieder dieser unfreundliche Hausmeister das Schild anbringen will und daraus einen Vortrag über Wohnen inmitten der vornehmen Gesellschaft macht, kann er sich warm anziehen.

Sie greift nach dem Haustelefon neben der Tür und schaut auf das Display.

Sie sieht – nichts. Dann schiebt sich langsam ein Gegenstand vor die Kamera.

»Mein Opernglas!«, ruft sie aus.

»Ja«, hört sie eine sonore Stimme, ehe sich ein bekanntes Gesicht zu erkennen gibt. »Und das gehört einer gewissen Frau Schaller, die immer noch kein Namensschild an der Haustür hat, aber heute vernünftigerweise beim Arzt war.«

Sofort drückt Sophie auf den Türöffner und ist froh, dass sie sich am Morgen die Schrammen in ihrem Gesicht überschminkt hat.

Sie wartet an der geöffneten Tür und beneidet ihn um sein rasches Rauflaufen der Treppenstufen.

»Oje«, bedauert er sie nach einem Blick auf ihren Gehschuh. »So schlimm?«

»Gebrochen halt. Und ganz, ganz herzlichen Dank für die Vermittlung des Arztes. Er hat mir erzählt, dass Sie schon lange befreundet sind.«

»Allerdings«, stimmt er zu, während er ihr das Opernglas in die Hand drückt. Dann fällt sein Blick auf die gestapelten Umzugskartons. »Das sind also die Stolperfallen.«

»Ja.« Sophie überlegt, was sie ihm anbieten kann. »Wollen Sie sich einen Moment setzen?«

Als er nickt, weiß sie nicht, wohin sie ihn führen soll. Das Wohnzimmer ist auch noch zugestellt, das Schlafzimmer verbietet sich, also bleibt nur die Küche.

»Sie machen Homeoffice?«, stellt er fest und zeigt auf ihren Schreibtisch.

»Ja, notgedrungen«, gibt sie zu. »Eigentlich war alles anders geplant, aber jetzt versuche ich hier in München einen Neuanfang.«

Sie ist froh, dass er nicht nach den Gründen fragt, und er zieht sich den einzigen vorhandenen Stuhl an den kleinen Esstisch, den sie neu gekauft hat.

»Kaffee oder etwas anderes?«, will sie wissen.

»Was wäre denn das andere?«, fragt er und schaut sie interessiert an.

»Wasser«, benennt sie die Alternative.

»Genau danach wäre mir jetzt«, behauptet er freundlicherweise. Und ehe sie sich in Bewegung setzen kann, steht er auf, öffnet die Kühlschranktür und nimmt eine Flasche heraus. »Gläser?«, fragt er und zeigt auf den Schrank.

Sophie nickt dankbar und setzt sich auf den Schreibtischsessel, die einzige zweite Sitzgelegenheit.

Michael Habich füllt zwei Gläser, stellt eines vor Sophie, nimmt einen Schluck aus seinem und fragt: »Jetzt erklären Sie mir doch mal, was Sie gestern Abend vorhatten.«

Sophie zeigt aus dem Fenster. »Gestern Mittag habe ich eine Dame aus einer Limousine steigen und im Haus verschwinden sehen. Ich kam mir vor, als würde ich einen Superstar in Monaco beobachten. So elegant war sie. Und ich gebe es ja zu, ich war so neugierig, mal von hinten ihr Grundstück zu inspizieren. Vielleicht hätte ich sie ja noch mal zu Gesicht bekommen.«

Michael Habich verzieht sein Gesicht »Wünschen Sie sich das lieber nicht!«

»Was?«, fragt Sophie verständnislos.

»Sie aufzuscheuchen. Die Dame ist bissig. Leider steht kein Warnschild vor ihrem Haus.«

»Sie kennen sie?«

»Kann man so sagen. Sie hat mich verklagt.«

Sophie schaut ihn aufmerksam an. Endlich jemand, der die Frau kennt.

»Weswegen denn?«, will sie wissen.

»Eine Menge. Angeblich ununterbrochener Baulärm, drohende Überschreitung der Baufläche auf ihr Grundstück, unzulässige Erschütterung des Erdreichs, deshalb drohendes Absinken ihrer und umliegender Villen und noch so einige andere unsinnige Behauptungen.«

»Wer ist sie denn?«, hofft Sophie endlich einen Namen zu hören.

»Ich nenne sie Luise *Radau*!«

Sophie nimmt einen tiefen Schluck aus ihrem Glas. Als er hinzufügt: »Eigentlich heißt sie Luise Radell«, verschluckt sie sich prustend.

Sofort springt er auf und klopft ihr auf den Rücken. »Na, na«, versucht er, sie zu beruhigen. »So schlimm ist der Name nun auch wieder nicht.«

Doch Sophie schaut mit hochrotem Kopf zu ihm auf: »*Die* Luise Radell?«

Er blickt sie verständnislos an.

Nachdem sie tief Atem geholt hat, klärt sie ihn auf: »Die war der größte … hicks … Filmstar ihrer Zeit!«

»Jetzt müsste ich Sie eigentlich furchtbar erschrecken, damit der Schluckauf verschwindet. Oder aber Sie versuchen es mit einem weiteren Schluck Wasser.«

Er schenkt ihr nach und Sophie versucht, den Schluckauf zu unterdrücken.

Doch als sie ihm erklären will, wer diese Frau wirklich ist, wird sie gleich dreimal von einem Hicks unterbrochen.

Deshalb wendet sie sich zu ihrem Computer und gibt den Namen Luise Radell ein. Sofort erscheint auf ihrem Bildschirm eine Flut von Fotos.

Die Radell in allen möglichen Varianten. Als topgestylter Ehrengast bei Pferderennen, Tennisturnieren, Opern- und Filmpremieren, im offenen Cabrio winkend durch aufgeregte Fanmassen, die ihr zujubeln.

»Hier ist sie … hicks … bei der Berlinale.« Sophie weist auf ein Foto.

Michael Habich ist neben sie getreten.

Sophie scrollt weiter.

Die Diva beim Herabschreiten einer Flugzeug-Gangway, ihr Kostüm ohne Makel, keine Knitterfalte beeinträchtigt den Auftritt. Selbst der üppige Pelzmantel, der lässig über ihren

Schultern hängt, ist kein Schutz gegen Kälte, sondern ein geplantes Accessoire für die Inszenierung.

Bei den Close-ups ihres Gesichtes wird seine Vollkommenheit ersichtlich, eine perfekt geformte Nase, ein schön geschwungener Mund, umrahmt von einem geheimnisvollen Lächeln.

Doch das Beeindruckendste ist der suggestive Ausdruck ihrer großen dunkelblauen Augen, die den Betrachter zu verfolgen scheinen.

Als Fotos von ihr in ganz jungen Jahren in Caprihose und Angorapullover, zur Zeit ihres kometenhaften Aufstiegs, auftauchen, hält sie den Beobachter bereits mit dem überlegenen Blick in Schach.

Michael Habich setzt sich wieder und findet: »Den Outfits nach zu urteilen, müssen die Heydays der Dame aber verdammt lange her sein. Also die Topzeit Ihrer Diva!«

Sophie stimmt ihm zu: »Sie hatte ihre größten Erfolge in den Fünfzigern bis in die Sechzigerjahre und dann war sie plötzlich weg.«

Sophie kann sein amüsiertes Lächeln nicht deuten. »Was ist?«, fragt sie.

»Der Hicks ist auch weg«, stellt er fest und fügt hinzu: »Was hat Sie denn so sehr erschreckt, dass er verschwunden ist?«

Sophie dreht sich wieder zum Bildschirm. »Die Tatsache, dass sie meine Nachbarin ist. Für mich ist das eine Wahnsinnsentdeckung.«

»Warum?«

»Weil bisher niemand herausgefunden hat, warum sie so Knall auf Fall aus der Öffentlichkeit verschwunden ist. Sie ist zu einer Legende geworden, zu einem Phantom, einem Mythos. Alle haben spekuliert, was dazu geführt hat.«

Michael Habich lässt sich von ihrer Begeisterung nicht anstecken. »Und der gefallene Superstar muss ausgerechnet hier landen, in Harlaching, in unmittelbarer Nähe zum größten Bauvorhaben, das ich je gestemmt habe.«

»Aber für mich ist das die größte Chance meines Lebens«, beteuert Sophie.

»Wieso? Weil Sie sich jetzt ein Autogramm holen können?«

»Nein, nein, ich bin Journalistin. Wenn ich es schaffen würde, ein Interview mit ihr zu kriegen, dann wäre das mein größter Scoop!«

»Sie sind Journalistin?«, fragt er interessiert.

»Ja. Ich war in Hamburg Redakteurin bei … ach, ist auch egal, jetzt bin ich Freelancerin.«

»Ein Mann?«, vermutet er mitfühlend.

Sophie wundert sich über die Treffsicherheit seiner Analyse. Erst nickt sie nur, dann erzählt sie ihm die ganze traurige Geschichte und fügt noch seufzend hinzu: »Und ab jetzt kann ich mich hier auf die Lauer legen, um sie abzupassen, wenn sie das Haus verlässt.«

Michael Habich steht auf, stellt sich neben ihren Schreibtisch und schaut aus dem Fenster auf die kiesbestreute Vorfahrt vor Luise Radells Anwesen.

»Sie haben ja tatsächlich einen fantastischen Beobachtungsposten«, stimmt er ihr zu. »Aber ich habe da eine viel bessere Idee.«

Sophie schaut hoch und stellt fest, dass er mit seinen dunkelblonden Haaren, den graublauen Augen und vor allem seinem immer wieder aufblitzenden spöttischen Lächeln ein gut aussehender Mann ist.

Jetzt überzieht ein breites Grinsen sein Gesicht. »Ich nehme Sie einfach mit.«

»Wohin?«

»Ich habe mich bisher standhaft geweigert, mich ohne meinen Anwalt mit ihr zu einem Schlichtungsgespräch zu treffen. Mir ist klar, dass sie keinen Millimeter von ihren irrsinnigen

Forderungen wie Baustopp oder Bauarbeiten nur an zwei Stunden am Tag abrücken wird. Was halten Sie, liebe Frau Schaller, davon, wenn ich mit Ihnen an meiner Seite bei ihr aufkreuze?«

Nachdem er gegangen ist, hätte Sophie am liebsten einen Freudentanz aufgeführt. Allerdings reicht ein Blick auf das Ungetüm an ihrem Fuß, um sie stattdessen zum Handy greifen zu lassen.

»Hille, du glaubst nicht, was mir passiert ist«, fällt sie gleich mit der Tür ins Haus, als sich ihre Freundin meldet. Hiltrud Wagner, mit ihren vierzig Jahren acht Jahre älter als sie selbst, ist ihre engste Vertraute und Sophie vermisst ihren täglichen gemeinsamen Gang zur Kantine. Hiltrud, die sie Hille nennt, ist die Leiterin des Archivs im Hamburger Verlagshaus, selbst eine wandelnde Google-Maschine, dabei nicht verkopft, sondern lebenslustig, immer optimistisch, voller Sarkasmus und beißendem Witz.

»Was ist los?«, fragt sie und Sophie berichtet von ihrer ungeheuren Entdeckung.

»Ich bin die Nachbarin von Luise Radell!«

»Wie? ›Der Star, der plötzlich von der Bildfläche verschwand!‹, ›Der Superstar, der keiner mehr sein wollte!‹? *Die* Luise Radell?«

»Ja!«, jubelt Sophie.

»Und was willst du jetzt tun?«, fragt Hiltrud ganz pragmatisch. »Rübergehen und die alte Dame einfach aufschrecken?«

Sophie zögert. »Du weißt ja, dass das nicht unbedingt mein Ding ist.«

Sophie hat zwar schon unzählige Interviews geführt, aber am wohlsten hat sie sich bisher bei ihrer Arbeit als Tisch-Redakteurin gefühlt. Sie kann Artikel von Reportern so optimieren, dass sie das Prädikat »Die Edelfeder« bekommen hat.

So hat Werner Graber sie tituliert. Er hat ihr bereits angekündigt, dass er auch in Zukunft wichtige Reportagen zu ihr schicken wird, damit sie sich der Texte annehmen kann.

»Lass dir das nicht entgehen«, beschwört Hille sie jetzt. »Das wäre nur gerecht. Du hast die Legende aufgestöbert. Kein Mensch hat gewusst, ob sie überhaupt noch lebt. Und vor allem wo! Soll ich dir was zusammenstellen? Artikel, die man nicht im Netz findet. Du weißt ja, dass ich viele Schätze hüte. Vielleicht gibt dir das dann den einen oder anderen Ansatz, wenn du mit ihr plauderst.«

»Das wäre super! Übrigens muss ich sie gar nicht überfallen.« Und sie erzählt Hiltrud von Michael Habich.

»Und?«, will die sofort wissen. »Sieht er gut aus?«

»Schon«, gibt Sophie zu.

»Was heißt schon? Du bist eine Klasse-Journalistin. Drück dich mal präzise aus!«

Sophie lacht, beschreibt ihr den Architekten und Hille findet: »Super! Schön, dass du jemanden kennengelernt hast. Und dann auch noch jemanden, der dich unterstützt. Ich mach mich gleich an die Arbeit und schicke dir das Material rüber. Und berichte bitte lückenlos, wie es war. Und vor allem, wie sie aussieht. Okay? Und, Sophie …«

»Ja?«

»Halt mich vor allem auf dem Laufenden, wie es mit dem attraktiven Architekten weitergeht.«

Kapitel 2

München, 2022

Wenn doch nur Irene da wäre, denkt Luise. Sie könnte sie um Rat fragen. Ob es richtig ist, völlig fremde Menschen in ihr Refugium zu lassen.

»Er will ohne Anwalt kommen. Allerdings in Begleitung einer Frau, vermutlich einer Mitarbeiterin«, berichtet ihr Rechtsanwalt Dirk vom Berg.

»Was will er?«, fragt sie.

»Eine Art Schlichtungsgespräch. Aber eben nicht mit rechtlicher Bindung. Es wird wohl ein Austausch werden nach dem Motto: Was kann ich tun, damit es Ihnen besser geht? Aber Sie dürfen nicht erwarten, dass er in allen unseren Streitpunkten nachgibt. Er wird zum Beispiel ganz sicher behaupten, dass keine Fehler beim Ausheben der Erde gemacht wurden.«

»Was habe ich dann davon?«

»Ich denke, er wird Ihnen entgegenkommen und ankündigen, er strebe das Einhalten einer Mittagsruhe an, so gut es geht. Mehr wird nicht dabei herauskommen.«

»Dann mache ich es nicht«, beschließt sie.

Doch der Anwalt hält dies für keine gute Entscheidung. »Sie sollten es tun. Es wird mit Sicherheit auf einen Prozess gegen ihn und das Bauunternehmen herauslaufen und Richter hören dann immer gern, dass alle Schlichtungsversuche zuvor unternommen wurden. Es wäre das Beste, Sie zeigen guten Willen. Dann können wir später vor Gericht mit härteren Bandagen und den richtigen Gutachten für Sie kämpfen.«

Luise vertraut seinen Einschätzungen und gibt nach.

»Gut. Dann morgen um elf Uhr sharp! Präzise elf Uhr, machen Sie das klar! Wenn er zu spät kommt, wird nicht mehr geöffnet.«

Sie geht zur Terrassentür und blickt in ihr großes Gartenareal.

Was würde Irene tun?

Ganz sicher würde sie den Architekten erst einmal einschüchtern, indem sie ihm zeigen würde, wie aufgebracht sie ist. Sie ist mutig und von großer Überzeugungskraft gewesen.

Irene hat allerdings Respekt vor Professionalität gehabt, egal, wo sie ihr begegnet ist. Sie hat Respekt auch für sich und ihre Arbeit eingefordert. Irene hat sich nicht für dumm verkaufen lassen und würde diesen Michael Habich wohl prüfend anschauen und dann entscheiden, mit welchen Argumenten sie ihn schlagen kann.

Luise fühlt sich in diesem Moment an einen Vorfall mit einem ihrer Filmpartner erinnert, einen überaus beliebten Star, der von Millionen Frauen angehimmelt worden ist.

Das hat ihn extrem arrogant werden lassen und er hat sich grundsätzlich den Anweisungen von Regisseuren widersetzt. Einfach nur, weil die meisten es nicht gewagt haben, ihm zu widersprechen.

Doch Irene ist anders gewesen. Luise erinnert sich an den wütenden Auftritt von ihr am Set einer ihrer Erfolgsfilme.

»Du verschleuderst deine Ressourcen«, hört Luise sie immer noch sagen. Irene Safranow hat sich am Set vor den verhätschelten Schauspieler gestellt, und obwohl er sie um mindestens zwanzig Zentimeter überragt hat, hat sie aus ihrer zierlichen Höhe entschlossen zu ihm aufgeschaut.

»Du bist einfach manieriert! Du verschleuderst deine Ressourcen! Du übertreibst maßlos! Das hättest du eigentlich nicht nötig«, hat sie ihm vorgeworfen.

Vor Luise. Vor dem Regisseur. Vor den Komparsen. Vor der Crew. Hartmut Ewers, Luises Lieblings-Kameramann, ist genau wie sie selbst erstarrt gewesen.

Sie erinnert sich, dass alle so getan haben, als wären sie abgelenkt und mit anderen Dingen beschäftigt.

Luise öffnet die Terrassentür und atmet die klare Frühlingsluft ein.

Irene hat sich nicht darum geschert, dass alle in diesem Moment zum Zuschauen und Zuhören verdammt gewesen sind. Für ihn, den Star, der sich für unverzichtbar gehalten hat, ist es eine Demütigung erster Klasse gewesen. Er hat auf Irene herabgeschaut und einen Abgang mit seiner gewohnt überheblichen Attitüde versucht, indem er pariert hat: »Und du gibst gerade selbst die Hauptrolle in einem Schmierentheater.«

Er hat sich dabei lässig eine Zigarette anzünden wollen, was jedoch daran gescheitert ist, dass der Requisiteur das Feuerzeug schon weggeräumt hat.

»Siehst du«, hat sie mit gefährlich ruhiger Stimme gesagt, während sie sich breitbeinig auf ihren hohen Pumps vor ihm aufgebaut hat. »Daran kann alles scheitern. Jetzt fehlt dir das Feuer. Und den Sprit, nämlich das viele Geld, damit ein Film gedreht werden kann, den liefer ich. Ich, die Produzentin! Also! Damit dein Ausnahmetalent lichterloh zum Sternenhimmel der Anbetung leuchtet, brauchst du einen Produzenten, der dir Feuer unterm Arsch macht. Und das bin ich!«

Luise weiß noch, dass danach die geplante gemeinsame Szene mit ihr sechsmal wiederholt worden ist, bis der Regisseur zufrieden gewesen ist. Und ihr Partner es nicht noch einmal gewagt hat, an den Anweisungen für ihn herumzumeckern.

Irene hat ihr immer ein Gefühl der Sicherheit gegeben. Zweifel hat es für sie nicht gegeben. Die hat sie einfach weggelacht.

Irene Safranow, die Königin des Film-Business. Sie hat das Filmgeschäft beherrscht wie niemand sonst. Als clevere Produzentin, die mit Filmrechten gedealt, nationale Stars in internationale Filmproduktionen vermittelt, eigene Uraufführungskinos besessen und sich selbst als Darling der Society etabliert hat.

Sie ist ein knallharter Profi gewesen, der Luises Wert als Newcomerin sofort erkannt hat. Als Erstes hat sie ihren Namen von Lieselotte Radanski in Luise Radell geändert, und der Rest ist Filmhistorie.

Luise starrt immer noch in Gedanken versunken auf die Sträucher am Rande des Rasens, die ihre ersten Blüten zeigen.

Irene ist tot.

Der Schmerz über diesen Verlust nagt an ihr. Bis heute. Sie wird niemals darüber hinwegkommen.

Und wenn sie jetzt die Augen schließt, sieht sie Irene auf sich zukommen, während sie vorsichtig auf ihren Pfennigabsätzen über das Grün schreitet.

Die wunderschönen grünen Augen wie immer von langen, schwarz getuschten Wimpern umkränzt. Die Augenbrauen darüber zu perfekten Bögen gezupft, mit einem grauen Stift akkurat ausgemalt. Der Mund mit einem kräftigen Rotton betont.

Die typischen Ponyfransen auf der Stirn, die Locken der Kurzhaarfrisur von der Dauerwelle in Schwung gehalten. An den Ohrläppchen hängt der Brillantschmuck an dem langen Steg, verziert mit einem Quarzstein.

Sie trägt das Kostüm mit dem melierten Wollrock. Der Saum endet knapp unterhalb dem Knie, damit die perfekt geformten Waden sichtbar sind. Irenes Beine! Sie sind legendär gewesen und ihr Gang auf den Pfennigabsätzen war hinreißend. Irene winkt und öffnet den Mund, wie um ihr etwas zuzurufen.

Luise reißt die Augen auf.

Vor ihr liegt der Garten verlassen da, der Rasen ist noch vom Morgentau bedeckt.

Niemand stört die Idylle. Nur ein Eichhörnchen huscht über das Gras und springt dann mit einem Satz auf den Stamm eines hohen Baumes, ehe es zwischen den Ästen verschwindet.

* * *

Als Sophie den schrecklichen Klingelton hört, ist sie gerade dabei, sich den Gehschuh anzuschnallen. Allerdings passt das schmale Hosenbein nicht darüber und sie muss hinnehmen, dass sie mit einem aufgekrempelten und einem gerade herunterfallenden Hosenbein vor der Diva erscheinen wird.

Sie ist Michael Habich dankbar, dass er es bei einem einmaligen Klingeln belässt und ihr Zeit gibt, nach ihrer Handtasche zu greifen und noch einen schnellen Blick in den Spiegel zu werfen. Sie hat ihn allerdings noch nicht an der Wand aufgehängt. Er steht auf dem Boden, gegen die Wand gelehnt, und sie sieht sich jetzt verzerrt von unten.

Der beige Hosenanzug mit dem braunen T-Shirt darunter wirkt, bis auf die Beinmisere, vorzeigbar, allerdings hat sie den einen Schuh mit einem Miniabsatz angezogen und merkt schon bei den ersten Schritten, dass die ungleiche Höhe sie wieder humpeln lässt. Aber jetzt ist keine Zeit mehr, in den immer noch unausgepackten Kartons nach einer Alternative zu suchen.

Michael Habich hat ihr eingeschärft: »Elf Uhr sharp! Sonst lässt die Diva uns nicht rein!«

Sie schaut rasch auf die Uhr. Es ist drei Minuten vor der vereinbarten Zeit.

Ihre aschblonden langen Haare hat sie zu einem Pferdeschwanz zusammengebunden und dabei festgestellt, dass sie schon längst hätte zum Friseur gehen müssen, um sich hellblonde Strähnen färben zu lassen.

Geschminkt hat sie sich dezent. Grauen Eyeshadow auf den Lidern, Mascara, einen Hauch von Puder und Lipgloss.

Sie überprüft noch kurz, ob sie ihr Handy in die Tasche gesteckt hat, dann schließt sie die Wohnungstür hinter sich und beginnt den Stufenabstieg.

Michael Habich steht schon ungeduldig vor der Tür und zeigt auf seine Uhr. Als sie neben ihm steht, schlägt er vor: »Soll ich Sie tragen? Das geht schneller!« Doch Sophie winkt ab und hüpft bereits los.

Als sie das Tor im Eisenzaun passieren, wird zu Sophies großer Überraschung bereits die Tür geöffnet und ein Mann tritt heraus.

Sein Alter ist schwer zu schätzen. In seinem Anzug mit weißem Hemd und pinker Krawatte macht er einen überaus seriösen Eindruck und wirkt wie ein Butler.

Auch seine Aufforderung: »Sie werden erwartet!«, in einem formellen Tonfall deutet auf einen Angestellten der Diva hin.

Er führt sie durch einen ovalen Flur, an den Wänden blassgrüne Stofftapeten, öffnet eine weiße Flügeltür und verkündet in den Raum hinein: »Ihr Besuch ist da, gnädige Frau!«

Er tritt zur Seite und Michael Habich lässt Sophie den Vortritt.

Sie ist es wirklich!

Der Superstar der Filmindustrie!

Der Superstar, der keiner mehr sein wollte!

Der Star, der plötzlich von der Bildfläche verschwand!

Luise Radell sitzt auf einem geblümten Sofa vor dem Kamin und blickt ihnen gespannt entgegen. Den Wikipedia-Einträgen folgend müsste sie über achtzig sein, doch sie wirkt wesentlich jünger. Allerdings ist sie auch perfekt gestylt. Ihr Gesicht scheint aus der Entfernung unverändert, doch sie ist viel magerer als früher. Ihren dünnen Hals verdeckt der hochstehende Kragen eines weinroten Wollkleides, das durch seinen Schnitt und seine Beschaffenheit ihrem Körper einen Hauch von Fülle verleiht. Die Perlenohrclipse scheinen für ihre Ohrläppchen zu schwer, sie ziehen sie in die Länge. Ihre Knie, die vom Saum des Kleides nicht ganz bedeckt sind, wirken spitz. Sie hat die Beine jedoch anmutig eng nebeneinander schräg gestellt, die halbhohen Lackpumps schimmern im Schein der Stehlampe, die sie eingeschaltet hat.

Ihre Haare sind noch genauso frisiert wie früher. Blond gefärbte Locken, die den Kopf umrahmen, perfekt geföhnt, als wäre sie gerade beim Friseur gewesen.

Ihr Gesicht, das Sophie in gefühlt hunderttausendfachen Aufnahmen betrachtet hat, scheint unverändert, jedoch viel schmaler als früher. Als ob eine Maskenbildnerin sie geschminkt hat, entdeckt Sophie die geschickt kaschierende Schicht von Make-up, Puder, das gekonnt verteilte Rouge auf den Wangenknochen und akkurat geklebte falsche Wimpern an den Augen. Darüber ein schwarzer Lidstrich, der den Augen eine gewisse Tiefe verleiht.

Die Diva ergreift die Initiative, indem sie mit einer Geste in die Richtung von zwei bereitgestellten Sesseln weist, wobei ihre schweren Goldarmbänder klirren.

Sophie fällt das Funkeln eines Ringes an ihrer schmalen Hand auf. Es ist ein großer Rubin, umgeben von Brillanten. Das kostbare Stück scheint viel zu wuchtig für ihren Finger, denn er ist verrutscht und sie nestelt ununterbrochen an ihm herum und muss die Steine immer wieder nach oben drehen.

Michael Habich durchbricht das Schweigen und beginnt: »Sie haben Probleme mit unseren Bauarbeiten, wie ich höre. Wie kann ich Ihnen helfen?«

Sophie findet es geschickt, wie konziliant er das Gespräch beginnt. Doch er erhält keine Antwort, denn die Diva blickt zu ihr und will wissen: »Wer sind Sie?«

»Ich bin Sophie Schaller und ich bin …«, hier zögert sie, aber sie will durch ihre Offenheit punkten, »… Journalistin. Ich möchte Sie um ein Interview bitten.«

Luise Radell lässt ihre Blicke zwischen Sophie und Michael hin und her schweifen.

»Ist das ein Witz?«

»Nein«, schaltet sich Michael Habich ein. »Das ist keiner. Frau Schaller ist durch Zufall darauf gestoßen, dass Sie hier wohnen. Sie ist Ihre Nachbarin.«

»Sie wohnen hier?«

»Ja«, bestätigt Sophie. »Allerdings erst seit Kurzem und ich habe Sie gesehen, als Sie aus Ihrem Auto gestiegen sind.«

»Ich habe kein Auto«, wird sie belehrt. »Wer hat Ihnen denn verraten, wer ich bin?«

»Das war ich«, bekennt sich Michael Habich sofort.

Die Diva greift nach einer goldenen Schatulle, die neben ihr auf einem kleinen Beistelltisch steht.

Sie öffnet sie umständlich, offensichtlich bereitet ihr der Mechanismus Probleme. Als der Deckel endlich aufspringt, nimmt sie eine Zigarette heraus, und Michael Habich springt auf, um ihr Feuer zu geben.

Doch sie hält bereits ein schweres Feuerzeug in der Hand und kommt ihm zuvor.

Sie inhaliert tief, ist für einen Moment vom Rauch verhüllt, dann formuliert sie: »Wollen Sie mich erpressen?«

»Nein, natürlich nicht«, weist er ihren Verdacht von sich.

»Aber niemand wusste, dass ich hier lebe. Nur einige wenige Menschen sind eingeweiht.«

»Ihr Name steht in den Akten, die Ihr Rechtsanwalt mir zugeschickt hat.«

Die Diva lässt einen Moment verstreichen, ehe sie sagt: »Ich bin davon ausgegangen, dass mein Geburtsname verwendet wird.«

»Das ist nicht der Fall«, klärt Michael Habich sie auf. »Offensichtlich ist einem der Kanzleimitarbeiter ein Fehler unterlaufen.«

Schließlich wendet sich Luise Radell Sophie zu. »Ich gebe keine Interviews. Und das gilt auch für Sie.«

Dann schaut sie ihn an und erklärt: »Und für Sie habe ich einen Schriftsatz von meinem Anwalt, den ich Ihnen schon längst zuschicken lassen wollte. Aber jetzt können Sie ihn, wenn Sie gehen, auch gleich mitnehmen. Das spart immerhin die Briefmarke.«

Sollte hier nicht ein Vermittlungsgespräch stattfinden? Sophie wundert sich, aber anscheinend hat die Diva jegliches Interesse daran verloren.

Michael Habich steht auf und nimmt das Papier entgegen, schaut kurz darauf und sagt: »Damit werden Sie auf keinen Fall Erfolg haben.«

Als er sich wieder umwendet, stößt er aus Versehen gegen einen mit weißem, glänzendem Stoff bezogenen Sessel, über dessen Lehne ein exquisit anmutender lila Schal drapiert liegt. Er ist Sophie gleich aufgefallen, denn das Dekorum wirkt so, als ob es an genau dieser Stelle für einen speziellen Gast reserviert wäre.

»So passen Sie doch auf!«, rügt ihn die Diva aufgebracht.

Der unwirsche Ton scheint ihn zu reizen, denn er dreht sich um, rückt den Sessel wieder an die vorherige Position und erklärt die Sachlage so: »Schauen Sie, Frau Radell, Frau Schaller weiß nun, wo Sie leben. Sie wird mit Sicherheit, auf jeden Fall werde ich ihr dazu raten, eine Story über Sie schreiben. Und da wäre es doch gescheiter, mit ihr zu kooperieren, meinen Sie nicht auch?«

Sophie ist die Entwicklung äußerst unangenehm, aber insgeheim muss sie ihm recht geben. Es wäre tatsächlich schon eine Sensation, selbst wenn sie nur über ihren kurzen Besuch bei der verschollenen Diva berichten würde. Sie hat sich sehr genau umgesehen.

Die Einrichtung des runden großen Raumes ist elegant. Ein mehrfarbiger Lüster, vermutlich aus venezianischem Glas, hängt in der Nähe des kostbaren Marmorkamins. Seine Facetten spiegeln sich in einem überdimensional goldgerahmten Spiegel. Deckenhohe in der Wand eingelassene Regale sind mit Gläsern, Tassen, Vasen, Figurinen und Onyx-Eiern bestückt. Auf dem breiten Kaminsims stehen zwei Pferdebüsten aus Porzellan, die mit Gold überzogenen Vorderhufe in identischer Bewegung zur Decke gestreckt.

Luise Radell scheint mit sich zu ringen. Mit der Bemerkung: »Ich werde darüber nachdenken!«, will sie sich wohl Zeit verschaffen.

Ihr Adlatus erscheint wie aufs Stichwort im Raum und gibt durch seine Mimik unmissverständlich zu verstehen, dass die Audienz beendet ist.

Bereits während der wenigen Schritte zum Eingang ihres Wohnhauses platzt dem Architekten der Kragen.

»Was für eine überhebliche Zicke!«, schimpft er. »Ich habe gedacht, ich begegne einer alten Dame mit einem Rollator, die mich so rührt, dass ich versucht bin, von mir aus freiwillig eine dreistündige Mittagspause auf meinem Bau anzuordnen, damit Oma ein Schläfchen machen kann. Was glaubt sie denn, wer sie ist?«

»Ein ehemals umschwärmter, berühmter, zutiefst verehrter Superstar«, erinnert Sophie ihn.

»Die sich noch nicht einmal dafür interessiert hat, wieso du mit einem Monsterschuh bei ihr aufkreuzt. Wir gehen zum Du über, okay? Meine Freunde nennen mich übrigens Mike.«

»Auf jeden Fall, Mike«, stimmt Sophie lachend zu. »Und wie kommst du jetzt darauf?«

»Weil wir Partner in Crime sind«, befindet er. »Immerhin habe ich dich in die Heiligen Hallen eingeschleust.«

Er scheint auf ein Lob zu hoffen. Und das spendet ihm Sophie, als sie anerkennend das Fazit zieht: »Du hast sie einfach erpresst!«

»Nicht so ganz«, wehrt er ab. »Ich habe ihr nur die Instrumente gezeigt. Schließlich kannst du tatsächlich einen Artikel schreiben nach dem Motto: Ich war zu Besuch bei einer Legende!«

»Du würdest einen guten Krawall-Reporter abgeben.«

»Ich war auf jeden Fall geladen, nachdem sie mit einer einstweiligen Verfügung rumgewedelt hat. Die ist das Papier nicht wert und ich frage mich, was ihr Anwalt damit bezweckt. Das ist einfach Säbelrasseln ohne Säbel.«

Sophie holt ihren Schlüssel heraus.

»Guck mal«, zeigt er mit dem Finger. »Dein Namensschild ist dran. Da hat sich der Franzl aber selbst übertroffen. Sonst ist er ein bisschen behäbiger. Herzlich willkommen als neue Bewohnerin in Harlaching! Jetzt ganz offiziell. Das sollten wir begießen!«

»Ich habe aber nichts zum Anstoßen«, gibt Sophie zu.

»Dann lade ich dich jetzt zur Feier des Tages zum Italiener ein. Wie wär's?«

»Gerne! Allerdings ist es zum Begießen doch noch reichlich früh.«

»Stimmt. Dann sollten wir das auf heute Abend verschieben. Ich hol dich um sieben ab. Passt dir das?«

»Super! Dann mache ich mich schon mal um halb sieben auf zum Abstieg. Dann klappt es um neunzehn Uhr ›sharp‹! Und tu mir bitte noch einen Gefallen.«

»Okay. Was ist es?«

»Melde dich via Handy, wenn du vor der Tür bist. Meine Klingel raubt mir den letzten Nerv!«

* * *

»Was wollen Sie jetzt unternehmen?«, fragt Felix Maurer die Diva, während er die pinke Krawatte zurechtrückt. Er lebt nun bereits seit fünfzehn Jahren in Luise Radells Villa in einer Kellergeschoss-Einliegerwohnung. Und wundert sich immer noch über das große Glück, das ihn dorthin geführt hat. Als Student hat er ein Ingenieurstudium abgebrochen, um durch die Welt zu reisen. Das nötige Geld dafür verdiente er vor Ort, schließlich landete er als Barmann auf Mallorca und Ibiza in den angesagtesten Discotheken.

Nach einem unglücklichen Motorradunfall kehrte er nach München zurück und suchte dringend einen Job, als ihn seine Tante, die frühere Fan-Club-Leiterin von Luise Radell, auf die Idee brachte, sich als eine Art Mädchen für alles bei ihr zu bewerben. Durch ihre tatkräftige Unterstützung hat sich die scheue Diva tatsächlich auf einen Versuch eingelassen und ihn engagiert. Seitdem fungiert er als Gärtner, Elektriker, Chauffeur, Monteur und manchmal auch als eine Art Butler.

Er weiß, dass seine wichtigste Qualifikation seine absolute Verschwiegenheit ist. Niemals würde er offenlegen, wo und vor allem bei wem er arbeitet. Sein eigenes Privatleben findet außerhalb ihres Anwesens statt. Er würde niemals einen Partner mit in die Villa bringen.

Sie weiß, dass er hin und wieder als Drag Queen in Münchner Clubs auftritt, und seine beste Performance ist die von – Luise Radell.

Er kann ihre ganz eigene Sprachweise perfekt imitieren, die von den Kritikern früher immer als das »verführerischste Flüstern im prononcierten Tonfall« als Ausdruck ihrer unterkühlten Erotik gerühmt wurde.

Zwei ihrer Songs, die sie in ihren Filmen vorgetragen hat, sind von ihm so perfekt einstudiert worden, dass er bei seinen Auftritten immer mehrere Zugaben geben muss.

Sie selbst hat ihn noch nie in ihrer Aufmachung gesehen, das würde er degoutant finden. Er nimmt seine Kostüme und den Koffer voller Schminkutensilien immer mit in die Clubs und macht sich dort in den Künstlergarderoben zurecht.

Jetzt bereitet es ihm Kummer, als er sieht, wie verschreckt sie wirkt.

Erst als er seinen Satz »Was wollen Sie jetzt tun?« wiederholt, kommt Leben in die reglose Gestalt auf dem Sofa zurück.

»Ich weiß es nicht«, gesteht sie mit leiser Stimme und er erkennt darin eine Nuance, die er sich für seine Moderationen auf der Bühne unbedingt noch antrainieren muss.

Luise Radell seufzt. »Ich werde meinen Anwalt anrufen müssen.«

»Dirk vom Berg?«, will er wissen.

Sie nickt.

»Da habe ich eine bessere Idee«, schlägt er sofort vor. »Sie brauchen jemand ganz anderen. Einen Medienanwalt. Vom Berg kann Sie da nicht adäquat beraten.«

»Und wo soll ich den hernehmen?« Ihre Ratlosigkeit rührt ihn.

»Ich habe einen«, erklärt er. »Doktor Doktor Marc Lammer. Er ist als Medienanwalt die absolute Nummer eins!«

»Aber dann gibt es wieder jemanden, der weiß, wo ich lebe. Mitarbeiter von ihm werden meinen Aufenthaltsort kennen und dann steht wahrscheinlich die nächste Journalistin vor meiner Tür.«

»Keine Sorge. Das kann gar nicht passieren. Er ist zur Verschwiegenheit verpflichtet …«

»Wie das klappt, sieht man ja bei vom Berg. Da hat man vergessen, meinen Geburtsnamen Lieselotte Radanski zu verwenden, so wie man es mir versichert hat.«

Felix muss ihr recht geben, doch er wirbt unverdrossen für den Kontakt zu Lammer.

»Marc Lammer wird stolz sein, für Sie arbeiten zu dürfen. Da können Sie ganz sicher sein, dass dies bei ihm nie passieren wird.«

Luise Radell sieht ihn zweifelnd an. Dann stimmt sie zu. »Stellen Sie mir eine Verbindung her.«

Er hat schon während ihres Gesprächs mit dem Architekten und der Journalistin vorsorglich die Kontaktdaten des Anwalts in Hamburg herausgesucht, wählt die Nummer, schafft es mit der Andeutung »Ich arbeite für einen Superstar«, zu Lammer durchgestellt zu werden.

Felix erklärt ihm die Sachlage, und er ist auf der Stelle bereit, die Vertretung der Diva zu übernehmen.

Als er mit dem Telefon zu Luise Radell ins Zimmer zurückkommt, zeigt Felix ihr auf seinem Smartphone ein Foto von der Homepage des Anwalts, damit Luise Radell sich einen Eindruck verschaffen kann, denn ein Teil seines Megaerfolgs bei Prominenten ist seine optische Präsenz. Die Ausstrahlung in seinem maßgeschneiderten Anzug, dem Hemd mit einem Buttonkragen, dem makellosen Schlips und den handgefertigten Budapester Schuhen.

Luise Radell stellt auf Lautsprecher, damit Felix mithören kann.

Zunächst hört sich der Anwalt an, was sie von ihm erwartet.

Dann fragt er gezielt: »Hat sie schon etwas veröffentlicht?«

»Bisher nicht. Und ich will auch nicht, dass sie das tut«, verlangt sie.

»Es wird schwer, das zu verhindern«, muss er sie zunächst enttäuschen. »Und zwar aus folgendem Grund. Wenn ich ihr eine Verfügung schicke, nach der sie Ihren Aufenthaltsort nicht öffentlich machen darf, wird sie sofort zu dem Trick greifen und einem befreundeten Kollegen den Tipp geben. Der wird ihn dann publik machen und alle stürzen sich auf die Story.«

»Dann können Sie mir nicht helfen?«

Felix hört die Furcht in ihrer berühmten Stimme, die jeder aus ihren regelmäßig im TV wiederholten Filmen kennt.

»Aber natürlich werde ich Ihnen helfen«, kündigt er an, »ich will Ihnen nur alle Optionen erklären. Ich könnte natürlich eine Unterlassungserklärung an alle Medien schicken. Aber damit mache ich sie erst recht auf Sie aufmerksam und der gegenteilige Effekt wird erreicht. Sie aber wollen in Ihrer selbst gewählten Anonymität bleiben. Verstehe ich das richtig?«

Als sie bejaht, greift er zu einem rabiaten Mittel und erklärt gnadenlos: »Mit der ist es schon vorbei! Sie ist Ihre Nachbarin, wie ich von Ihrem Mitarbeiter gehört habe. Die Welt ist klein. Bedauerlicherweise.«

»Was bleibt mir denn noch?«

Die gleiche Frage stellt sich Felix auch. Ist es ein Fehler gewesen, den Medienanwalt überhaupt anzurufen?

»Gehen Sie mit ihr einen Deal ein!«

Luise Radell wird bleich und Felix schenkt ihr ein Glas Wasser ein, das er neben ihre Kaffeetasse stellt.

»Und wie soll der aussehen?«, fragt Luise Radell.

»Sie bieten ihr an, ein umfangreiches Exklusiv-Interview mit ihr zu führen, das dann in Serie in einem seriösen Magazin erscheinen kann, das Sie auswählen.«

Die Entrüstung, die Luise Radell befällt, kann Felix direkt spüren, bevor sie sagt: »Um Gottes willen, nein! Das will ich auf gar keinen Fall.«

»Es ist die einzige Möglichkeit, Kontrolle über das Geschehen zu haben«, erklärt er ihr seinen Plan. »Ich würde einen knochenharten Vertrag aufsetzen, der darin besteht, dass kein einziges Wort jemals erscheint, das Sie nicht autorisiert haben. Ich würde eine Geheimhaltungsklausel einbauen, die es der Journalistin darüber hinaus verbieten wird, jemals über Ihre Treffen und den Inhalt Ihrer Gespräche zu berichten, wenn es nicht zu einer Veröffentlichung dieses exklusiven Interviews kommen sollte. Und wir beide sind uns ja wohl einig, dass diese Serie nie erscheinen wird.«

Luise Radell seufzt. »Die Einzelheiten besprechen Sie bitte mit meinen Sekretär.« Mit diesen Worten gibt sie Felix das Telefon in die Hand. Er nickt ihr aufmunternd zu und verlässt das Zimmer.

* * *

Erschöpft schlägt Luise die Hände vors Gesicht. Dabei spürt sie den Ring, dessen Gewicht für ihre dünn gewordenen Finger viel zu schwer ist, kalt an ihrer Wange.

Im Bruchteil einer Sekunde sieht sie ihn in einem Flashback wieder in einer Männerhand umklammert, die auf Wasser einschlägt.

Um diese Erinnerung sofort wegzudrängen, greift sie rasch zu der Tasse, in der ihr Kaffee kalt geworden ist. Als sie einen Schluck nimmt, schmeckt er abgestanden. Aber er bringt sie wieder in die Gegenwart zurück und der bittere Nachgeschmack scheint wie ein Symbol für alles, was mit ihr geschieht.

Warum versteht denn niemand, dass sie sich diesen Flecken ausgesucht hat, um sich zu verstecken? Um ihre Ruhe zu finden.

Früher ist ihr großes Geländeareal das letzte in der Straße gewesen, eine Enklave der Einsamkeit. Gegenüber nur Wald. Sie hat abgeschieden gelebt wie auf einer Insel. Niemand hat gewusst, wer dieses Stück Erde bewohnt.

Und jetzt kommt die Welt immer näher.

Erst durch die vielen Bauvorhaben, gegen die sie immer versucht hat, mithilfe ihrer Anwälte vorzugehen. Jetzt in der Gestalt einer Journalistin, die ihr plötzlich persönlich gegenübersitzt. In ihrem eigenen Haus, in ihrer Privatsphäre. Und sie gnadenlos mustert.

In ihrer hilflosen Wut schlägt sie mit der Faust auf ein Kissen, das neben ihr auf dem Sofa liegt.

»Ist alles in Ordnung?«, hört sie Felix mit Besorgnis in der Stimme fragen.

Sie ist froh über seine Anwesenheit. Er achtet auf sie, ohne ihr zu nahe zu kommen. Er hält genau die richtige Distanz ein, die ihr Luft zum Atmen lässt. Und er ist mittlerweile wie ein Seismograf zum Erkennen ihrer Stimmungen geworden.

»Es ist gut«, lügt sie jetzt und er zieht sich in die Bibliothek neben ihrem Wohnraum zurück.

Dort hat sie schon das Summen des Druckers gehört. Wahrscheinlich tauscht er bereits mit Marc Lammer die nötigen Daten aus.

Sie steht auf und verschiebt den Sessel, über den der lila Schal wie zufällig ausgebreitet ist, um ein paar Zentimeter nach links. So muss er stehen. Dieser ungehobelte Architekt ist dagegengestoßen und sie hätte ihm am liebsten eine runtergehauen.

Was hat er sich herausgenommen?

Es ist Irenes Lieblingsstuhl gewesen, auf den sie sich immer seitlich gesetzt hat, die Beine über einer Lehne baumelnd.

Den lila Schal hat sie sich in ihrem letzten Sommer umgehängt, wenn die Abende nach der Tageshitze zu kühl geworden waren.

Sie will den Schal noch einmal neu dekorieren, doch stattdessen hebt sie ihn hoch und schnuppert an dem weichen Gewebe.

Quelques Fleurs.

Irenes Lieblingsparfum, das sie immer umhüllt hat und lange im Raum hängen geblieben ist, auch wenn sie ihn schon längst verlassen hat.

Vorsichtig drapiert sie den Schal wieder in genau den Falten, in denen Irene ihn achtlos zurückgelassen hat.

Luise setzt sich auf das Sofa diesem Stuhl gegenüber, schließt die Augen und glaubt, Irene in ihrer lässigen Haltung auf dem Sessel zu sehen. Es ist ihr Geheimnis, dass sie doch in Wahrheit niemals wirklich allein ist. Irene ist immer bei ihr. Luise braucht nur die Augen zu schließen und spürt ihre Anwesenheit. Alles an ihr hat sich in Luises Gedächtnis eingebrannt, und wenn sie sich besinnt, ist Irene wieder bei ihr. Da, wo sie hingehört.

»Gut gemacht«, glaubt sie jetzt, ihr Lob zu hören. »Jetzt überleg dir deinen nächsten Schachzug!«

Sie sieht Irenes Hand vor sich, wie sie einmal mit ihren schlanken Fingern nach einer Schachfigur gegriffen hat. Der Lack ihrer im Perlmuttton bestrichenen Fingernägel hat mit dem Elfenbeinton der Spielfigur gewetteifert.

Irenes schweres Gliederarmband aus Gold, das sich nun schon so lange an Luises Handgelenk befindet, schimmerte dagegen an.

»Ich hab's dir doch so oft erklärt. Strategisches Denken kann man nur durchs Schachspielen lernen.«

Luise ist noch heute dankbar für die Schulung durch diese Lehrmeisterin, ihre Mentorin, durch die sie alles gelernt hat, was sie für ihre Karriere und ihr Leben gebraucht hat.

Das Einzige, was ihr fehlt, ist Irenes Unerschrockenheit. Die absolute Gewissheit, siegen zu können.

»Ich gehe jetzt ganz methodisch vor, wie du immer gesagt hast«, verspricht Luise ihr nun. »Wie bei einem Schachspiel. Die Eröffnung hat die Journalistin gemacht. Aber mit Lammer habe ich sie blockiert. Zug um Zug!«

»Wie bitte?«, wird Luise aus ihrem Tagtraum geweckt.

Felix steht vor ihr mit ausgedruckten Unterlagen.

Manchmal fürchtet Luise, dass er ihre fiktiven Gespräche mit Irene belauscht. Aber dann ist sie wieder ganz sicher, dass er nur denkt, sie würde mit sich selbst sprechen. Vielleicht meint er sogar, es wären Begleiterscheinungen ihres Alters.

Alles ist ihr recht, solange er nicht den Dialog mit Irene stört.

Kapitel 3

München, 2022

Sophie sitzt an ihrem Computer und redigiert einen Artikel über royale Souvenirs, die bei Festen und Jubiläen verkauft werden. Von nachgefertigten Manschettenknöpfen, die Könige getragen haben, über Keksdosen und Tassen. Die Zeitschrift, die sich ausschließlich mit Themen rund um den Adel beschäftigt, hat schon vier Artikel bei ihr geordert. Sie ist sicher, dass Werner Graber sie empfohlen hat, um sie zu unterstützen.

Sie schaut kurz auf die Uhrzeit. Es ist sechzehn Uhr und sie hat noch Zeit bis zur Verabredung mit Mike, auf die sie sich freut.

Dann schrillt ihre Klingel.

Wer konnte das sein? Mike auf jeden Fall nicht. Erstens wäre er viel zu früh und außerdem würde er ihren Wunsch erfüllen, per Handy sein Kommen anzukündigen.

Erneut klirrt es laut. Sie kann diesen Ton nicht anders beschreiben und nimmt sich vor, die Klingel endlich stillzulegen.

Sie ist fast an der Tür angekommen, als es ein drittes Mal laut wird.

Sie reißt den Hörer aus seiner Hängevorrichtung und schreit: »Ist ja gut! Ich hab's gehört und bin schon da!«

Sie erkennt ein Gesicht mit einer verständnislosen Miene.

Es gehört zu dem Mann, der erst vor wenigen Stunden die Tür zum Reich der verschwundenen Diva geöffnet hat.

»Oh, sorry«, bemüht sie sich um einen normalen Tonfall. »Meine Klingel ist so unangenehm schrill.«

Es erfolgt keine Reaktion auf ihre Erklärung, sondern sie hört ihn in das Mikrofon sagen: »Ich komme im Auftrag von Frau …« Hier blickt er sich misstrauisch um, offensichtlich will er ausschließen, dass ihn jemand belauscht. Dann setzt er halblaut fort: »… Radell. Sie möchte Sie sprechen.«

»Jetzt?«

»Jetzt!«

»Ich komme!«

Erst will sie rasch Mike über das überraschende Gesprächsangebot informieren, doch sie will den Überbringer der Nachricht nicht zu lange warten lassen. Sie ist ganz konfus, will nach ihrer Tasche greifen, doch die hat sie irgendwo abgelegt, wo sie sie auf die Schnelle nicht findet. Auch ihre Jacke ist verschwunden und sie verflucht wieder ihre Verletzung, die sie so schwerfällig werden lässt. Also öffnet sie die Tür und macht sich auf den mühsamen Abstieg im Treppenhaus. Auf der Hälfte der Strecke überfährt es sie siedend heiß. Sie hat ihren Schlüssel vergessen.

Jetzt ist es zu spät und sie wird sich erst Gedanken zur Lösung dieses Problems machen, wenn sie weiß, was die Diva mit ihr besprechen will.

Als sie unten angekommen ist, fragt der Mann im schwarzen Anzug: »Schlimm?«, und deutet auf die klobige Gehhilfe.

»Zeh gebrochen«, bestätigt sie.

»Sicher schmerzhaft«, vermutet er und schweigt, bis sie im Haus nebenan angekommen sind. Er drückt die Haustür auf und sie folgt ihm wie am Morgen in den Wohnraum. Diesmal steht die Diva mit dem Rücken zu ihr vor der Terrassenfensterfront und dreht sich erst um, als Sophie schon die Mitte des Raums erreicht hat.

»Felix, geben Sie der Dame bitte den Vertrag.«

Er geht zum antiken Sekretär, greift nach einem Dokument und überreicht es ihr.

Verdutzt schaut Sophie auf den Briefkopf.

Doktor Doktor Marc Lammer.

Oje, das kann nur eine Unterlassungserklärung sein. Aber dass die Diva gleich mit so scharfem Geschütz aufwartet, damit hat Sophie nicht gerechnet.

Jeder im Medienbereich kennt diesen Namen und auch den streitsüchtigen Anwalt, der dahinter lauert.

Die Diva befindet sich jetzt auf genau demselben Platz auf dem Sofa wie bei ihrem ersten Treffen. Doch diesmal ist es Felix, der Sophie ein Zeichen gibt, ebenfalls Platz zu nehmen, und auch er setzt sich zu ihnen.

»Dies ist eine Vereinbarung zwischen uns beiden«, hört sie Luise Radells Erklärung. »Ich biete Ihnen an, ein Exklusiv-Interview mit mir zu führen, das in Serie in einem Magazin meiner Wahl erscheinen darf. Allerdings nur unter den Vereinbarungen, die Sie akzeptieren und unterzeichnen müssen. Herr Felix Maurer ist Zeuge dieses Vorgangs.«

Sophie fühlt sich völlig überrumpelt.

Niemals hätte sie mit solch einem Angebot gerechnet. Vor allen Dingen wäre es ihr nie selbst in den Sinn gekommen, so ein gigantisches Projekt vorzuschlagen. Angebote wie dieses erhalten eigentlich nur diejenigen Kollegen, die schon lange das Vertrauen der betreffenden Stars genießen.

Sie selbst ist nie als Biografin oder Ghost Writer eines Superstars mit Namensnennung in Erscheinung getreten.

Wie ist die Diva nur auf solch einen Gedanken gekommen?

Sophie rettet sich in die aufmerksame Lektüre des vierseitigen Vertrags. Sie merkt schnell, dass es nichts anderes ist als der Versuch, sie in gewisser Weise an die Leine zu legen. Ihre ursprüngliche Überlegung, einen schlichten Artikel über den Aufenthaltsort des ehemaligen Superstars zu verfassen, ist damit vom Tisch.

Hier geht es um etwas Großes.

Und sie hat keine Ahnung, warum es ihr offeriert wird.

Auf der anderen Seite ist es ein Angebot, das niemand ausschlagen würde.

Aber wie soll sie denn die Geheimhaltungsklauseln einhalten? Ihre Freundin Hille weiß schon von der Tatsache, dass sie das Versteck ihrer geheimnisvollen Nachbarin entdeckt hat. Sie kann sich auf deren Verschwiegenheit verlassen, aber wie stellt sich die Diva ihre zeitaufwendige Zusammenarbeit vor? Und vor allem, wie viel will sie preisgeben?

Als sie danach fragt, antwortet nicht die Diva, sondern ihr Adlatus, der allerdings alles Inhaltliche ausklammert: »Die gnädige Frau wird Termine festlegen und Sie zu Gesprächen empfangen. Sie werden sie sicher aufzeichnen wollen, mein Gerät wird die Unterhaltungen ebenfalls aufnehmen. Sie müssen dafür sorgen, dass niemand die Gespräche abhören kann, und sollten Sie schriftliche Notizen machen, fertigen Sie Kopien für die gnädige Frau an. So haben wir den gleichen Überblick über das gesprochene Wort.«

Noch einmal durchforstet Sophie die unendlich vielen Paragrafen, um sich Zeit zu verschaffen, über das Ganze nachzudenken.

Es ist die Chance ihres Lebens. Dies wissen auch Luise Radell und dieser Felix Maurer und ganz sicher der ausgebuffte Medienanwalt.

»Gut«, sagt sie dann entschlossen. »Ich unterschreibe!«

Sofort zieht Felix Maurer einen Füller aus der Brusttasche seines Jacketts und reicht ihn Sophie. »Sie haben alles genau gelesen?«, fragt er nach. Sophie nickt, nimmt den Füller und unterschreibt neben der ausgedruckten Angabe von Ort und Datum mit dem Zusatz: Autorin.

»Bitte noch die einzelnen Seiten parafieren«, wird sie von ihm aufgefordert und sie kommt dem Ansinnen nach.

Danach breitet er den Vertrag auf dem Couchtisch vor Luise Radell aus, reicht ihr den Füller und sie beugt sich graziös vor, um ihre Unterschrift auf dem Dokument zu leisten.

»Ich mache rasch Kopien«, kündigt er an. »Und Ihre verbleibt hier bei uns«, setzt er noch beiläufig hinzu. »Damit nicht etwaige Besucher bei Ihnen zufällig Kenntnis über das Abkommen erhalten.«

Dann verlässt er den Raum und die beiden Frauen sitzen sich schweigend gegenüber. Bis die Diva wissen will: »Und? Sind Sie jetzt zufrieden?«

Sophie erwidert: »Ich bin überwältigt! Ich hätte nie mit solch einem Angebot gerechnet.«

»Ich auch nicht«, hört sie zu ihrer Überraschung und wird in der Vermutung bestätigt, dass der gerissene Anwalt auch Luise Radell mit dieser Vereinbarung völlig überfahren hat. Aber der Schutz, den er der Diva dadurch bietet, ist erstklassig.

Als Felix Maurer zurückkehrt und der Diva mit einem Kopfnicken zu verstehen gibt, dass er alles erledigt hat, wird Sophie verabschiedet. Bevor sie das Zimmer verlässt, fragt sie noch: »Wann fangen wir an?« Und merkt an dem verschreckten Blick der Diva, dass ihr in diesem Moment erst wirklich bewusst wird, worauf sie sich eingelassen hat.

Doch sie behält eisern ihre Contenance, als sie sagt: »Morgen! Elf Uhr! Sharp!«

Vor der Haustür auf der kiesbestreuten Vorfahrt der Hausnummer zehn besinnt sich Sophie ihres Missgeschicks und weiht Felix Maurer spontan ein: »Ich habe meinen Hausschlüssel in der Wohnung vergessen. Und weiß überhaupt nicht, was ich jetzt machen soll.«

»Haben Sie Ihr Handy dabei?«

»Nein, auch nicht«, muss sie zugeben.

Daraufhin zieht er seins hervor, drückt auf eine eingespeicherte Nummer und sagt: »Franz, Sie haben doch Schlüssel zu den Wohnungen, die Sie betreuen. Kommen Sie bitte schnell her und helfen Sie Frau Schaller, in ihre Wohnung zu kommen.«

»Sie kennen ihn?«, fragt sie verblüfft.

»Ja, Herr Lehmann ist für viele Objekte hier zuständig. Und immer sehr hilfsbereit. Sie kommen jetzt allein zurecht?«

Als Sophie nickt, dreht er sich um und lässt sie allein. Sophie bleibt nichts anderes übrig, als sich auf die Stufen vor ihrer Haustür Nummer zwölf zu setzen und auf den Hausmeister zu warten.

Der wusste also sehr genau, wer neben ihr wohnt, und hätte sie bei aller gebotenen Diskretion nicht so auflaufen lassen müssen.

Sie muss mehr als eine Stunde auf ihn warten, und als sie endlich in ihrer Wohnung ist, sieht sie auf ihrem zurückgelassenen Handy drei Anrufe von Mike, der die Verabredung für den Abend absagen muss, weil auf einer seiner weiteren Baustellen ein Unfall passiert ist. Und außerdem sind neun Anrufe von Hille auf ihrer Mailbox gelandet sowie zehn von Werner Graber, der immer lauter verlangt, dass sie sich verdammt noch mal melden soll.

* * *

»Warum hast du Diana mitgebracht?«, fragt Luise vorwurfsvoll.

»Sie ließ sich nicht abschütteln«, gesteht Hartmut Ewers. »Und da Buddy nicht mitkommen konnte, dachte ich, so fällt der Bridge-Abend nicht ganz aus.«

Luise ist genervt. Einmal im Monat lädt sie ihren ehemaligen Lieblingskameramann Hartmut, seine Frau Elke und Buddy, den besten Beleuchter, der sie in jedem Film hervorragend in Szene gesetzt hat, zu einem Bridgeabend ein. Es gibt ihr die Möglichkeit, vertraute Menschen zu treffen, ohne ihnen wirklich nahekommen zu müssen.

Diana Corell ist die Ausnahme. Die lässt sie nur äußerst selten in ihr Refugium.

Aber durch Hartmuts eigenmächtiges Vorgehen sind ihr jetzt die Hände gebunden, was sie hasst. Denn Hartmut hat ihr zugeraunt: »Es geht ihr nicht so gut.« Was nichts anderes heißt, als dass sie hysterisch darum gebeten hat, mitgenommen zu werden.

Luise gibt Felix einen Wink, dem ungewollten Gast gleich eine ganze Karaffe mit Cognac hinzustellen, sonst würde die Corell nach jedem geleerten Glas die affektierte Bitte äußern, doch noch »ein kleines Schlückchen« nachschenken zu lassen.

Hilde, ihre Haushälterin seit fünfunddreißig Jahren, hat die üblichen Häppchen mit Schinken und Käsewürfeln vorbereitet, aufgespießt auf hölzernen Zahnstochern.

Felix hat dies vor Jahren vorgeschlagen, er liebt alles, was Retro ist. Er lebt für den Blick zurück in die seiner Meinung nach ach so bunte Welt der Fünfziger, die er aus unendlich vielen Filmen kennt. Er findet immer wieder Ort und Datum von Filmretrospektiven, zu denen er reist, stöbert im Internet nach Auszügen ihrer Interviews oder Auftritten bei Premierenfeiern.

Felix Maurer ist der Mensch, der ihr vorlebt, dass man sich unbeschwert an vergangene Zeiten erinnern kann. Sie beneidet ihn darum. Denn ihr ist dieser Weg versperrt.

Auch jetzt, während sich Hartmut um die Karten kümmert, denkt sie allein beim Anblick des verlebt aussehenden Ex-Starlets an Zeiten, in denen sie noch jede potenzielle Konkurrentin gefürchtet hat.

Diana Corell, die eigentlich Erika Blumenthal heißt.

Luise erinnert sich wieder an Irenes Feststellung: »Sie hat was!«, nachdem sie das Casting für die Rolle einer Bardame im nächsten Film für beendet erklärt und verkündet hat: »Aus der kann ich was machen!«

Luise hat damals die Zwanzigjährige angeschaut und so gar nichts an ihr entdecken können, was einen zweiten Blick gelohnt hätte. Ein längliches Gesicht, ein etwas zu spitzes Kinn, brünette Haare im Dauerwellenlook, eine ansprechende Figur.

Als sie Irene fragend anblickte, sagte sie: »Die Augen! Die Stimme! Los, sagen Sie mal was!«

»Soll ich Ihnen was vorspielen?«, waren die ersten Worte, die Luise von der Unbekannten hörte. Und sie verstand.

Die Stimme war tief und rau, sie schien nicht aus der Kehle einer solch jungen Durchschnittsperson zu stammen.

Und Irene plante schon weiter: »Das tiefe Blau ihrer Augen wird fantastisch zu platinblonden Haaren passen«, entwarf sie einen Typus. »Und dann quetsch ich ihren flachen Busen mit einem Korsett so weit nach oben, dass alle glauben, sie sei von Natur aus mit einem Mega-Dekolleté gesegnet.«

Ihre Haare wurden gefärbt, die langweiligen schulterlangen Locken dramatisch gekürzt. Die Maskenbildnerin zauberte dem flachen Gesicht mit einem raffinierten Make-up volle Wangen und zwei Reihen falscher Wimpern verliehen ihrem Blick im Scheinwerferlicht einen verführerischen Ausdruck.

Irene gab Diana in jedem ihrer Filme eine Rolle, meist als verruchte, aber mit einem Herz aus Gold ausgestattete Frau im zwielichtigen Milieu. Dann entschied sie, dass es an der Zeit wäre, ihr Repertoire dahin zu erweitern, eine unwiderstehliche Salondame darzustellen. Eine Frau mit Vergangenheit und dem gewissen Etwas.

Diana teilte ihr stolz mit: »Ich bin aufgestiegen von der Schlampe zum Mitglied der feinen Gesellschaft.«

Und Irene war zufrieden. »Die liefert! Zuverlässig!«

Und das war auch der Grund, sie immer wieder zu Irenes begehrten Festen einzuladen, obwohl es sehr schnell nicht mehr zu übersehen war, dass sie zu viel trank.

Erst war es lustig, wenn sie auf den Tisch sprang und einen wilden Tanz versuchte, bei dem die anwesenden Männer Wetten abschlossen, ob sie diesmal einen Slip trug oder nicht. Schließlich hat sie immer häufiger die Kontrolle über sich verloren, wenn sie am Hals von Finanziers gehangen hat, mit denen Irene Geschäfte hat machen wollen.

Jetzt sieht Luise die kreuz und quer verlaufenden Falten auf Dianas Gesicht. Der rote Lippenstift mit einem viel zu starken Blauanteil ist in den Fältchenkranz rund um ihre Lippen gekrochen.

Ihre Haare sind vom vielen Färben kaputt. Heute trägt sie eine billige blonde Perücke, deren wilde Locken zu stark glänzen.

Luise weiß, dass Diana noch hin und wieder gebucht wird. Hartmut hat ihr erzählt, dass er sie als sexhungrige Rentnerin in einem Stück im Boulevardtheater gesehen hat. Anstatt sich heute Abend auf das Spiel zu konzentrieren, erzählt Diana gerade stolz: »Ich habe ein Engagement!«

Und Hartmuts Frau ist so nett, sie zu fragen, was es denn ist.

»Eine Bardame in einem Regional-Krimi fürs TV. Ich bin so eine Art Männerversteherin im gewissen Alter, wisst ihr?«

Luise weiß, dass der Höhepunkt in Dianas Leben die Teilnahme an Filmbällen ist, bei denen sie sich neben bekannte Gesichter der aktuellen Schauspielerriege schmuggelt, um später tief verletzt festzustellen, dass man sie auf jedem gedruckten Foto abgeschnitten hat.

Luise seufzt und wird von Hartmut gefragt: »Hey, wo bist du gerade?« Dabei braucht sie gar nicht aufmerksamer zu sein, denn sie weiß, dass Diana die Regeln des Spiels nie begreifen wird. Dafür braucht es strategische Fähigkeiten, ein hohes Konzentrationsvermögen, ausgefeiltes psychologisches Können, einen Sinn für Taktik, ein Taxieren des Gegners, um wie in einem Krimi die Handlungen und Analysen der Spielsituation auszuloten.

Diana hat nichts davon, aber während Luise sie jetzt betrachtet, muss sie sich eingestehen, dass sie genau weiß, warum sie sie überhaupt in ihrer Gegenwart duldet.

Diana hat Irene gekannt. Das ist der sentimentale Grund, warum sie auch jetzt nicht kommentiert, dass Diana den Rest der Cognacflasche runterkippt und Felix zunuschelt: »Ich brauch einen Lift!«

Luise will ihn bitten, ihr ein Taxi zu besorgen, doch Elke ist so nett, anzubieten, sie rasch nach Hause zu fahren.

Sie bleibt mit Hartmut allein zurück und sagt so beiläufig wie möglich: »Ich gebe ein Exklusiv-Interview. Es soll als Serie erscheinen.«

Er starrt sie fassungslos an. »Wie bitte? Warum jetzt?«

Als er den Grund erfährt, überlegt er lange, dann warnt er: »Luise, ganz verstehe ich dich nicht. Du hast jahrzehntelang geschwiegen, hast dich vor der Öffentlichkeit versteckt, und jetzt willst du ein großes Interview geben? Wenn das herauskommt, wird die Welt um dich herum verrücktspielen. Das wird ein Riesenecho haben. Hast du vergessen, wie es früher war, als die Paparazzi dich auf Schritt und Tritt verfolgt haben? Wie wir dich verstecken mussten, wenn du bei uns Ruhe vor der Meute haben wolltest?«

Luise weiß, dass er sich ehrlich um sie sorgt, und versucht, ihm begreiflich zu machen, dass sie niemals die Einwilligung zur Veröffentlichung geben wird.

Doch er ist nicht überzeugt von dem Katz-und-Maus-Spiel, das der Anwalt initiiert hat. »Die Journalistin wird eine

Möglichkeit finden, alle Klauseln zu umgehen. Sie wird es sicher auf einen Prozess ankommen lassen. Und dann bist du auf dem Markt und hast keinen geheimen Rückzugsort mehr, um dich unsichtbar zu machen.«

Hat sie vielleicht doch einen Fehler begangen? Dabei hat Luise schon Rat bei Irene eingeholt, als sie sich am Nachmittag vorgestellt hat, wie sie auf die Entwicklung reagieren würde. Sie hat sich sogar eingebildet, die Frage, die sie selbst quält, von ihr zu hören: »Was willst du ihr eigentlich erzählen?« Um dann gleich darauf die Antwort zu geben, die Luise längst plant: »Erfinde dein eigenes Skript! Das Drehbuch zu deinem Leben! Der Film lügt immer! Und die Wahrheit verschweigst du!«

Ach, wenn sie doch Hartmut von Irenes geheimer ununterbrochener Anwesenheit erzählen könnte.

* * *

Als Sophie ihr Handy gecheckt hat, hat sie das Gefühl, ein Orkan sei ausgebrochen. Zunächst versucht sie, Mike zu erreichen, doch sie landet auf seiner Mailbox. Dann liest sie Hilles Nachrichten, aus denen sie jedoch nicht schlau wird, und als Sophie sie gerade anrufen will, vibriert das Gerät.

Graber.

»Grüß dich«, damit ist seine Höflichkeit erschöpft und er poltert los: »Wieso rufst du nicht zurück?« Sophie versucht, ihm die simple Tatsache zu erklären, dass sie ihr Handy vergessen hat, doch er hört gar nicht zu.

Ihm ist viel zu wichtig, endlich den Grund für seine Versuche, sie zu sprechen, loszuwerden: »Wieso hast du dir Unmengen über Luise Radell schicken lassen?«

Sophie lässt sich entsetzt auf ihren Schreibtischsessel fallen. Dass sie so schnell in eine Zwickmühle zwischen unterschriebenem Vertrag mit Geheimhaltungsklauseln und dem Spürsinn von Kollegen gerät, hat sie nicht kommen sehen. Sie muss sich rasch etwas einfallen lassen und versucht es zunächst mit einem lapidaren: »Weil sie mich interessiert.«

»Das mag ja sein«, befindet er. »Aber du bist nicht mehr Mitglied der Redaktion und kannst nicht einfach, nur weil du mit der Archiv-Chefin befreundet bist, Artikel zu deinem Privatvergnügen anfordern. Ein paar Artikel, da würde ich nichts sagen. Aber das sind ja Tonnen. Weißt du, was das kostet?«

Sophie muss ihn unbedingt ablenken und bemüht sich um einen gelassenen Tonfall: »Werner, du weißt doch, dass ich während meines Journalistikstudiums eine Semesterabschlussarbeit über Filmlegenden geschrieben habe. Und da war die Radell auch dabei. Daher kommt mein Interesse.«

Doch Graber lässt sich nicht täuschen. Diese Erklärung reicht ihm nicht.

»Was du da getan hast, ist illegal. Noch mal. Du kannst dir als Externe gar nichts aus dem Archiv bestellen, es sei denn, du schreibst eine Story für uns, die ich bei dir in Auftrag gegeben habe. Deine Freundin Hiltrud hast du gleich mal mit hineingezogen in den Schlamassel. Für sie ist das ein Kündigungsgrund.«

Sophie bricht der Schweiß aus. Alles, bloß das nicht. Sofort versucht sie, von der Verteidigung in den Angriffsmodus zu wechseln.

»Woher weißt du eigentlich davon?«

Graber räuspert sich.

Sophie legt nach. »Kontrollierst du alle Rechner im Haus? Wer was wohin schickt? Das ist illegal! Wissen das alle im Verlag?«

Graber lässt eine Pause entstehen, dann raunzt er: »Was hier illegal ist und was nicht, entscheiden rechtliche Grundlagen. Und die werden hier eingehalten.«

Jetzt schweigen sie beide für einen Moment.

Dann fragt Graber misstrauisch: »Schreibst du für die Konkurrenz über die Radell?« Plötzlich wird er hektisch: »Ist sie tot?«

Hier macht Sophie einen Fehler, als sie spontan widerspricht: »Nein!«

»Woher weißt du das so genau?«

Werner Graber ist ein schlauer Fuchs. Sophie versucht sich mit einem »Ich habe jedenfalls nichts Gegenteiliges gehört« zu retten.

»Red keinen Unsinn«, insistiert er. »Wir haben hier drei Nachrichtendienste und du keinen. Also, woher weißt du was über sie? Weißt du, wo sie lebt?«

Jetzt wird es brenzlig. Sie will ihn nicht direkt belügen. Er würde sich das merken. Und sie ist auf seine Aufträge angewiesen.

Also versucht sie es mit einer Gegenfrage: »Woher sollte ich das denn wissen?«

Graber scheint sich endlich selbst abzulenken, denn er wird nostalgisch. »Die Radell! Die Legende! Wir haben sie immer gesucht. Wahrscheinlich versteckt sie sich an der Côte d'Azur. Ein Interview mit ihr wäre ein Scoop. Würde uns gerade jetzt sehr helfen. Die Zahlen sehen nicht unbedingt rosig aus.«

Als er nur noch über die schlechte Verkaufsbilanz jammert, weiß Sophie, dass sie fürs Erste davongekommen ist.

Anschließend zeigt sich Hille zu ihrer Beruhigung am Telefon ganz gelassen über den Vorgang.

»Er hat gleich gedroht, mir eine Abmahnung zu schicken. Aber das wird er nicht wagen.«

»Warum bist du dir da so sicher?«

»Weil ich gewisse Dinge über ihn weiß, die er nicht so gern im Umlauf wissen will. Aber jetzt erzähl mal lieber, wie sieht sie aus?«

Sophie gibt ihr die Beschreibung. Währenddessen überlegt sie fieberhaft, ob sie ihrer engsten Freundin von dem Vertrag erzählen kann, den sie mit der Diva abgeschlossen hat.

Sie fühlt sich schlecht, als Hille das Gespräch wegen eines wichtigen Anrufs abbrechen muss, und verspricht, sich am Abend bei ihr zu melden.

Sophie kommt sich wie eine Verräterin vor. Was ist mit Mike? Er ist nicht aus der Branche und es besteht keine Gefahr, dass er mit jemandem über ein insgeheim geplantes Exklusiv-Interview mit einer Frau sprechen würde, die für ihn nichts anderes als eine Nervensäge ist. Wem kann sie vertrauen, wem nicht? Sophie ist erschrocken über ihre paranoiden Gedanken. Fühlt sie sich etwa der Diva gegenüber so sehr verpflichtet, dass sie Menschen in ihrem Umfeld belügen wird?

Oder ist es die Furcht, den größten Scoop ihrer Karriere zu vermasseln, wenn sie nicht schweigt?

Sie quält sich mit dem Dilemma, als Mike sich meldet. In der Sekunde entscheidet sich Sophie für den Weg, den sie gehen will. »Du, ich muss dir was erzählen! Kannst du wenigstens kurz vorbeikommen?«

Mike hat es tatsächlich geschafft, bei Sophie vorbeizukommen, obwohl die Aufräumarbeiten auf seiner Baustelle noch nicht beendet sind.

Wie verabredet, meldet er sich per Handy an, und als er vor ihr steht, hält er ihr eine Schachtel mit Sushi-Variationen hin und zeigt auf eine Flasche Weißwein in der anderen Hand.

»Ich kann nicht lange, aber auf die Schnelle etwas zu essen, sollten wir schaffen. Ich gehe nicht davon aus, dass du gekocht hast«, vermutet er richtig mit einem schiefen Lächeln.

Ihr fällt erst in dem Moment ein, dass sie überhaupt noch keinen Gedanken darauf verschwendet hat, etwas einzukaufen. Und die aktuellen Ereignisse haben sie so sehr in Atem gehalten, dass sie erst jetzt bemerkt, wie hungrig sie ist.

»Wo ist dein Korkenzieher?«, fragt er und stellt nach einem Blick in ihr ratloses Gesicht die Flasche in den Kühlschrank.

»Alkohol wird sowieso überschätzt«, stellt er grinsend fest und öffnet die Sushi-Packung, drückt ihr zwei Stäbchen in die Hand und erst als sie die Hälfte schon verzehrt haben, fragt er: »Was ist so dringend, dass du es mir noch heute Abend erzählen musst?«

Als sie ihm von der Vereinbarung mit der Diva berichtet, zieht er überrascht die Augenbrauen hoch. »Super! Wie hast du das geschafft?«

»Ehrlicherweise muss ich sagen, ich habe gar nichts gemacht. Sie kam mit dem fertigen Vertrag um die Ecke.«

»Also das heißt, sie hat sich beraten lassen und jetzt kannst du wahrscheinlich nicht einfach etwas über die ›living legend‹ schreiben, so wie du es vorgehabt hast, richtig?«

»Ja, und ich habe knallharte Verschwiegenheitsvereinbarungen gleich mit unterzeichnet. Eigentlich dürfte ich dir gar nichts erzählen.«

»Hast du unterschrieben mit dem Zusatz einer Strafandrohung?«

Als Sophie beklommen nickt, bohrt er nach: »Millionenhöhe?«

»So ungefähr«, muss sie zugeben.

»Tough, die alte Lady«, attestiert er Luise Radell. »Oder besser gesagt, ihr Anwalt.«

Plötzlich fühlt sich der Triumph nicht mehr so großartig an wie am Nachmittag. »Du meinst, ich habe einen Fehler gemacht?«, mutmaßt sie.

»Nein«, versucht er gleich, sie zu beruhigen. »Aber ich denke, sie spielt mit dir und ihr Anwalt hat dich an die Kette gelegt. Aber vielleicht fällt uns ja etwas ein, wie du die Paragrafen umgehen kannst.«

In genau diesem Augenblick vibriert ihr Handy.

Werner Graber.

»Ich muss drangehen«, erklärt sie Mike bedauernd, ehe sie den Anruf mit klopfendem Herzen entgegennimmt.

Was kann er zu dieser Zeit von ihr wollen?

* * *

Nachdem Hartmut von seiner Frau abgeholt worden ist, irrt Luise ruhelos durch ihr Haus. Ihre Haushälterin Hilde räumt noch die Überbleibsel des missglückten Bridgeabends weg.

Als sie die leere Cognackaraffe hochhebt, fragt sie missbilligend: »War diese schreckliche Person wieder da?«

Sie kennt die wenigen Menschen, die Luise gelegentlich in ihre Abgeschiedenheit lässt.

Luise nickt.

Sie ist überzeugt, dass Diana bereits bevor sie von den Ewers abgeholt worden ist, ein gehöriges Quantum Alkohol konsumiert hat. Sonst hätte der Inhalt der Karaffe allein ihr nicht so schnell zusetzen können.

Sie hat sich auf jeden Fall Mut angetrunken, denn Diana ist eingeschüchtert von ihr. Sie ist nicht dumm und weiß mit Sicherheit, wie wenig Luise von ihr hält.

Die Haushälterin verabschiedet sich und Felix verlässt das Haus kurz vor Mitternacht, beladen mit seinen großen Koffern und Taschen. Er würde wohl heute in einem nachgeschneiderten Abendkleid, das sie in ihrem Erfolgsfilm »Königin wider Willen« getragen hat, ihre Songs zum Besten geben.

Es amüsiert sie, dass er ausgerechnet sie imitiert. Sie hat hin und wieder mit dem Gedanken gespielt, ihn ihr in voller Aufmachung seinen Auftritt zeigen zu lassen.

Aber sie will die feine Linie, die zwischen ihnen für die unabdingbare Distanz sorgt, nicht überschreiten.

Jetzt quält sie das Unbehagen vor dem morgigen Tag. Was soll sie der Journalistin erzählen? Sie beschließt, dass es am besten ist, wenn sie die junge Frau erst einmal Fragen stellen lässt. Ihre Vita, die Irene für sie erfunden hat, ist zur Genüge bekannt. Luise wird ihr dazu höchstens ein paar Nachfragen gestatten, den Rest könnte sie sich aus den irrsinnig vielen Publikationen über das »Phänomen« Luise Radell selbst zusammenreimen.

Luise fragt leise: »Bist du da, Irene?«

Aber ihr fallen die Augen zu, ehe sie eine Antwort hört.

Und befindet sich augenblicklich auf einer Reise in die Vergangenheit. Diesmal ist sie bei dem glanzvollen Premierenabend in Berlin zur Erstaufführung ihres so erfolgreichen Films »Königin wider Willen«. Sie trägt das ärmellose Brokatkleid, durchwirkt mit Gold- und Silberfäden. Dazu die langen weißen Handschuhe, Perlenohrringe, spitze silberne Schuhe und im Haar einen Reif, der mit glitzernden Halbmonden besetzt ist. Die Massen drängen bis an den roten Teppich und die von der Polizei aufgestellten Absperrgitter drohen, umgestoßen zu werden.

Luise steigt aus der Limousine, dreht sich zu den auf der anderen Straßenseite wartenden Fans und winkt ihnen zu. Dabei achtet sie darauf, dass sie den obligatorischen Blumenstrauß ein wenig von sich weghält, damit das Kleid nicht beschmutzt wird. Sofort klicken die Fotoapparate, es müssen Hunderte sein. Die Blitzlichter blenden sie so sehr, dass die erwartungsvollen Gesichter der Fotografen zu einem Brei verschmelzen.

Doch schon reist sie in ihrer Imagination weiter und die Szenerie wechselt. Luise ist am Ende eines heißen Sommertages am Ammersee. Irene liegt in Shorts und einem knappen Oberteil im Gras gegen den breiten Stamm einer Trauerweide gelehnt und Luise schaut neben ihr empor in die Verästelungen, die sich sanft in einem leichten Wind leise knisternd hin und her bewegen.

Irene hebt ihr Glas und deutet auf eine Decke neben sich, auf der alles für ein Picknick hergerichtet ist. Kaltes Hähnchenfleisch auf gemischten Salaten, Brot und Butter, die auf Eiswürfeln in kleinen Boxen frisch geblieben ist, eiskalt gekühlter Weißwein, Erdbeeren, die in Pudding versenkt worden sind.

Ein Schlemmertag, eine absolute Ausnahme von Luises Dauerdiät. »Denk dir einfach, du hast einen Etappensieg zu feiern«, hört sie Irenes übermütige Stimme. »Deshalb gebe ich dir die offizielle Erlaubnis, heute mehr zu essen als sonst. Du wirst nämlich jetzt den nächsten Schritt machen.«

»Wohin?«, fragt Luise.

»Du wirst ins Ausland gehen. Raus aus dem kleinen Deutschland. Erst Frankreich, dann Italien.« Sie füllt ihr Glas nach und hält es Luise hin, um mit ihr anzustoßen.

Das Klirren reißt Luise aus ihrem Traum. Sie hält ihr leeres Glas in der Hand fest umklammert, mit dem sie gegen das Holz der Armlehne gestoßen ist. Hilde muss es beim Aufräumen vergessen haben.

Kapitel 4

München, 2022

Luise sieht durch einen Spalt der zugezogenen Vorhänge, dass der Morgen bereits angebrochen ist. Sie schaut auf die Uhr. Es ist sechs Uhr dreißig. Sie hat die halbe Nacht im Sessel geschlafen. Und um sieben kommt Alfons, ihr treuer Friseur.

Hastig steigt sie die Treppen zu ihrem Ankleidezimmer hoch. Was soll sie anziehen? Sie braucht dringend einen starken Kaffee, um erst einmal richtig wach zu werden.

Wann kommt die Journalistin? Sie fühlt Panik in sich aufsteigen. Sie hatte doch alles exakt durchgeplant. Erst der Friseur. Dann Hilde mit dem Frühstück. Dann Reni, ihre Maskenbildnerin, die sie immer schminkt, wenn sie es braucht. Und dann, um elf Uhr, die junge Frau mit dem komischen klobigen Schuh.

Luise reißt die Schranktüren auf und wirft sie verwirrt wieder zu.

»Alles in Ordnung, Frau Radell?«, hört sie Felix von unten rufen. Er muss durch das Gerumpel aufmerksam geworden sein und fügt hinzu: »Ich habe hier einen frisch aufgebrühten Kaffee für Sie. Darf ich raufkommen?« Da sie nicht widerspricht, steht er unmittelbar darauf vor ihr und scheint auf einen Blick ihre Konfusion zu erahnen.

Er greift in einen der Schränke und zieht ein blau-weißes Kostüm heraus, öffnet die Schuhlade und sucht ihr die passenden Pumps aus, die er vor ihr auf den Boden stellt.

Hastig trinkt sie den ersten Schluck.

»Und Alfons ist auch schon unten, Reni kommt in zehn Minuten und Hilde besorgt noch schnell frische Semmeln. Alles wird gut, Frau Radell!«

Nein, fürchtet Luise, nichts wird mehr gut.

* * *

Sophie schaut auf die Uhr. Es ist zehn Uhr fünfundvierzig. Sie hat die ganze Nacht nicht geschlafen und sieht dementsprechend übermüdet aus. Eilig trägt sie Make-up auf, um die immer noch sichtbaren Schrammen in ihrem Gesicht zu verbergen. Es ist so mühsam, sich mit dem lädierten Fuß zu duschen. Sie muss sich krampfhaft am Wandgriff festhalten, um auf einem Bein stehend das Wasser über sich laufen zu lassen. Dann klettert sie äußerst vorsichtig aus der Wanne, um nach dem Abtrocknen sofort in den Gehschuh zu steigen.

Sie muss unbedingt den Orthopäden anrufen und fragen, wann sie denn wieder auf das Hilfsmittel verzichten darf.

Als ihr der Lidstrich misslingt, hält sie inne.

Sie hat immer noch nicht verdaut, was gestern Abend passiert ist. Sie wird auf jeden Fall gleich am ersten Tag mit einer Hiobsbotschaft bei der Diva auftauchen.

Pünktlich steht sie vor dem Haus und sitzt kurz darauf der Diva gegenüber, holt noch einmal Luft, bevor sie sich räuspert. »Es ist alles meine Schuld. Das heißt, eigentlich nicht direkt meine, aber irgendwie schon. Es ist einfach eine ganz blöde

Situation entstanden«, gesteht Sophie und schaut schuldbewusst zu Luise Radell herüber.

Die sitzt auf derselben Stelle auf ihrem Sofa wie am Tag zuvor und trägt diesmal ein elegantes blau-weißes Kostüm mit farblich passenden Pumps.

Sie ist tadellos zurechtgemacht, sicher hat sie an diesem Morgen ihren Friseur einbestellt und sich auch das Make-up machen lassen. Sophie bedauert, es ihr heute nicht gleichtun zu können. Sie hat denselben Hosenanzug inklusive der unterschiedlich aussehenden Hosenbeine an, allerdings diesmal eine Bluse unter dem Blazer.

Dass sie müde aussieht, weiß sie selbst und auch, dass ihr Lidstrich am rechten Auge verwackelt ist.

Sie hat sich entschlossen, gleich mit der Wahrheit herauszurücken, und berichtet Luise Radell und Felix Maurer, der auf einem Sessel Platz genommen hat, ohne Umschweife von der Kalamität, in der sie steckt. Seit dem Anruf am gestrigen späten Abend von Werner Graber, ihrem ehemaligen Ressortleiter beim Hamburger Magazin.

»Immer noch sauer wegen der vielen gesendeten Unterlagen?«, hat sie das Gespräch am Vorabend begonnen.

»Wieso?«

Typisch Graber. Er hat seine Standpauke längst wieder vergessen.

»Ich habe einen Auftrag für dich.«

Bei dieser Ankündigung hat sie sich noch mehr gewundert, warum er so spät angerufen hat. Das hätte doch noch Zeit bis zum nächsten Tag gehabt.

Aber sie hat das Gespräch mit einem schnellen »Was?« fix beenden wollen.

»Eine Serie über ›Legenden der Leinwand‹. Und als Erstes eine Folge über Luise Radell.«

Sophie hält nach ihrer Einleitung kurz inne, bevor sie fortfährt: »Sie können sich vorstellen, wie geschockt ich war«, versucht sie, Luise Radell und ihren Adlatus zu überzeugen. »Ich habe ihn gefragt, wie er denn darauf kommt. Und ich musste feststellen, leider habe ich ihn selbst darauf gebracht.«

Graber hat ihr geantwortet: »Um zwei Fliegen mit einer Klappe zu schlagen. Dadurch kann ich deine unmögliche Mammut-Bestellung von Archiv-Unterlagen rechtfertigen. Problem gelöst. Und du kannst locker über die Diven der Movie-Steinzeit schreiben, weil du das ja im Studium schon mal gemacht hast. Hol doch die Arbeit einfach wieder raus, schmück sie schön aus, Sex and Crime, erfinde ein paar Skandale und lass das Akademische weg. Und bestell vor allem Bilder aus der Fotoredaktion, an denen man sich nicht schon sattgesehen hat.«

Luise Radell schaut Sophie während ihrer Schilderung ungläubig an. Felix Maurer blickt alarmiert zu der Diva herüber, sichtlich beunruhigt, wie sie die Neuigkeit aufnimmt.

»Ich habe dann gleich versucht, Schadensbegrenzung zu betreiben, indem ich ihn darauf aufmerksam gemacht habe, dass der Chefredakteur einer solchen Serie auf keinen Fall zustimmen wird«, berichtet Sophie und versucht, ihn den beiden zu beschreiben: »Er ist einer der neuen Typen in der Medienlandschaft. Topmodisch mit der schwarz geränderten Yuppie-Brille könnte er genauso gut eine Werbeagentur oder ein Marktforschungsinstitut repräsentieren. Er findet immer alles cool, mega oder sweet. Allerdings kann er, sobald er unter Druck steht, auch so ausfallend werden, dass nach nur zwei Jahren im Verlag bereits die dritte Sekretärin das Weite gesucht hat.«

Sophie hat am Abend gehofft, dass mit diesem Hinweis Grabers Auftrag, eine Serie über Filmlegenden der Vergangenheit zu schreiben, vom Tisch wäre, musste aber zu ihrer großen Überraschung hören: »Von dem kommt doch der Befehl. Du kannst froh sein, dass er auf diese Idee gekommen ist. Damit ist dein Problem wegen der Archivunterlagen vom Tisch. So fügt sich alles aufs Feinste!«

Sophie hat noch einen allerletzten Versuch unternommen: »Wieso begeistert sich der megacoole Chefredakteur für Legenden von gestern? Der kennt die Stars doch gar nicht.«

»Kann man heute alles googeln«, hat Grabers schlichtes Gegenargument gelautet. »Und wie das Leben so spielt: Er kennt Luise Radell, denn seine Mutter ist ein Riesenfan und – jetzt halt dich fest – er ist sogar mal mit Mama zu einer Fotoausstellung über die Radell zu den Filmfestspielen nach Venedig gefahren. Er weiß sogar noch den Titel des Events.«

»La Bellissima Luisa«, hat Sophie automatisch gemurmelt.

»Bravo!«, ist sie für ihr Wissen von Graber gelobt worden, der sofort Druck gemacht hat: »Jetzt mach dich langsam an die Arbeit. Eigentlich wollte er schon in der Saure-Gurken-Zeit im Sommer mit der Serie anfangen. ›Da drucken wir so was einfach weg‹, hat er gesagt. Aber ich habe ihn überredet, dass so etwas Schmalziges besser in die Weihnachtsausgaben passt. Und übrigens, in diesem Fall darfst du auch über die anderen Diven Archivmaterial von Hiltrud anfordern. Diesmal hast du ganz offiziell mein Okay! Schick mir ’ne Liste, über wen du alles schreiben willst.«

Sophie wartet jetzt in Luise Radells unbekanntem Rückzugsort angespannt auf eine Reaktion. Doch niemand ergreift das Wort.

Deshalb wiederholt sie noch einmal: »Es tut mir wirklich leid. Das ist eine Verkettung dummer Umstände. Wenn meine Freundin mich nicht hätte unterstützen wollen …«

»Wann hat sie Ihnen denn das Material über Frau Radell zugemailt?« Felix Maurer legt sofort den Finger in die Wunde.

Sophie sucht nach einem Ausweg. »Als ich sie darum gebeten habe.«

Doch Maurer lässt nicht locker.

»Nachdem Sie den Vertrag mit Frau Radell abgeschlossen haben oder davor?«

Sophie bleibt die Antwort schuldig.

»Dann stelle ich mal fest, dass Sie Ihre Freundin bereits über den Aufenthaltsort informiert hatten. Ihr … Bekannter, will ich ihn mal nennen, der Architekt, kennt ihn ebenfalls, wenn auch schon vor Ihnen, aber somit wissen auf jeden Fall schon einmal zwei Leute, wo Frau Radell lebt, richtig?«

Mit seiner Präzisionsgabe könnte er auch einen guten Anwalt abgeben, denkt Sophie und weiß sich nicht anders zu helfen, als zu versichern: »Beide würden nie etwas sagen!«

Doch Maurer bleibt am Ball: »Sie haben aber einen Vertrag unterschrieben, obwohl Sie bereits im Vorfeld gegen ihn verstoßen haben. Gegen die Geheimhaltungsparagrafen. Deshalb …«

»Felix, es ist genug!«

Er schaut genauso verblüfft wie Sophie zur Diva, die erst ihren schlackernden Rubinring nach oben dreht, um dann umständlich die Schatulle zu öffnen. Wieder klemmt der Mechanismus und es dauert eine Weile, ehe sie eine Zigarette hervorholt und mit einem kurzen Seitenblick Felix auffordert, aufzuspringen, um ihr Feuer zu geben.

Dann stellt sie eine Frage, mit der Sophie niemals gerechnet hätte: »Wer sind die anderen?«

»Bitte?«

»Legenden.«

Sophie rattert ein Paar Namen von Schauspielerinnen herunter, die in den Fünfziger- und Sechzigerjahren Filmerfolge feierten.

Das kann Felix Maurer ganz offensichtlich nicht so stehen lassen.

»Das sind doch keine Legenden. Da gibt es nur eine. Und die sitzt Ihnen gegenüber.«

Sophie versteht seinen Protest. Luise Radell hat tatsächlich einen Ausnahmestatus. In den Augen von Graber und dem Chefredakteur zählen allerdings alle Schauspielerinnen, die damals das Publikum in die Kinos gelockt haben, als Garanten für einen Verkaufserfolg. Sie wissen, dass viele ältere Konsumenten ihr Blatt kaufen.

Nach einem Blick auf die Diva ahnt Sophie, was jetzt kommt.

»Dann können Sie jetzt wieder gehen«, stellt die fest. Die Erleichterung ist ihr anzusehen. »Sie schreiben in ein paar Monaten über einige Kolleginnen und mich und stricken sich dazu die üblichen Geschichten aus Ihren Unterlagen zusammen. Unser Vertrag tritt damit nicht in Kraft, allerdings bleibt er bindend. Sie dürfen über meinen Aufenthaltsort nichts berichten, dürfen ohne meine Zustimmung auch keine Einblicke in mein privates Leben hier geben und vor allem dürfen Sie noch nicht einmal verraten«, an diesem Punkt sieht sie triumphierend aus, »dass ich noch lebe.«

Felix nickt zufrieden.

* * *

»Hast du dir überlegt, was du jetzt tun willst?« Mike rollt die Spaghetti auf seine Gabel.

Sophie schiebt ihren fast leeren Teller ein wenig zur Seite und stützt ihre Arme auf dem Tisch auf. Sie sitzen in einer Trattoria, die versteckt in einem Hinterhof der Maximilianstraße liegt. Mike ist Stammkunde und hat Sophie zum Lunch eingeladen.

»Ganz ehrlich, ich habe noch keinen Schimmer, wie ich aus der Situation rauskomme. Wenn ich Graber sage, dass die Diva meine Nachbarin ist, wird er sofort verlangen, dass ich eine Story über die vor Jahrzehnten wie vom Erdboden verschluckte Schauspielerin schreibe. Dem ist egal, ob ich mit Lammer einen Knebelvertrag abgeschlossen habe. Ihm geht es nur um den Scoop! Eine Sensation ohnegleichen, die er ohne Rücksicht auf mich öffentlich machen würde. Dazu eine riesige PR-Kampagne, um die Auflage zu pushen.«

»Und der ausgebuffte Medienanwalt?«

»Würde sich an mich halten und klagen!«

Mike blickt nachdenklich an ihr vorbei, entdeckt einen Bekannten, dem er kurz zuwinkt.

»Bei mir hat sie einen Etappensieg verbuchen können«, skizziert er seine eigene Situation. »Ein Richter hat doch tatsächlich ihren Anwälten nachgegeben und verlangt von mir ein neues Gutachten über die Einhaltung aller Vorsichtsmaßnahmen, um die Villa Nummer zehn nicht zu gefährden.«

»Mit der einstweiligen Verfügung, die sie dir in die Hand gedrückt hat?«

»Ja, leider.«

Mike gibt dem Kellner ein Zeichen und fragt: »Willst du ein Dessert?«

Luise schüttelt den Kopf.

»Espresso?«

»Gern.«

Als zwei dampfend heiße Espressi vor ihnen stehen, meint Mike: »Ich würde an deiner Stelle ganz offen operieren. Nimm die Rückendeckung deines Chefredakteurs in Anspruch, schließlich verschaffst du ihm eine Mega-Story, und überlass es ihm, die Strafbeträge zu zahlen. Damit bist du aus dem Schneider und die kostbare Diva begreift, dass sie viel schlechter dran wäre, wenn andere Journalisten sie aufstöbern würden. Was meinst du?«

Sophie ist sich nicht ganz sicher, ob sein Vorschlag wirklich uneigennützig ist. Eine Diva, die sich mitten in einem Medienspektakel befindet, würde sicher nicht mehr ganz so kämpferisch gegen ihn vorgehen.

Mike schaut besorgt auf seine Uhr. »Ich habe nicht mehr viel Zeit, ich muss den Kurzen abholen. Aber hast du Lust, noch ein wenig die Stores abzuklappern? Die Maximilianstraße ist die Meile für Touristen. Und du als ›Zuagroaste‹, wie man hier sagt, gehörst noch dazu.«

Sophie stimmt sofort zu.

Sie hat Lust, noch ein wenig zu bummeln, und hofft, dass sie danach endlich einen Entschluss fassen kann. Sie gibt Mike recht. Den Zufall, der ihr eine geheimnisumwobene Nachbarin beschert hat, darf sie nicht ungenutzt lassen. Aber jetzt will sie die Zeit mit Mike genießen.

Mittlerweile weiß sie, dass er sechsunddreißig Jahre alt und geschieden ist, einen kleinen Sohn hat, um den er sich gemeinsam mit seiner Ex-Frau kümmert.

Sophie hat den fünfjährigen Johann, von seinen Eltern nur Mini genannt, noch nicht kennengelernt. Sie nimmt sich aber vor, möglichst unverkrampft mit ihm umzugehen.

Sie selbst kämpft mit dem Spagat, sich nach der rabiaten Trennung ihres Ex-Freundes nicht zu schnell in eine neue, wenn auch lockere Beziehung zu stürzen, aber sie kann nicht leugnen, dass Mike ihr mehr als nur gut gefällt.

»Sieh es doch einfach als Flirt«, hat ihr Hille geraten. »Lass dich darauf ein und genieß eine schöne Zeit. So eine Sommerliebelei! Nicht mehr und nicht weniger.«

Leider hat ihr Orthopäde ihr noch immer nicht erlaubt, den Gehschuh wieder zurückzubringen. »Der Bruch ist kompliziert, und wenn Sie jetzt zu schnell versuchen, zur

Normalität zurückzukehren, werden Sie immer mit Schmerzen herumlaufen.«

»Und Sport?«

»Schwimmen wäre gut. Aber wenn Sie aus dem Becken kommen, gleich wieder in die Gehhilfe!«

Mike hat sich ganz offensichtlich daran gewöhnt, dass sie immer noch neben ihm herhumpelt, denn sie hat bisher keinen Schuh gefunden, der den Höhenunterschied ausgleichen könnte.

Und ihre Umzugskartons hat sie auch erst zur Hälfte geleert. Eigentlich ist sie permanent auf der Suche. Entweder nach Dessous, Nachtwäsche oder Krimskrams, auf den sie bei ihrem Wechsel in die bayerische Landeshauptstadt geglaubt hat, nicht verzichten zu können.

Hosen kann sie nur die mit weitem Bein tragen, Kleider, die sie auf eine Garderobenstange gehängt hat, sind noch zu kühl für den erst langsam beginnenden Sommer, und so läuft sie meistens in einer Marlenehose mit wechselnden Blusen plus Blazer herum. Ihre Haare hat sie allerdings mittlerweile einem Friseur unweit ihrer Wohnung anvertraut und ist mit dem Strähnen-Ergebnis mehr als zufrieden.

»Guck mal, das ist schön, nicht wahr?«, stellt sie gerade beim Betrachten des Schaufensters einer Nobelmarke fest, die niemals Preise an ihrer Designerware offenbaren.

»Hmm«, hört sie von Mike und weiß nicht recht, ob er zustimmt oder nicht. Er ist vor einem Zeitungskiosk stehen geblieben und zeigt auf das Titelblatt des Magazins aus Hamburg, bei dem Sophie gearbeitet hat.

»Schau mal, das ist doch die *Radau*, oder?«, fragt er sie und Sophie fährt herum.

Was sie sieht, macht sie sprachlos.

In großen Lettern steht auf dem Titel: DIE LEGENDE LEBT!

Daneben genauso groß: DAS DRAMA DER DIVA!

Mike sieht Sophie verwundert an. »Hast du das etwa geschrieben?«

»Nein«, wehrt sie sich entrüstet. »Wie kommst du auf so was?«

Mike hat bereits zwei Exemplare gekauft und hält ihr das Titelblatt entgegen.

»Wer ist das?«, fragt er.

Sophie schaut auf das Foto von Luise Radell, die Hand in Hand mit einer aufgedonnerten Blondine über ein Außendreh-Set schlendert, vermutlich Ende der Fünfzigerjahre. Beide schauen rückwärts über die Schulter zum Fotografen hin. Es ist die typische Szenerie für ein Publicity-Shooting der damaligen Zeit.

Die Blondine ist auf hohen Absätzen unterwegs, trägt extrem knappe Shorts, einen eng anliegenden Pullover mit kurzen Ärmeln und hat um den Hals das obligatorische Nicky-Tuch gebunden.

Die Radell hat ein elegantes Sommerkleid an, halbhohe Pumps und ist nicht nur durch ihre Aufmachung das genaue Gegenteil der offensichtlich auf sexy Ausstrahlung abonnierten Begleiterin.

»Ich habe keine Ahnung, wer das ist«, muss Sophie einräumen, während sie bereits hastig in dem Magazin blättert.

Endlich stößt sie auf den dazugehörenden Artikel und liest von »der besten Freundin der Diva, Diana Corell, die bei der verschwundenen Diva ein und aus geht«.

Mike runzelt die Stirn. »Wie ist denn so was möglich? Du hast doch einen Auftrag von der Zeitschrift, eine Serie zu schreiben.«

Sophie wird fast schwarz vor Augen. Sie sieht nichts als Ärger und Probleme auf sich zukommen. Vor Minuten noch war sie glücklich an Mikes Seite, unbeschwert und zufrieden mit dem, was sich in ihrem Leben ereignet hat.

Jetzt muss sie schnellstens herausfinden, wie es zu dieser infamen Story gekommen ist. Noch schlimmer wird die Vermutung der Radell sein, dass sie dafür verantwortlich ist. Und womit Lammer ihr drohen wird, daran wagt sie gar nicht zu denken.

Während Mike das Auto aus der Tiefgarage holt, steht Sophie auf dem Trottoir der Maximilianstraße und überfliegt den Text. Diese Diana Corell ist auf einer ganzen Seite abgebildet und hält das Foto, das auf dem Titel gelandet ist, in Händen und behauptet im dazu abgedruckten Interview, ihre enge Freundin Luise Radell sei durch eine misslungene Schönheitsoperation vor Jahrzehnten völlig entstellt. Und dies sei der Grund, warum sie sich unvermittelt vor der Öffentlichkeit versteckt hat.

Nicht nur die Lügen sind perfide, sondern auch der Tipp, den sie den Reportern gegeben hat.

Denn das Haus Nummer zehn in Harlaching ist fotografiert worden, und zwar mit dieser Frau, die mit einem Blumenstrauß in der Hand vor der Villenfront posiert. So als wäre sie gerade auf dem Weg, die verschwundene Diva zu besuchen. Zwar ist der Straßenname nicht abgedruckt, aber die Adresse würde jetzt Allgemeingut der Presse werden. Der Fotograf würde sie auf keinen Fall für sich behalten.

Das Ganze ist ein Desaster. Wo ist die Frau überhaupt hergekommen? Sie sieht ziemlich verlebt aus, trägt knallenge Lederleggings und ein Oberteil aus schwarzer Spitze mit einem tiefen Ausschnitt.

Sophie googelt den Namen und erfährt aus einem sehr kleinen Eintrag, dass sie als verführerische Darstellerin in unzählig vielen Filmen mitgewirkt habe, meistens in der Rolle einer Bardame oder eines sexy Revuegirls. Zum großen Durchbruch habe es nicht gereicht, aber sie habe es tatsächlich auf einige

Titelblätter der damals ungeheuer populären Filmmagazine geschafft.

Fotos von ihr gibt es reichlich im Netz, aber als Sophie zu Mike ins Auto steigt und er sie fragt: »Kennst du die?«, schüttelt sie den Kopf.

»Von der Sorte gab es viele. Starlets oder Sternchen nannte man die damals. Aber was ich nicht verstehe, ist, wie sie zu der Adresse kommt. Was hat die Radell heute noch mit ihr zu tun?«

* * *

»Die Corell«, flüstert Felix Maurer und hält den Hörer in Luises Richtung.

Sie fuchtelt ihm wild mit den Händen entgegen, dass er beinahe das Telefon fallen lässt.

»Sie ist nicht zu sprechen«, verkündet er und legt auf.

Noch immer starrt Luise auf das Titelbild des Hamburger Magazins. Diana Corell und sie. Hand in Hand.

»Peppi«, hat Irene damals Set-Fotograf Peter Pepp zugerufen. »Mach mal einen Schuss auf die beiden. Nehmt euch mal an die Hand und schaut über die Schulter. Sieht nett aus.« Und Luise hat ihren Wunsch widerwillig erfüllt.

Wahrscheinlich hat Irene in diesem Moment noch nicht einmal gewusst, wofür sie das Motiv brauchen würde. Es ist nur ein Foto unter vielen gewesen, auf denen Luise mit Filmpartnern hat posieren müssen. Sie sind für die Programmhefte verwendet worden, die die Zuschauer an der Kasse zusammen mit ihren Tickets gekauft haben.

Und offensichtlich hat sich die Corell von Peppi einen Abzug machen lassen.

Luise weiß nicht, was mehr schmerzt. Die Entdeckung dieses Fotos auf einem Magazin, das Hunderttausende von Lesern hat, oder der Verrat der jungen Journalistin, die ein verrückter Zufall zu ihrer Nachbarin gemacht hat.

Ganz offensichtlich hat sie sie unterschätzt.

Vielleicht hat sie auf der Lauer gelegen und von ihrer Wohnung aus gesehen, dass Hartmut und Elke mit Diana Corell gemeinsam zum Bridgeabend in ihre Villa gekommen sind? Aber wie hat sie Diana erkennen können? Sie hat doch schon ein wenig getorkelt, als sie durch die Tür getreten ist. Und überhaupt: Woher kennt sie die Corell?

Wie ist es möglich, dass sie Kontakt zu ihr hat?

Erneut steht Felix neben ihr, diesmal mit seinem Handy. »Auch auf diesem Weg will ich nicht mit ihr sprechen«, entscheidet sie sofort, doch Felix sagt leise: »Herr Ewers.«

Luise nimmt ihm das Gerät aus der Hand und sagt zunächst nichts, was Hartmut dazu bringt, sofort nach einer Erklärung für Dianas Verrat zu suchen: »Luise, du weißt, wie sie ist. Sie giert nach Publicity, will wichtig sein. Will immer noch groß rauskommen. Sie …«

Luise unterbricht ihn. »Wieso kommt sie ausgerechnet jetzt darauf, mich an die Presse zu verkaufen? Und ausgerechnet an das Magazin, von dem ich dir erzählt habe. Das Einzige, das infrage kam, als dieser Medienanwalt mir vorgeschlagen hat, ein Interview zu geben?«

Es tritt eine längere Pause ein und Luise kann sich denken, wie es passiert ist.

Hartmut hat nicht dichtgehalten.

Und sie wird bestätigt.

»Luise, ich muss dir gestehen, dass ich in gewisser Weise schuld an dem ganzen Desaster bin. Ich habe Elke davon erzählt und sie hat mit Diana telefoniert und ihr ganz beiläufig, ich schwöre es, ganz nebenbei berichtet, dass du so etwas ins Auge fasst. Und daraufhin hat sie ihre Chance gewittert, groß rauszukommen, und hat bei dem Chefredakteur des Blattes angerufen.

Ich habe mit ihr gesprochen und sie hat nur geheult. Sie weiß, dass das ein Fehler war. Ein großer Fehler! Aber sie will ein Stück abhaben vom großen Kuchen. Und war ungeheuer geschmeichelt, als der Star-Journalist vom Magazin, Robert Pflöger, sofort bei ihr aufkreuzte. Mit einem Riesenblumenstrauß. Er hat nach ihrem Anruf den nächsten Flieger nach München genommen, hat sie mir stolz erzählt. Und im Gepäck hatte er auch eine Menge Geld.«

»Hartmut, das ist ein unfassbarer Vertrauensbruch.«

»Luise, ich weiß. Es ist nicht zu verzeihen. Aber du musst auch ihre Situation sehen. Die ist ganz anders als deine. Sie lebt in einem Ein-Zimmer-Appartement ...«

»Das ihr gehört«, unterbricht sie ihn.

»Ja, das stimmt, es gehört ihr, Gott sei Dank hat ihr das mal ein Gönner gekauft. Aber ihre Rente ist, sagen wir mal, bescheiden. Und ihr letzter alter Verehrer hat sich eine Jüngere genommen. Ihre Kleider sind nicht die modernsten, der Friseur kostet und deshalb hat sie sich zuletzt die Haare mit Mitteln aus der Drogerie selbst gefärbt. Dabei hat sie alles falsch gemacht, die Haare sind kaputt, deshalb kreuzt sie doch immer mit der Billig-Perücke auf.«

Luise lässt alle diese Argumente nicht gelten. Zu tief sitzt die Wut über Dianas Verrat.

»Sie hat doch immer gut gelebt.«

»Solange ihre Sugar-Daddys ihr Leben finanziert haben, ja. Jetzt unterstützen Elke und ich sie hin und wieder.«

Luise bleibt hart. »Und wer bezahlt ihren Cognac und ihre albernen Slim-Zigaretten?«

»Luise, bitte, ich kann total verstehen, dass du wütend bist ...«

»Warum hat sie das mit meinem Gesicht behauptet?«, will sie wissen.

»Ich habe sie sofort gefragt und weiß gar nicht, wie ich es dir sagen soll. Sie hat mir gegenüber behauptet, und bitte reg dich nicht auf, sie habe diese Verunstaltung erfunden, um dich vor der Öffentlichkeit zu schützen. Sie sagt, wenn die Leute das glauben, würde jeder Mitleid mit dir haben und dich in Ruhe lassen.«

Luise schnappt nach Luft. »Das ist ja wohl die blödeste Erklärung, die sie sich einfallen lassen konnte. Und ganz so blöd ist sie nicht. Das ist perfide.«

»Natürlich«, stimmt ihr Hartmut sofort zu. »Aber bitte vergiss nicht, Luise, sie ist eine von uns!«

Kapitel 5

München, 2022

Als Mike in Sophies Straße einbiegt, tritt er hart auf die Bremse. »Was ist das denn?«

Sophie starrt entsetzt auf die vielen Reporter, die mit Mikrofonen in der Hand vor dem niedrigen Eisengitter von Haus Nummer zehn stehen. Dazwischen Kollegen, die ihre TV-Kameras geschultert haben, einige von ihnen ausgestattet mit aufklappbaren Hockern. Offensichtlich erwarten sie, eine lange Zeit auf das Erscheinen der Diva warten zu müssen. Alle Journalisten blockieren die Straße.

»Du kannst hier nicht weiterfahren.« Sophie kann die Journalisten gar nicht zählen.

»Das ist ja absurd«, stellt er fest, schaltet den Rückwärtsgang seines SUV ein und beginnt, das Fahrzeug zurückzusetzen.

Das lässt die Reporter und Fotografen aufmerksam werden, Kameras werden hoch in die Luft gehalten, um in Mikes Auto hineinfotografieren zu können. Ganz offensichtlich vermuten sie, dass die Diva in dem Auto sitzt.

Sophie zieht automatisch den Kopf ein, weil sie von den vielen Blitzlichtern geblendet wird.

In Minutenschnelle ist Mikes Fahrzeug von Menschen eingekeilt.

Aufgebracht lässt er sein Fenster herunter und verlangt: »Geben Sie sofort den Weg frei!« Doch dies scheint die Reporter noch in dem Irrglauben zu bestärken, er wollte Luise Radell vor ihnen schützen.

»Ich ruf die Polizei«, kündigt Sophie an und erklärt kurz darauf am Handy der Leitstelle die Situation.

Mike lehnt sich zurück und versucht offensichtlich, sich zu beruhigen. »Bleibt das jetzt so?«, fragt er Sophie und sie nickt bekümmert.

»Der Belagerungszustand wird Normalität werden«, fürchtet sie. Und sie behält recht, denn die Beamten des Streifenwagens, der kurz darauf eintrifft, können nichts ausrichten.

»Leider«, erklärt der junge Beamte, der ihnen die Nachricht überbringt und weist darauf hin: »Die Journalisten befinden sich vor dem Grundstück und sind damit auf einem öffentlichen Gehweg. Wir haben sie ermahnt, den Straßenverkehr nicht zu behindern. Und das ist alles, was wir tun können. Wieso sind die eigentlich alle da?«

»Wegen Luise Radell«, versucht Sophie ihn aufzuklären, doch er zuckt nur mit den Schultern. »Kenn ich nicht. Wer ist das?«

Als Sophie von einer legendären Filmdiva spricht, die früher unzählige Erfolge gefeiert hat, meint er: »War vor meiner Zeit!«, verabschiedet sich und lässt Mike und Sophie zurück.

»Ich kann ihn verstehen«, sagt Mike. »Ich bring dich jetzt zu deiner Nummer zwölf und ruf dich später an.«

Als Sophie aussteigt, erlebt sie ihr blaues Wunder. Die Reporter und Kameraleute stürzen sich sofort auf sie: »Was wissen Sie über die Diva? Kennen Sie sie? Sie sind doch ihre Nachbarin!«

Als sie sich dumm stellt: »Keine Ahnung. Ich weiß gar nicht, wovon Sie reden«, erlebt sie zum ersten Mal am eigenen Leib, wie es sich für einen Prominenten anfühlt, wenn er ungeschützt auf die Presse trifft.

Rasch schließt sie ihre Haustür auf und drückt sie sofort hinter sich zu.

Ihr Handy vibriert am laufenden Band, was sie zuvor gar nicht bemerkt hat.

Als sie auf ihr Display blickt, taucht immer wieder eine Hamburger Nummer auf, die sie nicht gespeichert hat, und ahnt, dass es Lammer ist, der sie zu erreichen versucht.

Seufzend ruft sie zurück.

Es ist tatsächlich die Durchwahl des Star-Anwalts, die er mit Kennung zurückgelassen hat.

»Sind Sie wahnsinnig?«, brüllt er sofort. »Wie konnten Sie es wagen? Sie stecken dahinter.«

Er redet sich richtig in Rage und Sophie überlegt, ob sie einfach das Gespräch abblockt oder abwartet, bis er sich einigermaßen beruhigt hat. Als er endlich nach Luft schnappt, klärt sie ihn auf: »Ich habe damit überhaupt nichts zu tun. Sie müssen sich schon an den Chefredakteur des Magazins wenden, denn ich habe selbst keinen Schimmer, wieso eine Frau, von der bisher wohl nur wenige Notiz genommen haben und die ich überhaupt nicht kenne, plötzlich als die beste Freundin agiert. Suchen Sie lieber deren Telefonverbindungen und machen die zur Schnecke. Ich jedenfalls habe damit nichts zu tun.« Und zum Schluss macht sie ihm noch aufgebracht klar: »Glauben Sie, ich hätte Ihnen alle meine Daten gegeben, zum Beispiel auch meine Handynummer, die Sie gerade benutzen, wenn ich vorgehabt hätte, gleich mal gegen alle Paragrafen unseres Vertrages zu verstoßen? Für wie dämlich halten Sie mich eigentlich?«

Verblüfft stellt sie fest, dass sie ihn überzeugt zu haben scheint: »Stimmt. Wenn ich es mir genau überlege, kommen

Sie dafür nicht infrage«, um dann im sachlichen Ton fortzufahren: »Ich habe eben lange mit Frau Radell telefoniert und ihr vorgeschlagen, das geplante Interview mit Ihnen zu gestatten.«

Sophie glaubt, sich verhört zu haben. »Jetzt doch?«, fragt sie ungläubig nach.

»Ja. Es ist die beste Lösung. Um diese Knallcharge kümmere ich mich gesondert. Die beste Methode, die Presse davon zu überzeugen, dass nichts von deren Behauptungen stimmt, ist ein vernünftiges Gespräch zwischen Ihnen beiden, Frau Radell und Ihnen, und dann ein aktuelles Foto von ihr.«

Hier zögert er kurz, dann fragt er: »Es stimmt doch nicht, oder?«

»Was?«

»Dass sie durch eine verunglückte Schönheits-OP verunstaltet ist?«

Jetzt braucht der Super-Anwalt sie, was Sophie großes Vergnügen bereitet. Aber um der Sache willen lässt sie ihn nicht im Unklaren: »Nein, die Diva sieht fantastisch aus. Und wenn man nicht wüsste, dass sie über achtzig sein muss, käme man nicht drauf.«

Lammer atmet erleichtert aus und überrascht sie mit der neugierigen Frage: »Ist sie denn geliftet?«

»Das glaube ich noch nicht einmal. Sie hat sich einfach sehr gut gehalten. Und sie wird exzellent geschminkt. Ob sie das selbst macht oder eine Maskenbildnerin, weiß ich nicht.«

Das Gespräch hat sich um hundertachtzig Grad gedreht. Jetzt unterhalten sie sich vernünftig darüber, wie sie gemeinsam vorgehen wollen, um die Diva zu schützen, nachdem die mediale Katastrophe eingetreten ist.

»Was sagt sie denn zu Ihrem Vorschlag?«, fragt Sophie.

»Sie denkt noch drüber nach, allerdings hat sie mir einen Hinweis gegeben, dass sie das Ganze ernsthaft erwägt.«

»Welchen?«

»Sie sagte, es gebe da einen Regisseur, der früher fast ständig mit ihr gedreht hat und dem sie vertraut. Er hat als Kameramann seine Karriere gestartet und käme für so einen Porträt-Auftrag infrage.«

* * *

Luise wartet ungeduldig auf den Abend. Sie muss unbedingt fühlen können, wozu ihr Irene raten würde.

Der Vorschlag des Anwalts hat sie überrascht, doch seine Begründung hat schlüssig geklungen: »Das ist die einzige Möglichkeit im Moment, Sie aus der Schusslinie … also aus dem Mittelpunkt eines drohenden Medienorkans zu befreien. Wenn ich das Magazin und diese merkwürdige Corelli oder wie die heißt verklage, wird da zunächst mal eine Hängepartie draus.

Wenn ich eine Gegendarstellung verlange, würde sich das Magazin einfach darauf berufen, dass niemand Sie seit Jahrzehnten zu Gesicht bekommen hat, und würde verlangen, ein aktuelles Bild von Ihnen zu sehen. Ansonsten könnten sich die Medien darauf beziehen, dass die Corella oder wie die heißt Sie regelmäßig besucht und über Ihr Aussehen Bescheid weiß.«

Luises Magen hat sich während seiner Worte zusammengekrampft. Was hat ihr dieses Miststück nur angetan?

Sie hat sich gezwungen, Lammer weiter zuzuhören.

»Wenn ich aber mit Base, dem Chefredakteur, einen Vertrag schließe, dass er ein umfangreiches Interview bekommt, mit einem Journalisten Ihrer Wahl, das er sogar in Serie abdrucken darf und ein aktuelles Bild von Ihnen erhält, selbstverständlich auch hier von einem Fotografen Ihrer Wahl geschossen … äh, also fotografiert, wird er im Gegenzug dazu bereit sein, eine

Gegendarstellung zu drucken. Ich würde mir sehr genau überlegen, wie wir das verpackt haben wollen. Am besten, indem diese Coralle oder wie sie heißt eingesteht, sich nur wichtiggemacht zu haben.«

»Herr Lammer, die Pressemeute belagert mein Haus.«

»Das dachte ich mir«, hat er mitleidlos gesagt. »Darum werde ich mich auch kümmern. Haben Sie vielleicht jemanden, der vor die Presse gehen würde und behauptet, das Haus sei sein Wohnort und dass Sie dort überhaupt nicht leben?«

»Ja«, hat sie zögernd zugegeben. »Felix.«

»Wer ist Felix, wenn ich fragen darf? Ihr Lebensgefährte?«

»Oh, nein, mein … Assistent. Er lebt tatsächlich in einer Wohnung innerhalb meiner Villa.«

»Super! Glauben Sie, der wäre imstande, so etwas zu machen?«

Hier hat Luise unwillkürlich lächeln müssen. Dazu wäre Felix auf jeden Fall sofort bereit.

Sie hat bejaht und Lammer hat angekündigt, gleich mit Sophie Schaller telefonieren zu wollen, um auch sie ins Boot zu holen.

Luise hat Felix den Plan erklärt und er ist auf der Stelle rausgegangen, hat sich hinter dem Eisengitter auf ihrem Grundstück postiert und mit großer Überzeugungskraft das Blaue vom Himmel heruntergelogen. Nein, er habe keine Ahnung, wer die merkwürdige Frau sei, die mit einem Blumenstrauß vor dem Haus posiert habe. Sicher eine Frau mit psychischen Problemen, die sich irgendetwas zurechtgesponnen habe. Er sei derjenige, der in der Nummer zehn lebt, und, hat er Luise sichtlich stolz im Anschluss an seinen improvisierten Auftritt erklärt, er habe gedroht, alle Anwesenden zu verklagen, da sie den Zugang zu seinem Haus blockieren.

»Und?«, hat Luise wissen wollen.

»Bis auf einen sind alle weg.«

»Fantastisch, Felix«, hat sie ihn über den grünen Klee gelobt und ihn darauf aufmerksam gemacht, dass er sicherlich in verschiedenen TV-Promi-Magazinen zu sehen sein werde.

Dass ihm dies sehr wohl bewusst geworden ist, hat sie aus seiner gemurmelten Befürchtung abgelesen: »Die haben so von unten gefilmt. Hoffentlich sieht man mein Doppelkinn nicht.«

* * *

Sophie schaut aus ihrem Küchenfenster auf die Straße. Im Schein der Straßenlampen sieht sie ein Auto, das auf der gegenüberliegenden Straßenseite von Luise Radells Villa steht. Der Fahrer hat die Innenraumbeleuchtung aktiviert und sie erkennt einen der Fotografen, der heute vor ihrer Haustür auf sie zugesprungen ist und sie bedrängt hat: »Sie wissen doch was. Sie müssen die doch gesehen haben.«

Er ist so aufdringlich geworden, dass sie ihn weggeschubst hat.

Wie sollte sie morgen zum Haus der Diva kommen, ohne dass er misstrauisch werden würde?

Hille hat ihr vorhin erzählt, sie habe sie in einem der Promi-Magazine im TV erkannt. »Du warst kurz eingeblendet, nachdem man vorher einen Mann vor der Villa gesehen hat, der behauptete, er bewohne das Haus. Kennst du ihn?«

»Wie sah er denn aus?«

»Ein etwas flächiges Gesicht«, versuchte Hille ihn zu beschreiben. »Seine Augenbrauen wirkten etwas blass. So als hätte er sie sehr dünn gezupft. Ansonsten sehr kurzer dunkler Haarschnitt, gut angezogen in einem schwarzen Anzug, der ein bisschen am Bauch spannte, weißes Hemd und eine pinke Krawatte.«

»Das ist ihr, wie soll ich sagen, Butler. Oder Mädchen für alles. Er scheint großen Einfluss auf sie zu haben.« Doch dann will Sophie wissen: »Wie ist denn das mit diesem entsetzlichen Artikel und vor allem Titelbild passiert? Weißt du da was?«

»Ich habe keinen Schimmer. Das Ganze lief als absolute ›Top-Secret-Story‹ ab. Viel Umhergelaufe in der Chefetage, was ich nur mitgekriegt habe, weil ich wegen einer anderen Sache mit Bases Sekretärin sprechen musste. Sie hat mit den Schultern gezuckt, als ich wissen wollte, was im Busch ist. Und dann hat der Flurfunk gemeldet, dass Superman Robert Pflöger nach München geflogen wäre, um ein Top-Top-Interview zu führen. Da kam mir die Befürchtung, dass man dich und deine Serie über ›Legenden von gestern‹ gekippt hat. Aber nie im Leben wäre ich auf solch eine Aufmachung gekommen. Sag mal, du warst doch bei ihr? Und hast sie mir doch als nahezu unverändert geschildert. Wieso behauptet diese Tante denn das Gegenteil?«

»Weil sie lügt«, antwortet Sophie. »Und das ist so infam. Ich versteh die ganze Sache nicht. Vielleicht hat sie eine Rechnung mit der Radell offen. Anders kann ich mir das nicht erklären.«

»Du hast sie ja wahrscheinlich, genau wie ich, gegoogelt, da war wenig Bedeutendes. Ich habe mein Archiv durchstöbert und eigentlich nur dasselbe Zeug über eine Diana Corell wie im Netz gefunden. Sie macht wohl ab und zu was für diese TV-Regionalkrimis. Da gibt es ein Foto von einem Alpen-Set. Sie war auf jeden Fall ein Protegé von der Safranow, die ja damals alle Fäden in der Movie-Industrie in der Hand hielt. Wie geht es denn jetzt mit dir weiter? Konntest du den Lammer überzeugen, dass der Mist nichts mit dir zu tun hat?«

Sophie hat sie in Bezug auf den Medienanwalt beruhigt, aber nichts von der neuen Vereinbarung mit ihm berichtet.

Sie beruhigt sich selbst damit, dass sie Hille nicht in irgendwelche Dissonanzen stürzen will, aber wenn sie ehrlich ist, will sie selbst erst einmal abwarten, wie es weitergeht.

Sophie hat noch Werner Graber erreicht und ihn scheinheilig gefragt, wie es denn zu dieser merkwürdigen Titel-Story gekommen sei. Doch er ist ganz gegen sein sonstiges Verhalten sehr kurz angebunden gewesen und hat sich nicht recht dazu äußern wollen, wie sich die Kontaktaufnahme mit Diana Cornell ergeben hat.

Lammer hat sie noch einmal vor einer halben Stunde angerufen und angekündigt, dass es am nächsten Morgen um »Elf Uhr sharp!« tatsächlich losgehen werde.

An der Formulierung hat Sophie ablesen können, dass sie wirklich von Luise Radell gekommen ist, worüber sie im Anschluss gleich Mike informiert.

»Sensationell!«, findet er.

»Aber ich weiß nicht, wie ich ungesehen zu ihr komme. Denn einer der Fotografen lauert vor ihrem Haus.«

Mike braucht nicht lange zu überlegen. »Ich schleuse dich von meinem Baugelände in ihren Garten. Ich schneid dir sogar eigenhändig ein Loch in den Zaun.«

Sophie fragt lachend: »Das würdest du tun? Erinnerst du dich, wie wir uns kennengelernt haben und du mich so erschreckt hast?«

»Natürlich«, antwortet er. »Und ich erinnere mich noch gerne daran, wie dein Hinterteil aus dem Gestrüpp herausragte.«

»Hey, das ist aber gar nicht nett, wenn das alles ist, an das du dich erinnerst.«

»Da fällt mir ein, dass sich das Hinterteil als zugehörig zu einer sehr hübschen Frau entpuppte, die mich gleich neugierig machte. Und die ich eigentlich einladen wollte, morgen wieder mit mir essen zu gehen. Was ich ja wohl aufgrund deiner sensationellen Neuigkeit gleich mal ad acta legen kann, richtig?«

»Lunch geht nicht, weil ich …«

»Sag bloß, elf Uhr ›sharp‹?«

»Genau! Aber am Abend wird sie mit Sicherheit selbst Schluss machen wollen.«

»Morgen übernachtet Mini bei mir. Du kommst zu uns, dann lernt ihr euch kennen, ich koch uns was Schönes und wir verbringen den Abend zu dritt, einverstanden?«

»Du kannst kochen?«, fragt Sophie, denkt aber eher daran, wie wohl sein Sohn auf ihren Besuch reagieren würde.

»Und wie. Vor allem Fischstäbchen auf Wunsch des kleinen Mannes. Ich beweise es dir. Und ich bin morgen mit einer Heckenschere um zehn Minuten vor elf Uhr ›sharp‹ auf dem Gelände. Ich sag den Arbeitern Bescheid, damit dich nicht wieder jemand so erschreckt, dass du kopfüber im Gebüsch landest. Den Anblick habe ich exklusiv.«

Am nächsten Morgen muss Sophie feststellen, dass das Auto mit dem aufdringlichen Fotografen immer noch an derselben Stelle steht. Als sie aus der Haustür tritt, hebt er seinen Fotoapparat hoch und knipst ein paar Bilder von ihr. Sie überlegt, zu ihm zu gehen und ihr Recht auf das eigene Bild einzufordern, aber die Zeit ist zu knapp.

Sie macht sich ostentativ in die entgegengesetzte Richtung auf den Weg, um nicht am Haus der Diva vorbeizumüssen. Als sie Mikes Baustelle erreicht hat, quetscht sie sich erneut durch die Lücke im Zaun und humpelt bis zum äußersten Ende des Geländes.

Mike wartet schon auf sie und breitet seine Arme aus. Sophie freut sich über diese Geste, aber sie zeigt auf ihren Gehschuh, und als sie vor ihm steht, bedauert sie: »Ich wäre ja jetzt gerne wie im Movie auf dich zugerannt, aber leider …«

Mike lacht. »Schau, hier habe ich dir den Weg freigemacht«, sagt er und deutet auf eine große Öffnung, durch die sie in den Garten der Diva gelangen kann. Sie berichtet ihm noch kurz von dem aufdringlichen Fotografen, der immer noch nicht verschwunden ist.

»Habe ich schon gesehen«, bestätigt er dessen Beharrlichkeit. »Ich habe aber schon einen Plan. Ich werde gleich einen meiner Jungs beauftragen, mit einem besonders bulligen Laster bis drei Zentimeter vor dessen Heck zu fahren, dann werde ich die Polizei holen und erklären, dass das Auto die nötige Zufahrt zu meiner Baustelle versperrt. Dann seid ihr ihn los!«

Sophie schlingt spontan die Arme um seinen Hals, um sich zu bedanken. Dabei stellt sie fest, dass der blöde klobige Schuh zu guter Letzt doch zu etwas nütze ist. Denn sie kann sich auf dessen Spitze abstützen und überbrückt damit den beträchtlichen Größenabstand zwischen ihnen. Kurz vor seinem Gesicht hält sie inne und sie schauen sich lange an. Dann begegnen sich ihre Lippen und Sophie weiß sofort, was sie schon lange geahnt hat. Sie hat sich in diesen Mann verliebt und ist sich sicher, dass es mehr wird als eine einfache Sommerliebelei, die ihr Hille empfohlen hat.

»Endlich ist alles so, wie es sein soll«, raunt er ihr zu und Sophie vergisst für einen Augenblick, warum sie da ist. Was zählt, ist seine Zärtlichkeit und der Abdruck auf ihrem Mund.

Plötzlich ertönen anerkennende Pfiffe, die über das Gelände gellen. Mike und Sophie ignorieren die Reaktion seiner Bauarbeiter und blenden die Zuschauer aus.

Doch dann löst sich Sophie, allerdings nur widerwillig, aus seinen Armen und sagt: »Leider muss ich jetzt gehen. Du weißt ja. Elf Uhr ›sharp‹!«

Mike hält das obere Zaunende hoch und sie steigt bequem durch das Loch, das er brachial freigeschnitten hat, und landet zwischen den ersten Frühlingsblumen in Luise Radells Beet.

Sie wendet sich noch einmal um, steckt den Kopf durch das Loch und wünscht: »One for the Road!«, was Mike mit einem Grinsen sofort erfüllt.

Dann macht sich Sophie auf den Weg über die lange Rasenfläche und sieht schon Felix Maurer auf der Terrasse stehen. Ostentativ schaut er auf seine Armbanduhr, was ihm Sophie nachmacht, um voller Entsetzen festzustellen, es ist bereits fünf Minuten nach der vereinbarten Zeit.

Er hat bestimmt Mike und sie beobachtet, verkneift sich jedoch glücklicherweise jeglichen Kommentar, denn sicher ist er selbst noch viel zu sehr beschäftigt mit seinem Auftreten in den diversen TV-Sendungen.

Und stellt als Erstes die Frage: »Haben Sie gestern gesehen, wie ich vor den Kameras erklärt habe, der Bewohner des Hauses zu sein?«

»Leider nicht, aber ich habe davon gehört. Sie sollen sensationell gewesen sein.«

»Na ja«, gibt er sich bescheiden. »Ich habe einfach versucht, den Druck von der gnädigen Frau zu nehmen.«

»Mit durchschlagendem Erfolg«, schmeichelt sie ihm und berichtet von Mikes Idee, auch noch den letzten in der Nähe des Hauses wartenden Fotografen loszuwerden.

Felix scheint beeindruckt. »Dann wäre sein schrecklicher Bau ja doch zu etwas zu gebrauchen.«

Mittlerweile haben sie den Wohnraum erreicht. Sophie schaut sich suchend um. »Ist Frau Radell noch nicht fertig?«, fragt sie.

»Sie kommt gleich. Sie ist es jedoch nicht gewohnt, auf jemanden zu warten. Also«, lautet seine Ermahnung, »in Zukunft immer ›sharp‹. Verstehen Sie?«

Sophie nickt. Sie hat das Gefühl, dass die Neuigkeit von Mikes Plan ihn versöhnlicher stimmt. Und bei der nahen Betrachtung seines Gesichts muss Sophie Hilles Beobachtung recht geben. Er hat seine Augenbrauen zu zwei dünnen Linien gezupft und sie wirken tatsächlich blondiert. Eine ungewöhnliche kosmetische Wahl für den schwarzhaarigen Mann mit der ultrakurzen Frisur.

Sophie schaut sich im Raum um, während sie auf die Rückkehr von Felix in Begleitung der Diva wartet. Das mit blassgrünem Chintz bezogene Sofa hat dort, wo die Diva sie bisher erwartet hat, eine kleine Kuhle. Also ist dies tatsächlich ihr Stammplatz, der genau in die Richtung deutet, in der der weiße Sessel steht, gegen den Mike bei ihrem ersten Besuch gestoßen ist, was die Diva so empört hat. Der lila Schal darauf liegt noch unverändert da.

Für wen ist er reserviert?

Wieder wird Sophie bewusst, dass das gesamte Interieur des Raums von einer ausschließlich femininen Atmosphäre geprägt ist. Das kostbare Porzellan in den Regalen, die dazwischen dekorierten Figurinen, die Bücher mit den goldenen Einbänden, der hochflorige weiße Teppich unter dem Glastisch vor dem Sofa. Die Blumenarrangements in hohen Vasen, deren Ornamente denselben Farbton wie den der Sitzmöbel widerspiegeln. Hier ist kein einziger Gegenstand einem männlichen Bewohner zuzuordnen. Hat sie keinen Lebensgefährten? Auch nicht einen Freund, der gelegentlich bei ihr vorbeischaut?

Dann richtet sie ihre Aufmerksamkeit auf die goldene Schatulle auf dem Beistelltisch neben dem Lieblingsplatz der Diva. Diesmal steht der Deckel offen und bei näherem Hinschauen entdeckt Sophie eine Inschrift. Es sind drei Lettern in geschwungener Prägung: T. A. F. Was bedeuten sie? Noch während sie gebückt den Zigarettenbehälter betrachtet, hört sie hinter sich das Klappern von Absätzen auf dem weißen Marmorboden.

Rasch richtet sie sich auf und stößt gegen die Tischlampe mit dem Porzellanfuß.

Sie greift mit beiden Händen nach dem kostbaren Stück und schafft es, den Sturz zu verhindern.

Erst jetzt schaut sie zur Diva und Felix, die sie beobachten. »Sorry, das war sehr ungeschickt von mir«, versucht Sophie die Situation zu retten.

Beiden steht die Missbilligung über ihre Neugier ins Gesicht geschrieben.

Luise Radell ist heute wieder von Kopf bis Fuß Diva. Sie trägt ein ecrufarbenes Chanelkostüm, darunter eine passende Schluppenbluse, die Two-Tone-Pumps und um den Hals Unmengen der obligatorischen Perlenketten, die bis zur Taille reichen. An beiden Handgelenken schimmern die breiten goldenen Armbänder. Und der wuchtige Rubinring ist auch wieder an ihrem Finger zu sehen. Ihr Gesicht ist mithilfe des Make-ups hervorragend konturiert, der sanfte Rouge-Ton verleiht ihrem schmalen Gesicht eine gewisse Weichheit. Die Frisur ist tadellos in Form gebracht.

Niemand sagt ein Wort und Sophie weicht zurück, als sich die Diva in Richtung ihres Stammplatzes bewegt. Als sie sich setzt, schaut sie prüfend auf die Schatulle, als wollte sie kontrollieren, was Sophie hat sehen können, und schließt den Deckel, der mit einem Knall einrastet.

Sophie erwartet einen Kommentar zu ihrem Herumspähen, doch zu ihrer Überraschung fragt die Diva: »Möchten Sie einen Kaffee?«

Sie wirkt gefasst und Sophie fühlt sich für einen Moment wie ein x-beliebiger Gast. Sie bejaht und Felix verlässt den Raum, um der Haushälterin den Auftrag zu geben, Kaffee aufzubrühen.

Luise Radell schaut in diesem Moment auf den mit weißem Stoff bezogenen Sessel und an einer kurzen Handbewegung meint Sophie ablesen zu können, sie wolle automatisch den lila Schal in eine andere Position rücken. Doch sie scheint sich in letzter Sekunde anders zu besinnen und legt ihre Hände verschränkt in ihren Schoß. Wieder nimmt sie die für sie so typische kontrollierte Haltung ein. Die Beine schräg nebeneinandergestellt, die spitzen Knie zur Hälfte vom Rand ihres Rockes bedeckt, der Rücken, der niemals die Lehne berührt, straff durchgedrückt wie bei einer Tänzerin.

Jetzt registriert Sophie, dass sie ihre Haltung etwas nach links korrigiert, wobei sie ihren Kopf ein wenig schräg hält. Sophie hat die Vermutung, sie will an ihr vorbeischauen und nachsehen, ob noch jemand im Raum ist. Wahrscheinlich, so mutmaßt Sophie, erwartet sie so die Rückkehr von Felix. Doch der kommt aus einer ganz anderen Richtung zurück und Sophie fragt sich, wonach die Diva Ausschau hält.

Oder nach wem.

Kapitel 6

München, 2022

Luise blickt ratlos auf Sophie. Sie fühlt sich völlig hilflos. Bisher hat ihr die permanente Gewissheit, dass Irene für sie sichtbar wird, Sicherheit verliehen. Das Gefühl der Zweisamkeit mit dem wichtigsten Menschen ihres Lebens.

Doch jetzt peinigt sie die Angst, dass die Anwesenheit dieser Journalistin ihr Andenken an Irene verdrängt. Dass kein Raum mehr bleibt für ihre geheime Zwiesprache, die ihr die Anleitung gibt, mit dem Leben, das sie führt, fertigzuwerden.

Ihr sitzt noch der Schock in den Gliedern. Sie hat am Vorabend so sehnsüchtig auf Irenes Erscheinen gewartet, um sich mit ihr über die neueste Entwicklung auszutauschen, hat das Gefühl erwartet, verstanden zu werden.

Doch sie hat vergebens gewartet. Sie hat sich auf ihren Platz auf dem Sofa, Irenes Lieblingsstuhl gegenüber, gesetzt und mit aller Kraft daran geglaubt, sie dort wieder zu sehen, mit den baumelnden Beinen über der Lehne.

Es ist für Luise der Platz, der wie ein Lebenszeichen aus einer anderen Zeit wirkt, vergleichbar mit dem Erklingen einer wehmütigen Melodie, die aus weiter Ferne das Ohr erreicht.

Doch sosehr sie sich auch angestrengt hat, der Platz ist leer geblieben.

Schließlich ist sie ins Bett gegangen, hat zu ihrem üblichen Hilfsmittel, der Schlaftablette, gegriffen und ist in einen wirren Traum geglitten.

Wie sie sich jetzt noch sehr plastisch erinnert, hat sie sich auf der Premierenfeier zu »Die Frau mit dem gewissen Lächeln« befunden. Selbst jetzt spürt sie noch, wie die Gesichter der vielen Menschen verschwommen sind unter dem Glanz der opulenten Kristalllüster, der vielen Wandleuchten, der aufgestellten Scheinwerfer und dem flackernden Licht, das ein Meer von Kerzen auf den Tischen verströmt hat.

Sie hat gehofft, dass sie im Traum mit Irene zusammentreffen würde. Denn sie ist es gewesen, die diese Spektakel so meisterlich arrangiert hat. Immer mietete sie den schönsten Saal im angesagtesten Hotel der Stadt, in der die Erstaufführung stattfand.

Und das besondere i-Tüpfelchen des Arrangements bestand in dem Meer von Blumen, die sie ganz persönlich aussuchte.

Besonders schön war immer der Strauß, der Luise von einem ihrer Assistenten auf der Bühne des Erstaufführungs-Kinos überreicht wurde. Das war das Startzeichen für die Zuschauer, die nach vorne an die Rampe strömten und sie mit weiteren Blumen überschütteten. Meistens sind es Rosen gewesen, die ihr in Arme und Hände gestochen haben, denn die Fans haben vergessen, die Dornen zu entfernen.

Luise ist in der Nacht aufgeschreckt und hat sich dabei ertappt, wie sie mit den Händen an ihren Armen entlanggestrichen hat, als ob sie den stechenden Schmerz daran wegwischen wollte.

Als das Medikament sie wieder hat eindösen lassen, hat sie sich erinnert, dass Irene von ihr erwartet hat, so viele Blumen wie möglich zu umklammern, wenn sie dann im Autokorso vom Kino zur Premierenfeier gefahren worden ist. Irene hat ihr eingeschärft, niemals zu vergessen, dass die Menschen stundenlang bei Wind und Wetter am Straßenrand warteten und Geld für die Blumen ausgaben, um ihr eine Freude zu bereiten. Und so drückte Luise beim Gang durch die Foyers der jeweiligen Hotels die Blumenberge an ihr Kleid und winkte in die wild applaudierende Menge.

Tausende Menschen standen dicht gedrängt vor den Hotels, klatschten im Rhythmus und riefen ihren Namen. Polizisten bildeten mit verschränkten Armen eine Kette und drückten sich mit ihren Rücken gegen die wogende Menge. Die Absätze ihrer Stiefel rutschten oft über den Asphalt und die Helme wurden ihnen von den Winkenden über die Augen geschoben.

Die Straßen sind mit Gittern abgesperrt worden, doch immer mehr Menschen haben versucht, über sie hinwegzusteigen und sie dabei umgestoßen.

In diesem Moment ist Luise aufgeschreckt und sie hat sich gefragt, warum sie ausgerechnet davon geträumt hat.

Als sie am nächsten Morgen Sophie gegenübertritt, weiß sie, warum. Weil durch deren Auftauchen in ihrem Leben die ganze Welt Einblick in ihr Haus bekommt. Sie fühlt sich so, als würden die Massen hereinströmen und mit ihren neugierigen Blicken all das aufdecken, was sie nun schon seit so unendlich langer Zeit verborgen hält. Und sie weiß, dass sie nicht mehr lange schweigen kann zu dem Geschehen, bei dem sie so viel Schuld auf sich geladen hat. Und es ist ausgerechnet eine junge neugierige Journalistin, die ihr in ihrem eigenen Zufluchtsort gegenübersitzt und sie mit erwartungsvollem Blick anschaut.

* * *

Sie hat Angst, denkt Sophie, als Hilde, die Haushälterin, den Kaffee serviert. Diese hantiert umständlich mit einer geblümten dickbauchigen Kanne, füllt drei Tassen und fragt Sophie: »Sahne? Zucker?« Dann verlässt sie den Raum, um gleich darauf wieder zu erscheinen, diesmal mit einer Etagere, auf der Petits Fours und hauchdünne Kekse verteilt sind.

Felix setzt sich zu ihnen und legt ein Aufnahmegerät auf den Tisch.

Erst da fällt Sophie auf, dass sie ihr Handy noch in der Tasche hat.

Als sie es herausnehmen will, wird sie mit einer Handbewegung der Diva davon abgehalten.

»Ich möchte Sie erst kennenlernen«, wird Sophie beschieden und sie beschäftigt sich daraufhin erst einmal mit ihrem Kaffee. Sie hat sich vage bereits einige Fragen überlegt, weiß aber, dass sie erst einmal ein Vertrauensverhältnis zu dem ehemaligen Superstar aufbauen muss, um Antworten zu erhalten, die über das normale Blabla hinausgehen.

Sie will eine Beichte der Legende! Ihr wahres Leben! Ihre Lieben! Ihre Tragödien!

Sie will vor allem ihre versunkene Welt wieder aufleben lassen. Mit allen Irrungen, Wirrungen, Intrigen, Kämpfen, Glamour und Schatten.

Sie will nichts unversucht lassen, um die Schleier von ihrem versunkenen Leben wegzureißen.

Doch schon ihre erste völlig unverfängliche Frage: »Warum leben Sie ausgerechnet in München?«, scheint die Diva aus der Fassung zu bringen. Hilfe suchend schaut sie zu Felix hinüber.

Und der nimmt ihr die Antwort ab und rattert ihren Lebenslauf herunter: »Weil sich der Beginn ihrer Karriere hier ereignet hat. Hier hat Frau Radell ihre ersten großen Erfolge gedreht und hier hat sie sich schnell heimisch gefühlt. Sie ist ja in Garmisch-Partenkirchen aufgewachsen. Da bleibt natürlich die Verbundenheit zu Bayern ganz stark …«

Felix reißt die Gesprächsführung an sich und lässt sie sich nicht mehr nehmen. Und während die Diva ununterbrochen an dem viel zu weiten Rubinring an ihrem dünnen Finger dreht, referiert er all die Stationen ihrer Vita, die nicht nur Sophie, sondern jeder Filminteressierte auswendig kennt.

Luise ist die Tochter einer erfolgreichen Operetten- und Musical-Sopranistin und eines Kapellmeisters, der sehr früh gestorben ist. Ihre Mutter Helene, die auf der französischen Aussprache Hélène bestanden hat, hat sehr schnell einen reichen Unternehmer geheiratet, Klaus Radanski, der Luise adoptiert hat.

»Hélène hatte frühzeitig das außergewöhnliche Talent ihrer …«, spricht Felix in das Aufnahmegerät, während Sophie denkt: Von wegen! Sie hat ihre Tochter ans Business verkauft, weil bei ihr der Erfolg ausblieb. Deshalb landete die knapp Siebzehnjährige sicher nicht auf ihren eigenen Wunsch vor den Kameras.

»… wo sie gleich mit ihrer ersten Filmrolle in ›Der Rittmeister und die Comtesse‹ einen Riesenerfolg hatte. Sie war die rehäugige verliebte Comtesse, die sich in die Herzen der Zuschauer katapultierte.«

Felix ist überhaupt nicht mehr zu bremsen, als er detailgetreu die Kostüme der Newcomerin in ihrem ersten Erfolgsstreifen skizziert. Er scheint den Platz jeder Rüsche oder Schleife an dem Mieder und dem weit schwingenden Rock der jungen Luise in ihrer ersten Rolle beschreiben zu können.

Schließlich unterbricht Sophie seinen Redeschwall.

»Bitte verzeihen Sie, Frau Radell, aber das würde ich gerne von Ihnen hören. Sie sind meine Gesprächspartnerin.«

Doch die Diva wehrt ab. »Es ist genau richtig so. Felix kennt meinen Werdegang. Ich würde ihn schon unterbrechen, wenn er einen Fehler machen würde. Aber das wird nicht der Fall sein.«

Also nimmt es Sophie erst einmal hin, dass Felix seiner Bewunderung für die Diva freien Lauf lassen kann.

»Die Medien spielten verrückt. Sie wurde damals als wahr gewordener Zelluloidtraum in den Gazetten bejubelt. Ich kann Ihnen von den Artikeln Kopien zukommen lassen. Die habe ich in meinem persönlichen Archiv.«

Als ihm Sophie daraufhin klarmacht, dass sie die längst aus dem ausgezeichneten Archiv des Hamburger Pressehauses besitzt, ist er für einen kurzen Moment ein wenig beleidigt.

Doch dann setzt er unbeeindruckt seine Huldigung fort: »Dieses Talent war so durchschlagend, dass die erfolgreichste Produzentin im Film-Business auf sie aufmerksam wurde. Irene Safranow.«

Bei der Erwähnung dieses Namens geht ein Ruck durch die ohnehin schon angespannte Körperhaltung der Diva. Für einen Moment scheint es so, als wollte sie ihn unterbrechen.

Und tatsächlich reagiert er darauf, indem er plötzlich das Thema wechselt und hastig von den späteren Auswirkungen ihrer Erfolge spricht.

»Luise Radell hat unzählige Preise gewonnen, darunter viele aus dem Ausland. Ich selbst habe Fotos von ihr, als sie anlässlich der ›Royal Performance‹ der Queen in London vorgestellt wurde, oder von ihren Auftritten während der Filmfestspiele in Venedig. Da gab es übrigens eine eigene Ausstellung zu ihren Ehren. Es gibt auch fantastische Aufnahmen von ihr bei der Berlinale, wo sie jedes Jahr gefeiert wurde und wo vor gar nicht langer Zeit eine Retrospektive überwältigende Aufmerksamkeit bekommen hat.«

Als er endlich eine kurze Pause einlegt, ergreift Sophie ihre Chance: »Irene Safranow hat nahezu alle Ihre Filme produziert. War sie Ihre Freundin? Ihre beste Freundin?«

Die Diva rettet sich zunächst in ihr Ritual, eine Zigarette aus der Schatulle mit dem klemmenden Mechanismus zu fischen, ehe sie tatsächlich selbst eine Antwort gibt: »Sie hatte Charisma!«

»Und einen ungeheuren Instinkt für das Business«, ergänzt Sophie rasch und hofft, die Diva aus der Reserve zu locken.

Und zu ihrer großen Genugtuung schafft sie es sogar, denn Luise Radell spricht zum ersten Mal ohne ihre übliche Zurückhaltung. »Irene Safranow war eine herausragende Person. Mittelmaß war nicht ihr Ding. Sie dachte immer groß. Sie ordnete auch gleich nach meinem ersten Comtesse-Erfolg an, dass zwei Nachfolger gedreht wurden. Mit derselben Besetzung wie im ersten Teil. Irene Safranow hatte eine ungeheure Ausstrahlung. Voller Lebenslust und Kraft. Sie war unkonventionell, hatte unbändigen Willen, Mut, als Filmproduzentin in der damaligen Männerdomäne größere Erfolge als jeder von ihnen zu erreichen.«

Sophie ist überwältigt. Das klingt wie eine Liebeserklärung an eine Frau, die schon so lange tot ist. Es scheint ihr, als befände sich diese charismatische Persönlichkeit in diesem Moment im Raum, so lebendig hat die Diva sie werden lassen.

Selbst Felix, der sicher solche Worte schon öfter aus ihrem Mund gehört hat, scheint beeindruckt. Er schweigt.

Und Sophie sieht, dass sich Luise Radell umschaut, als suche sie etwas. Sophie vermutet, dass es vielleicht ein Foto von Irene Safranow ist, das sie ihr zeigen will. Dabei ist ihr schon längst aufgefallen, dass sich kein einziger Fotorahmen in dem großen Wohnraum befindet.

Deshalb nutzt sie die eingetretene Stille: »Es gibt ein sehr schönes Foto von Ihnen beiden, das sie Wange an Wange zeigt. Sie sehen darauf aus wie Zwillinge.«

Sophie merkt, dass sie einen Fehler gemacht hat, denn danach wirkt es so, als wäre Luise Radell aus einem Traum erwacht.

Zuvor hat sie wie in ihren alten Filmen geklungen. Ihre Stimme ist ihr wichtigstes Accessoire gewesen. Dafür ist sie zurecht gerühmt worden. Sie hat etwas Nasales, beginnt oft in einer tiefen Tonlage, um dann immer hastiger zu sprechen, so als würden ihre Gedanken schon vorauseilen. Das ist immer ihr Alleinstellungsmerkmal gewesen. Und sie kann alles, was sie sagt, wie eine Frage klingen lassen, die sich im Ungefähren verliert.

Aber nach Sophies Zwillingsfrage macht sie dicht. Sie scheint sich wieder in ihr Schneckenhaus zurückzuziehen und Sophie muss der Litanei von Nichtigkeiten ihres treuen Assistenten zuhören.

Tiefergehendes hat sie heute nicht mehr erfahren, verbirgt aber ihre Enttäuschung bei der Verabschiedung. Einen neuen Termin wird sie genannt bekommen.

* * *

»Da bist du ja!«, jubelt eine Kinderstimme und unmittelbar darauf hüpft Mini aufs Bett. »Du hast Verstecken gespielt, stimmt's? Aber ich hab dich gefunden.« Seine Begeisterung ist so groß, dass sein mitgebrachtes Spielzeugauto auf Sophies Kopf landet.

Seine Unbefangenheit freut sie, aber dennoch zieht sie ihre Bettdecke fest bis unter das Kinn, um ihren nackten Körper zu verbergen.

»Guck, wie der von Papa«, wird sie jetzt von Mini aufgeklärt, der ihr die Miniaturausgabe von Mikes SUV unter die Nase hält.

Sophie schielt auf die Uhr auf dem Nachttisch und sieht, dass es gerade mal sieben Uhr ist.

Es ist erst ein paar Minuten her, dass sie und Mike vom Klingelgeräusch geweckt worden sind. Dann hat schon Minis

Kinderstimme durch Mikes Penthouse in Schwabing geschallt. Sophie hat seine Ex-Frau gehört, die mit Mike wohl die nächsten Termine besprochen hat, bevor Mini auf dem Bett gelandet ist.

Mike, der sich vorhin rasch einen Bademantel übergeworfen hat, erscheint in der Schlafzimmertür, hält eine Tüte hoch und fragt mit einem breiten Grinsen: »Wach? Lust auf Schokobrötchen?«

Sophie bestätigt sofort: »Unbedingt!«, während Mini mit lautem Ja zustimmt.

»Dann komm, Mini, wir fangen schon mal an!«

Sophie steht erleichtert auf, wickelt sich ein Laken um und sammelt ihre Kleidungsstücke vom Boden auf.

Dann huscht sie ins Badezimmer, das sich gleich neben dem Schlafzimmer befindet.

Während sie duscht, denkt sie noch einmal an die vergangene Nacht. Es sind Stunden voller Leidenschaft und einer sexuellen Harmonie gewesen, die sie so noch nicht erlebt hat. Einfach überwältigend. Es ist nicht nur der Sex gewesen, den sie genossen hat, sondern die unglaubliche Präsenz eines aufmerksamen Liebhabers. Er hat ihr unendlich viel Zeit und Raum gegeben, sich ihre eigenen Wünsche zu erfüllen. Sie liebt seine Stimme, seine geflüsterten Bekenntnisse, das Fehlen falscher Scham und die große Selbstverständlichkeit in ihrem körperlichen Zusammenspiel.

Dabei hat sie, als sie Mikes Wohnung zum ersten Mal betreten hat, den angekündigten Abend zu dritt erwartet.

Auf den ersten Blick ist ihr zunächst allerdings der starke Kontrast zu ihren eigenen vier Wänden überdeutlich aufgefallen. Während bei ihr immer noch der größte Teil von Umzugskartons den Weg versperrt, ist seine Dachgeschosswohnung perfekt eingerichtet. Bequeme Sitzgelegenheiten, dazwischen ein antiker Ledersessel, großformatige Bilder an den Wänden, viele

Bücherregale. Doch das Stylishste ist auf jeden Fall seine Küche. Mit einem Marmorblock in der Mitte des Raums, Pfannen und Töpfe an einem Gitter von der Decke hängend, einem Gas- und einem Elektroherd, einem zweitürigen Kühlschrank mit Eiswürfelbereiter an der Außenfront.

Als er sie in die Arme genommen hat und sie sich geküsst haben, hat Sophie suchend an ihm vorbeigeschaut. »Wo ist denn Mini?« Sie war unsicher, wie ihre Zärtlichkeiten auf seinen Sohn wirkten, doch zu ihrer Überraschung erklärte er ihr: »Der Kurze ist heute Abend doch nicht da. Er ist auf einem Kindergeburtstag und ich werde ihn erst morgen übernehmen.«

Merkwürdigerweise fühlte sich Sophie nach dieser Erklärung ein wenig befangen. Dabei sollte sie sich einfach nur freuen, die Zeit mit ihm allein verbringen zu können. Aber noch war die ganze Situation für sie zu neu, denn sie kannte sich mit dem Patchworkleben geschiedener Partner nicht aus und war eigentlich darauf eingestellt, sich mit seinem Sohn zu beschäftigen.

Sie war froh, dass er ihren Zwiespalt zu verstehen schien, als er wissen wollte: »Appetit?«

»Und wie«, gestand Sophie, zumal sie bereits den Essensgeruch bemerkte. Mike hatte einen Esstisch vor seiner Fensterfront gedeckt und schenkte ihr Weißwein ein. »Willst du Eiswürfel dazu oder bist du ein Gourmet?«

Sophie fühlte sich sofort geborgen in seiner Gegenwart, die sich so wohltuend von den langen Stunden unterschied, die sie in Luise Radells Villa verbracht hatte. Denn von ihm erfuhr sie so viel, als er unbefangen über sich und sein Leben erzählte. Er war tatsächlich ein leidenschaftlicher Hobbykoch, besuchte Kurse bei Star-Köchen, besaß ein ganzes Regal voller Kochbücher und fuhr gerne einmal im Jahr zu Weinverkostungen in die Toskana. »Ich habe mir gerade einen extrem teuren professionellen Weinschrank bestellt«, gestand er mit einem fast schuldbewussten Gesichtsausdruck. »Da soll der Wein vor Aromen, Licht und Vibrationen geschützt werden.«

Als Sophie dann von ihm hörte, dass er ein Opern-Abo besitzt, war sie hingerissen. »Wunderbar«, sagte sie. »Ich liebe die Oper. Vor allem Verdi.«

»Ich hatte schon gehofft, in dir eine Gleichgesinnte zu finden, als ich dich mit einem Opernglas bewaffnet auf meinem Baugelände kennengelernt habe«, eröffnete Mike ihr.

Die Kerzen auf dem Tisch waren heruntergebrannt und die zweite Flasche Wein war zur Hälfte geleert. Sophie schaute aus dem Fenster und sah die unzähligen blinkenden Lichter der Stadt unter sich. Der Ausblick war berauschend.

»Müde?«, hörte sie Mike leise fragen. Wie auf ein geheimes Kommando, das nur sie beide haben hören können, sind sie aufgestanden und Sophie hat nur noch den Augenblick gefühlt. Und seinen Körper, der ihr so seltsam vertraut vorgekommen ist, obwohl sie ihn zum ersten Mal im Gleichklang mit ihrem gespürt hat.

Nach der Dusche zieht sie sich in Mikes Schlafzimmer an und geht in die Küche, von der ihr ein aromatischer Kaffeeduft entgegenweht.

»Und was hast du mir mitgebracht?«

Sophie schaut in die gespannt blickenden Augen des fünfjährigen Jungen, als sie sich neben ihn an den Frühstückstisch setzt.

Mike zuckt lächelnd mit den Schultern.

»Natürlich habe ich etwas für dich!«, versichert sie Mini und holt das verpackte Mitbringsel aus dem Flur, wo es seit gestern Abend liegt.

Mini reißt sofort das Geschenkpapier auf und befindet tief enttäuscht: »Das ist was für Babys!«

Sophie wirft geschockt einen Blick auf das, wie sie findet, wunderhübsche Segelboot aus Plastik.

Mike kommt ihr sofort zu Hilfe, indem er nach dem Boot greift und verkündet: »Wow! Das ist was für mich! Das lasse ich in meinem Badewasser um die Welt segeln!«

»Neeeiiin!«, protestiert Mini sofort heftig. »Das ist meins!«

Sophie rollt mit den Augen. Sie muss noch viel lernen.

* * *

Fünf Tage sind vergangen, in denen Sophie ununterbrochen ihr Handy gecheckt hat. Ob es aufgeladen ist, ob sich nicht etwa eine Einstellung verändert hat und Anrufe ungewollt unterdrückt. Es kommt ihr vor wie die Ruhe vor dem Sturm.

Vor allem erwartet sie ungeduldig eine Nachricht von Felix, wann die Diva wieder zu einem Gespräch bereit sein wird.

Sophie hat gesehen, dass die Mediendienste spekulieren, wie die Berichterstattung weitergeht. Alle haben eine Unterlassungserklärung von Lammer bekommen, der ihnen androht, sie mit Strafzahlungen und Prozessen zu überziehen, wenn sie die Behauptungen des Hamburger Magazins zu Luise Radell weitergeben. Sie seien frei erfunden. Es werde eine Richtigstellung erfolgen.

Sophie hat die Zeit genutzt, indem sie Möbel gekauft hat, um ihr Provisorium endlich zu beenden. Mike hat sie zu einem Großhändler mitgenommen, der viele seiner Wohnobjekte für Kaufinteressenten mit attraktiven Vorzeige-Möbeln bestückt, und Sophie hat sich aufgrund von Mikes enger Geschäftsbeziehung mit schönen Objekten zu reduzierten Preisen eindecken können.

Und sein genialischer Plan ist aufgegangen. Das Auto des Fotografen ist verschwunden.

Sophies Handy vibriert.

Nach einem Blick auf das Display ist sie enttäuscht. Nicht Felix ruft an, sondern Werner Graber.

»Du?«, fragt er statt einer Begrüßung. »Du bist die Journalistin?«

Sie ahnt zwar, worauf er hinauswill, aber sie gibt sich erst einmal unwissend.

»Worum geht es?«

»Das weißt du genau«, behauptet er. »Wir haben von Lammer ein sensationelles Angebot bekommen. Ein Exklusiv-Interview mit Luise Radell. Na, klingelt jetzt was bei dir?«

Sophie spürt, dass sich Graber von ihr hintergangen fühlt. Und so etwas mag er gar nicht.

Doch sie bleibt erst mal bei ihrer Linie: »Und?«

»Sophie, lass das! Mach mich nicht richtig wütend! Wie kommst du dazu? Mir erst erzählen, du wolltest allgemein über Legenden schreiben und hinterrücks … Wir hätten bei so einem Angebot immer Robert Pflöger geschickt. Er ist unser Star-Reporter, das weißt du!«

»Aber?«

Sophie hört ihn schnauben.

»Aber wir kriegen die Vereinbarung nur, wenn du mit ihr sprichst. Sophie, das ist eine Sensationsstory! Die wird womöglich weltweit Aufmerksamkeit bekommen. Selbst wenn in den Staaten vielleicht nur von einem aus der Versenkung geholten verschollenen Star die Rede sein wird, egal. Wir werden auf jeden Fall genannt. Wie kommst du zu so einem Standing bei Lammer? Von der Diva mal ganz zu schweigen.«

Jetzt, so findet Sophie, ist der Moment gekommen, ihm die Wahrheit zu offenbaren.

»Weil ich ihre Nachbarin bin.«

Sie hätte viel darum gegeben, ihn jetzt vor sich zu sehen.

Es dauert nämlich eine geraume Weile, ehe er sich so weit fängt, über das Geschäftliche mit ihr zu reden.

Doch erst muss er noch klagen: »Warum hast du mir nichts davon erzählt? Wir hätten daraus doch gleich eine Story machen können. Ohne den Umweg über diese Knalltüte … übrigens, stimmt es, dass die Diva verunstaltet ist?«

Langsam mausert sie sich zu einer Radell-Expertin, denkt Sophie, ehe sie die Aussage als Lüge entlarvt.

»Wenn wir das nur gewusst hätten«, klagt er jetzt. »Wir hätten uns eine Menge ersparen können. Das ist jetzt ultrapeinlich. Und noch etwas, was willst du für das Interview haben?«

Sophie hat über ihre Forderung bereits nachgedacht, doch sie will sich noch mit Lammer absprechen und behauptet: »Muss ich noch drüber nachdenken«, und teilt ihm mit: »Ich muss Schluss machen. Jemand will mich erreichen.« Er versucht noch, sie in der Leitung zu halten, doch Sophie drückt ihn weg.

Felix Maurer ist dran. »Morgen, elf Uhr …«

»Sharp«, ergänzt sie. »Wie immer! Ich werde pünktlich sein. Und durch die Haustür kommen!«

* * *

»Wie konnte das geschehen?«, fragt Luises Halbbruder Carl Radanski. »Ich habe gedacht, ich traue meinen Augen nicht. Warum hast du mich nicht angerufen?«

Luise zieht an einer Zigarette, während sie mit der linken Hand den Hörer an ihr Ohr presst.

Er hat recht. Sie hätte ihn warnen müssen, hat aber nicht daran gedacht, dass er auf Mallorca, seinem Altersruhesitz, von dem schrecklichen Magazin-Cover erschreckt werden würde. Aber natürlich gibt es dort die deutsche Presse und Carl hat ihr erzählt, wie er fassungslos vor einem Geschäft stehen geblieben ist, in dem die Zeitschrift gehangen hat.

Sie erklärt ihm schon seit einer geraumen Weile, wie es zu dem Verrat von Diana Corell gekommen ist. »Ich kenne die überhaupt nicht«, ist seine Reaktion gewesen. »Wer ist die?«

Und Luise ist wieder in ihre Vergangenheit eingetaucht, um ihm zu erklären, wie alles zusammenhängt.

Doch als sie ihn informiert, dass sie tatsächlich gezwungen ist, sich einer Journalistin zu stellen, hat er fassungslos geschwiegen.

»Tu das nicht«, warnt er schließlich. »Du wirst keine Minute mehr Ruhe haben«, prognostiziert er.

Und Luise denkt, dass aber auch sein Anruf dazu beiträgt, dass sie sich mit Erinnerungen beschäftigen muss, die sie tief vergraben hat.

Wieder nimmt er erst nach einer geraumen Zeit Anlauf: »Aber du wirst doch nicht …?«

»Nein, natürlich nicht!«, versichert sie ihm. Er braucht nichts auszusprechen, sie weiß sehr genau, woran er denkt. Schließlich überwindet er sich noch und will außerdem wissen: »Du wirst doch auch nichts von meinem Vater erzählen?«

»Unserem«, korrigiert sie ihn. »Unserem Vater!«

Felix steht mittlerweile an der Tür und sie beendet das Gespräch. Ob die Journalistin heute pünktlich ist?

Tatsächlich. Eine Minute vor elf hört sie, wie Felix sie begrüßt.

Luise zupft noch einmal an ihrer schwarzen Seidenbluse mit Trompetenärmeln und einem hochstehenden Kragen. Zu ihrem schmalen Rock trägt sie schwarze Lackpumps. Nachdem ihre Haare vorhin frisiert und das Make-up aufgetragen worden sind, hat sie sich für den Brillantohrschmuck mit Steg entschieden und die luxuriöse Uhr, deren Ziffernblatt von kleinen Brillanten umrahmt ist. Luise gönnt dem Rubinring, der sich nun nicht mehr dreht, einen kurzen Blick.

Nach einer kurzen Begrüßung erkennt Luise in Sophies Gesicht die Verblüffung angesichts des gedeckten Glastisches. Darauf sind nicht nur die Kaffeekanne, Tassen und Zubehör, sondern Teller mit Kuchengabeln, gefalteten Servietten und bauchigen Cognacschwenkern.

Sicher stellt sich die Journalistin so einen typischen Nachmittagsbesuch bei einer älteren Tante oder der Oma vor.

In der Mitte wartet ein Marmorkuchen auf einer Glasschale darauf, angeschnitten zu werden.

»Oh«, sagt Sophie. »Das ist mein Lieblingskuchen.«

Luise betrachtet sie aufmerksam, dann bittet sie Felix: »Schneiden Sie ihr bitte ein großes Stück vom Kuchen ab.«

»Und Sie, gnädige Frau?«, wendet er sich an sie.

»Ein kleines, bitte. So wie immer.«

Felix kommt ihrer Bitte nach und reicht Luise einen Teller, auf dem sie den Kuchen mit der Gabel nur zerkleinert, aber keinen Bissen zu sich nimmt.

Sophie beißt herzhaft in das dicke Stück, und ohne lange zu überlegen, gesteht sie mit vollem Mund: »Meine Mutter hat immer einen Marmorkuchen gebacken, wenn ich traurig war.«

»Waren Sie das oft?«, stellt ihr Luise dieses Mal eine Frage.

»Ja«, gibt Sophie zu. »Ich hatte nämlich keinen Vater.«

»So? Wie sind Sie dann entstanden?« Luise kann einen spöttischen Unterton nicht unterdrücken.

Doch Sophie lässt sich nicht stoppen und erzählt von sich: »Mein leiblicher Vater ist kurz nach meiner Geburt bei einem Verkehrsunfall tödlich verunglückt. Und ich habe sehr darunter gelitten, dass ich, wie soll ich sagen, in keiner kompletten Familie lebte wie meine Freundinnen. Meine Mutter hat mich alleine großgezogen. Wenn Elternabende anstanden, den Begriff konnte ich noch nicht mal ertragen, war immer nur sie diejenige, die mit den Lehrern sprach.

Bei Schulfesten kamen lauter Väter der anderen Mädchen und ich kam mir wie eine Aussätzige vor. Ich habe sogar versucht, meine Mutter mit diesen Vätern zu verkuppeln, so sehr wünschte ich mir einen Stiefvater.«

Luise hat die ganze Zeit auf den Marmorkuchen gestarrt. »Hüten Sie sich vor dem, was Sie sich wünschen«, rutscht ihr bitter heraus. »Im Gegenteil, seien Sie froh, dass Sie keinen Stiefvater bekommen haben.«

Felix blickt betreten zu Boden und Luise schweigt.

Schließlich wagt Sophie es, die Stille zu durchbrechen und leise nachzufragen: »Warum?«

Luise antwortet wie automatisch. Ihr Schutzmechanismus versagt. »Weil es junge Mädchen gibt, die sich vor den Übergriffen einer solchen Person schützen müssen. Immer im Alarmzustand leben, ob der Mann in der Nacht wieder kommt, um dem Mädchen zu zeigen, was er sonst mit seiner Mutter macht.« Am liebsten würde sie die Worte einfangen, sie zurückholen, bevor sie Sophie erreicht haben.

Der Journalistin steht die Erschütterung ins Gesicht geschrieben. Hastig sieht Luise zum Tisch. Dort liegt glücklicherweise nur das Aufnahmegerät von Felix und kein Handy von Sophie Schaller. Ein geringer Trost.

Luise verflucht ihr Gespräch mit Carl, das alles wieder in ihr Gedächtnis zurückgebracht hat. Er, der zwei Jahre älter als sie ist, aus der ersten Ehe ihres Stiefvaters stammt, der nächtelang auf seinen Schlaf verzichtet hat, um im Flur aufzutauchen, wenn er gehört hat, dass sich sein Vater ihrer Tür genähert hat. Der schließlich von seinem Taschengeld ein Vorhängeschloss gekauft und ihr das Versprechen abgenommen hat, es jeden Abend an ihrer Tür zu befestigen.

Carl, der mit zu Luises Mutter gegangen ist, um ihr beizustehen. Denn Hélène hat nicht glauben wollen, was Luise ihr unter Tränen berichtet hat.

Luise sieht sich plötzlich wieder zwischen ihrer Mutter und ihrem Stiefvater eingekeilt, als sie nach ihrem ersten Filmerfolg auf dem roten Teppich mit ihnen hat posieren müssen. Sie hat die körperliche Nähe zu ihm, sogar in der Öffentlichkeit, nicht ertragen können und sich anschließend immer übergeben müssen.

»Stell dich doch nicht so an, Kind«, wurde sie dann jedes Mal von ihrer Mutter angeherrscht.

Dieser Albtraum hat erst geendet, als Irene in ihr Leben getreten ist. Sie hat dafür gesorgt, dass Klaus Radanski sich Luise nicht mehr hat nähern dürfen.

Irene. Was würde sie ihr jetzt raten, nachdem sie viel zu viel gesagt hat?

Luise versucht panisch, sie herbeizuwünschen, und besinnt sich schließlich darauf, auf Irenes weißen Lieblingsstuhl zu schauen, auf dem ihr lila Cashmereschal zurückgeblieben ist.

Natürlich! Das würde sie tun! Sie scheint noch einmal Irenes Stimme zu hören: »Erfinde dein eigenes Skript! Das Drehbuch zu deinem Leben! Der Film lügt immer!«

Luise blickt Sophie, die ihr schweigend gegenübersitzt, fest in die Augen und behauptet: »Es gab mal ein Drehbuch, in dem so etwas sehr explizit genauso geschildert war. Es hat sich mir bei der Lektüre wohl richtig eingebrannt. Ob es jemals verfilmt wurde, weiß ich nicht!«

Kapitel 7

München, 2022

Spätabends sitzt Sophie vor ihrem Computer und zögert, ihre Notizen zu vervollständigen. Sie ist sensibel genug, um zu ahnen, dass Luise Radells Beschreibung eines Missbrauchs der Schlüssel zu ihrem Leben sein könnte. Sophie hat sich längst gefragt, welche Liebesbeziehungen im Leben der Diva eine Rolle gespielt haben.

Während es bei anderen Superstars eher schwierig ist, die Reihenfolge der vielen Ehemänner korrekt wiederzugeben, ist aus dem privaten Leben von Luise Radell niemals etwas bekannt geworden.

Längst hat sie die unzähligen Fotos von öffentlichen Auftritten der Diva nach männlichen Begleitern durchforstet. Aber es hat sich nur ein Halbbruder, Carl Radanski, gefunden, der sie hin und wieder zu einer Premiere begleitet hat, oder es ist Irene Safranow gewesen, die strahlend neben ihrem Star über die roten Teppiche geschritten ist.

Immer der neuesten Mode entsprechend gekleidet, elegant, durchgestylt. Auf ihre Figur zugeschneiderte Kostüme, die ihre Taille betont haben, die Länge der Röcke knapp über dem Knie, um die Aufmerksamkeit automatisch auf ihre wohlgeformten Waden und schlanken Fesseln zu lenken. Unter den Kostümjacken häufig weiße Blusen, deren Revers auf den Jackenaufschlägen aufgelegen haben, die mit edel wirkenden Broschen verziert worden sind.

Außerdem scheint die Produzentin, deren strahlendes Lächeln viel über ihr Charisma verraten hat, über einen ungeheuer großen Vorrat an Cocktailkleidern verfügt zu haben. Immer eng am Körper modelliert, breite Träger, kostbare Stoffe und an den Ohrläppchen auffallender Brillantschmuck an einem Steg, am Handgelenk eine luxuriöse Uhr, das Zifferblatt umrahmt von kleinen Brillanten.

Moment! Hier stutzt Sophie. Sie vergrößert ein Foto, auf dem die Safranow allein im Mittelpunkt steht.

Die Ohrringe! Die Uhr!

Beides hat Sophie heute an Luise Radell gesehen. Sie trägt den Schmuck einer Toten! Die Produzentin muss ihr die exquisiten Stücke vererbt haben. Stammt vielleicht auch der wuchtige Rubinring aus Irene Safranows Hinterlassenschaft? Das würde auf jeden Fall erklären, warum der Ring viel zu groß für die Radell ist. Irenes Ringgröße muss eine andere gewesen sein als die von Luise Radell heute. Sofort ruft Sophie ein gutes Dutzend Fotos der erfolgreichen Produzentin auf und sucht auf ihnen den Schmuck, den sie häufig getragen hat.

Und tatsächlich, die schweren Gliederarmbänder aus Gold umschließen auf den Bildern ihre Handgelenke. Auch die vielen Perlenketten, die Luise Radell zu ihrem Chanelkostüm umgehängt hat, stammen von Irene Safranow. Aber so viele Fotos Sophie auch akribisch untersucht, nirgendwo taucht der Rubinring an ihren Händen auf. Die Produzentin hat üppige Diamantringe geliebt, viele Ausführungen mit rosa oder grau gefärbten Perlen besessen und scheint eine Vorliebe für Smaragde, zu Ringen oder Halsketten verarbeitet, gehabt zu haben. Aber Sophie findet keinen so auffälligen Ring mit einem großen Rubin.

Ihr Handy vibriert.

Mike.

»Was machst du?«, will er wissen und sie tut ihm den Gefallen und behauptet: »An dich denken!«

»Lügen kannst du also auch!«, neckt Mike sie lachend.

»Hast ja recht, ich sitze am Computer, aber ich vermisse dich schrecklich. Und das ist die Wahrheit.«

»Ich dich auch«, gibt er zu. »Und deshalb ruf ich an. Ich habe heute leider noch einen ziemlich langen Termin. Ich muss mich mit einem der Investoren treffen. Wie immer bei vielen Menü-Gängen und noch längerem Palaver. Aber was hältst du davon, wenn ich danach noch zu dir komme?«

»Das wäre wundervoll!«

»Es kann aber sehr spät werden«, warnt er sie.

»Macht nichts. Ich warte und freue mich auf dich! Übrigens, du musst mir noch sagen, womit ich Mini eine Freude machen kann.«

»Genau mit dem, was dir für ihn gefällt. Er soll nicht mit lauter Geschenken verwöhnt werden, die er glaubt, unbedingt haben zu müssen. Du machst das sehr gut! Dabei fällt mir ein, vermisst du eigentlich Hamburg?«

»Du meinst, wegen des Segelboots?« Als Mike bejaht, prüft sie sich ernsthaft und stellt fest, dass sie an ihren Ex keinen Gedanken mehr verschwendet. »Nein!«, sagt sie in solch einem Brustton der Überzeugung, dass Mike lachen muss.

»Dann bis später – im schönen München!«

Sophie überlegt noch, ob sie die letzten beiden Kartons schnell aus dem Schlafzimmer schieben soll. Aber sie weiß, dass sie beide keinen Gedanken an ihre Umgebung verschwenden werden, wenn sie sich endlich wiedersehen.

Danach beginnt Sophie, Teile des Gesprächs mit der Diva in ihren Computer einzugeben. Doch sie zögert, das, was Luise Radell mit so viel Bitterkeit ausgesprochen hat, zu notieren. Es liegt nicht daran, dass sie fürchtet, Felix' Ansinnen erfüllen zu müssen, alle schriftlichen Aufzeichnungen kontrollieren zu lassen.

Sondern es fühlt sich so an, als ob sie die Diva schützen will. Aber vor wem? Der Öffentlichkeit oder vor sich selbst?

Schließlich gibt sie in großen Lettern den Namen von Irene Safranow ein, versieht ihn mit vielen Ausrufezeichen. Und schreibt noch daneben: Liebe? Wer?

Sie will es auf jeden Fall schaffen, Luise Radell zum Aufdecken ihrer Liebesbeziehungen zu verleiten. Und hat intuitiv den Verdacht, dass die Person der Erfolgsproduzentin ein Schlüssel dazu ist.

Um Mitternacht fährt sie den Computer herunter und beschließt, im Bett auf Mike zu warten. Ab und zu wird sie wach und kontrolliert die Uhrzeit. Das Treffen scheint ja endlos zu dauern.

Erst gegen vier Uhr in der Früh wird sie von dem rabiaten Dauerklirren ihrer vermaledeiten Klingel aus dem Schlaf gerissen. Wieso lässt Mike den Finger so lange auf der Klingel? Ohne Licht anzumachen, tapst Sophie durch den Flur und fürchtet im selben Moment, sich wieder ihren Zeh anzustoßen. Immerhin darf sie erst seit zwei Tagen auf den Gehschuh verzichten. Und im Halbschlaf fällt ihr wieder ein, dass sie ihn unter ihren Garderobenständer gestellt hat, weil sie ihn zurückbringen will.

Sie tastet an der Wand entlang und drückt auf den Öffner, um das Sturmgeläute endlich zu beenden.

Dann reißt sie die Tür auf und klagt: »Mike, wieso klingelst du so lange? Du weißt doch …«

Dann gerät sie ins Taumeln.

Vor ihr steht Luise Radell!

Da die Diva das Licht im Hausflur nicht eingeschaltet hat, erkennt Sophie nur an ihren Umrissen, dass sie wie für einen Filmpremierenabend zurechtgemacht ist. Sie trägt ein bodenlanges Abendkleid aus glitzerndem Paillettenstoff. Die Haare sitzen perfekt in ihrer typischen Lockenfrisur, am Hals entdeckt Sophie undeutlich ein aufwendig gearbeitetes Collier, das das halbe Dekolleté bedeckt. Weiße lange Handschuhe reichen bis zu den Oberarmen. Wo ist die Diva gewesen? Und warum kommt sie zu ihr? Jetzt? Mitten in der Nacht? Ist sie verwirrt? Weiß sie nicht mehr, was sie tut?

Sophie starrt sie an wie eine Erscheinung aus einer untergegangenen Welt. »Was ist denn passiert?«

Ohne zu antworten, drängt die Diva Sophie in den Flur zurück und drückt schwer atmend die Wohnungstür hinter sich zu.

Sophie will nichts falsch machen, falls die Diva in einer Trance ist oder schlafwandelt. Deshalb versucht sie zu kaschieren, dass sie unbedingt an den Lichtschalter kommen will, um die Diva ins Hier und Jetzt zu zwingen.

Ob sie vielleicht gewalttätig werden könnte? Sie scheint auf jeden Fall sehr hohe Pumps zu tragen, denn sie überragt Sophie, die barfuß vor ihr steht. Sophie kann den Lichtschalter nicht erreichen, da er sich seitlich neben dem Arm der Diva befindet, die immer noch keinen Ton von sich gegeben hat.

Fast unmerklich bewegt sich Sophie rückwärts. Wenn sie erst einmal den nächsten Schalter erreicht, wird sie versuchen, die Diva in Licht zu tauchen. Vielleicht würde sie ja dann denken, im Scheinwerferlicht an einem Filmset zu stehen. Sollte sie verwirrt sein, würde Sophie behutsam auf sie einreden. Sollte sie schlafwandeln, könnte ihr bewusst werden, wo sie ist.

Als sie fast den rettenden Schalter erreicht hat, hört sie: »Ich bin's! Felix!«

Sophie steht mit offenem Mund vor ihm. »Aber …«

»Ja, ich weiß.« Felix hat selbst das Licht eingeschaltet und steht mit einem tiefen Seufzer vor ihr.

Die Täuschung ist perfekt. Der einzige Unterschied, den Sophie erst jetzt erkennen kann, ist, dass das Double der Diva nicht so dünn ist wie sie selbst.

Aber das Gesicht ist täuschend ähnlich modelliert. Die kunstvoll aufgetragene Schminke verschmälert Felix' von Natur aus flächiges Gesicht, die Perücke ist im perfekten Stil der Diva gekämmt.

Sophie ist sprachlos. Was Felix Maurer veranlasst, ihr den Grund für seinen nächtlichen Überfall zu gestehen.

»Ich bin ausgeraubt worden«, berichtet er geknickt. »Aus meiner Garderobe. Alles ist weg! Und mein Auto haben sie auch gleich geklaut. Ein Freund hat mich hierhergefahren. Ich wusste nicht, wohin. Ich hatte doch kein Geld mehr für ein Taxi. Und ...« Jetzt ist er den Tränen nahe: »Das Schlimmste ist, der Hausschlüssel ist weg.«

Jetzt erst kann sich Sophie aus ihrer Schockstarre lösen. »Das ist ja eine Katastrophe!«

»Das können Sie wohl sagen«, stimmt er ihr zu und fragt: »Haben Sie vielleicht einen Wodka?«

»Das nicht, aber einen Gin«, sagt Sophie und dirigiert ihn in ihre Küche. Er leert das Glas mit einem Schluck. Sie füllt es sofort wieder auf und drückt ihn auf ihren Schreibtischsessel.

Verblüfft stellt sie fest, dass er sofort dieselbe Sitzhaltung einnimmt wie das Original. Die Beine eng aneinandergepresst, die Hände verschränkt im Schoß, den Rücken durchgedrückt.

Felix scheint das Gefühl zu haben, ihr seine perfekte Imitation erklären zu müssen, und Sophie erfährt von seiner geheimen Berufung, regelmäßig in Clubs als die Diva aufzutreten. Und wie er stolz hinzufügt: »Ich habe großen Erfolg!«

»Weiß Luise Radell das?«

»Aber ja!«

»Hat sie Sie schon mal so gesehen?«

»Nein, das würde ich ihr nicht zumuten wollen!«

»Sie wäre stolz auf Sie«, beteuert Sophie und zum ersten Mal taucht ein fast schüchternes Lächeln auf seinem beziehungsweise Luise Radells Gesicht auf, wie sich Sophie gleich korrigiert.

Während sie überlegt, wo sie ihn übernachten lassen kann, scheppert wieder die Klingel.

»Das ist Mike«, klärt sie den zusammenzuckenden Felix auf.

Als sie rasch den Öffner betätigt, stellt sie sich vor, wie Mike gleich reagieren wird. Beim Öffnen der Wohnungstür will sie schon sagen: »Nicht erschre…«

Dann verstummt sie. Vor ihr steht Zarah Leander mit einer großen Tasche, die halb offen steht.

»Ich will zu Felix …«

»Nicky!«, hört Sophie Felix' Freudengeheul, der, so schnell er sich auf hohen Hacken und im eng geschnittenen Abendkleid bewegen kann, auf die Person zustürzt.

»Meine Tasche! Wo hast du die gefunden?«

Mit tiefer Stimme, passend zu Zarah Leander, wie Sophie findet, wird er aufgeklärt: »Ich bin noch mal zurückgefahren. Mir hat das Ganze keine Ruhe gelassen. Und draußen habe ich deine Tasche entdeckt. Die hat der Dieb einfach weggeschmissen.«

Felix versucht, den klemmenden Reißverschluss zu bewegen. »Meine ganze Schminke ist weg«, stellt er jammernd fest. »Und zwei meiner schönsten Abendkleider. Mein Handy kann ich auch vergessen. Und mein Auto ist ja wohl immer noch weg?«, vermutet er mit fragendem Unterton in Nickys Richtung.

Der nickt traurig. Dann fasst er in seine Handtasche, die über seiner Schulter baumelt, und zieht etwas daraus hervor. Als er es in die Höhe hält, schaut Felix ungläubig darauf. »Dein

Hausschlüssel! Den hat der Dieb ungefähr drei Meter von der Tasche entfernt einfach auf den Parkplatz geschmissen!«

Zwischen Lachen und Weinen liegen sich daraufhin Luise Radell und Zarah Leander in den Armen und Sophie schenkt sich einen doppelten Gin ein, den sie in einem Zug hinunterstürzt.

* * *

Mike ruft am nächsten Morgen an. »Du, das ausführliche Meeting war erst um vier Uhr vorbei. Und da wollte ich dich nicht mehr wecken.«

»Konntest du auch gar nicht«, berichtet ihm Sophie lachend. »Ich war nämlich schon wach.«

»Das tut mir leid. Konntest du etwa nicht schlafen, weil du auf mich gewartet hast?«

Sophie berichtet ihm ausführlich ihre nächtlichen Erlebnisse und versichert ihm, dass er wirklich ein Spektakel verpasst hat. Als er gerade antworten will, klopft ein Anrufer an. Hille.

»Lass uns nachher sprechen, ja?« Und er stimmt sofort zu.

»Was sagst du zu dem Foto?«, will Hille als Erstes wissen.

»Welches?«

»Von der Radell!«

»Ein Neues? Wo?«

»Im Netz.«

Hille gibt ihr die Daten durch und Sophie schaut ungläubig auf drei Fotos, die eine unscharfe Figur zeigen, die im Paillettenabendkleid aus einem Auto steigt, sich auf hochhackigen Pumps kurz umschaut, um dann an einem Haus Sturm zu klingeln. Die typische Lockenfrisur von Luise Radell auf dem Kopf, ein breitrandiges Collier auf der Brust.

Felix Maurer.

Sophies Verdacht, den sie gehabt hat, als sie gestern zu Luise Radell gegangen ist, hat sich bestätigt. Der Fotograf ist zwar ohne sein Fahrzeug, aber mit seiner Kamera bewaffnet auf der Lauer geblieben.

Das Einzige, was eine scharfe Wiedergabe des Objekts verhindert hat, ist die Tatsache, dass er sich nicht getraut hat, mit Blitz zu fotografieren.

Sophie ist froh, dass Felix hat glauben müssen, sein Schlüssel zu Radells Villa wäre auch gestohlen worden, und bei ihr Hilfe gesucht hat. Sonst hätte die Presse jetzt den ultimativen Beweis, dass Luise Radell doch in der Villa Nummer zehn wohnt. Allerdings ist nicht ausgeschlossen, dass sie selbst jetzt verstärkt in den Mittelpunkt des Fotografen-Interesses gerät.

»Das ist sie doch, nicht wahr?«, fragt Hille. »Aber wieso läuft die nachts im Abendkleid durch die Straßen? Ist sie dement? Ist sie total verwirrt?«

»Nein, alles okay, was du da siehst, ist eine Drag Queen.«

»Gibt's doch nicht«, befindet Hille verblüfft. »Aber wieso klingelt die an einer Tür in der Straße, wo die Diva angeblich wohnt, wenn man dieser Corell Glauben schenken würde?«

Sophie klärt Hille auf, bittet um absolute Geheimhaltung, obwohl sie weiß, dass sie das bei ihrer Freundin gar nicht einfordern muss. Sie würde immer dichthalten.

Als Felix ihr kurz darauf diesmal äußerst kleinlaut den Elf-Uhr-»sharp«-Termin bestätigt, fragt sie ihn sofort nach den Fotos.

Felix holt tief Luft. »Es ist ja alles noch viel schlimmer. Eines der Fotos ist auf der ganzen Seite eins einer Tageszeitung abgedruckt.«

Sophie wählt diesmal vorsichtshalber wieder den Weg über Mikes Baustelle und wird von Felix bereits auf seiner Seite des Durchschlupfs erwartet.

»Haben Sie ihr die Zeitung gezeigt?«

Felix schüttelt betrübt den Kopf. »Natürlich nicht, was habe ich da nur angerichtet?«

»Sie können doch nichts dafür«, versucht Sophie, ihn zu trösten, und legt spontan einen Arm um seine Schultern.

Als sie die Terrasse erreichen, steht die Diva draußen und blickt ihnen aufmerksam entgegen.

* * *

Luise ist irritiert. Seit wann sind die beiden so vertraut miteinander? Und warum muss die Journalistin wieder auf dem geheimen Weg zu ihr kommen, wie Felix ihr vorhin angekündigt hat?

Ist etwas vorgefallen, von dem sie nichts weiß?

Die Journalistin sieht heute ganz anders aus als sonst und sie überlegt, woran das liegt.

Dann fällt ihr auf, dass der klobige Schuh fehlt und sie zum ersten Mal nicht mehr humpelt. Sie trägt eine enge Jeans, einen schwarzen Blazer, darunter einen dünnen weißen Pullover. Die Haare hat sie als Knoten auf dem Kopf befestigt, an den Ohrläppchen sind goldene Creolen zu sehen. Zum ersten Mal registriert Luise, dass Sophie Schaller hübsche Augen hat. Ein intensives Grün, betont durch einen schwarzen Lidstrich, der nicht wie sonst verwackelt ist.

Bei dieser aufmerksamen Betrachtung wird ihr plötzlich bewusst, dass sie sich im Freien auf ihrer Terrasse befindet und das harte Sonnenlicht die Spuren ihres Alters im Gesicht enthüllt.

Deshalb wendet sie sich ab und begibt sich in den Schutz ihrer vier Wände.

Sophie Schaller folgt ihr und bleibt vor dem gedeckten Tisch stehen. Sie deutet auf die Torte, die Hilde in die Mitte gestellt hat. »Ein Käsekuchen. Ihre Haushälterin verwöhnt uns aber wirklich.«

Ja, denkt Luise, Hilde scheint genau wie Felix einen Narren an der Journalistin gefressen zu haben, dabei ist sie für Luise der Grund, dass ihre Zwiesprache mit Irene nicht mehr funktioniert. Dass sie alleine zurückgeblieben ist und sich mit sich selbst auseinandersetzen muss. Sie ist so furchtbar ungeübt darin. Beweis ist ihr Geständnis über ihren schrecklichen Stiefvater.

Felix scheint ihre Erklärung geschluckt zu haben, als sie behauptet hat, in einem geplanten Drehbuch über solchen Missbrauch gelesen zu haben.

Aber die Journalistin hat wachsam gewirkt, ja, empathisch. So als hätte sie Mitleid mit ihr gefühlt.

Luise hat das Gefühl, an einem Scheideweg zu stehen. Zum ersten Mal seit so vielen Jahrzehnten spricht sie mit einem Menschen aus der Außenwelt, deren Treiben sie so lange konsequent ausgeblendet hat. Sie hat nicht wissen wollen, wie es sich dort draußen anfühlt.

Sie hat ihre ganze Kraft gebraucht, um ihre Dämonen in Schach zu halten. Ihre ganze Aufmerksamkeit ist auf die kostbaren Momente gerichtet gewesen, in denen sie geglaubt hat, Irene tatsächlich zu sehen, zu hören, zu fühlen.

Und diese junge Frau, die jetzt ihr Handy zum Aufnehmen zwischen den Kaffeetassen, Kuchentellern, Servietten, Milchkännchen unterbringt, scheint ein Gespür dafür zu haben, immer wieder die Sprache auf Irene zu bringen, als ahnte sie, dass Luise dem Versuch nicht widerstehen kann, ihre Seelenverwandte wieder aufleben zu lassen.

So als wäre sie im Raum, obwohl Luise voller Schmerz fühlt, dass sie sie nicht mehr wie bisher vor sich sieht. Sie weiß, dass sie bald einen großen Schritt wagen muss, zu dem sie sich jahrzehntelang nicht hat entschließen können.

Sie wird sich überwinden müssen, zu Irene zu gehen.

* * *

Das Geklapper der Teller während des Mittagsgeschäfts macht es fast unmöglich, Mike von ihrem letzten Treffen mit der Diva zu berichten. Die Trattoria ist brechend voll und außerdem sitzt Mini mit ihnen am Tisch. Sie bewundert Mike, wie locker er mit der Situation umgeht.

Während er fragt: »Hat sie denn endlich was über ihre Love-Affairs ausgeplaudert?«, kommt er Minis Wunsch nach, ihm das dünne Schnitzel klein zu schneiden.

»Ich habe das Gefühl, im Augenblick komme ich fast ausschließlich der Person der Produzentin immer näher. Die wird von ihr so plastisch geschildert, dass ich schon mal überlegt habe, ihr vorzuschlagen, zwei Interviews aus unseren Gesprächen zu machen. Eins unter dem Titel: ›Die verschwundene Legende erzählt ihr Leben‹, natürlich unter einem reißerischeren Titel, dann eins ›Irene Safranow – die Herrscherin über das Film-Business‹.«

»Hört sich gut an. Mini, nicht die Spielzeugautos auf den Tellerrand stellen«, lautet Mikes Ermahnung. Um dann wissen zu wollen, ob Felix und sie eigentlich rausbekommen haben, von wo aus der Fotograf die Fotos in der Nacht gemacht hat.

»Allerdings. Wir haben herausgefunden, dass er sich auf dem gegenüberliegenden Grundstück versteckt hatte, deren Anwohner im Urlaub waren. Die haben nämlich nach ihrer Rückkehr festgestellt, dass neben einem ihrer Liegestühle, den er aus dem Gartenhaus geholt hatte, eine Unmenge von Kippen und eine leere Colaflasche herumlagen.«

»Mini, iss dein Fleisch! Das ist ja wohl auf jeden Fall ein klassischer Hausfriedensbruch. Kennst du seinen Namen?«

»Die Zeitung, die seinen Abschuss abgedruckt hat, war so clever, keinen Fotografennamen zu nennen.«

»Weißt du, was ich machen werde?«, hört sie Mike. »Ich werde einen Sicherheitsdienst engagieren. Und zwar kann ich das bei meinen Sicherheitsmaßnahmen für die Baustelle verbuchen. Es wird immer noch wie verrückt geklaut. Und die Männer sollen dann mal ein Auge auf das Haus deiner Diva haben.«

»Du bist klasse«, befindet Sophie dankbar. Sie will sich gerade herüberbeugen, um ihm einen Kuss zu geben, als Mini mit seiner Gabel, auf die er ein Stückchen Fleisch aufgespießt hat, zwischen ihren Gesichtern herumfuchtelt und Sophie auffordert: »Probier mal!«

Sophie lässt sich das Stück in den Mund schieben und macht »Mmmhh!«, während sie voller Unruhe an die nächsten zwei Stunden denkt.

Mike hat sie gefragt, ob sie während eines Termins, den er in der Nähe hat, die Zeit mit Mini verbringen kann. Seine Ex-Frau würde ihn dann an einem verabredeten Treffpunkt wieder abholen.

»Kino?«, hat sie gefragt.

»Habe ich schon nachgeschaut. Leider läuft nichts Passendes im Moment.«

»Entenfüttern? Oder macht man das nicht mehr?«

»Du kannst es ja mal probieren«, hat seine Antwort gelautet und Sophie hat am Morgen beim Bäcker Brot von gestern gekauft.

Als sich Mike schon verabschiedet und Mini ermahnt, sich gut zu benehmen, schießt Sophie durch den Kopf, was sie ihm noch alles hat erzählen wollen von ihrem Besuch bei Luise Radell, denn auf ihre Frage, ob Irene Safranow für sie ein Vorbild gewesen sei, ist es förmlich aus der Diva herausgebrochen: »Sie wurde alles für mich. An ihr konnte ich mich orientieren. Sie lenkte nicht nur meine Karriere, sie wurde auch zu meiner Vertrauten. Ich war ja noch so jung, sie hat fast meine Vormundschaft übernommen.«

»Und Ihre Mutter?«, fragte Sophie dazwischen.

»Meine Mutter«, begann die Diva mit einem leichten Seufzer, »hatte ihre eigene Karriere im Sinn. Sie pochte darauf, in den Folge-Comtesse-Filmen eine große Rolle zu erhalten. Aber Irene hatte das Drehbuch ändern lassen und für meine Mutter war kein Platz mehr.«

»Und dann wurde Irene Safranow eine Art Mutterersatz für Sie?«

Luise Radell schien mit dieser Formulierung nicht einverstanden zu sein, denn sie korrigierte: »Sie wurde mein Vorbild, ich war ihr Schützling. Und sie hat gleich einen Sprachtrainer für mich engagiert ...«

Als Sophie endlich etwas Brauchbares zu hören bekam, hob die Diva plötzlich ihre Hände, als wollte sie sich selbst ermahnen.

Sie bat Felix die Erfolgsfilme, in denen sie die Hauptrolle gespielt hatte, aufzuzählen, von den Kostümbildnern zu berichten, die für sie die Traumroben geschneidert hatten. »Und vergessen Sie nicht den Namen des Couturiers, der mich in den folgenden Filmen ausgestattet hat. Dessen Muse ich wurde.«

Schließlich behauptete die Diva, sich etwas unwohl zu fühlen. Sie werde sich jetzt zurückziehen und auch am nächsten Tag nicht zur Verfügung stehen.

Sophie hat Felix verblüfft gefragt: »Ist sie krank?«

Er hat mit dem Kopf geschüttelt. »Nein, sie ist wohl nur müde. Sie sind immerhin der erste völlig fremde Mensch, den sie in ihr Privatleben lässt. Sie ist erschöpft.«

Die Pause, die die Diva eingefordert hat, ist der Grund gewesen, warum Sophie die Nacht in Mikes Armen hat verbringen können und nun vor der Herausforderung steht, einen Fünfjährigen zwei Stunden lang allein zu betreuen.

Nachdem er endlich sein Essen aufgegessen hat, sämtliche Spielzeugautos in seiner mitgebrachten Tüte der richtigen Reihenfolge nach verstaut sind, schlägt sie ihm vor, zum nahe gelegenen Hofgarten zu gehen.

»Und dann?«, fragt Mini.

Sophie hat vergessen, Mike zu fragen, ob es da einen Teich gibt, auf dem Enten auf Brotfütterung warten. Deshalb hat sie gar keine andere Wahl, als Mini zu fragen, was er denn gerne machen würde.

»Zum Surfen gehen«, lautet sein enthusiastischer Wunsch.

»Wo macht man das denn?«, fragt sie.

»Am Eisbach. Komm, ich zeig's dir!«

Sophie versucht, aus ihm herauszubekommen, wo sich der denn befindet, worauf Mini eine wenig präzise Angabe macht. Schließlich wendet sich Sophie Hilfe suchend an einen Taxifahrer, der gleich bereit ist, sie dorthin zu fahren.

Als sie aussteigen, wird Sophie klar, dass Mini recht gehabt hat, als er behauptet hat, man könne dort auch zu Fuß hinlaufen.

Nachdem sie dem aufregenden Surfer-Spektakel auf der künstlich stehenden Welle des Eisbachs im Englischen Garten fast zwei Stunden fasziniert zugeschaut haben und Mini, der über einen unstillbaren Appetit zu verfügen scheint, einen beträchtlichen Teil des alten Brotes, das Sophie eigentlich an Enten verfüttern wollte, selbst verdrückt hat, schaut sie alarmiert auf die Uhr.

Sie will auf keinen Fall beim ersten Aufeinandertreffen mit Ina, Mikes Ex, zu spät kommen. Diesmal braucht sie tatsächlich ein Auto, um pünktlich zu sein, doch zwei Taxen, die sie anhalten will, fahren einfach vorbei.

Da entdeckt sie einen E-Scooter, schaltet ihn frei, stellt Mini vor sich auf die Plattform und ist in wenigen Minuten am vereinbarten Treffpunkt.

An Minis aufgeregtem Winken liest Sophie ab, dass die schick gekleidete Frau, die vor dem verabredeten Geschäft steht, seine Mutter ist.

Als Sophie vor ihr zum Halten kommt, zieht Ina eine Augenbraue hoch. »Das ist aber gefährlich, was Sie da gemacht haben!«

Sophie wird ganz heiß. Und weiß nicht recht, ob es der rasanten Rollerfahrt geschuldet ist oder dem Anblick der attraktiven Frau mit langen schwarzen Locken, einem topmodischen Jumpsuit, der ihre schmale Figur betont, bei der Sophie sofort überlegt, ob ihre eigene Jeans nicht ein bisschen zu eng geworden ist.

Ursache ist ihre Verletzung, wegen der sie überhaupt keinen Sport mehr gemacht hat, und natürlich Mikes formidable Kochkünste.

»Mami, das war so cool!«, lautet Minis Fazit ihres Ausflugs. »Musst du auch mal machen«, schlägt er vor und klopft auf den Scooter.

Doch Ina fokussiert sich eher auf Sophie. »Und Sie sind also Journalistin?«

Sophie nickt.

»Sind Sie eine von seinen Käuferinnen?«

Sophie ist erleichtert, dass Mike gar nicht viel über sie erzählt zu haben scheint, und weicht aus: »Das könnte man so sagen. Wir haben uns auf einer seiner Baustellen kennengelernt.«

»Welche?«

»Oh, das tut mir jetzt leid«, behauptet Sophie nach einem Blick auf die neben einem Juweliereingang hängende große Uhr. »Ich muss leider. Mini, mach's gut! Willst du den Rest vom Brot noch behalten?«

Ina wirft einen entrüsteten Blick in die Tüte. »Er isst kein altes Brot!«

Doch Mini fährt ihr in die Parade, indem er begeistert ruft: »Klar! Will ich behalten!«

Mit einem breiten Lächeln will Sophie schon den Scooter starten, als der kleine Junge sich von seiner Mutter löst, seine Ärmchen um Sophies Hals schlingt und ihr einen feuchten Schmatzer auf die Wange drückt.

* * *

Felix rückt seine Mütze zurecht. Sie ist ein bisschen zu weit, während die Chauffeur-Livree ein wenig zu eng ist und vor allem an den Armen spannt.

Aber er würde sich nie beklagen, denn es ist so selten, dass die Diva ihr Versteck verlässt, als dass er sie mit solchen Kleinigkeiten belästigen würde.

Wichtiger ist, dass die Limousine, die in einer entfernt liegenden Garage untergestellt ist, picobello sauber ist. Kein Stäubchen soll sie stören. Er hat auch im dafür eingebauten Mini-Kühlschrank Champagner kalt gestellt und die Silberbecher vorgekühlt.

Er hat das Fahrzeug in der Stichstraße am äußersten Ende von Luise Radells Grundstück geparkt, begleitet sie nun über die gesamte Rasenfläche und schaut sich erst einmal um, bevor er sie einsteigen lässt. Wichtig ist, dass niemand auf der Straße zu sehen ist oder sie aus einem Fenster heraus beobachtet.

»Wohin soll es gehen?«, fragt er. Und ist total überrascht, als sie ihm das Fahrtziel nennt. Er hofft, dass sie diese Stippvisite nicht zu sehr aufwühlt. Das letzte und für ihn erste Mal, dass sie dort hingewollt hat, war kurz nach seinem Eintritt in ihre Dienste. Und er kümmert sich jetzt schon fünfzehn Jahre lang um die Belange ihres zurückgezogenen Lebens.

Warum jetzt? Während der Hälfte der Fahrt spricht sie kein einziges Wort. Sie scheint tief in Gedanken versunken.

Erst als sie an einer Ampel im Ort warten müssen, wirft sie einen Blick aus dem Fenster. »Was ist das für ein Foto?«, fragt sie entsetzt und Felix bricht sofort der Schweiß aus, als er ihrem Blick folgt.

An einem Kiosk hängt immer noch das Titelbild der Tageszeitung, auf dem sein verschwommenes Foto abgedruckt ist.

»Das bin ja ich«, stellt sie aufgebracht fest. »Und das ist die Straße vor meinem Haus. Wo kommt dieses Bild her?«

»Frau Radell, ich muss Ihnen etwas beichten«, beginnt er mit gepresster Stimme und schaut über seine Schulter in ihr fragendes Gesicht.

Seine Schuldgefühle sind wohl so offensichtlich, dass die Diva Felix überrascht, als sie sagt: »Ich will es gar nicht wissen. Es ist grün!«

Am Ziel angekommen, hält Felix vor dem großen schmiedeeisernen Tor mit den verschlungenen Initialen. Er wartet auf ihre Anweisung, doch zu seiner großen Überraschung öffnet sie selbst ihre Tür und steigt aus. Er will es ihr gleichtun, doch sie beugt sich noch einmal ins Innere des Autos und sagt: »Warten Sie hier!«

Felix weiß nicht, was er davon halten soll. Er beobachtet die Diva, die etwas aus ihrer Handtasche zieht und sich am Schloss zu schaffen macht. Dann öffnet sie eine eingelassene schmale Tür, lässt sie offen stehen und geht hindurch.

Felix folgt ihr mit seinem Blick, wie sie langsam die lange geschwungene Vorfahrt des Anwesens hinaufschreitet. Er ist überzeugt gewesen, ihr diesen Gang abzunehmen, indem er sie bis vor die große Eingangstür gefahren hätte. Ihre Silhouette wird immer kleiner und er fragt sich besorgt, was sie vorhat. Das Grün ihres Seidenmantels harmoniert mit den unendlich erscheinenden Rasenflächen auf den Hügeln, die das Anwesen umschließen. Unwillkürlich schaut Felix kurz in den

Rückspiegel zu dem laternengesäumten Weg zum privaten Bootssteg am See und erblickt einige Segeljollen, die auf dem schaukelnden Wasser majestätische Bahnen ziehen.

Erneut begeistert ihn der Anblick des überwältigenden Besitzes. Kein anderes Anwesen reicht an die Schönheit, die Opulenz des Gebäudes heran.

Die Diva weiß nicht, dass er privat öfter hierherfährt und aus dem Auto heraus den Blick auf den Bau mit seinen umlaufenden Balkonen und ausladenden Terrassen genießt. Zur Seeseite hin hat er vor einiger Zeit außen am Zaun Fotos entdeckt, die in Hüllen geschweißt am Zaun angebracht worden sind. Er ist nicht der Einzige, der heute noch Luise Radell verehrt, und auch Irene Safranow auf dem gemeinsamen Bild mit der Diva hat wohl bis heute ihre Anhänger. Ihn begeistert immer wieder die Harmonie der Abmessungen, das im Sonnenschein glänzende goldene Emblem über der Haustür. Hier hat ein exquisiter Geschmack seinen Ausdruck gefunden.

Jeder kennt die Villa inmitten des von sanften Hügeln durchzogenen gigantischen Geländes mit den üppig wachsenden Rhododendren-Sträuchern, Magnolien und prächtigen meterhohen Laubbäumen.

Felix kehrt nach seinen Fahrten zu dem traumhaften Anwesen immer in einem Wirtshaus ein, wo er regelmäßig mit alten Anwohnern der Gemeinde am Ammersee ins Gespräch kommt. Und sie tun ihm gerne den Gefallen und schwärmen jedes Mal davon, dass dort früher rauschende Feste gefeiert worden seien. Unzählige Limousinen, so erinnern sie sich, hätten die lange gewundene Auffahrt gesäumt, Luxusboote am Privatsteg geankert. Lautes Lachen und Gläserklirren habe die Luft erfüllt und laute Musik sei über das Wasser bis ans andere Ufer geschallt. Schöne, festlich gekleidete Menschen hätten auf den Terrassen getanzt, während Hunde übermütig bellend hin und her gejagt seien.

Schließlich jedoch seien sie verstummt, die Lichter erloschen. Die Fensterläden seien geschlossen und die Gartenmöbel und Hollywoodschaukeln mit grünen Plastikbezügen bedeckt worden.

Felix überkommt jedes Mal bei diesen Schilderungen ein Gefühl der Trauer über die Vergänglichkeit. Und auch jetzt gaukelt ihm seine Fantasie vor, die Menschen einer vergangenen Welt würden das verwaist daliegende Gebäude wieder mit Leben erfüllen. Am liebsten würde er die Auffahrt hochlaufen, die Planen von den Gartenmöbeln reißen und darauf warten, dass die Musik erklingt.

Das Bellen eines Hundes reißt Felix aus seinen Gedanken und für einen kurzen Moment meint er, sein Wunsch sei in Erfüllung gegangen. Doch es ist nur ein frei laufender Labrador, dessen Herrchen noch ein Stück weiter weg auf dem Uferweg folgt.

Der Hund schnüffelt kurz an Felix' Fahrertür, dann scheint er unschlüssig zu sein, ob er durch die offen stehende Tür im Eisengitter hindurch auf die Weite des Besitzes laufen soll. Doch etwas lässt ihn still stehen, ehe er sich abwendet und seinem Besitzer entgegenrennt.

Felix blickt ihm noch eine Weile hinterher und verliert sich dann wieder in seinen nostalgischen Tagträumen rund um das Refugium, versteckt hinter Mauern, Hecken, Büschen und den am Rand sich gewaltig erhebenden Trauerweiden, die mit ihren Ästen mit theatralischer Geste auf den See weisen.

Kapitel 8

Ammersee, 2022

Luise hält den Schlüsselbund fest umklammert, als sie an der Haustür ankommt. Sie weiß genau, welchen der vielen Schlüssel sie zur Hand nehmen muss, um die schwere Tür zu öffnen. Vor der letzten Umdrehung hält sie einen Moment inne.

Ist es richtig, was sie vorhat? Wird sie belohnt werden und gleich glauben können, dass Irene wie früher auf sie zuläuft, sie in den Arm nimmt und sagt: »Da bist du ja endlich! Ich habe mir schon Sorgen gemacht!«?

Und sie würde wie damals fragen: »Bin ich zu spät? Sind schon alle da?«

Sicher würde Irene das Cocktailkleid aus blauem Brokatstoff tragen, ihre Kette aus unzähligen kleinen Brillanten würde mit dem Glanz der Brillantohrringe an einem kunstvoll gearbeiteten Steg an den Ohrläppchen konkurrieren.

Luise versucht, ihre Emotionen in den Griff zu bekommen. Sie dreht den Schlüssel ein letztes Mal im Schloss und zieht am Griff der Tür.

Sofort umfängt sie die Dunkelheit der großen Empfangshalle, und die Kühle, die im krassen Gegensatz zur sommerlichen Außentemperatur steht, lässt sie erschaudern.

»Irene?«, ruft sie. Obwohl sie nichts so sehr fürchtet, als keine Reaktion zu hören. Schließlich überwindet sie sich, schließt die Tür hinter sich und ist dankbar für das bisschen Sonnenlicht, das durch längliche Spalten in den Fensterläden aus Holz die Dunkelheit durchbricht.

Sie kennt jeden Millimeter des Interieurs der sagenumwobenen Villa. Der Marmorboden mit den schwarz-weißen Fliesen, die Wände mit blassgelbem Seidenstoff bespannt, die sanft geschwungenen Treppen, die links und rechts in den ersten Stock münden.

Luise passiert die Halle, geht auf die weiße Schiebetür zu und drückt die beiden goldenen Griffe auseinander. Soll sie es wagen, hineinzugehen? Kann sie die Erinnerungen ertragen?

Luise überwindet sich und durchquert den Saal, in dem sich früher Hunderte von Gästen aufgeregt unterhalten, viele Paare auf dem Parkettboden getanzt haben unter der glitzernden Kugel, die an der ovalen Deckenwölbung hängt und sich damals bei Bedarf zu drehen begonnen hat. Hunderte unterschiedlich eingefärbte, sternenförmig angeordnete Lämpchen haben sich mit gleißendem Licht auf den erwartungsvollen Gesichtern der Anwesenden gespiegelt.

Luise zögert noch, ob sie es wagen soll, zur aufwendig installierten Bar mit den vielen Flaschen und Gläsern zu gehen, doch sie weiß, dass sie dies jetzt nicht ertragen könnte.

Allein der Anblick der weißen Stoffbezüge über den Möbeln, den Sesseln, Stühlen, Tischen, treibt ihr die Tränen in die Augen.

All das sind abgedeckte Zeugen der Vergangenheit und in Luises Ohren hallt noch die Musik, das Lachen und das

Plaudern von Menschen, die Irene zu ihren legendären Partys eingeladen hat.

Tot! Sie sind fast alle tot!

Nur sie nicht.

Sie lebt – mit den Erinnerungen, die ihr niemand abnehmen kann.

Luise wendet sich zur Treppe und fühlt die Kühle des goldenen Geläufs an ihrer Hand, als sie die Stufen zum ersten Stock hinaufsteigt. Oben angekommen öffnet sie die erste Tür und schaut in eines der vielen Badezimmer. Ausgestattet mit grau-weiß meliertem Marmor, goldenen Wasserhähnen, einer frei stehenden Wanne, breiten Simsen an den Wänden, vollgestellt mit Parfumflakons, an deren Hälsen kleine Sprühbällchen mit glänzenden Troddeln hängen, Creme-Tiegeln aus Porzellan, Puderdosen und Make-up-Fläschchen.

Luise wagt sich nicht in das Schlafzimmer mit dem raumbeherrschenden Doppelbett, bespannt mit einem genoppten Seidenstoff, sondern betritt das angrenzende Ankleidezimmer.

»Bist du hier?«, wispert sie. Sie verharrt lange auf der Stelle, um ja nicht eine Antwort zu verpassen. Als die nicht erfolgt, öffnet sie behutsam nacheinander die verspiegelten Schranktüren und lässt ihre Finger über die hauchdünnen Seidenstoffe der Kleider gleiten, streicht über die Ärmel der vielen Pelzmäntel, genießt die weiche Beschaffenheit der Strickensembles. Dann zieht sie die schmalen Schubladen auf, in denen Unmengen von kostbaren Wäschestücken, spitzenverziert, Hemdchen und Slips akkurat aufgereiht liegen.

Schließlich verharrt sie vor der überwältigend großen Sammlung von Hunderten Handschuhpaaren aus unterschiedlichsten Materialien, Leder, Baumwolle, Spitze, Satin, Samt. Alle Modelle in sämtlichen nur denkbaren Farbnuancen.

Luise spürt ihr Herzklopfen bis in den Hals und lässt sich erschöpft auf einen Sessel in der Mitte des Raums fallen. Genau vor den in Schutzhüllen verstauten Abendkleidern in allen Varianten, bestickt, kunstvoll gearbeiteten Korsagen, schulterfrei, hochgeschlossen, Capes, Mänteln, Schals, Hüten, Taschen, Federschmuck und dazu passenden Schuhen.

Luise fürchtet, ohnmächtig zu werden, denn aus einigen Hüllen, die sie geöffnet hat, entströmt Parfumduft, der längst abgestanden und muffig riecht.

Es ist ein Fehler gewesen, hierher zurückzukehren.

Sie ist nicht mehr die, die sie gewesen ist, bevor die junge Journalistin in ihr Leben getreten ist. Luise muss endlich akzeptieren, dass nichts mehr so sein wird wie früher, als sie nur die Augen hat schließen müssen, um Irenes Gegenwart zu spüren.

Sie entschließt sich zur Flucht und läuft die Treppenstufen so schnell hinab, dass sie fast stürzt. Erst jetzt fällt ihr auf, dass alles, was sie gesehen hat, mit einer dicken Schicht Staub bedeckt ist. Sie schaut auf ihre Hände. Sie sind fast schwarz von den Spuren eines jahrzehntelangen Stillstands, in dem das Haus versunken ist.

Als sie die Haustür erreicht, hat sie den Griff schon umfasst, als sie ihre schweißnasse Stirn gegen das kalte Holz lehnt. Sie muss es tun. Sie muss es noch einmal wagen. Widerstrebend geht sie mit schleppenden Schritten zu der rundbogenförmigen Tür zu ihrer Linken.

Als sie die Klinke herunterdrückt, verschwendet sie keinen Blick auf die Ausstattung der perfekten Küche, die bei der Installation in den Fünfzigerjahren topmodern gewesen ist.

Sie kennt jedes Teil der weiß lackierten Möbel mit den goldenen Rundgriffen, den Herd mit der integrierten Uhr, die marmornen Arbeitsplatten, auf denen die Haushälterin Traudl die viel gerühmten Menüs zubereitete, das Weinregal, in dem der mehrere Zentimeter dicke Belag die Etiketten verhüllt.

Doch sie ist aus einem anderen Grund hier. Und starrt jetzt wie gebannt auf das Gedeck auf dem Esstisch. Den

Teller, auf dem ein silbernes Messer abgelegt wurde. Daneben die Kaffeetasse auf einem passenden Serviceunterteller. Die dickbauchige Kaffeekanne, das silberne Brotkörbchen, ein Milchkännchen und der Zuckerbehälter mit der silbernen Greifzange.

Mitten auf dem Tisch erkennt sie auf einem Silbertablett den vertrauten runden Glasbehälter, durch dessen Deckel die rote Marmelade erkennbar ist – überzogen von einer dicken Schicht Schimmel.

Luise kennt jedes Detail dieses beklemmenden Stilllebens. In der Tasse sind die Kaffeereste eingetrocknet, die Butterspuren am Messer grün angelaufen. Sie braucht die beiden Brötchen im kostbar gearbeiteten Körbchen nicht zu berühren.

Sie weiß, sie sind steinhart.

Und sie weiß auch, für wen hier vor vielen Jahrzehnten eingedeckt worden ist.

Sie weiß, wer auf dem gepolsterten Stuhl mit dem zarten Rosenmuster gesessen hat, dann unterbrochen worden ist, hastig aufgesprungen ist, den Stuhl mit den Kniekehlen in die Position schiebend, in der er sich immer noch befindet, das Haus überstürzt verlassen hat und nie mehr zurückgekehrt ist.

Plötzlich zuckt sie zusammen.

Ein Geräusch.

Wie ist das möglich?

Wird jetzt etwa ihr sehnlichster Wunsch wahr?

Wird sie Irene sehen?

Sie horcht hinter der Küchentür.

Nichts.

Sie öffnet einen Spalt und ruft: »Irene, bist du da?«

Sollte ihr Plan aufgegangen sein? Hat sie durch die Kraft ihrer Imagination die geliebte Gestalt endlich wieder heraufbeschworen?

Wenn das jetzt geschieht, kann sie auch allein durch ihre Autosuggestion Irenes Antworten auf ihre quälenden Fragen selbst rekapitulieren.

Luise macht ein paar Schritte in die Mitte der Empfangshalle und ist sich nicht sicher, ob es ihre eigenen Absätze sind, die das Geräusch auf den Marmorfliesen verursachen.

Dann stockt sie mitten in der Bewegung.

Irene Safranow steht auf dem obersten Treppenabsatz und schaut auf sie herab.

Die grünen Augen haben einen anderen Ausdruck als früher. Sie sind stechend und blicken fast durch Luise hindurch.

Luise läuft ein Schauer über den Rücken. Irenes Mund ist halb geöffnet und enthüllt die ebenmäßigen weißen Zähne. Die schön geschwungenen Lippen sind mit einem roséfarbenen Lippenstift betont worden, ihre Wangen mit einem nahezu identischen Rougeton konturiert.

Luise kann sich nicht rühren.

Wie gebannt starrt sie auf die Gestalt. Als sie den Ohrschmuck an Irene bemerkt, fasst sie sich automatisch an die eigenen Clips. Sind es etwa dieselben?

Luise erkennt an Irenes schlankem Körper das grau melierte Kostüm, das ihr immer so gut gefallen hat und das sie sich manchmal ausgeliehen hat. Hängt es nicht eigentlich jetzt im Schrank ihrer Harlachinger Villa?

Und die Pumps? Luise schaut an sich herunter. Sind es etwa dieselben, in die sie heute Morgen hineingeschlüpft ist? Irgendetwas stimmt nicht.

Statt etwas zu ihr zu sagen, macht sich Irene in diesem Augenblick daran, die Stufen herabzusteigen. Sie ist auf dem Weg zu ihr. Aber warum ist sie stumm?

Luise ist sicher, einen Nervenzusammenbruch zu erleiden.

Es kann nicht sein.

Es muss ein Trugbild sein.

Dann sieht sie, dass die Gestalt auf der Treppe den Kopf ein wenig zur Seite kippt. Sie wirkt so lebendig, dass Luise glaubt, beobachten zu können, wie sich eine Locke aus Irenes Haaren löst und auf ihre Wange fällt.

Soll sie ihr entgegengehen?

Doch dann bleibt Irene auf dem mittleren Treppenabsatz stehen und fixiert Luise mit ihrem seltsamen starren Blick.

Und fragt: »Hast du mich getötet, Luise?«

Das Klagen in ihrer Stimme reißt Luise aus ihrer Erstarrung.

Sie wirft sich herum, will die Haustür aufreißen. Doch sie ist so schwer und gibt nicht sofort nach. Luise blickt über ihre Schulter zurück und sieht, dass sich die Erscheinung immer weiter auf sie zubewegt. Panisch rüttelt sie an der Klinke, als die plötzlich wie von Zauberhand aufgezogen wird.

* * *

»Was ist passiert, gnädige Frau?« Felix ist seinem unguten Gefühl gefolgt und zum Haus gegangen. Luise Radell fällt in seine Arme.

»Da! Da!«, stammelt sie.

Felix schaut in die große Empfangshalle.

Sie ist leer.

Niemand ist zu sehen.

Luise Radell vergräbt ihr Gesicht ängstlich an seiner Schulter. Sie scheint völlig aufgelöst und murmelt etwas Unverständliches.

»Haben Sie jemanden gesehen? Hat Sie jemand überrascht? Sind Sie von einem Einbrecher bedroht worden?«, versucht er, den Grund für ihren desolaten Zustand herauszufinden, doch sie scheint außerstande, ihm eine Antwort zu geben.

Felix greift mit einer Hand in seine Jacketttasche und zieht sein Handy heraus. »Ich rufe die Polizei!«, versichert er ihr.

Die Diva reagiert ganz anders, als er erwartet. Sie befreit sich sofort aus seiner Umarmung und artikuliert mit aufgerissenen Augen: »Nein! Nein! Um Gottes willen, nur das nicht! Keine Polizei!«

Felix lässt das Handy sinken und insistiert: »Aber was ist Ihnen passiert? Wie kann ich Ihnen helfen?«

Luise Radell beißt sich auf die Unterlippe. Sie scheint unentschlossen zu sein, was geschehen soll. Ganz offensichtlich fällt es ihr schwer, einen klaren Gedanken zu fassen.

Dann tritt sie einen Schritt zurück und bittet: »Könnten Sie mal in den Räumen nachschauen, ob Sie jemanden sehen?«

Felix ist hin- und hergerissen. Einerseits erfüllt sich ein lang gehegter Traum. Endlich wird er erfahren, wie es innerhalb dieses Traumhauses aussieht, vor dessen Pforten er sich schon so oft ausgemalt hat, wie es sein würde, wenn er einmal einen Blick hineinwerfen dürfte. Auf der anderen Seite möchte er diesen herbeigesehnten Rundgang lieber in der Begleitung eines breitschultrigen Polizisten unternehmen.

Als die Diva sein Zögern bemerkt, schwächt sie ihren Auftrag ein wenig ab: »Sie müssen nicht überall hineingehen. Es reicht, wenn Sie von der Tür aus sehen, ob sich etwas bewegt. In den zweiten Stock brauchen Sie gar nicht zu gehen, dort war sie … dort sind unwichtige Räume. Bitte schauen Sie wenigstens vom Flur aus nach!«

Felix strafft unmerklich seine Schultern und atmet tief durch. Sei kein Hasenfuß, beschwört er sich selbst. Und mit einem letzten Blick auf ihr flehentliches Gesicht überwindet er sich und steigt langsam die Treppe hinauf. Dann dreht er sich um und ruft ihr zu: »Und was machen Sie, gnädige Frau? Wollen Sie mitkommen?«

Luise Radell schüttelt den Kopf und insistiert: »Bitte beeilen Sie sich!«

Felix beschleunigt seinen Schritt und befindet sich ansatzlos in der Intimität eines fremden Lebens. Hier hat jemand vor vielen Jahrzehnten ein verwunschenes Ambiente geschaffen, in dem er sich wie ein unerwünschter Eindringling vorkommt. Alles scheint zurückgelassen worden zu sein von einer Person, die geglaubt hat, nach einer kurzen Abwesenheit wieder zurückzukehren und ihren Alltag fortzusetzen. Ein Parfumduft durchzieht alle Räume und er meint, ihn schon einmal gerochen zu haben. Doch im selben Moment prallt er zurück und sein Herzschlag trommelt schmerzhaft in seiner Brust.

Erst nach einigen bangen Sekunden realisiert er, dass er sich in einem Ankleidezimmer befindet und sich lediglich selbst in den Spiegeln gesehen hat. Obwohl er so neugierig ist und am liebsten sämtliche Schränke öffnen und vor allem den Inhalt der bereits herausgezogenen Schubladen inspizieren möchte, fürchtet er sich auch, tatsächlich einem potenziellen Angreifer zu begegnen.

»Felix?« Ihr ängstlicher Ruf gibt ihm den Vorwand, den gewünschten Rundgang abzubrechen und zu ihr zurückzukehren.

»Es ist niemand da!«, behauptet er mit Nachdruck und hofft, dass er nicht noch eines Besseren belehrt wird. Aber er hat keinerlei Geräusche gehört und fühlt sich immer mehr in seiner Annahme bestätigt, dass Luise Radell nur Opfer ihrer überreizten Nerven geworden ist.

Doch als er wieder neben ihr steht, zeigt sie erneut mit entsetztem Blick auf die linke gewundene Treppe, die er gerade heruntergekommen ist.

»Gnädige Frau, Sie müssen sich endlich beruhigen. Sie haben sich von einer Halluzination täuschen lassen.«

Bei diesem Begriff hält sie inne und wendet sich zur Haustür um.

»Lassen Sie uns fahren«, verlangt sie mit brüchiger Stimme und Felix greift sofort nach ihrem Arm, um sie hinauszubegleiten.

Da entdeckt er im letzten Moment aus den Augenwinkeln eine Stahltür, die in ein Untergeschoss zu führen scheint.

»Soll ich da auch noch nachschauen?«, will er wissen.

Die blass aussehende Diva scheint unschlüssig. Dann kündigt sie zu seiner Überraschung an: »Ich komme mit! Vielleicht ist sie ja …«

Wieder bricht sie einen Satz ab und durchquert hastig die elegant gestaltete Empfangshalle, die Felix staunend betrachtet. Er folgt ihr auf dem Fuß und wundert sich ein wenig, wie selbstverständlich Luise Radell einen Schlüssel aus dem dicken Bund fischt und versucht, die Stahltür zu öffnen.

Als sie scheitert, nimmt er ihr den Schlüssel ab, steckt ihn diesmal richtig herum in das Schloss und zieht die Tür auf. Ihm ist klar, dass sie dies nur mit großer Mühe hätte allein schaffen können. Sie tastet sich mit einer Hand an der Wand vor ihm einige Treppenstufen herab, dreht an einem Schalter und eine Notbeleuchtung an den Wänden flammt auf.

Felix ist sprachlos.

Die Diva hat ihn in eine Zauberwelt geführt.

Miteinander konkurrierende Eindrücke aus Farben, Formen, Licht stürzen auf ihn ein und er weiß nicht, wohin er als Erstes blicken soll.

Er kann es kaum glauben, er befindet sich wirklich in der versunkenen Welt, die er so gerne immer wieder heraufbeschwören will.

Lebensgroße Schaufensterpuppen, angekleidet mit Kostümen, Kleidern, Abendkleidern, aufwendigen Roben, Pelzen stehen wie zu einer Parade aufgereiht an den Wänden.

Und er kennt jedes einzelne Stück davon.

Er steht im Filmkostüm-Kosmos der Luise Radell!

Felix entdeckt hinter den Kleiderpuppen überlebensgroße Fotografien der Diva, auf denen sie in den jeweiligen ausgestellten Kleidungsstücken aufgenommen worden ist, die er jedoch nicht zur Orientierung braucht. Denn er kann jedes einzelne Outfit ihren Rollen in sämtlichen Filmen zuordnen. Und in diesem magischen Augenblick wird ihm bewusst, dass er der einzige Besucher einer exquisiten Retrospektive ihrer Film-Outfits aus den Fünfziger- und Sechzigerjahren ist.

Wem gehören diese Schätze? Hat ein vermögender Filmfreak dieses riesige Anwesen mitsamt des Inventars gekauft? Will der die Kostüme von Luise Radell für die Ewigkeit konservieren?

Die Luft scheint temperiert, um den Originalzustand so lange wie nur irgend möglich zu erhalten.

Felix sieht sich nach der Diva um. Sie verharrt immer noch am Fuß der Treppe, hält ihren Mantel wie zum Schutz krampfhaft zusammengerafft und schaut sich suchend um. Um ihr die Angst zu nehmen, ruft er ihr zu: »Hier ist niemand außer uns beiden, gnädige Frau!«

Aber sie scheint nicht überzeugt zu sein, denn die Anspannung verschwindet nicht aus ihrem Blick.

Felix spürt, wie ihn seine Begeisterung überwältigt, und macht ein paar Schritte, bis er vor einer Robe, einem Meisterwerk aus einem eng anliegenden Oberteil, bestickt mit glitzernden Steinen, unterbrochen von einer Kaskade aus Perlen, steht.

»Seidenduchesse«, flüstert er andächtig und fügt laut hinzu: »Diese Kreation haben Sie zur Premiere von ›Die Träumerin‹ getragen!« Dann fällt sein Blick auf das weiße Seidenkleid, dessen Vorderseite mit aufgenähten Perlen übersät ist, die über die schmale Taille hinunter bis auf den weit schwingenden Organzarock verlaufen.

»Das Kleid hatten Sie an, als Sie der Queen in London vorgestellt wurden.« Für Felix sind dies alles stumme Zeugen der versunkenen Welt seines angebeteten Stars.

Er schaut hingerissen auf das ihm so vertraute Krönungskleid aus dem Erfolgsfilm »Königin wider Willen«, cremeweiße glänzende Stofffluten über einem aufwendig gearbeiteten Reifrock, mehrlagige gerüschte Spitzenärmel, das Oberteil mit Glitzersteinen bestickt. Er hält den Atem an, als er auf dem Puppenkopf das ihm so wohlvertraute kostbar funkelnde Diadem betrachtet.

»Ich will gehen«, verlangt jetzt die Diva, die sich nicht bewegt hat.

Sie scheint die vorhandenen Beweise ihres Megaerfolges vor so vielen Jahren nur aus der Entfernung ertragen zu können.

Felix ermahnt sich, nicht länger der hingerissene Fan zu sein, sondern wieder in die Rolle des beschützenden Begleiters zu schlüpfen.

Mit einem Auge nimmt er noch die vielen Überseekoffer wahr, aus denen unzählige Gegenstände herausragen. Beschriftete Tischkärtchen mit gezacktem Rand, Schmuckkästchen, Zigarettenschachteln, goldene Feuerzeuge – Souvenirs von besonderen Schauplätzen ihres Lebens?

Dazwischen Hutschachteln, die wie achtlos übereinandergestapelt sind.

Felix wünscht sich verzweifelt, er könnte noch länger in dieser geheimnisvollen Unterwelt bleiben, als ihn die Diva überrascht: »Suchen Sie sich etwas aus!«

»Ich?« Felix glaubt verblüfft, dieses Angebot wäre seiner Fantasie entsprungen. Darf er wirklich etwas mitnehmen? Wenn ja, für was soll er sich entscheiden?

Da hilft ihm Luise Radell, indem sie rät: »Nehmen Sie sich Mäntel und Hüte. Ich fürchte, die Kleider werden Ihnen nicht passen.«

Zurück in der Limousine füllt Felix einen Silberbecher mit dem eiskalten Champagner und drückt ihn Luise Radell in die Hand. Die zittert, als sie versucht, den ersten Schluck zu nehmen, und er muss das Gefäß abstützen, damit sie es nicht fallen lässt.

Als er wieder auf dem Fahrersitz Platz genommen hat, ist er tief besorgt und beobachtet sie im Rückspiegel. Sie sitzt unbeweglich da und starrt vor sich hin.

Doch auch er selbst ist damit beschäftigt, das Erlebte erst einmal zu sortieren. Die vielen Eindrücke überschlagen sich in seinem Kopf. Auf jeden Fall ist er immer noch froh, dass er einem Impuls gefolgt ist und ihrer Anweisung zum Trotz zum Villeneingang gelaufen ist, um nachzuschauen, wo sie so lange bleibt.

Obwohl er sich immer noch keinen Reim auf den Grund für ihren fatalen Gemütszustand machen kann, gestattet er sich, noch einmal rasch in Gedanken zu sortieren, was sich im Kofferraum befindet.

Drei Hutschachteln, deren Inhalt er nur hastig in Augenschein hat nehmen können, drei knielange Mäntel im weiten Stil, die ihm auf jeden Fall passen werden, und als er an den bodenlangen Duchesse-Abendmantel denkt, dessen hochstehender Kragen mit grauen kleinen Perlen besetzt ist, weiß Felix ganz genau, wenn er in dieser Preziose die Bühne betritt, wird das Publikum ausflippen.

Jetzt will Felix Luise Radell endlich aus ihrer Trance befreien und verkündet: »Wir sind gleich da. Ich werde wieder am hinteren Ende des Grundstücks anhalten. Einverstanden?«

Doch zu seiner Verblüffung korrigiert sie ihn.

»Nein, Felix! Sie fahren mich vor die Haustür.«

»Aber …«

»Kein aber, Felix. Es ist Zeit!«

* * *

Sophie macht sich Sorgen um Luise Radell. Sie sitzt ihr erneut gegenüber und wirkt verwundbarer als beim letzten Mal. So als wäre die Schutzhülle weg, die ihr bisher die Kraft verliehen hat, das Bild eines beherrschten, überlegenen, alles bestimmenden Stars abzugeben.

Eigentlich müsste sie doch geschmeichelt sein über die lange Reichweite ihres Ruhms. Die immer noch vorhandene Bewunderung für ihre Persönlichkeit.

Sophie hat ihr eben Fotokopien von aktuellen Artikeln überreicht, in denen sie von Journalisten, Cineasten, Kritikern und Fans geradezu hysterisch gefeiert wird. Sie wird beklatscht als eine der letzten großen Überlebenden einer Zeit voll von verwöhnten Diven, unerreichbar für Normalsterbliche. Erschaffen aus tausend Rätseln, hermetisch abgeschirmt durch eilfertige Entouragen. Ein Feuilletonist hat sie in einer Art Hymne als die Diva mit dem Distanz gebietenden geheimnisvollsten Lächeln der Filmbranche gerühmt, das alles versprach und nichts preisgab.

Doch wenn Sophie Luise Radell jetzt betrachtet, wirkt sie eher verschreckt und verunsichert.

Sie hat Felix gefragt, ob in der Zwischenzeit etwas geschehen sei, was die Diva so aufgewühlt habe.

Erst hat sie das Gefühl überkommen, dass er kurz überlegte, ihr etwas Entscheidendes mitzuteilen, doch dann ist es nur die geäußerte Vermutung geworden, es könne der Ärger über sein Foto auf dem Cover der Tageszeitung sein, das sie leider doch noch entdeckt habe.

Zwei Dinge jedoch berühren Sophie. Zum einen hat sie das Gefühl, als würde sich die Diva ein wenig freuen, sie zu sehen. Sie schaut nicht mehr so oft an ihr vorbei oder durch sie hindurch, als wäre sie damit beschäftigt, etwas hinter ihr zu suchen.

Endlich schweifen ihre Augen nicht mehr länger ununterbrochen durch den Raum. Eine Angewohnheit von Luise Radell, die Sophie von Anfang an sehr irritiert hat.

Eine weitere Entdeckung Sophies lässt die Diva nahbarer, viel menschlicher erscheinen. Sie beobachtet, dass Luise Radell wieder an ihrem schweren Rubinring drehen will, was jedoch misslingt. Sie hat wohl in diesem Augenblick vergessen, dass sie in der Zwischenzeit ein Pflaster mehrmals um die Ringschiene geklebt hat, damit er nicht mehr verrutscht.

Sophie nimmt sich vor, Felix zu fragen, ob sie sich dieses ungewöhnliche Hilfsmittel selbst ausgedacht hat. Immerhin konnte es auch ein Bühnentrick sein, den er ihr verraten hat.

Luise Radell hat keinen Blick auf die vielen Zeitungsartikel geworfen, die Sophie vor sie hingelegt hat. Felix allerdings, der auf einem Hocker sitzt, kann es sich offensichtlich nicht verkneifen, die Überschriften zu überfliegen.

Hilde hat köstliche Zimtschnecken gebacken und sich sichtbar über Sophies Lob gefreut, als sie die Kuchenplatte wie immer in die Mitte des Tisches stellt. Heute hat sie sogar auf jeden Teller eine verpackte Praline gelegt und Sophie hat ihr sofort den Gefallen getan, ihre auszupacken und zu genießen.

Das scheint Felix zu animieren, ihrem Beispiel zu folgen, und sie tauschen sich fachkundig darüber aus, wann eine Füllung von Marzipan oder Nougat zu bevorzugen ist.

Hilde verlässt mit einem zufriedenen Lächeln den Raum und Sophie stellt ihr Handy auf Aufnahme.

Diesmal lässt die Diva dies unkommentiert und Sophie beginnt: »Irene Safranow war eine mächtige, umschwärmte Frau der Gesellschaft. War sie Ihr Vorbild?«

Wieder verändert sich die Stimmung im Raum. Allerdings nicht so, wie Sophie befürchtet. Wird die Diva jetzt wieder dichtmachen? Wird sie wieder Felix vorschicken, die Antworten zu übernehmen?

Zunächst glaubt Sophie, dass sie die Frage gar nicht gehört hat. Für einen Moment scheint sie wie abwesend.

* * *

Luises Gedanken drehen sich im Kreis, während sie automatisch antwortet: »Ja, das war sie. Sie hat mich geformt. Ich war ihr Lehrling. Irene Safranow hat Schauspiellehrer, die besten, für mich engagiert. Die trainierten mir ein ganz gewisses Lächeln an, das zu meinem Markenzeichen wurde.

Ich bekam Sprachtraining und Sie dürfen mir glauben, das war hart. Dass man meine Stimme so begeistert rühmt, ist allein Irenes Verdienst. Es kam auch regelmäßig ein Mannequintrainer, der mir das Watscheln abgewöhnt hat und von dem ich graziöse Bewegungen gelernt habe …«

Luise spricht und spricht, doch sie hat sich von dem Gesagten abgekoppelt. Sie muss wissen, warum sie in dem Ammerseer Anwesen eine völlig veränderte Irene erlebt hat. Der Schock über die starren Augen, die sie förmlich hypnotisiert haben, sind nicht die Blicke gewesen, die sie seit Jahrzehnten zu fühlen glaubt.

Und die schreckliche Frage, die Irene ihr gestellt hat, ist, das weiß sie, aus ihr selbst herausgekommen.

Sie ist nicht verrückt, auch wenn dies vielleicht manche glauben würden, wenn sie ihr zurückgezogenes Leben analysieren wollten.

Die Zwiesprache mit einer Toten ist ungewöhnlich; das zu denken würde sie jedem zugestehen.

Aber die Aussagen eines vertrauten Menschen können so prägnant verinnerlicht sein, dass man sie auch eine Ewigkeit später auf das Heute übertragen kann. Davon ist Luise immer überzeugt gewesen.

Doch nun fürchtet sie, die drohende Gewissheit zu erhalten, dass durch die Präsenz der jungen Journalistin Irenes erdachte Anwesenheit verdrängt worden ist. Vielleicht sind deren Erscheinen und ihre vielen Fragen wirklich der Grund, dass auch Irene, ihr schon so lange toter Lebensmensch, Geständnisse einfordert. Und endlich den Grund erfahren will, warum Luise so überstürzt ihr eigenes Leben aufgegeben hat.

Und warum sie jemanden umgebracht hat, den sie doch so verzweifelt geliebt hat.

Durch ihr schockierendes Erlebnis in der Ammerseer Villa hat sie endgültig begriffen, dass die lange Zeit von Irenes sicher geglaubter Unterstützung der Vergangenheit angehört. Dass sie nun die Frage hört, die tief aus ihrem eigenen Innenleben stammt und an die Oberfläche drängt. Sie weiß, dass bald die Zeit gekommen sein wird, Antworten zu geben. Bisher hat sie all ihre Kraft während der unendlich vielen leeren Jahre aufgebraucht, um dieser Konfrontation auszuweichen. Doch sie schafft es nicht mehr und hört Irenes anklagende Stimme:

»Hast du mich getötet, Luise?«

Kapitel 9

München, 2022

Sophie schaut verstohlen auf ihre Armbanduhr. Es ist bereits zweiundzwanzig Uhr. So lange hat die Radell ihr noch nie zur Verfügung gestanden. Mittlerweile ist die Kaffeetafel längst von Hilde abgeräumt und durch Servierteller mit liebevoll zubereiteten kleinen Häppchen ersetzt worden. Darunter Käsewürfelchen mit einer Weintraube, die übereinander auf Zahnstochern aufgespießt sind, kleine Hackbällchen auf den Scheibchen saurer Gurke. Wenn jetzt noch der Toast Hawaii auftauchen würde, denkt Sophie, wäre die Fünfzigerjahre-Partykost perfekt.

Hilde hat kleine Gläser mit Wermut gefüllt und Luise Radell gefragt: »Soll ich ein Zitronenscheibchen oder eine Olive dazugeben?«

Die Radell hat Sophie fragend angeblickt und sie hat nur ratlos mit den Achseln gezuckt. Wermut gehörte bisher nicht zu ihren bevorzugten Drinks.

Felix muss sich verabschieden. Er ist für einen Gig gebucht, und Sophie merkt ihm an, dass er hofft, die Diva würde wegen seiner bevorstehenden Abwesenheit das Gespräch für beendet erklären.

Doch Luise Radell macht keine Anstalten und wünscht ihm nur: »Viel Erfolg!«

Dann wundert sich Sophie über deren Frage: »Haben Sie den Duchessemantel dabei?«

Felix hebt strahlend einen bodenlangen Kleidersack hoch und sie nickt ihm verschwörerisch zu.

Das Verhältnis zwischen ihnen hat sich auf geheimnisvolle Art und Weise verändert. Sie wirken wie zwei Komplizen, denkt Sophie, kann sich jedoch keinen Reim auf die veränderte Beziehung machen.

Luise Radell hat im Laufe des Abends ihre beiden Cocktailgläser bereits zum dritten Mal gefüllt, auch dies eine völlig ungewohnte Situation für Sophie, die Diva als Gastgeberin zu erleben.

Eigentlich hat sie das Getränk mit dem herben Geschmack schon über, aber sie will um keinen Preis die aufkeimende entspannte Stimmung zerstören. Sie empfindet den Verlauf des Abends als den Versuch der Diva, ihr etwas anzuvertrauen. Etwas zu gestehen, auf das sie gespannt wartet.

Dann hebt Luise Radell ihr Glas und schaut auf den Inhalt, als hätte er eine besondere Bedeutung. Während sie den Rand mit der Fingerspitze berührt, zögert sie, als würde sie sich in letzter Sekunde verbieten, das auszusprechen, was ihr auf der Zunge liegt. Um dann etwas Kryptisches zu formulieren: »Das war der Anfang!«

Wovon? Sophie ist enttäuscht. Wieder hat die Diva es geschafft, sich zurückzuziehen. Sophie kennt längst die vielen beruflichen Stationen der Radell und wartet ungeduldig auf private Geständnisse.

»Von was war etwas der Anfang, Frau Radell? Dieser Drink?«

Luise hält immer noch das Glas in der Hand. Sophie hofft, es ist der Moment, in dem Luise in die Vergangenheit eintaucht und sie dieses Mal daran teilhaben lässt. Hoffentlich wird der Diva nicht bewusst, dass sie beide allein sind und sich die Dunkelheit auf den Garten hinter der Fensterfront gesenkt hat.

Eigentlich ist Sophie heute Abend mit Mike verabredet, doch sie hat es noch geschafft, unbemerkt eine Nachricht an ihn zu schicken. Er hat sofort verständnisvoll geantwortet und ihr viel Erfolg gewünscht. Auch das ist für Sophie eine völlig neue Erfahrung. In ihrem früheren Leben hätte ihr Ex ein Riesentheater veranstaltet.

Luise Radell stellt ihr Glas ab und fragt beiläufig: »Was wollen Sie wissen?«

Sophie fürchtet, dass die Diva den Faden verloren hat, und wünscht sich jetzt Felix herbei. Er scheint sich immer auf geheimnisvolle Art und Weise in ihren Gedankenwelten auszukennen und gibt Stichworte für amüsante Anekdoten.

Jetzt seufzt die Diva, nimmt ihr Glas wieder hoch und leert es mit einem Schluck.

Diesmal ist es Sophie, die nach der Flasche greift und nachschenkt. Sie will auf keinen Fall, dass die Diva sich wieder entzieht, und hört erleichtert: »Dieses Getränk erinnert mich an Dreharbeiten in Italien. Wann immer ich es trinke, sehe ich mich wieder am Set.«

Die Diva verstummt.

»Welchen Film meinen Sie?«, will Sophie wissen. Felix hätte jetzt auf jeden Fall schon den Titel herausposaunt.

»Den Titel habe ich vergessen. Ich habe so viele Filme dort gedreht.«

Über das müde Gesicht der Diva zieht sich das ganz eigene melancholisch wirkende Lächeln, das Sophie schon häufiger an ihr entdeckt hat.

Sie scheint zu überlegen, wie sie fortfahren soll, und klappt wieder das Visier herunter. »Ich hatte gar nicht gewusst, dass ich nach den vorhergegangenen Filmen selbst in Italien ein

Superstar geworden war. Felix hat Ihnen ja schon von meinen vielen Preisen im In- und Ausland berichtet.«

»Ich habe auch in einigen Artikeln über Sie gelesen, dass Sie nach Hollywood sollten.«

»Ja«, bestätigt Luise Radell. »Irene hatte die Verträge schon abgeschlossen, aber ich habe mich dagegen entschieden.«

Sophie ist verblüfft und formuliert schon mal in Gedanken die Überschrift, die sie über einer Interviewfolge sehen will: »Die Diva, die Hollywood den Rücken kehrte!« Oder vielleicht auch: »Warum ich Nein zu Hollywood sagte!«

Sophie ist erleichtert. Aus dieser Tatsache wird sie eine Folge des mehrteiligen Interviews machen. Aber immer noch fehlt der große Lebensabschnitt, der sich mit der privaten Luise Radell beschäftigen soll. Dazu gehört auf jeden Fall die überehrgeizige Mutter, die verzweifelt versucht hat, ihre eigene Karriere fortzusetzen, indem sie ihre Tochter als Köder zu Probeaufnahmen geschleppt hat. Über die Beziehung zu ihrem Stiefvater würde Sophie noch einmal behutsam mit ihr sprechen, fürchtet jedoch, dass sie keine Freigabe für ihre Vermutungen über dessen Übergriffe erhalten wird.

Die Diva fährt plötzlich fast hektisch fort, über ihre Abneigung gegenüber Hollywood zu sprechen, was Sophie in ihrem Verdacht bestärkt, dass sie eigentlich über ihren Italienaufenthalt hat erzählen wollen. Sie kennt mittlerweile die leicht zu durchschauenden Tricks der Diva, von dem abzulenken, was sie auf keinen Fall enthüllen will. Noch gibt Sophie ihre Beharrlichkeit nicht zu erkennen und nimmt erst einmal die Plattitüden hin.

»Ich bin einfach zu europäisch gewesen. Immer. Vielleicht auch zu sehr damit beschäftigt, meinem Publikum das zu geben, was es von mir erwartete. Und in Hollywood sind so viele Kollegen von mir gescheitert.«

Die Diva zählt Namen von europäischen Stars auf, die in der Studio-Maschinerie Hollywoods untergegangen sind.

Sophie lässt sich jedoch nicht täuschen. Es bleibt das Gefühl, dass die Diva sich an diesem Abend eigentlich vorgenommen hat, etwas ganz anderes zu berichten. Doch irgendetwas hat Luise Radell daran gehindert. Aber was? Oder wer?

Es scheint fast zwanghaft zu sein, die Rede immer wieder auf die tote Freundin zu bringen. Selbst wenn die Schilderung Sophie hin und wieder Einblick gibt in die andere Seite der Erfolgsfrau. Die über die Schicksale ihrer Stars verfügt hat, wie es ihr beliebte. Ihre durchaus vorhandene Härte, mit der sie Einwände vom Tisch gewischt hat, wenn sie ihren geschäftlichen Plänen im Weg gestanden haben.

»Dann haben Sie also doch nicht alles getan, was Irene Safranow wollte?«

Die Diva schließt kurz die Augen und Sophie glaubt schon, sie wäre zu müde und wollte das Gespräch beenden. Doch Luise Radell richtet sich auf und öffnet die goldene Schachtel neben sich, schaut einen Moment versonnen hinein, ehe sie eine Zigarette anzündet und dem Rauch nachschaut, der sich wie eine kleine Wolke im Raum verteilt. »Es war alles ganz anders. Da ich nicht nach Hollywood gehen wollte, habe ich Irene den schönsten Sommer ihres Lebens beschert. Dass daraus eine Tragödie wurde, hat niemand ahnen können.«

* * *

Als Luise allein zurückbleibt, nimmt sie sich vor, nicht noch einmal in eine solch intime Situation mit der Journalistin zu geraten. An diesem viel zu langen Abend der Zweisamkeit ist sie gefährlich nahe daran gewesen, sich zu offenbaren und damit Einblick in ihr geheimes Leben zuzulassen.

Endlich gestehen! Endlich die Last loswerden.

Sie hat ihre Selbstbeherrschung aufs Spiel gesetzt. Es ist fatal gewesen, sich an den Moment zu erinnern, an dem sie zum ersten Mal dieses Getränk in einem Glas gesehen hat. Die Erinnerung ist so plastisch gewesen, als säße sie wieder an der einen Bar im Hotel und hörte die Bestellung. »Zwei Wermut, bitte!«

Die Bilder! Es ist eine Bilderflut gewesen, die daraufhin auf sie eingestürzt ist, die sich wie ein Rausch angefühlt hat, in dem sie, ohne es zu wollen, in die Vergangenheit geschleudert worden ist. Dann wäre sie auch noch beinahe mit dem Rubinring an ihr Glas gestoßen und hätte dabei ein Geräusch verursacht, das sie ihre Selbstbeherrschung hätte kosten können.

Denn er ist wieder da gewesen.

Der Mann, der es geschafft hat, ihrer kaputten Seele Leben einzuhauchen. Und den Panzer, den sie um sich aufgebaut hat, einfach aufzubrechen.

Luise schiebt mühsam einen Sessel vor die Fensterfront zur Terrasse. Mit ihrer Fernbedienung stellt sie nach einer Weile sämtliche Lichterquellen im Garten an und nach und nach flammen alle Laternenlampen auf. Bevor die Lichter ihre grelle Helligkeit verströmen, hat sie sich noch gezwungenermaßen im Widerschein des Fensterglases gesehen – wie eine Fremde auf einer leeren Leinwand: ihr Satinkleid mit den langen Ärmeln, die sie braucht, um die Magerkeit ihrer Gliedmaßen zu verstecken. Der Saum reicht bis zur Hälfte ihrer Knie, die seit dem verhängnisvollen Sommer im Laufe so unendlich vieler Jahre zu spitzen Knochen geworden sind.

Sie hat sich sogar ein wenig vorgebeugt, um ihr Gesicht zu betrachten. Reni hat es wie immer tadellos geschminkt, Linien und Falten sorgsam unter der Schminke verborgen. Die angeklebten Wimpern lenken den Blick auf ihre Augen, die früher einmal ihr Kapital gewesen sind und in die dieser Mann immer quälend lange seinen Blick versenkt hat, bevor er sie endlich geküsst hat.

Sie spürt noch heute die Wärme seiner Handfläche, als er zum ersten Mal ihren nackten Oberarm berührt hat, während er ihr auf einen Barhocker geholfen hat.

Wohin sind diese kostbaren Momente verschwunden? In den Strudel so vieler Jahre, in denen sie sich schuldbewusst versteckt hat. Immer auf der Hut gewesen ist, nichts und niemanden an sich heranzulassen, der ihn gekannt hat.

Der Taumel ihrer Sinne, von dem sie zuvor gar nicht gewusst hat, dass es ihn gibt, ist zu ihrem Schatz geworden. Zu ihrem Geheimnis, von dem nur ihr Bruder Carl weiß. Und auch er hat niemals das Gespräch mit ihr über die kurze Zeit ihres Glücks geführt. Was hat er ihr während des letzten Telefonats noch gesagt? »Luise, reiß dich zusammen! Du hängst nicht allein dadrin. Du hast mich zu deinem Komplizen gemacht und ich will nicht dafür bestraft werden!«

Er hat den grausamen Augenblick mit ihr geteilt, jedoch nicht mehr wissen wollen.

»Wann bin ich diese alte Frau geworden?«, flüstert sich Luise traurig zu. Es fühlt sich an, als würde sie ins Gestern katapultiert, wann immer sie sich gestattet, an diesen einen Mann zu denken. Gleichzeitig kann sie ihre damalige Unsicherheit nicht ausblenden, mit der sie ihm am Anfang gegenübergestanden hat.

Als sie nicht gewusst hat, wie sie ihm zeigen sollte, dass sie eine ganz andere Person gewesen ist als der Superstar mit einem überlegenen Image, das Irene ihr verordnet hat.

Irene hat ja von den traumatischen Erlebnissen während ihrer Jugendzeit gewusst und schließlich entschieden, aus ihr einen Filmstar zu formen, der Männer auf Distanz hielt. Schon bei der Durchsicht der ersten Probeaufnahmen, die sie mit ihr als knapp Siebzehnjährige hat machen lassen, ist Irene Safranow die Scheu aufgefallen, mit der Luise bei Liebesszenen agiert hat. Selbst wenn die Berührungen zwischen Luise und den männlichen Partnern in den Augen der Produzentin total harmlos und sehr keusch inszeniert worden sind, hat sie das Zögern von Luise bemerkt.

»Was ist bei dir los?«, fragte sie Luise in einem Vieraugengespräch und wirkte dabei so verständnisvoll, dass Luise sich ihr anvertraute.

Die nahm daraufhin zwei Dinge sofort in Angriff. Sie drohte Luises Stiefvater, ihn geschäftlich zu ruinieren, wenn er sich noch einmal in ihre Nähe wagen sollte. Und Luises Mutter köderte sie, indem sie ihr in Aussicht stellte, ihr Rollen in Filmen zu verschaffen, wenn sie sich von Luise fernhielt.

Von einem auf den anderen Tag war sie den über ihr schwebenden Albtraum los. Luises Mutter versuchte jedoch jahrelang immer wieder, Kapital aus dem alles überstrahlenden Ruhm ihrer Tochter zu ziehen. Sie schwärmte regelmäßig in Zeitungsinterviews von dem angeblich guten Verhältnis: »Meine Tochter liest mir jeden Wunsch von den Augen ab!« oder »Meine Tochter und ich! Wir verstehen uns blendend!«, schließlich ein neuer Versuch: »Wir sind beste Freundinnen!«, obwohl sie in Wahrheit keinerlei Kontakt zu Luise aufnehmen durfte.

Als Luise längst der viel umschwärmte Superstar geworden ist, hat Irene einmal zu ihr gesagt: »Durch deine persönliche Geschichte habe ich dir zu Beginn deiner Karriere die Aura der selbstbestimmten, Distanz gebietenden Frau verpasst, deren unterkühlte Erotik schließlich einen Mann betört, den sie erhört, wenn sie es für richtig hält. Du bist nicht die Schauspielerin, die mit vordergründigem Sex allen den Kopf verdreht.«

»Sie hatte völlig recht«, flüstert Luise. »Bis zu dem Moment, als ich ihm begegnete.«

Ihm! In diesem Augenblick scheint es ihr, als würde er vor ihren Augen auferstehen.

Der große schlanke Mann, der sie zu Beginn der Dreharbeiten eines Films in Rom aus einiger Entfernung aufmerksam beobachtet hat. Sie weiß heute sogar noch ganz genau, wie er an diesem Tag gekleidet gewesen ist. Er hat einen eleganten Dreiteiler aus exquisitem Stoff getragen, eine seidene Krawatte, zu einem perfekten Knoten geschlungen. Die schmal geschnittenen Hosenbeine haben mit den Aufschlägen die Schnürsenkel seiner klassischen Wildlederschuhe berührt. Er hat sich mit lässiger Eleganz bewegt, die Selbstsicherheit suggeriert hat, ohne den Hauch von Überheblichkeit zu zeigen.

Selbst jetzt hätte sie noch jede Strähne seines dunklen Haares beschreiben können oder die Ausstrahlung seines markanten gebräunten Gesichts, auf dem sich ein Lächeln ausgebreitet hat, als er auf sie zugekommen ist. Sie ist von seiner Aura wie hypnotisiert gewesen, als sie in seine braunen Augen geblickt hat, die eine Wärme verströmt haben, die direkt auf den Grund ihrer Seele gedrungen ist.

Sie hat dem kurz bevorstehenden Moment entgegengefiebert, in dem sie erfahren würde, wer der Fremde wäre. Doch die vielen Menschen um sie herum haben sich zwischen sie und diesen Mann geschoben und er hat mit einem bedauernden Schulterzucken die Störung zunächst hingenommen.

»Das habe ich Irene nie erzählt«, wispert sie und weiß auch, warum.

Sie muss sich heute eingestehen, dass sie Angst gehabt hat vor deren Reaktion. Sie hat gefürchtet, dass die selbstbewusste Irene sie ausgelacht hätte. Und ihr gesagt hätte, sie solle als erwachsene Frau nicht wie ein Teenager schwärmen und dass sie sich auf keinen Fall von irgendeinem x-beliebigen gut aussehenden Mann den Kopf verdrehen lassen dürfe.

Als sie heute der Journalistin gegenübergesessen hat, hätte sie beinahe von ihm gesprochen. Aber sie hat sich gerade noch an Carl erinnert, der bei ihrem letzten Telefonat den Satz begonnen hat: »Aber du wirst doch nicht …«

Er hat nicht weitersprechen müssen. Nein, sie will ihr Geheimnis nicht offenbaren. Doch der Zwiespalt, in dem sie sich befindet, droht immer mehr, ihr die Luft zum Atmen zu nehmen.

Vorhin hat sie sich noch einmal vor der drohenden Enthüllung gerettet, indem sie die Aufmerksamkeit der Journalistin auf den letzten Sommer von Irene gelenkt hat. Den Sommer von Irenes großer Liebe.

Kapitel 10

München, 2022

Als am nächsten Morgen die Klingel scheppert, zieht sich Sophie ihr Kissen über den Kopf. Heute ist ihr alles egal.

Sie ist erst um Mitternacht mit dröhnenden Kopfschmerzen in ihre Wohnung zurückgekehrt. Sie schwört sich: nie wieder dieses Getränk!

Sie hat eine ganze Flasche Mineralwasser auf Ex gekippt, eine Tablette genommen und sich in ihrem Bett verkrochen. Denn als sie sich noch zwei Hinweise auf ihrer Papier-Schreibtischunterlage hat notieren wollen, hat sie gemerkt, dass sie viel zu erschöpft gewesen ist. Und hat sich geärgert, dass die Diva es wieder mal geschafft hat, sich hinter Allgemeinplätzen zu verschanzen. Und dann natürlich wieder das Ausweichen auf Irene, diesmal deren persönliches Schicksal. Dabei hat sie Erinnerungen an den Beginn eines Italienfilms so geschildert, dass Sophie sicher gewesen ist, jetzt würde ein ganz persönlicher Bezug folgen. Doch den ist sie schuldig geblieben. Wie immer! Nichts Substanzielles!

Die Klingel! Warum hat sie das Schepperding nicht wie geplant längst ausgetauscht? Jemand gibt keine Ruhe und

Sophie begreift, dass sie den Dauerlärm nicht ausblenden kann. Sie schleppt sich zur Tür und fragt schlaftrunken: »Ja, hallo?«

»Machen Sie mal auf«, verlangt eine energische weibliche Stimme. »Ich habe hier Berge von Post für Sie! Schauen Sie eigentlich überhaupt mal in Ihren Briefkasten?«

Sophie drückt genervt auf den Öffner und kurz darauf steht eine aufgebrachte Postbotin vor ihr, die einen schwer beladenen Postsack in der Hand hält, den sie Sophie mit Schwung vor die Füße wirft. Danach zieht sie mit viel Aplomb aus ihrer Zustellertasche Brief um Brief heraus, die sie alle Sophie in die Hände drückt. Schließlich schaut sie ostentativ auf ihre Uhr, um dann missbilligend Sophies kurzes Schlafshirt zu betrachten, das nur knapp bis zu den Oberschenkeln reicht.

»Schaffen Sie sich ein Postfach an, wenn Sie so viel Post erwarten. In Ihren Briefkasten geht schon länger nichts mehr rein. Sie sind neu hier, richtig? Haben Sie sich eigentlich schon umgemeldet? Sie haben uns verdammt viel Arbeit gemacht, das kann ich Ihnen aber sagen. Wir wussten schließlich erst gar nicht, wer die Adressatin dieser Berge von Post ist.«

Zunächst schweigt Sophie betreten, dann lugt sie in den Postsack. Unmengen von Briefen.

»Ja«, deutet die Frau ihren Blick auf den Inhalt richtig, »alles Briefe. Und«, jetzt zieht sie eine Karte aus ihrer Jackentasche, »hier ist die Adresse vom zuständigen Postamt, wo Sie in Zukunft die Postsäcke selbst abholen können. Einen schönen Tag noch!«

Ganz offensichtlich ist sie überaus happy, endlich ihren aufgestauten persönlichen Ärger losgeworden zu sein, ehe sie im Treppenhaus verschwindet.

Sophie hört das Surren ihres Handys. Sie schnappt sich den Postsack und läuft in die Küche.

Felix Maurer.

Erst jetzt schaut Sophie auf die Uhrzeit. Zehn Uhr dreißig. Die Diva würde doch heute nicht etwa auf ihrem »Elf Uhr sharp« bestehen wollen?

Doch genau das teilt ihr Felix mit. »Das schaffe ich nicht«, macht sie ihm klar. »Keine Chance! Gestern ist es ziemlich spät geworden.«

»Und außerdem haben Sie zu viel von Frau Radells Lieblingsgetränk genossen!« Felix verpackt diese völlig zutreffende Feststellung noch nicht einmal in eine Frage. »Okay. Ich bringe ihr bei, dass Sie eine halbe Stunde später kommen. Schaffen Sie das?«

Sophie verspricht es ihm und schaut erst einmal, was die Postflut zu bedeuten hat. Nachdem sie zwanzig Briefe geöffnet hat, weiß sie, womit sie in Zukunft überschwemmt werden wird.

Die Tatsache, dass die Nachricht in der Welt ist, dass die alte Diva noch lebt, hat ihre treuen Fans mobilisiert, die Autogramme haben möchten. Alle Anfragen sind an die Redaktion der Hamburger Zeitschrift gerichtet, die mit der Werbung für das große Enthüllungsinterview mit Luise Radell für Aufsehen sorgt. Dort hat man die eingetroffene Fanpost kurzerhand zuhauf in unzählige große Umschläge verpackt und an sie weitergeschickt.

Immer noch tuckert Sophies Kopf und sie wünscht sich in diesem Moment nichts anderes, als in Ruhe ihren Espresso zu trinken. Doch dazu bleibt ihr keine Zeit.

Denn ihr Handy summt erneut. Patrick, ihr Ex! Was will der denn? Ihr wird plötzlich bewusst, dass sie überhaupt nicht mehr an ihn gedacht hat. Zögernd nimmt sie das Gespräch an und hört als Erstes: »Wie geht es dir?« Und das in seinem typischen launigen Ton, den sie von seinen geschäftlichen Telefonaten her kennt.

»Prächtig!«, erwidert sie und stellt im selben Moment fest, dass dies tatsächlich der Wahrheit entspricht. Sie hat sich weiterentwickelt und befindet sich in einem aufregenden Kapitel ihres Lebens. Und sie hat schon lange begriffen, dass Patrick ihr mit seiner brutalen Entscheidung, allein nach Berlin gehen zu wollen, einen Gefallen getan hat. Sophie hat sich eingestehen müssen, dass sie sonst noch länger in den eingefahrenen Bahnen ihrer Beziehung hängen geblieben wäre. Dabei hat in ihrer Zweisamkeit viel Sprachlosigkeit geherrscht. Patrick hat den Großteil seiner freien Zeit im Gym verbracht, dann eine endlos scheinende Zeit damit, seinen Segelschein zu machen, und sich schließlich zu allem Überfluss für den Pilotenschein angemeldet. Die Abende hat er viel zu oft genutzt, um Klienten zu treffen. Sophie hat nach ihrer Trennung verblüfft festgestellt, dass sich in ihrer Erinnerung vor allem das Bild eines ständig mit möglichen Kunden telefonierenden Patricks eingebrannt hat. Die Samstagseinkäufe in einem Großmarkt hat sie meistens alleine bewältigen müssen und hat immer neidisch andere Pärchen beobachtet, die sich gut gelaunt mit Freunden an dem Probierstand einer Winzerei unterhalten haben.

Jetzt hört sie ihn sagen: »Das ist schön, dass es dir gut geht.« Doch sie spürt seine Enttäuschung und ist sicher, dass er darauf gehofft hat, das Gegenteil zu hören.

Sophie schaut auf die Uhr. Für Small Talk fehlt ihr definitiv die Zeit und vor allem die Lust.

»Was willst du?«, will sie den Grund seines Anrufs wissen und hofft, das Gespräch schnell beenden zu können.

»Ich bin morgen geschäftlich in München. Was hältst du davon, wenn wir zwei essen gehen?«

Spontan antwortet Sophie: »Gar nichts!« Und fühlt sich plötzlich ungeheuer erleichtert. Es ist eine schöne Bestätigung, noch einmal festzustellen, dass sie absolut keine Trauer mehr über das schnöde Ende ihrer Beziehung verspürt. Sie hat sogar

Mühe, in diesem Moment ein Lachen zu unterdrücken. Denn das war wieder ganz typisch Patrick. Da er einen beruflichen Termin in der bayerischen Landeshauptstadt hat, meint er, Zeit überbrücken zu können, indem er sich mit ihr verabredet. Patrick würde sich nie ändern.

Und auch seine Reaktion auf die Abfuhr kommt für sie nicht überraschend.

»Sophie, bist du noch sauer auf mich? Wir können doch Freunde bleiben.«

Ohne zu zögern, erklärt Sophie: »Patrick, du wirst deinen Tag in München ohne mich verbringen müssen. Ich wünsche dir von Herzen alles Gute!«

»Aber ich mach mir Sorgen um dich!«, ändert er seine Gesprächstaktik.

Sophie ahnt, dass er jetzt sämtliche Plattitüden vorbringen wird, die ihm auf die Schnelle einfallen, und ist deshalb auch nicht überrascht, dass er in misstrauischem Ton hinterherschiebt: »Hast du einen Neuen?«

»Patrick, es reicht! Kümmer dich um dein eigenes Leben. Ich tue es jedenfalls in Bezug auf meines. Dir wünsche ich alles Gute! Und glaub mir, das meine ich ernst!«

Nachdem sie das Gespräch beendet hat, wundert sie sich, dass Patrick ausgerechnet jetzt angerufen hat, denn auch Mike hat mit plötzlichen unzähligen Anrufen zu jeder Tag- und Nachtzeit seiner Ex-Frau zu kämpfen. Warum er plötzlich wieder so interessant für sie geworden ist, hat er sofort durchschaut.

»Seitdem sie dich kennengelernt und dabei gesehen hat, wie gut sich Mini mit dir versteht, reagiert sie richtig eifersüchtig.«

Zunächst hat Sophie gefürchtet, dass Inas Eifersucht zu einem gravierenden Problem werden könnte. Aber Mike hat amüsiert auf ihre permanenten Störversuche reagiert, dann jedoch Sophies Frage »Geht alles viel zu schnell?« energisch verneint. »Ich habe mit ihr gesprochen und glaube mir, sie wird die Mätzchen sein lassen.«

Sophie weiß, dass Ina während ihrer Ehe mit Mike eine Affäre begonnen hat und seit der Scheidung mit diesem Mann zusammenlebt.

Sie seufzt. Einfach wird nichts werden, aber sie ist überzeugt, dass ihre Beziehung zu Mike es wert ist, für eine gemeinsame Zukunft zu kämpfen. Auch wenn sie dabei mit den Störversuchen seiner Ex wird leben müssen.

Jetzt braucht sie dringender als zuvor endlich ihren Espresso, um sich wieder auf das Hier und Jetzt zu konzentrieren.

Den ersten nimmt sie auf dem Weg zur Dusche, den zweiten trinkt sie im Stehen direkt neben der Espressomaschine. Dann entdeckt sie zerknirscht, dass keine einzige saubere weiße Bluse mehr im Schrank zu finden ist. Längst hätte sie Wäsche machen müssen und greift nach einem weißen Shirt, zieht ihre dunkle Jeans an, an der ein Knopf fehlt, zerrt einen Gürtel durch die Schlaufen, um das Malheur zu kaschieren, und schlüpft in ihren schwarzen Allzweck-Blazer.

Sie sieht, dass sie keine Zeit mehr für ein aufwendigeres Make-up hat, und beschließt, dass heute ein Hauch von Lipgloss reichen muss, ehe sie ihre Haare zu einem schlichten Pferdeschwanz bindet.

Währenddessen rekapituliert sie noch einmal den Satz, den die Diva als Letztes ausgesprochen hat. »Dass daraus eine Tragödie werden würde, hatte niemand geahnt.« Welche Tragödie?

Sophie greift nach dem Sack, klemmt sich ihre Tasche unter den Arm, als sie innehält.

Egal, ob die Diva auf sie würde warten müssen, erst einmal will sie noch mit Mike telefonieren. Sie ist froh, seine Stimme zu hören, als er sich sofort meldet.

»Du Arme, wie geht es dir?«, will er als Erstes wissen, und Sophie lehnt sich dankbar für sein Mitgefühl einen Moment lang gegen die Flurwand.

»Ehrlich? Bescheiden. Ich habe gestern viel zu viel Wermut trinken müssen, außerdem sitzt die Diva wie eine Sphinx vor mir und ich habe langsam die Faxen dicke.«

»Du wirst sie schon noch aus der Reserve locken«, tröstet er sie. »Übrigens habe ich gestern Abend einen Anruf der Security bekommen. Ein TV-Team ist leider auf genau dieselbe Idee wie du gekommen.«

»Durch den Zaun?«, vermutet Sophie.

»Genau. Sie wollten vom Baugrundstück in den Garten filmen. Und da die Diva dort für eine Art Lichtshow gesorgt hat, schließe ich nicht aus, dass man sie hat aufnehmen können. Zumindest wenn sie sich dort gut sichtbar aufgehalten hat.«

»Oh nein, jetzt geht das Theater wieder los. Ich werde das gleich mit ihr besprechen. Sag, wie geht es dir?«

»Ich vermisse dich, deshalb nur so semigut!«

»Und Mini?«

»Dem geht's prächtig. Er ist gestern mit meiner Ex nach Italien losgezogen. Sie will eine ganze Woche mit ihm Urlaub machen. Wir haben da ein Ferienhaus. Sehen wir uns heute?«

»Auf jeden Fall. Willst du zu mir kommen?« Sophie fühlt sich plötzlich wie neugeboren. Die Aussicht, Mike heute noch zu treffen und dann auch noch eine ganze Woche nur zu zweit zu verbringen, beflügelt sie.

Im Haus der Diva angekommen, drückt sie Felix kommentarlos den Postsack in die Hand. Seinen fragenden Blick beantwortet sie mit dem Satz: »Alles Fanpost!«

Nie im Leben hat sie mit der Reaktion gerechnet, die jetzt folgt. Felix klatscht begeistert in die Hände und jubelt: »Was für eine Hommage für die gnädige Frau! Mir war immer klar, dass es unendlich viele Menschen gibt, die sofort ein Autogramm von ihr haben wollen, wenn sie erfahren, dass sie noch lebt.« Flüsternd fügt er hinzu: »Ich werde die alle beantworten.«

»Mit einem Stempel?«

»Nein, ich habe mal von ihr die Erlaubnis bekommen, in ihrem Namen zu unterschreiben. Das geht auf die Zeit zurück, als meine Tante die Fangruppenleiterin war. An die haben die Radell-Verehrer ihre Bitten um Autogramme geschickt. Und jetzt werde ich, wenn die Anfrage nett formuliert ist, auch noch ein paar Zeilen hinzuschreiben.«

Als sie ihm eröffnet, dass in Zukunft die Briefflut im Postamt abzuholen ist, bietet er sich sofort an, dort jeden Tag hinzufahren, um ihr die Last abzunehmen.

Da sie noch vier Minuten Zeit hat bis zum Erscheinen der Diva, zieht sie Felix durch die offen stehende Tür des Zimmers neben dem Wohnbereich.

Dort prallt sie erschreckt zurück. Die Diva steht in voller Lebensgröße vor ihr.

»Ein bisschen spooky, oder?«, fragt Felix feixend.

Erst nach ihrem vorsichtigen näheren Hinschauen hört sie seine spürbar stolze Erklärung: »Das ist ein Klappaufsteller, den ich ersteigert habe!«

Erst dann begreift sie, dass sie tatsächlich auf eine Pappe mit dem aufgeklebten Bild einer jungen Luise Radell schaut, die als Werbung in Kinofoyers verwendet worden ist. »Super, nicht wahr?« Felix ist in seiner Begeisterung kaum zu bremsen.

»Ja, toll!«, stimmt ihm Sophie zu, um ihm einen Gefallen zu tun. Erst jetzt sieht sie, dass auch die Wände des Zimmers von oben bis unten mit ihren Filmplakaten zugehängt sind. Dazwischen ein Schreibtisch mit Laptop und Drucker und ein Regal, in dem neben Fotos der Diva in goldenen Rahmen diverse Film-Enzyklopädien stehen.

»Mein Arbeitszimmer«, wird sie von Felix aufgeklärt. »In meinem Appartement habe ich noch mehr Poster und natürlich auch Souvenirs, die ich bei Filmbörsen gekauft habe. Und außerdem noch Möbel aus ihren Filmen, die bei der Versteigerung eines Studiofundus zu kaufen waren.«

»Super«, versucht Sophie, seine hingerissenen Schilderungen zu stoppen. »Sie müssen mir helfen. Ich habe ein großes Problem.«

Sofort schaut Felix sie aufmerksam an.

»Ich brauche endlich Antworten von ihr. Nicht dieses ewige ein bisschen hiervon, ein bisschen davon. Das sieht so aus, als ob ich im Internet sämtliche verfügbaren Daten raushole, mir irgendwas zusammenreime und sie nie getroffen hätte. Das ist nicht authentisch. Das ist nicht aufregend. Das ist nicht interessant. Damit kann ich keinen Blumentopf gewinnen, verstehen Sie?«

Zu ihrer Erleichterung nickt er. »Sie brauchen Futter! Was Sie brauchen, sind Affairs!«, befindet er verschwörerisch.

»Genau! Und zwar nicht zu knapp!«

»Felix!«, ertönt die ungeduldige Stimme der Diva aus dem Nebenraum.

»Ich komme«, ruft er sofort zurück, um Sophie noch zuzuraunen: »Ich versuch mein Bestes!«

Als sie hinübergehen, sitzt Luise Radell schon auf ihrem üblichen Platz und vor ihr türmen sich auf dem Couchtisch frische Croissants auf einer Platte, Frühstücksteller und Tassen stehen bereit.

Hilde kommt wie aufs Stichwort mit einer Kaffeekanne herein und fragt Sophie: »Möchten Sie Marmelade zu den Hörnchen oder Honig?«

Sophie, deren Magen knurrt, antwortet vollmundig: »Alles!« Und Hilde quittiert diese spontane Zustimmung mit einem breiten Lächeln.

Felix ergreift das Wort: »Gnädige Frau, wir müssen uns Gedanken machen! Frau Schaller braucht eine Übersicht über die Themen der Interviewfolgen. Sie muss das Interview gliedern …«

Sophie fällt ihm ins Wort und lässt die Bombe platzen: »Ich habe leider schlechte Nachrichten. Gestern Nacht hat ein TV-Team versucht, in Ihren Garten hineinzufilmen. Zu allem Unglück hatten Sie wohl draußen die Beleuchtungen eingeschaltet.«

Luise Radell erstarrt.

* * *

Krampfhaft versucht sie sich zu erinnern, wie sie gewirkt hat auf dem Sessel vor der Fensterfront. Hatte sie geweint? Wie hatte ihr Gesicht wohl ausgesehen, wenn Nahaufnahmen von ihr gemacht worden sind? Konnte das Make-up, das Reni am Morgen aufgetragen hatte, noch in der Nacht die schreckliche Wahrheit verbergen, dass sie nur noch ein Schatten ihrer selbst ist?

Warum nur, um alles in der Welt, hat sie sich dazu hinreißen lassen, das Licht im Garten einzuschalten?

Luise wird von Panik überwältigt. Denn sosehr sie sich auch zwingt, das Gesagte zu verstehen, so sehr schweifen ihre Gedanken ab und sie bleibt in der Endlosschleife ihrer Vergangenheit stecken, die sie gestern heraufbeschworen hat.

Teil 2

Kapitel 11

Herrsching am Ammersee, Juli 1959

Luise geht langsam die Auffahrt zu Irenes Anwesen hoch. Der Tag ist so heiß, dass sie ihr Auto vor dem offen stehenden Eisengitter mit den verschlungenen Initialen im Schatten der Bäume mit ihren dichten Baumkronen geparkt hat. Sie hört das Bellen von Topsy, Irenes Pudel, den sie abgöttisch liebt. Wahrscheinlich wirft sie in diesem Moment ihren Lieblingsball den Abhang hinunter und die Hündin wird hinunterrasen, ihn in die Schnauze nehmen, zurückhechten und ihr erwartungsvoll vor die Füße legen.

»Da bist du ja. Endlich!«, hört sie Irene, die in ihren Shorts und einem Bikini-Oberteil auf ihrem Liegestuhl sitzt. Wie immer in ihrer Lieblingsposition. Schräg auf der Sitzfläche, sodass ihre schönen Beine über der Seitenlehne baumeln. »Komm, setz dich zu mir«, fordert sie Luise auf und sie lässt sich aufatmend auf den zweiten Liegestuhl fallen.

Sie beneidet Irene um ihre lässige Bekleidung. Ihr eigenes weißes Leinenkleid ist viel zu warm und sie zieht den Rock bis zu den Oberschenkeln hoch, um sich etwas Luft zu verschaffen.

»Joachim«, ruft Irene in Richtung der offen stehenden Fensterfront, die sie im Ganzen zur Seite schieben lassen kann, und ihr Sekretär tritt sofort auf die Terrasse. »Sagen Sie dem Gärtner, er soll Sonnenschirme bringen und sofort einen über Frau Radell aufspannen.«

»Natürlich!«, versichert er eifrig und fügt noch rasch hinzu: »Die Verträge gehen übrigens klar.«

Wie üblich nickt ihm Irene nur zu. Wie immer hat sie nichts anderes erwartet, als dass ihre Anweisungen erfüllt werden.

»Pass auf, dass deine Beine nicht in der Sonne verbrutzeln«, warnt sie. »Hier, nimm meine Sonnencreme.«

Luise verteilt das Mittel auf ihren Beinen und Armen und ist froh, als Loisl, einer von Irenes Gärtnern, erscheint und einen großen Schirm über sie ausbreitet.

»Nicht für mich«, wird er von Irene instruiert. Irenes Gesicht hat bereits eine wunderbare Bräune angenommen. Sie hat Luise am Morgen angerufen und geschwärmt: »Endlich wieder Technicolor in der Luft nach dem langen kalten Frühling. Komm zu mir und genieß die Sonnenstrahlen. Nimm aber einen Hut mit, damit dein Gesicht schön blass bleibt.«

Den breitkrempigen Sonnenhut hat Luise im Auto vergessen, aber jetzt im Schatten fühlt sie, dass sie sich langsam entspannt. Sie hört das leise Klicken, mit dem Eiswürfel in Irenes großer Silberschale schmelzen und dabei gegen die Außenwand geschoben werden.

Irene lacht. »Hört sich an wie ein Stepptanz, findest du nicht auch?« Sie greift nach der Magnumflasche Champagner und füllt zwei Gläser, die sie vorher in dem Eiswürfelbehälter vorgekühlt hat.

Sie sind vollständig beschlagen und Luise fährt mit einer Fingerspitze durch die kühle Nässe, um Fantasiefiguren hineinzumalen.

Irene dagegen trinkt die Hälfte ihres Glases leer. »Herrlich! Das habe ich jetzt gebraucht. Luise, ich habe eine Überraschung für dich! Du drehst in Italien.«

Luise verschluckt sich fast und protestiert: »Warum? Wir hatten doch vereinbart, dass ich endlich eine Pause machen kann. Ich habe in den letzten Jahren jeweils drei, einmal in einem Jahr sogar vier Filme hintereinander gedreht. Und du hast mir versprochen, dass ich jetzt mal nichts machen muss.«

Völlig unbeeindruckt erwidert Irene: »Pausen sind für später da, wenn die Massen einen neuen Liebling haben. Jetzt werden deine Eisen geschmiedet. Topsy, jetzt nicht!« Diesmal schiebt Irene die Schnauze von Topsy schnöde zur Seite, was die mit einem beleidigten Blick quittiert.

Mit einem Schwung bringt Irene ihre Beine in die Sitzposition und schaut zu Luise herüber. »Ich habe dich nach Italien verkauft. Und damit basta!«

Luise kennt diesen Ton und weiß, dass sie keine Chance hat, dagegen aufzubegehren. Doch sie unternimmt noch einen letzten Versuch. »Was soll ich da?«

»Einen Schmachtfetzen drehen. Sie sind dort ganz wild auf dich. La Bella Luisa! Freu dich drüber. Das Drehbuch ist so lala. Es verlangt dir nicht viel ab. Es ist das Übliche. Das wirst du wie immer mit Bravour erledigen.«

»Mit wem?«

Irene rattert die Namen ihres italienischen Co-Produzenten, des Studios, der diversen Kollegen herunter, immer unterbrochen von großzügigen Schlucken Champagner.

»Und worum geht's?«, fragt Luise, während sie auf den See schaut, dessen Wasser wie von Diamantenstaub übergossen in der Sonne glitzert.

Irene beginnt lachend: »Schöne Deutsche bereist Bella Italia. Sie hat gerade die Liebe ihres Lebens verloren. Ehrlich gesagt weiß ich nicht mehr, ob du eine Witwe bist oder ob ein Kerl dich einfach nur eiskalt hat sitzen lassen. Ist ja auch egal. Also, du mietest dich in einen Palazzo in der Umgebung von Rom ein und, man glaubt es kaum, plötzlich taucht ein anderer Mieter auf, der genauso wie du einige Zeit allein dort verbringen will. Warum der ausgerechnet dahin will, habe ich vergessen.

Ganz nebenbei sieht er auch noch fantastisch aus, aber das brauch ich dir ja wohl nicht zu erzählen. Egal! Ihr seht euch, du bist natürlich furchtbar pikiert, schließlich willst du ja allein sein, um diesen Herzschmerzsalat verarbeiten zu können. Und siehe da, so ganz langsam kommt ihr euch näher. Ich gebe zu, ist nicht wirklich überraschend. Er passt auf dich auf, wenn du auf diesem Dingsda, diesem berühmten Roller, auf den alle so scharf sind, durch die Gassen juckelst, und rettet dich, potzblitz, als du von Straßenräubern überfallen wirst.

Da bist du dann natürlich furchtbar dankbar und lässt dir endlich von deinem Helden sein schönes Heimatland zeigen. Darum geht es nämlich eigentlich in diesem Streifen. Er ist so eine Art Sommerprospekt für deine sonnenhungrigen Fans. Und dann, warte mal, was hat mir Umberto, übrigens mein Co-Produzent, noch erzählt?

Ich glaube, es stellt sich heraus, dass der Latin Lover eigentlich ein Hochstapler ist, immer auf der Suche nach zahlungskräftigen Ausländerinnen, und ich glaube, er wird dann sogar verhaftet. Aber nagel mich nicht darauf fest, wieso ausgerechnet zu dem Zeitpunkt.

Und dann kommt dein seelenvoller Auftritt – mit vielen Nahaufnahmen, die ich in den Vertrag habe schreiben lassen, und du rettest ihn aus dem Knast, indem du bei der Polizei behauptest, seine Verlobte zu sein und ihn heiraten wirst. Oder so! Ob ihr dann zusammenbleibt, musst du mal im Skript nachlesen.

Und wundere dich nicht, es werden auf jeden Fall zwei Versionen gedreht. Eine davon wird garantiert zeigen, dass du entsagend nach Deutschland zurückkehrst. Wollen wir wetten?«

Luise liebt es, wenn Irene ihr Filmstoffe vorstellt. Sie schafft es immer mit ihrer typischen witzigen Lebendigkeit, Luises Skrupel wegzuwischen, ob sie dem Stoff schauspielerisch gewachsen ist.

Aber diesmal richtet sich Luise auf und protestiert: »Das ist doch nichts anderes als eine üble Kolportage. Das mache ich nicht!«

»Doch, weil wir alles schon unterschrieben haben, wirst du dich nicht drücken können.«

Luise glaubt sich im Vorteil. »Ich aber nicht!«

»Otto hat für dich unterschrieben. Hast du vergessen, dass du ihm Prokura gegeben hast? Auf meinen Rat hin, übrigens!«

Luise verflucht im Moment ihre Bequemlichkeit, mit der sie Otto Warenke, Irenes rechter Hand, die Erlaubnis gegeben hat, in ihrem Auftrag Verträge zu bestätigen. Sie hat es als Entlastung angesehen, da sie sich nicht mit den ellenlangen Paragrafen von Verträgen hat beschäftigen wollen.

»Du hast mich verkauft!«, wirft sie Irene halb im Scherz vor.

»Quatsch, du legst es doch geradezu darauf an, dass ich dich zwingen muss. Wer wollte denn ›Königin wider Willen‹ überhaupt nicht machen? Und? Wer hat dich zu deinem Supererfolg überredet? Na? Luise, du kannst dir jetzt keine Pause leisten. Bis der nächste große Deal steht, musst du präsent bleiben. Jetzt halt mal Italien. Ein Sommerstreifen. Nimm's doch als Ferienzeit mit ein bisschen Arbeit nebenbei. Sie lieben dich dort. Vielleicht wird es dein erfolgreichster Streifen.«

Luise weiß, dass sie recht hat. Irene hat immer recht! Aber trotzdem will sie nicht so einfach klein beigeben, obwohl sie weiß, dass sie schon längst verloren hat.

»Mit einem Stoff, von dem du noch nicht einmal weißt, worum es geht. Wer spielt denn den Hochstapler?«, will sie wissen.

»Keine Ahnung! Seine Besetzung war die Bedingung der italienischen Produzenten. Ich kenne ihn nicht. Wahrscheinlich so ein öliger Latin-Lover-Typ. Ist doch egal.«

»Und er heißt?«

»Dracci, Docci, Quacci? Ich kann mir seinen Namen einfach nicht merken. Du bist wichtig! Zieh dein Ding durch, dann wird das ein Knaller!«

Luise gibt wie immer nach. Sie wünscht so verzweifelt, sie wäre so lebenslustig, so temperamentvoll, so überwältigend unerschrocken wie Irene, die schon wieder damit beschäftigt ist, den kleinen roten Gummiball in Richtung See zu werfen, was Topsy in Entzücken versetzt, die mit aufgeregtem Bellen hinterherstürzt und sich vor lauter Aufregung beinahe überschlägt.

Kapitel 12

Rom, August 1959

Luise steigt aus dem Flugzeug und bleibt völlig überrascht stehen. Die Fotografen drängeln an der Gangway auf dem Rollfeld und schreien in hysterischer Lautstärke ihren Namen. »Luisa! Luisa!«

Otto Warenke, den Irene ihr als Aufpasser, eine Art »Mädchen für alles«, zur Seite gestellt hat, versucht vergeblich, ihr einen Weg zu bahnen. Aber es gibt kein Durchkommen.

Also bleibt Luise auf der drittletzten Stufe stehen und setzt ihr strahlendstes Lächeln auf.

Sie ist froh, dass ihre persönliche Maskenbildnerin Reni Horcher tagelang italienische Modezeitungen studiert hat, vor allem die darin abgedruckten angesagten Frisuren der einheimischen Stars, und Luises Haare ein klein wenig angepasst hat. Die Locken sind ein bisschen weicher ausgekämmt, sodass sie einen sanften Rahmen für Luises runde Stoffkappe bilden, die sie am Hinterkopf befestigt hat.

Der Kragen ihres dünnen Seidenmantels ist dekorativ im Nacken hochgeklappt, filigran gearbeitete Clips an ihren

Ohrläppchen umrahmen als funkelndes i-Tüpfelchen ihr perfekt geschminktes Gesicht.

Noch auf dem Rollfeld gibt Luise Interviews, die sich darin erschöpfen, mehrere auswendig gelernte Nichtigkeiten in italienischer Sprache in die Mikrofone zu sprechen. Irene hat wieder einmal an alles gedacht. Belanglosigkeiten sind von ihren Mitarbeitern vorab übersetzt worden, damit die italienische Presse berichten kann, wie höflich die deutsche Diva ist und wie sehr sie sich auf ihre Zeit in Italien freut.

Nachdem sie dies ohne größere Schwierigkeiten gemeistert hat, brüllen die dankbaren Journalisten: »Brava, Bellissima!«, klatschen begeistert Beifall und drängeln so sehr, dass einige von ihnen zu Boden fallen. Der Tumult ist unbeschreiblich.

Im Hotel angekommen, stellt Luise fest, dass Irene die größte Suite mit dem Blick über die ewige Stadt für sie hat buchen lassen. Sie ist völlig überwältigt vom Anblick des Panoramas, sodass sie beschließt, am Abend durch die Straßen zu bummeln, sich ein Restaurant zu suchen, um in die Atmosphäre einzutauchen. Aber vielleicht folgt sie damit auch einfach nur Irenes Rat, ihre römischen Dreharbeiten diesmal als eine Art Ferienzeit zu sehen, in der man doch immer all das tut, woran man zu Hause noch nicht einmal denken würde.

Als sie Otto mitteilt, was sie vorhat, holt er sie sofort auf den Boden der Tatsachen zurück: »Bist du verrückt geworden? Vor dem Hotel lauern ganze Horden von Paparazzi. Und weil die da sind, haben sich auch gleich mal Schaulustige versammelt, die zwar nicht unbedingt wissen, dass du hier logierst, aber auf jeden Fall sicher sind, dass jemand Berühmtes abgestiegen ist. Iss auf deinem Zimmer!«

Seufzend nimmt sich Luise vor, den Abend draußen auf ihrer großen Dachterrasse vor ihrer Zimmerflucht zu verbringen.

Noch bevor sie in die Speisekarte des Zimmer-Service schauen kann, hört sie Otto sagen: »Habe dir schon alles bestellt. Filetierten Fisch und ein Glas Weißwein.«

Luise weiß sofort, von wem die Order kommt. Irene hat wieder einmal nichts dem Zufall überlassen wollen und Otto gut instruiert. Luise hält schon seit vielen Jahren eine Dauerdiät, die ihr Irene verordnet hat.

Am nächsten Morgen beginnen die Anproben in den Kostümhallen auf dem Studiogelände. Luise ist beeindruckt von den maßgeschneiderten Ensembles. Sie versucht, mit einer Mischung aus deutschen und englischen Vokabeln ihrer Begeisterung Ausdruck zu verleihen und zieht sofort die Schneiderinnen und Kostümbildner auf ihre Seite.

Für die Anfangsszenen haben sie Luise Kostüme mit streng am Hals anliegenden Bubikragen entworfen, von denen sie glauben, sie würden dem Charakter einer zurückhaltenden Deutschen entsprechen. Die Stoffe sind rau und schwer. Doch je mehr sich die Heldin im Film dem italienischen Leben anpasst, desto luftiger und farbenfroher werden ihre Kleider. Gearbeitet aus Seidengeorgette und zartem, mit Spitzen besetztem Crêpe de Chine. Es sind ärmellose Kreationen mit weit schwingenden Tellerröcken, darunter bauschige Unterröcke, die wie eine Duftwolke Luises Figur umspielen werden.

Zunächst haben sie eine flache Baskenmütze für sie vorgesehen, doch im Laufe der Filmszenen verwandeln sich die Hutentwürfe für die glückliche Zeit ihrer Verliebtheit in zauberhafte, breitkrempige Exemplare.

Luise liest in dem Drehbuch von einer Szene, in der ihr Partner ihr den Hut vom Kopf reißen soll, ihn wild umherschwenkt, um ihn endlich in die Luft zu schleudern. Sie nimmt sich vor, mit dem Regisseur über diesen Einfall des Autors zu reden. Er kommt ihr ziemlich albern vor, obwohl sie solche Szenen nur zu gut aus vielen ihrer früheren Filme mit

Lokalkolorit kennt. Diese überschwänglichen Darbietungen sollen immer stellvertretend für die Enthemmung der Protagonistin stehen, die sich endlich gestattet, den Avancen des verführerischen Verehrers nachzugeben.

Luise versucht, sich zu erinnern, wer den eigentlich spielt. Otto hat ihr noch vor der Abreise aus Deutschland seine Identität enthüllt: »Es ist Francesco Dotti, ein Superstar in Italien. Der Filmliebhaber par excellence!«

Jetzt bedauert Luise, dass sie sich noch nicht einmal die Mühe gemacht hat, vor ihrem ersten Kennenlernen einen seiner Filme anzuschauen.

Als Luise am Abend in ihr Hotel zurückgefahren wird, muss der Chauffeur der Limousine in den Hinterhof ausweichen, da vor dem Eingang immer noch Fotografen und aufgeregt palavernde Menschen eine große Traube bilden.

Luise schreckt zusammen, als einige Paparazzi mit ihren Fotoapparaten neben ihrem Fenster auftauchen. Sie knipsen wie wild, doch als sie Luise erkennen, wenden sie sich ab.

»Was soll das?«, fragt sie und Otto, der neben dem Fahrer sitzt, klärt sie auf: »Die denken, hier sitzt der Dotti drin. Ich habe dir ja gesagt, der ist eine Riesennummer hier.«

Als sie beide im Aufzug nach oben fahren, informiert er sie ganz beiläufig: »Gleich beginnt der Empfang der Co-Produzenten in einem der Säle hier im Hotel. Eine Willkommensgeste für die gesamte Crew. Also mach dich hübsch!«

»Auf keinen Fall, du wirst mich entschuldigen«, mauert sie. »Ich habe heute stundenlang ein Kostüm nach dem anderen probiert. Ich habe Kopfschmerzen. Sag ihnen einfach, mir geht's nicht gut.«

»Bist du jetzt wahnsinnig geworden?«, fährt Otto aus der Haut. »Der ganze Zirkus wird doch wegen dir veranstaltet. Die Crew kennt sich in- und auswendig. Du bist der Star, den sie persönlich kennenlernen wollen.«

Luise widerspricht heftig: »Was ist denen wichtiger? Dass ich mich da heute hinschleppe oder dass ich morgen frisch und ausgeruht am Set erscheine?«

Otto schaut sie entsetzt an. »Die werden denken, dass du eine zickige Diva bist, mit der man nicht zusammenarbeiten will. Und genauso werden sie dir während der ganzen Dreharbeiten gegenübertreten.«

»Sollen sie das doch ruhig denken. Dann haben sie gleich Respekt vor mir. Wie du sehr genau weißt, wollte ich diesen Film gar nicht machen. Und bin trotzdem hier. Jetzt kannst du mir auch etwas Ruhe gönnen.«

Otto verlässt wutschnaubend den Lift und Luise lässt sich in ihrer Suite erst einmal rücklings auf das breite Bett fallen. Heute wird sie sich etwas aus dem Zimmerservice aussuchen, was ihr sonst verboten ist. Einmal ausscheren aus der unerbittlichen Tretmühle ihres Alltags. Sie kennt das Tempo, das Irene immer für ihre Dreharbeiten vorgibt. Es müssen Szenen an Szenen abgedreht werden, damit Luise schnellstmöglich nach Fertigstellung ihrer Aufnahmen zurückkehrt, um für den nächsten Film zur Verfügung zu stehen.

Als das Telefon klingelt, erwartet sie, dass Otto noch einmal versuchen wird, sie zu überreden, und meldet sich mit einem kategorischen: »Keine Chance!«, um festzustellen, dass Irene am Apparat ist. Eigentlich hätte sie sich denken können, dass Otto sie sofort alarmiert und brühwarm berichtet, dass Luise aus der Spur geraten ist.

»Was soll der Blödsinn?«, beginnt Irene ihre Standpauke. »Wenn du so anfängst, sind morgen die italienischen Gazetten voll mit Berichten von einer deutschen Diva, die zu dumm ist, um die landesübliche Liebenswürdigkeit zu erwidern. Du gehst jetzt da runter, schnappst dir ein Glas und machst Honneurs. Und wenn es nur für eine Stunde ist. Du kannst von Glück sagen, dass ich hier wegen Verhandlungen festgehalten bin, sonst würde ich dich höchstpersönlich an den Haaren herunterschleifen.«

Luise versucht, ihren Redefluss zu stoppen. »Ich habe Kopfschmerzen und will morgen gut aussehen.«

»Dann nimm eine Tablette und mach dich auf den Weg zum Lift.«

Luise hört, dass Irene tief Luft holt, und ahnt, was jetzt kommt.

»Wenn du jetzt meine Pläne durchkreuzt, lasse ich dich ersetzen. Das ist in weniger als einem halben Tag passiert. Ich setze die Viola Holm in ein Auto. Sie kann morgen früh am Set sein, wenn der Chauffeur ein bisschen Gas gibt.«

Luise kennt dieses Spiel und hat schon seit Längerem das Gefühl, dass Irene ihre neue Entdeckung einer jungen Schauspielerin benutzt, um ihr klarzumachen, dass sie eine mögliche Konkurrentin sein könnte. Luise weiß aber auch, dass sie die Wichtigste von Irenes Darstellerinnenriege und unersetzbar ist.

Luise geht zum Schrank und zieht missmutig das schwarze Cocktailkleid heraus, an dem noch die sternenförmige Brillantbrosche befestigt ist. Sie fährt sich kurz mit den Fingern durch die Lockenfrisur. Ihr Tages-Make-up muss reichen. Sie würde sowieso nur kurz aufkreuzen und sich dann zurückziehen.

Während der Fahrt nach unten starrt der Liftboy auf das glitzernde Accessoire, dessen Funkeln in allen Spiegeln aufleuchtet, mit denen die Aufzugwände bedeckt sind.

Als er ihr dann mit einer kleinen Verbeugung die Tür zum Festsaal öffnet, hört sie schon das Murmeln vieler Stimmen, das von lautem Lachen unterbrochen wird.

Luise tritt ein und sofort verstummen die Gespräche der Personen, die mit den Gesichtern zum Eingang stehen. Danach drehen sich wie in einem Dominoeffekt alle weiteren Gäste um und starren sie an. Schließlich ist es totenstill.

Das letzte Geräusch, das sie wahrnimmt, ist das Klirren einer Flasche, die wohl auf einem gläsernen Untergrund unsanft abgestellt wird.

Luise hebt ihren Kopf und strafft ihre Schultern. Sollen sie doch alle denken, sie wäre eine Zicke. Sie ist der Star des Films und alle sind auf sie angewiesen.

Plötzlich durchbricht eine männliche Stimme die gespenstige Ruhe und sagt laut und deutlich auf Deutsch: »Willkommen in Rom!«

Anschließend scheint dieser Mann als Einziger langsam in die Hände zu klatschen. Erst zögernd, fast kommt es Luise wie in Zeitlupe vor, dann stärker und rhythmischer. Sie hat schon Angst, dass sie verspottet werden soll, denn niemand in ihrem Gesichtsfeld hat sich bewegt.

Doch dann hört sie zu ihrer großen Erleichterung, dass die Anwesenden in den Applaus einstimmen und die Menge sich wie auf ein Kommando auf sie zubewegt. Sie blickt in strahlende Gesichter, viele Männer verbeugen sich galant. Schließlich ist sie eingekreist von Menschen, die sie wie alte Freunde umarmen, einige drücken ihr sogar Küsse auf die Wangen.

Jemand gibt ihr ein Glas in die Hand und sie hört die lauten Rufe: »Salute, Luisa!«

Sofort trinkt sie einen Schluck, hebt dann ihr Glas und wiederholt einen der Sätze, den sie schon in die Mikrofone der Journalisten gesprochen hat.

Es kommt ihr so vor, als hätte sie einige Worte vertauscht, denn alle Anwesenden brechen in Gelächter aus, aber sie spürt, dass diese Reaktion nicht feindselig, sondern amüsiert ist. Mit lautem »Brava« wird sie schließlich belohnt und sie deutet eine kleine selbstironische Verbeugung an.

Schließlich verteilen sich die Menschen wieder im Saal und Luise erkennt einen der Studiobosse, den sie schon am Tag kennengelernt hat und der in ihre Richtung strebt. Sicher wird er sie jetzt den wichtigsten Personen vorstellen.

Doch in diesem Moment wird ihre Aufmerksamkeit abgelenkt, denn in der Mitte des Raums wird eine Gasse gebildet und sie sieht sich jemandem gegenüber, der vor wenigen Minuten mit seiner Geste den Bann gebrochen hat.

Er ist groß und schlank, trägt einen eleganten Dreiteiler aus exquisitem Stoff. Die seidene Krawatte ist zu einem perfekten Knoten geschlungen und die schmal geschnittenen Hosenbeine berühren mit den Aufschlägen die Schnürsenkel der klassischen Wildlederschuhe. Er bewegt sich mit lässiger Eleganz, die Selbstsicherheit suggeriert, ohne den geringsten Hauch von Überheblichkeit.

Ein Lächeln deutet sich auf seinem markanten Gesicht an, als er schließlich vor ihr steht und auf sie herabblickt.

Sie schaut in seine braunen Augen, die eine Wärme verströmen, die direkt auf den Grund ihrer Seele dringt. Sie ist überwältigt von seiner Erscheinung und zum allerersten Mal in ihrem Leben hat sie keine Scheu vor einem Mann und dessen ungeheurer Ausstrahlung.

Bisher wäre sie sofort auf Abstand gegangen, wenn sie nur den Bruchteil einer solchen maskulinen Präsenz gespürt hätte.

Luise schaut ihn tief beeindruckt an und versucht, sich jede Linie seines leicht gebräunten Gesichts einzuprägen, als er mit einem Lächeln feststellt: »Sie sind nicht gern hergekommen. Habe ich recht?«

Luise wird bei seinen Worten klar, dass er in ihr lesen kann wie in einem Buch, und bemüht sich, wieder Herrin der Situation zu werden. Deshalb rettet sie sich in die Gegenfrage: »Warum sprechen Sie so gut Deutsch?«

Er lacht laut auf und um seine Augen kräuseln sich kleine Fältchen, die sie am liebsten mit einem Finger glätten würde, um seine Vollkommenheit wiederherzustellen. Vielleicht hat er eine andere Äußerung von ihr erwartet, doch er tut ihr den Gefallen und antwortet: »Ich war unter anderem in einem deutschen Internat und habe mich in Ihre Sprache verliebt.«

Noch ehe sie auf seinen lockeren Ton eingehen kann, drängt sich der Produzent Umberto Tagnali zwischen sie, ergreift sie beide am Arm und führt sie in die Richtung der anderen Gäste, während er sagt: »Schön, dass ihr euch endlich kennengelernt habt. Francesco, führ unseren deutschen Star doch mal herum und mach sie mit der Crew bekannt.«

Luise fühlt sich, als befände sie sich inmitten eines Gefühlsorkans. Was? Wer? Er ist Francesco Dotti? Wie soll sie nur mit ihm umgehen? Noch nie hat sie einen Filmpartner getroffen, der sie bis ins Innerste aufwühlt.

Auch jetzt, als er sie den Crewmitgliedern vorstellt, sie dabei versucht, Fragen zu beantworten, wenn sie sie versteht, ist ihre ganze Aufmerksamkeit absorbiert von dem Mann an ihrer Seite, dessen physische Präsenz sie durch den Ärmelstoff seines Jacketts spürt, wenn die drängelnden Gesprächspartner sie aneinanderschieben.

Schließlich endet ihr Rundgang an der Bar und Francesco bestellt zwei Wermut. Er schiebt ihr einen Barhocker hin, hilft ihr auf den Sitz und die Wärme seiner Handfläche brennt auf der nackten Haut ihres Oberarms. Dann lehnt er sich lässig an den Tresen, stellt einen Fuß auf die Stange über dem Boden und fragt: »Sind Sie im wirklichen Leben eigentlich auch so unnahbar wie in Ihren Filmen? Oder gehört das nur zu dem Bild für die Öffentlichkeit, das Sie für sich entworfen haben?«

Mit seinem intensiven Blick zwingt er sie zu antworten, und sie sagt, ohne wie üblich lange zu überlegen, spontan: »Ich glaube, in Wirklichkeit bin ich furchtbar schüchtern. Aber es ist fatal, dass Sie mich so leicht durchschauen können.« Er lacht, doch Luise ist völlig verblüfft über das, was sie da eben gesagt hat. Es war einerseits ehrlich und doch mit einer Koketterie versehen, eine Mischung, die ihr bisher an ihr selbst völlig fremd gewesen ist.

Er greift nach seinem Glas und meint nachdenklich: »Es ist immer wieder erstaunlich, Kollegen persönlich zu treffen. Wir haben uns alle ein Bild voneinander gemacht und wenn wir uns gegenüberstehen, stellen wir fest, dass wir ganz normale Menschen sind. Was haben Sie von mir erwartet?«

Luise verflucht sich wieder, dass sie sich nicht vorher einen seiner Filme angeschaut hat. Sie wäre wenigstens auf einen gut aussehenden Mann vorbereitet gewesen, der eine große Weltläufigkeit ausstrahlt. Seine unmittelbare physische Präsenz hätte sie jedoch nicht erahnen können. Aber was soll sie ihm jetzt antworten?

Zu ihrem Glück ist es Umberto, der sie einer Antwort enthebt, denn er unterbricht ihr Gespräch: »Francesco, kommst du bitte! Die englischen Co-Produzenten wollen dich kennenlernen. Ihr beide habt ja noch genügend Zeit in den nächsten Wochen, euch zu unterhalten.«

Francesco schaut sie bedauernd an und sagt im Weggehen: »Ich warte noch auf eine Antwort. Vergessen Sie die Frage nicht!«

Im selben Moment, als er Umbertos Bitte folgt, überfällt sie zu ihrer Überraschung ein schmerzhaftes Gefühl des Verlassenwerdens, und sie folgt mit ihrem Blick seiner hochgewachsenen Gestalt, bis sie von den Anwesenden verschluckt wird.

»Na?«, reißt Otto sie aus ihren Gedanken. »War's so schlimm?«

»Ich möchte gehen«, verlangt sie und diesmal begleitet Otto sie ohne Widerspruch zum Ausgang. Als sie im Rahmen der Tür stehen bleibt, spürt sie einen intensiven Blick auf ihrem Rücken und weiß, dass ihr Francesco nachschaut, doch sie verbietet sich, ihrem Wunsch nachzugeben, sich noch einmal umzudrehen. Im Lift plappert Otto aufgekratzt, wie fantastisch sie gewesen ist. Wie super sie mit den Crew-Mitgliedern geplaudert hat. Wie begeistert alle von ihr sind.

Dass sie keinen Ton von sich gegeben hat, scheint ihm erst aufzufallen, als er sie zur Tür ihrer Suite begleitet. »Bist ja so still. Nimm eine Tablette gegen die Kopfschmerzen. Du warst ein braves Mädchen heute. Schlaf gut!«

Luise schließt die Tür hinter sich und bleibt minutenlang gegen die Innenseite gelehnt. Sie will versuchen zu begreifen, was eben geschehen ist.

Dann öffnet sie den Kühlschrank und sucht vergeblich nach einer Flasche Wermut. Erst als sie die Batterie von Flaschen in einem mit künstlichen Reben dekorierten kleinen Weinregal inspiziert, entdeckt sie dort tatsächlich ein Exemplar des Getränks. Die Flasche sieht genauso aus wie die, welche der Barkeeper ausgeschenkt hat.

Neugierig öffnet sie den Verschluss, schenkt ein Glas voll und nimmt einen ersten Schluck. Sie war vorhin so verwirrt gewesen, dass ihr Drink unberührt geblieben ist. Der Geschmack ist herb und enthält dennoch viel Süße. Es wirkt fast so, als hätte er mit ihr selbst zu tun. In ihrem privaten Leben ist sie bisher immer die Zuschauerin anderer gewesen, die fröhlich und unbeschwert gefeiert, sich unbekümmert verliebt haben, neue Wege gegangen sind. Sie hat ihnen viel abgeschaut, weil sie deren Emotionen braucht, die sie auf der Leinwand darstellen soll.

Doch dass ein privates Leben auch Spaß macht, dass sich Beziehungen auch süß anfühlen können, hat sie selbst nie erlebt.

Luise spürt, wie verwirrend alles für sie ist. Wie soll sie nur mit ihm umgehen? Wie kann sie sich schützen vor der Macht seiner Aura?

Oder will sie es gar nicht?

Sie öffnet die Tür zu ihrer Dachterrasse und atmet tief die Luft der lauen Sommernacht ein. Fremde Gerüche erreichen ihre Nase und sie fühlt sich auf der Stelle wie beschwingt. Auch die Laute von der Straße hören sich plötzlich wie viele Versprechen auf etwas an, was sie nicht benennen kann.

Sie beugt sich über die Balustrade, sieht die flanierenden Menschen in ihrer bunten Sommerkleidung. Pärchen, die auf den Rollern vorbeiknattern, Freunden am Straßenrand zuwinken. Sie beobachtet einen Kellner des gegenüberliegenden Restaurants, der auf seinem Tablett volle Gläser und kleine Espressotassen zu den wartenden Gästen balanciert. Und wünscht sich inbrünstig, sie säße dort an einem der Tische dem Mann gegenüber, der ihr das Gefühl gegeben hat, sie schon lange zu kennen und alles über sie zu wissen.

Am nächsten Morgen des ersten Drehtags ist sie in den ersten Stunden damit beschäftigt, nach ihm Ausschau zu halten, bis ihr bewusst wird, dass gar keine gemeinsame Szene mit ihm im Drehbuch steht.

Umberto stellt ihr Tazzo, den Regisseur, vor, der am Abend zuvor wegen Aufbauarbeiten am Set verhindert gewesen ist. Er ist ein kleiner, gedrungener Mann mit einem beachtlichen Bauchumfang und einer Halbglatze auf dem runden Schädel. Er ist freundlich, aufmerksam und Luise stellt schnell fest, dass ihm vor allem an einer entspannten Atmosphäre am Set liegt. Mit seinem Kauderwelsch aus Italienisch, einem undurchschaubaren Englisch, durchsetzt mit einigen Brocken Deutsch, bringt er sie sofort zum Lachen.

Er zeigt ihr stolz in der Halle sechs den Aufbau der Eingangshalle des Palazzos, den sie als zugeknöpfte, enttäuschte, verkrampfte Ankommende staunend betreten soll. Luise ist beeindruckt von dem imposanten Ausmaß der Kulisse. Der Detailtreue, mit der Schränke mit kostbaren Intarsien, goldgerahmte Porträts, riesige Spiegel, tiefe Sitzmöbel, ein üppiger Marmorkamin gefertigt worden sind. Es ist ein überwältigend luxuriöses Ambiente.

Luise wartet gerade auf ihren Einsatz, während ihr Lichtdouble ausgeleuchtet wird, als sie plötzlich am Rand der Szenerie eine Silhouette wahrnimmt.

Francesco Dotti.

Er ist gekommen, obwohl er drehfrei hat.

In diesem Moment wirft ein Scheinwerfer viel zu starkes Licht auf ihren mit einem Kreidekreuz gekennzeichneten Platz und Tazzo schreit Kommandos, worauf ein Beleuchter hoch oben auf der Befestigungsplattform herumturnt, um die Position zu verändern.

Bei diesem waghalsigen Manöver bewegt sich der Lichtstrahl wie ein Suchscheinwerfer, streift die Möbel, den Kaminsims und bleibt schließlich für einige Sekunden auf Francescos Gesicht gerichtet.

Obwohl er geblendet wird, glaubt Luise zu ahnen, dass er mit traumwandlerischer Sicherheit längst erkennt, dass sie ihn entdeckt hat und ihr ins gleißende Licht sein Lächeln schickt.

Als der Kegel ihn verlässt, lässt ihr Tazzo durch einen eigens für sie engagierten Dolmetscher zurufen, ihren auf dem Boden markierten Platz einzunehmen.

Luise weiß, was jetzt von ihr verlangt wird. Laut Drehbuchanweisung soll sie einen Gesichtsausdruck zeigen, der von scheuer Zurückhaltung über ungläubiges Staunen angesichts der unerwarteten Pracht des Raumes bis zur erwartungsvollen Freude auf einige Tage unbeschwerten Aufenthalts im Luxus wechseln.

Sie ist sicher, diese Gefühle ausgedrückt zu haben, doch als sie am Abend die erste Kopie dieser Szene sieht, entdeckt sie zu ihrem Schrecken, dass in der letzten Einstellung ihrer Großaufnahme ihre Augen den Ausdruck tiefer Sehnsucht widerspiegeln und ein unbewusstes Lächeln ihr den Ausdruck eines verletzlichen jungen Mädchens gibt.

»Brava!«, schreit Tazzo bei der Kontrolle dieser Szene, doch Luise ist erschrocken über ihren Gesichtsausdruck. Nur sie weiß, wie er entstanden ist. Sie hat ihren Kopf in seine Richtung gedreht und sie fühlt sich von der erkennbaren Bedürftigkeit zutiefst erschüttert, mit der sie etwas zu erwarten scheint, von dem sie nicht gewusst hat, dass es existiert.

Luise fühlt Panik in sich aufsteigen. Mit den Empfindungen, die sie auf ihrem Gesicht gesehen hat, kann sie nicht umgehen. Sie hat doch bis zu diesem Tag Romanzen nur gespielt. Sie hat gelernt, ihr Gesicht im Sucher der Kamera in die richtige Position zu drehen, damit das Spiel aus Licht und Schatten ihr hilft, so zu tun, als würde sie leidenschaftlich in die Arme ihres Filmpartners sinken. Traumatisiert durch ihre Erlebnisse als Teenager hat sie sich konsequent realen Gefühlswelten entzogen.

Und nun ahnt sie, dass sie sich in einem für sie unlösbaren Dilemma befindet. Wie soll sie es anstellen, einem Mann im wirklichen Leben gefallen zu wollen? Ihm zu zeigen, dass sie seine Nähe sucht und sich wünscht, dass er dieselben Gefühle für sie empfindet.

Luise durchleidet die Unsicherheiten einer Schülerin im wirklichen Leben, während sie der Öffentlichkeit vorgaukeln muss, eine selbstsichere, erfolgreiche, elegante Frau von Welt zu sein, eine Diva von Kopf bis Fuß.

Als sie nach der Durchsicht der Filmmuster am Abend in ihre Suite zurückkommt, starrt sie lange vor sich hin. Sie ist tief in Gedanken versunken und kann sich noch nicht einmal dazu aufraffen, sich abzuschminken. Dabei muss sie die dicke Schicht Make-up unbedingt von ihrer Haut entfernen, denn sie neigt zu Hautirritationen. Vor allem, wenn sie aufgeregt ist, erscheinen kleine rote Flecken in ihrem Gesicht, die von ihrer Maskenbildnerin mühsam übertüncht werden müssen.

Doch viel wichtiger ist es im Moment für sie, eine Lösung zu finden. In all den vergangenen Jahren hat nur ein Mensch die wichtigste Rolle in ihrem Leben gespielt.

Irene Safranow.

Sie ist die einzige Person, die sie immer um Rat gefragt hat und die ihr immer gesagt hat, was sie tun soll.

Aber Luise greift nicht zum Telefonhörer. Und ganz langsam reift eine Idee in ihr.

Würde sie die laut aussprechen, würde sie ihr absurd vorkommen. Aber sie hat keine Wahl.

Schon lange beobachtet Luise Irene. Sie hat sich so oft gewünscht, so zu sein wie sie. Zunächst ist Luise erschrocken über ihre Idee, dann nimmt sie langsam Form an.

Natürlich, das ist die Lösung.

Irene würde ihr Vorbild werden.

Hektisch kramt sie in ihrem Gedächtnis all die Situationen heraus, in denen sie Irene beobachtet hat, wie sie Männer um den Finger wickelt. Meistens ist sie sehr direkt, eine Variante, die Luise Angst einjagt.

Sie geht ins Badezimmer, in dem ein großer Spiegel hängt. Und beginnt, Irene zu imitieren. Sie kennt deren unerschöpfliches Repertoire an subtilen verführerischen Gesten, die sie nachahmen wird.

Luise wirft probehalber ihren Kopf in den Nacken und macht Irenes lautes Lachen nach. Erst geniert sie sich und kommt sich wie eine schlechte Parodie vor. Doch dann erinnert sie sich, wie Irene einmal einen Regisseur umgarnt hat. Sie hat ihn mit schräg gestelltem Kopf angeschaut. Dann hat sie laut über einen seiner Scherze gelacht, obwohl Luise damals sicher gewesen ist, dass sie ihn nicht witzig gefunden hat. Danach hat Irene eine ihrer Locken um ihren Zeigefinger gewickelt, was das Objekt ihrer Begierde wie hypnotisiert beobachtet hat. Erst recht, als Irene die Strähne langsam hinter ihr Ohr gestrichen hat, wo ihre Hand einen Augenblick verharrte, ehe sie spielerisch seinen Oberarm berührt hat.

Was hat Hartmut Ewers damals grinsend zu Luise gesagt? »Verführung pur! Irene hat's einfach drauf!«

Rasch reinigt Luise ihr Gesicht und trägt eine Fettcreme auf.

Dann läuft sie in ihr Ankleidezimmer, öffnet eine Schranktür, die innen mit einem Ganzkörperspiegel ausgestattet ist.

Sie geht ein paar Schritte zurück und versucht, Irenes Hüftschwung zu imitieren. Dann erinnert sie den gekonnt eingesetzten spöttischen Wechsel in Irenes Tonfall, sobald ein interessanter Kandidat ihren Weg kreuzt.

Luise ist wild entschlossen, ab jetzt zwei Rollen zu spielen. Einmal vor der Kamera die der Figur Renate Weissner, einer von der Liebe und dem Leben enttäuschten Deutschen, die in Italien ihr Seelenheil sucht. Und die des Filmstars Luise Radell, einer erfolgreichen Frau, die weiß, was sie will, und die gewohnt ist, sich das zu nehmen, was sie begehrt.

Nach einer unruhigen Nacht, in der sie kaum Schlaf findet, kommt Luise am nächsten Tag aufgeregt ans Set.

»Alles okay bei dir?«, fragt Otto misstrauisch, der sofort bemerkt, dass sie sich ununterbrochen umschaut.

Sie hofft, dass Francesco zu ihr kommt, aber zu ihrer Enttäuschung winkt er ihr nur einmal kurz zu, bevor er in ein Auto der Produktion steigt, das ihn zu einem Außendreh bringt.

Schließlich schaut sie im Skript nach, für wann ihre erste gemeinsame Szene geplant ist, und erkennt, dass sie noch zwei weitere Tage warten muss, ehe sie mit ihm vor den Kameras steht.

Zu allem Überfluss hat Otto jede freie Minute verplant, in der sie für Promo-Fotos posieren muss. Allein und mit den vielen internationalen Nebendarstellern. Außerdem hat Irene dafür gesorgt, dass deutsche Journalisten nach Rom geflogen werden, und sie muss für Interviews mit ihnen zur Verfügung stehen.

Mittlerweile ist Luise überzeugt, sich lächerlich gemacht zu haben. Sie geniert sich wegen ihrer Unerfahrenheit im Umgang mit dem Gefühlschaos, das Francesco Dotti ausgelöst hat, sich in Fantasien verloren zu haben, die überhaupt nicht der Realität standhalten.

Erst am dritten Tag stehen einige Außenaufnahmen im Park eines Palazzos auf dem Drehplan. Der für diesen Tag gemietete Palazzo mit seiner grandiosen Renaissance-Architektur soll das Domizil sein, um dessen Nutzung sich die beiden Hauptdarsteller streiten werden.

Am Mittag sieht Luise Francesco die Stufen an seinem Wohnwagen herabsteigen, lässig gekleidet für die anschließende Szene in einer beigen Leinenhose und einem schwarzen Seidenhemd, dessen oberste Knöpfe offen stehen.

Luise hat sich vor der Sonnenglut auf einen Klappstuhl unter einem alten breitarmigen Pinienbaum in den Schatten geflüchtet.

Francesco schlendert entspannt auf sie zu, greift sich einen zweiten Stuhl und setzt sich neben sie.

Ohne ein Wort der Begrüßung hört sie seine angenehme Stimme, deren Klang sie vermisst hat.

»Und?«, fragt er. »Wie lautet die Antwort?«

Luises Herz klopft aufgeregt. Sie weiß nicht, was er meint, und will ungelenk wissen: »Worauf?«

Mit einem Stirnrunzeln zeigt er, dass er irritiert auf ihre Nachfrage reagiert.

»Das haben Sie doch wohl nicht vergessen?«

Luise ist ratlos und kommt sich selbst hoffnungslos unterlegen vor, als sie erneut fragen muss: »Was?«

»Ich habe Ihnen am ersten Abend eine Frage gestellt und Sie sind mir eine Antwort schuldig geblieben.«

Jetzt kommt ihr erster Auftritt als eine Frau, die in die Haut einer anderen geschlüpft ist, denkt sie verunsichert, und probiert, sich in eine von Irenes immer so ironisch klingende Attitüden zu retten. »Ach, mir sind so viele Fragen gestellt worden, auf die ich keine Antwort weiß.« Und schickt noch gleich eins von Irenes überlegenen Lächeln hinterher, doch zu ihrem Schrecken geht er nicht darauf ein und bleibt völlig ernst.

Er schaut an ihr vorbei und meint nachdenklich: »Ich mag es nicht, wenn man mich, wie sagen Sie so schön in Ihrer Sprache, in einen Topf mit anderen wirft. Und ich denke nicht, dass irgendjemand außer mir Sie gefragt hat, was Sie von mir erwartet haben.«

Luise sucht krampfhaft nach einer Erwiderung in Irenes üblichem Flirt-Stil und formuliert: »Viel! Ich habe viel von Ihnen erwartet! Ihr Ruf als Latin Lover ist ja legendär.« Sofort bemerkt sie, dass sie einen großen Fehler macht hat. Weder passt die Antwort zu ihr, noch ist sie in diesem Moment angebracht gewesen.

Francesco schaut sie konsterniert an. »Schade, dass Sie nicht imstande sind, hinter die Fassaden zu blicken. Sehen Sie, unser Palazzo hier ist wunderschön von außen, aber wenn Sie hinter die Kulissen schauen, erkennen Sie Ecken und Kanten, die eine ganz andere Geschichte erzählen. Aber man muss einen Blick dafür haben. Und man darf sich nicht blenden lassen.«

Luise will ihre Aussage rasch abschwächen, doch er steht auf und geht gemächlich zu Crew-Mitgliedern hinüber, die eine Pause machen. Er bleibt bei ihnen stehen und ein einstimmiges Lachen der Männer ertönt, als ob er einen Scherz gemacht hat.

Luise fragt sich sofort völlig verunsichert, ob er auf ihre Kosten ging.

In den folgenden Tagen geht Luise durch die Hölle. Sie hat keine Übung darin, Signale auszusenden, unverkrampft mit einem Mann umzugehen, dessen Nähe sie sich wünscht.

Im Gegenteil, sie beobachtet nervös, dass sich zwischen ihr und Francesco eine Form der Spannung aufbaut, die von vielen Beobachtern am Set als eine gegenseitige Abneigung interpretiert wird.

So berichtet es Otto, der alarmiert nachforscht: »Was ist passiert? Wieso kommst du nicht mit ihm klar? Er ist doch ein richtig Netter.«

Luise fühlt sich wie ein Kind, das bestraft wird. Francesco spricht nur das absolut Nötigste mit ihr. Dabei verfällt er oft in seine italienische Muttersprache, sodass der Dolmetscher herbeigerufen werden muss, um ihre kurzen Unterhaltungen zu übersetzen.

An einem Nachmittag wartet die Crew schon in einer Gasse, die für die Zeit des Drehs weiträumig abgesperrt ist. Alles ist vorbereitet für die Szene, in der Luises Filmfigur überfallen wird. Sicherheitspersonal versucht, hinter den Absperrgittern für Ruhe zu sorgen, denn bei allen Außenaufnahmen folgen viele Autogrammjäger den Spuren ihres umschwärmten Superstars Francesco Dotti. Außerdem scheinen Unmengen von Paparazzi sehr genaue Informationen zugesteckt zu bekommen, wo und wann er nicht vollständig abgeschirmt werden kann.

Schließlich gibt Tazzo ein Zeichen, die Aufnahme zu starten, und ein Stuntman springt aus einem Hauseingang, umfasst Luises Hals von hinten und sie sinkt drehbuchgemäß auf die Knie. Bei dieser Einstellung soll für die späteren Zuschauer offenbleiben, ob der Mann sie überwältigen will oder ein Dieb ist, der ihre Tasche stehlen will.

Im selben Moment erscheint Francesco auf der Szenerie, der dem Mann einen Kinnhaken verpasst, der daraufhin panisch die Flucht ergreift.

Anschließend ergreift Francesco ihre Hand, zieht sie hoch und fragt auf Italienisch, ob sie verletzt sei, woraufhin Luise als Filmfigur Renate Weissner auf Deutsch stammelt, sie habe nur einen Schrecken erlitten.

Tazzo hebt schon den Arm, will sicher »Cut!« rufen, als er innehält.

Francesco sieht Luise lange eindringlich an, dann reißt er sie in seine Arme und küsst sie. Es ist kein Filmkuss, bei dem die geschlossenen Lippen seitlich versetzt aufeinandergepresst werden, er küsst sie wirklich mit einer Heftigkeit, die Luise völlig überrumpelt. Dann verringert er den Druck und streicht sachte mit seinen Lippen über ihren Mund.

Auf der einen Seite ist Luise geschockt. Auf der anderen Seite will sie den intensiven Blick des Mannes, der nach wie vor auf ihre Lippen gerichtet ist, aushalten. Aus dem Augenwinkel sieht sie Tazzo, seinen Aufnahmeleiter, den Kameramann und alle Crewmitglieder, die sie wie erstarrt beobachten und anschließend hektisch ihre Drehbücher durchforschen, sicher auf der Suche, ob diese Szene irgendwo vermerkt ist.

Schließlich löst sich Tazzo als Erster aus seiner Verwirrung und schreit mit sich überschlagender Stimme: »Cut! Cut! Finito!«

Francesco löst sich aufreizend langsam von Luise. Doch sein Blick hält sie fest.

Plötzlich steht Tazzo direkt neben ihnen und redet auf Italienisch auf Francesco ein.

Während er noch Luises Hände festhält, sagt Francesco auf Deutsch: »Mir schien in dieser Szene meine Reaktion die beste zu sein. Ein kleiner Einfall von mir, das Drehbuch ein wenig zu verändern.«

Tazzo rauft seinen spärlichen Haarkranz und sieht anschließend so aus wie ein Mann, dem ein elektrischer Stoß sämtliche verbliebenen Haare einzeln aufgerichtet hat. Hektisch versucht er mithilfe des Dolmetschers klarzumachen, dass eine solch leidenschaftliche Reaktion dem Film die Spannung nehmen wird.

»Die Leute sollen doch noch viel länger rätseln, ob es nun zwischen den beiden funkt oder nicht.«

»Tazzo«, beginnt Francesco mit nachsichtiger Stimme. »Die Leute gehen ins Kino, weil sie ganz genau wissen, dass es zwischen den beiden funkt. Sonst würden sie nicht reingehen. Realistische Filme drehen andere, wir verkaufen Kitsch. Also lassen wir die Szene einfach drin und du veränderst ein paar Folgeszenen, in denen die Deutsche rumzickt und noch abweisender gegenüber dem italienischen Macho ist, weil sie prüde und zimperlich ist. Dann haben die Leute noch mal ein paar Minuten mehr Zeit, in denen sie auf den erlösenden zweiten Ausbruch der Leidenschaft warten.«

Tazzo zuckt mit den Schultern. Er gibt sich geschlagen, denn ihm ist offensichtlich klar, dass es sinnlos ist, sich mit seinem Superstar zu streiten.

Luise ist dankbar für dieses Wortgefecht, das alle Anwesenden am Set interessiert verfolgen. Niemand scheint sie zu beachten, während sie versucht, das Gefühlschaos in ihrem Inneren in den Griff zu bekommen. Sie spürt noch den Abdruck seiner Lippen und fährt sich unbewusst mit den Fingerspitzen über die weiche Haut, die zu brennen scheint. Plötzlich spürt sie, dass ihre Maskenbildnerin Reni, die am Rand steht, sie sehr genau beobachtet. Um dann betrübt ihren Kopf zu schütteln. Sie schaut Luise an, als ob die sich an einem imaginären Hindernis gestoßen und übel verletzt hat.

Tazzo erklärt schlecht gelaunt die Dreharbeiten für beendet und während des Gewirrs der auseinanderstrebenden Crewmitglieder verliert Luise Francesco aus den Augen. Sie ist sicher, dass er nach diesem Kuss am Abend zu ihr ins Hotel kommen wird, und durchquert rasch zwei Hallen, um im Kostümfundus nach etwas zu suchen.

Sie sieht Irenes Ankleidezimmer vor sich, in dessen Schränken sie Dutzende von verführerischen Dessous immer wieder staunend betrachtet hat, um hin und wieder eines der hauchdünnen Negligés herauszuziehen und den zarten Stoff durch ihre Finger gleiten zu lassen. Luise vermutet in dieser für sie völlig neuen Situation, dass sie solch ein Outfit brauchen wird, und findet schließlich im Kostümfundus ein perlgraues Exemplar mit einem passenden Mantel aus Seide. Das tiefe Dekolleté ist mit zarter weißer Spitze eingefasst. Sie schlüpft probehalber in passende hochhackige Pantoffeln, die mit weißen Federn verziert sind.

Sie stopft alles in ihre große Handtasche und erinnert sich noch gut daran, dass sie sich bei den Kostümanproben gegenüber den Schneiderinnen noch kategorisch geweigert hat, dieses Ensemble im Film zu tragen. Sie hat sie aufgefordert, sich für die Liebesszenen einige weniger gewagte Kreationen auszudenken.

In ihrer Suite angekommen, geht sie ins Badezimmer und lässt sich ein Schaumbad ein. Ein Glas Wermut nimmt sie mit zur Wanne und gleitet in die hoch aufgetürmte moussierende Masse. Sie schließt die Augen und denkt mit Herzklopfen daran, ob sie es schaffen wird, eine Verführerin zu spielen. Eine wie Irene, die mit ihrem Sexappeal Männern den Verstand rauben kann.

Als sie sich anschließend in dem Ensemble vor den Spiegel stellt, erkennt sie sich selbst nicht wieder. Ihre Wangen sind gerötet, ihre Augen glänzen und sie glaubt noch, den Abdruck seines Mundes auf ihren Lippen zu spüren.

Um sich zu beruhigen, öffnet sie die Terrassentüren und die milde Nachtluft bauscht die Gardinen auf. Sie schaut sich um. Was würde Irene tun, um für die richtige Atmosphäre zu sorgen? Die Lampen. Sie schaltet sie bis auf eine aus und der Schein des Lichtes wirft einen Halbkreis auf den Teppich, dessen warmer Rotton mit Ornamenten in Türkis und hellem und dunklem Blau unterbrochen ist.

Es klopft.

Luise kann ihr Zittern nicht unterdrücken, doch als sie »Herein!« ruft, schafft sie es, dass ihre Stimme fest und klar klingt.

Die Tür wird geöffnet.

Luise dreht wie in Zeitlupe den Kopf und sieht zu ihrem Entsetzen Otto im Rahmen stehen.

Seine Verblüffung ist ihm ins Gesicht geschrieben. »Hast du eine Kostümprobe? Jetzt?« Misstrauisch schaut er sich, vermutlich auf der Suche nach der Kostümbildnerin, in dem Raum um.

Luise geniert sich entsetzlich. Mit hochrotem Kopf behauptet sie: »Ich übe für eine Szene. Diese Sachen werde ich nicht tragen. Aber die neuen Entwürfe sind noch nicht fertig.«

Von Scham erfüllt rennt sie ins Badezimmer und zieht sich den Frotteebademantel über.

Als sie zurückkehrt, hat Otto bereits seinen Kalender aufgeschlagen und geht mit ihr in den folgenden dreißig Minuten die nächsten Interviewtermine durch. Als er endlich die Suite verlässt, klingelt das Telefon auf dem antiken Schreibtisch.

Francesco.

»Wollen Sie mit mir essen gehen?«

Luise schaut auf die vor ihr stehende Uhr.

Es ist Mitternacht.

Als ob er genau weiß, was sie gerade festgestellt hat, erklärt er lachend: »Zwölf Uhr! Die ideale Zeit in Rom.«

Luise stimmt zu und will ihn nicht lange warten lassen. Deshalb streift sie sich hastig ein schlichtes Kleid über, verdeckt ihre Haare mit einem Seidenschal, den sie sich um die Schultern legen will, wenn es später kühler wird, und läuft durch den langen Flur zum Aufzug.

Als sich die Tür öffnet, ist es nicht der obligatorische Liftboy, der sie erwartet, sondern Francesco. Er zieht sie wortlos in seine Arme und schaut sie unverwandt an, bis der Lift im Keller anhält.

»Wir nehmen den Hinterausgang«, erklärt er ihr und sie folgt ihm in die Nacht.

Sein Auto hat er im Hinterhof geparkt, befestigt das offen zurückgeklappte Stoffdach am Chassis und deutet mit dem Kopf ins Wageninnere.

»Leg dich auf die Rückbank.«

»Warum?«, will sie verblüfft wissen.

»Das wirst du schon sehen«, tut er geheimnisvoll, wirft eine Wolldecke über sie, bevor er das Tor des Hotels passiert. Als er dann in halsbrecherischer Fahrt durch die Straßen Roms rast, weiß sie, was er gemeint hat.

Ein ganzer Schwarm von Paparazzi folgt ihnen auf ihren Vespas und das Blitzlicht der unzähligen Kameras erleuchtet grell das Wageninnere.

Wie er wechselt jetzt auch sie in das so viel persönlichere Du und schreit gegen den ohrenbetäubenden Lärm an: »Wohin fährst du?«

»Nur Geduld«, ruft er zurück und sie verbringt die folgenden Minuten zusammengekauert auf der schmalen Rückbank des Sportwagens, während Francesco mit Zickzackkurven, abrupten Fahrbahnwechseln und schnellem Abbiegen versucht, den Fotografen zu entkommen.

Schließlich hat er Erfolg. Der Krach lässt nach, wird immer schwächer, bis Francesco den Motor ausstellt, den Wagen noch ein paar Meter rollen lässt, ehe Stille einkehrt.

»Komm!«, hört sie seine Stimme und er zieht mit einem Ruck die Decke von ihr herunter.

Sie merkt erst jetzt, dass ihre Beine eingeschlafen sind, und hat Mühe, aus dem Auto zu klettern. Sie taumelt und stützt sich auf seinen Arm.

Sie sieht sich um und stellt fest, dass sie in einer engen Garage stehen, die nur schwach von einer an der Decke baumelnden Glühbirne erleuchtet wird.

»Romantisch, oder?«, fragt er spöttisch und deutet mit einer ironischen Armbewegung um sich.

Luise wünscht sich nichts sehnlicher, als in seine Arme zu sinken und den magischen Augenblick des Tages erneut zu erleben. Doch sie überlegt fieberhaft, wie wohl Irene in solch einer Situation reagieren würde.

In ihrer Unsicherheit lacht sie eine Spur zu laut, was ihr selbst unangenehm in den Ohren klingt, verfällt beinahe wieder ins Sie: »Wenn Sie … wenn du jetzt noch ein Menü herzauberst, aber natürlich mit fünf Gängen, vielleicht.«

»Wart's ab, Principessa«, tut er geheimnisvoll, während er eine Seitentür öffnet. Sie muss sich durch den Spalt zwischen dem Wagen, der Wand und ihn drücken und ist glücklich, dabei die Wärme seines Körpers zu spüren.

Luise tritt in einen Hinterhof, in dem mehrere Tische mit weiß-rot karierten Leinentüchern bedeckt sind. Darauf stehen Teller, Bestecke, Gläser, kleine Vasen gefüllt mit Blumen und in den Ästen der drei Bäume funkeln bunte Lämpchen.

Sie stehen im versteckten Garten einer Trattoria.

Doch sie entdeckt keine Gäste. Es herrscht völlige Stille.

Francesco hat den Arm um ihre Taille gelegt und zieht sie zu dem Tisch in der Mitte, auf dem ein Leuchter steht. Er zieht ein Feuerzeug aus der Jackentasche und zündet die drei Kerzen an.

»Wer kommt noch?«, fragt sie nervös.

»Niemand. Wir sind allein.«

Ein Mann in einer schwarzen Hose und weißen Hemd, dessen Ärmel hochgekrempelt sind, kommt auf sie zu, macht eine tiefe Verbeugung vor Luise und deutet einen Handkuss an. Francesco dagegen wird von ihm mit einer überschwänglichen Umarmung begrüßt.

»Das ist Marcello«, wird er ihr vorgestellt. »Einer meiner besten und längsten Freunde. Und, ganz wichtig, er ist äußerst verschwiegen und unfassbar diskret.«

Luise kommt sich wie in einer Zauberwelt vor. Alles scheint magisch und sie sieht nur die glitzernde Oberfläche der flackernden Kerzen und der flimmernden Lämpchen hoch über ihrem Kopf.

Zum ersten Mal sind sie allein und sie hofft inbrünstig, dass sie als Kopie von Irene alle auftauchenden Klippen meistern wird.

Sie braucht sich nicht mit der Menü-Übersicht zu beschäftigen, denn Francesco übernimmt die gesamte Bestellung, und als der Wirt ihnen am Tisch eine Flasche Rotwein öffnet, ihr einen Probierschluck einschenkt und sie von beiden erwartungsvoll beobachtet wird, nimmt sie einen Schluck und schließt die Augen, als er ihre Kehle herabrinnt.

Als sie wieder aufschaut, spielt ein Lächeln um Francescos Mund und er nickt seinem Freund zu.

Während sie auf die georderten Speisen warten, bestimmt Francesco die Konversation und Luise ist erleichtert, dass sie sich zunächst ganz auf ihn konzentrieren kann, ohne antworten zu müssen.

Gebannt schaut sie dabei auf seine Hände, mit denen er einige Stücke vom knusprigen Weißbrot abbricht, wobei Krümel auf die Tischdecke springen, und hört ihm gefesselt zu: »Nicht, dass du dich wunderst, mein richtiger Name ist Gian Paolo Conte di Hercolano. Aber meine Familie hat gesagt, ich soll es bloß nicht wagen, unter meinem echten

Namen eine Clownskarriere zu starten. Nichts anderes ist für sie die Schauspielerei. Sie haben erwartet, dass ich in unser Familienunternehmen einsteige, wozu ich aber so gar keine Lust hatte.«

Während er spricht, dreht er das Glas in seiner Hand und schwenkt den Rotwein darin hin und her, bis sich auf der Innenseite unterschiedliche Farbschattierungen übereinanderlegen, was sie fasziniert beobachtet. Ihr Mund ist trocken und ihre Kehle wie zugeschnürt und sie fragt sich, was dieses Gefühl bedeutet, das sie bis zu diesem Sommer noch nie gespürt hat.

»Ich weiß, dass ich kein begnadeter Mime bin«, räumt er gerade ein, »aber ich weiß, dass es funktioniert, was ich tue. Willst du eine Zigarette?«

»Ich rauche nicht.« Sie merkt selbst, wie spröde das klingt.

»Oh, bitte«, drängt er und macht einen Gesichtsausdruck, den Luise von den vielen kleinen Jungs her kennt, die immer am Rand des Sets herumlungern und um einige Münzen betteln.

Sie halten den Kopf genauso schief, breiten stets die Arme aus und drehen die Handflächen nach oben.

Als sie Francesco diese Gesten perfekt nachmachen sieht, muss sie laut lachen und gibt nach: »Also gut, eine.«

Er klatscht in die Hände und ruft: »Marcello, sigarette, per favore.«

Und wie aufs Stichwort erscheint sein Freund mit einer bunten Packung auf einem kleinen silbernen Tablett.

Er hält sie ihr hin und Luise blickt verwundert zu Marcello auf, der ihr zunickt. Also greift sie danach, zieht und zerrt ungeübt an der Verpackung, bis die nachgibt und Luise erstaunt nach der Ecke eines kleinen darin befindlichen Bildes greift.

Beide Männer beobachten jeden ihrer Handgriffe gespannt und als sie das Bildchen herauszieht, schaut sie auf Francescos Gesicht.

Sie amüsieren sich köstlich über ihr Erstaunen.

»Das ist die Marke ›Azzurra‹«, klärt Francesco sie sichtlich stolz auf. »In jeder Packung liegt ein Filmstarbildchen. Und rate doch mal, welches Konterfei das beliebteste ist?«

Luise nimmt sich sofort vor, Reni während der ganzen Dreharbeiten aufzutragen, ihr immer mindestens drei Päckchen zu bringen, und ahnt, dass sie wie ein schwärmerischer Teenager sofort nachschauen wird, ob sein Foto darin verborgen ist.

Eigentlich ist ihr ein bisschen übel, nachdem sie ihre erste Zigarette zwar in der Hand hält, jedoch vermeidet, den Rauch erneut zu inhalieren.

Aber sie betrachtet sich mit der ungewohnten Handhaltung wie eine Zuschauerin von außen und glaubt, dieses Accessoire würde ihr eine gewisse Weltläufigkeit verleihen. Denn Francescos vornehme Herkunft und vor allem seine Internatserziehung vermitteln ihr aufgrund ihrer mangelhaften Bildung ein weiteres Gefühl der Unterlegenheit und sie hofft, dass ihr die Rüstung, zusammengesetzt aus der Imitation von Irenes Eigenschaften, auch über dieses Manko hinweghelfen wird.

So gibt sie sich im Verlauf des Abends interessiert, lacht an den Stellen, von denen sie glaubt, dass es angebracht ist, und fürchtet, ertappt zu sein, als er plötzlich versonnen sagt: »Komisch, ich hatte dich für viel unsicherer gehalten. Auf keinen Fall so positiv, so stark. Irgendwie glaubte ich, dass du eine gut verborgene, verletzliche, sehr mädchenhaft anmutende Seite hast. Aber eigentlich ist wohl besser so, wie du in Wirklichkeit bist.«

Während sie bis in die Morgenstunden seinen Erzählungen lauscht, plant Luise daraufhin, sich noch stärker zu kontrollieren, um besser gewappnet zu sein.

Kapitel 13

Rom, August 1959

Nach einer Woche ist Luise ratlos. Seit dieser so verzaubert anmutenden Nacht, in der Francesco und sie bis in die Morgenstunden zusammengesessen haben, hat er sie kein weiteres Mal eingeladen. Zum Abschied hat er ihr lediglich einen Kuss auf die Stirn gedrückt und geraunt: »Schlaf gut, Principessa, wir sehen uns ja gleich am Set wieder.«

Mittlerweile hat sie das Negligé und den dazugehörigen Mantel heimlich wieder in die Schneiderei zurückgebracht und zwischen noch unfertigen Teilen versteckt, damit niemandem auffällt, dass sie es mitgenommen hat.

Der Drehplan ist straff kalkuliert und sie drehen Szene auf Szene. Luise schlüpft jeden Morgen immer widerstrebender in die Figur der Renate Weissner, die sie immer mehr ablehnt, da sie in ihrer Haltung so sehr Luises eigenem Gemütszustand entgegensteht. Sie muss so tun, als würde sie den Mann, der in ihr Leben getreten ist, hartnäckig ablehnen, dabei wartet sie selbst ungeduldig auf die Wende in den vom Autor vorgeschriebenen Empfindungen, die ihren eigenen entsprechen. Das will sie ausdrücken und wenn es auch zunächst nur in der Kulisse ist.

Als nachts ihr Telefon klingelt, glaubt sie fest daran, dass es wieder Francesco ist, der mit ihr zu dem Lokal zurückkehren will.

Doch zu ihrer großen Enttäuschung ist Irene am Apparat.

Wie immer fragt sie gar nicht, wie es ihr geht, sondern erklärt sofort: »Du, Luise, ich habe gerade mit Tazzo telefoniert und zu meinem Entsetzen gehört, dass ihr ja erst einen Bruchteil des Films gedreht habt. Ich habe ihm klargemacht, dass sich das schnellstens ändern muss, denn ich habe dich schon für den nächsten Film angekündigt. Du spielst da eine Adelige, die was mit einem Untergebenen anfängt. Ganz keusch natürlich.«

Luise bricht der Schweiß aus. Alles, nur das nicht. Sie will auf keinen Fall in einem weiteren Film parallel agieren müssen.

»Das kann ich nicht«, behauptet sie kategorisch. »Ich bin emotional in dieser Rolle hier so gefordert, dass ich nicht gleichzeitig die Gräfin in einem Historienstreifen darstellen kann, die in Versuchung gerät, ihren Mann mit dem Reitlehrer zu betrügen. Du hast mir ja schon vor einiger Zeit von der Filmidee erzählt, als noch gar nicht feststand, ob die Finanzierung klappt. Das ist im Grunde die x-te Wiederholung meiner Comtesse-Filme. Damals war das ja in Ordnung, da war ich siebzehn. Bitte nicht schon wieder so einen Kitsch.«

»Red keinen Blödsinn«, widerspricht Irene. »Welche Meisterleistung wird dir denn da in Rom abverlangt? Eine Repertoirerolle von dir. Sonst nichts. Das spielst du mit links.«

Luise behauptet, das Telefonat beenden zu müssen, da ihr Fahrer für einen Nachtdreh vor der Tür warte. Was soll sie nur tun? Nur sie weiß, was für eine schauspielerische Meisterleistung sie sich jeden Tag abverlangt – das Ebenbild von Irene zu sein.

In der Drehpause am nächsten Mittag nimmt sie all ihren Mut zusammen, um die quälende Ungewissheit darüber zu beenden, ob sie sich Francescos Interesse an ihr nur eingebildet hat. Sie klopft an seine Wohnwagentür.

Als er öffnet, scheint er überrascht. »Du? Sorry, aber ich habe gerade Besuch. Ist es wichtig?«

»Schon«, behauptet sie.

Er dreht sich rasch um und ruft etwas ins Wageninnere, ehe er zu ihr herauskommt.

»Was ist?«, will er wissen. »Du siehst ja ganz unglücklich aus.«

»Ich bin schon wieder für einen anderen Film eingeplant«, beschreibt sie ihr Dilemma. »Und das heißt, dass ich zwischen Rom und München hin und her pendeln muss.«

Nachdenklich murmelt er: »So wenig Zeit!« Schließlich vertröstet er sie auf den Abend. »Ich rufe dich heute noch an. Ich lass mir was einfallen.«

Luise glaubt, daran ablesen zu können, dass auch er sich nach ihr sehnt.

Sie kann gar nicht abwarten, bis der Dreh in den Palazzo-Kulissen für den Tag beendet ist, drängt ihren Fahrer, sie sofort ins Hotel zurückzubringen, und muss quälend lange bis kurz vor Mitternacht warten, ehe er sich endlich meldet. Bis zu diesem Moment hat sie fast eine ganze Schachtel der Zigaretten verqualmt, in der sie ein neues Foto von ihm entdeckt hat. Es liegt neben dem Telefon und sie hält es sich vor Augen, als sie seine Stimme hört: »Principessa, wir machen Urlaub!«

»Wie?«, ist das Einzige, was sie darauf erwidern kann. Urlaub ist ein Fremdwort für sie. Sie steht ununterbrochen in Filmstudios und hat sich noch nie ausgemalt, einfach aus ihrem Leben auszuscheren.

»Ich habe da was arrangiert. Und du musst nur so tun, als hättest du einen Schwächeanfall und brauchst drei Tage Ruhe.«

»Wie soll ich das anstellen?«, fragt sie unsicher.

»Ganz einfach! Ich schicke dir einen Freund, der ist Arzt. Ich habe ihm schon gesagt, worum es geht, und er wird dich krankschreiben und behaupten, er müsse dich im Krankenhaus zur Beobachtung dabehalten. Du siehst, alles schon organisiert.«

»Und dann?«, will sie wissen.

»Lass dich überraschen. Ich habe alles im Griff.«

Luise rafft ein paar Sachen zusammen, die sie in zwei Handtaschen verstaut. Bis sie sich überlegt, dass sie ja auch einen kleinen Koffer packen kann. Schließlich nimmt man ja Kleidung mit in eine Klinik. Sie versteckt alles in ihrem Schrank und wartet ungeduldig auf den nächsten Morgen. Tatsächlich erscheint ein Mann an ihrer Tür, der sich als Arzt zu erkennen gibt und etwa eine Viertelstunde bei ihr bleibt, um eine Untersuchung vorzutäuschen.

Anschließend nimmt er ihren Koffer und fährt mit ihr im Lift in den Keller, benutzt dieselbe Tür, durch die Francesco sie nachts geführt hat, und bringt Luise zu Francescos Auto. Beide Männer reden noch kurz miteinander, ehe Francesco sie wieder auf dem Rücksitz versteckt.

Siedend heiß fällt ihr ein, dass sie auf jeden Fall Otto Bescheid geben muss, doch Francesco beruhigt sie: »Alles erledigt. Auch deine Maskenbildnerin ist schon informiert. Wir haben beiden erzählt, dir geht es nicht gut, und haben offengelassen, woran es liegt, und eine mögliche Lebensmittelvergiftung ins Spiel gebracht. Also entspann dich einfach!«

Während der Fahrt versucht Luise, sich vorzustellen, was Reni und Otto denken. Noch nie ist sie, ohne dass Irene oder ihre Angestellten Bescheid wussten, einfach verschwunden. Immer ist sie zur Stelle gewesen, auch wenn sie mit hohem Fieber vor den Kameras gestanden hat, dann hat sie sich einfach noch gründlicher schminken lassen, um präsentabel zu erscheinen.

Im Gegenteil, wenn sie erkältet gewesen ist und ihre Stimme ganz besonders nasal geklungen hat, ist Irene immer ganz hingerissen gewesen. »Super! So richtig erotisch! Hör dich mal selber an, wenn wir heute die Filmmuster durchgehen. Sensationell!«

Als Francesco den Wagen parkt, hebt er den Zipfel der sie verhüllenden Decke hoch und schaut vom Fahrersitz auf sie herab.

»Wir sind da!«, eröffnet er ihr. »Die Villa gehört meiner Familie, die Dienstboten sind eingeweiht und werden so tun, als wüssten sie von nichts. Und zwar in dem eher unwahrscheinlichen Fall, dass jemand hier nach uns sucht.«

Luise ist hingerissen von der Schönheit des Baus, als sie mit den hohen Absätzen ihrer Pumps im Kies der Auffahrt versinkt.

»Bist du öfter hier?«, fragt sie Francesco, der mit Schwung ihren und seinen Koffer aus dem Auto hebt.

»Gelegentlich«, gibt er zu und Luise fühlt sofort Eifersucht in sich aufsteigen.

Ist er in Begleitung anderer Frauen hier gewesen? Ist sie nur eine von vielen?

Sie versucht, ihr Misstrauen zu unterdrücken, und betrachtet beeindruckt die ockerfarben getünchten Wände der Eingangshalle, die kostbaren Möbel, die Ölgemälde an den Wänden, auf denen Landschaften abgebildet sind. Nur eines zeigt eine wunderschöne Frau im Abendkleid. »Wer ist das?«, wendet sie sich an ihn.

Nach einem kurzen Blick auf das Bild erklärt er: »Meine Mutter! Schön, nicht wahr?«

Luise nickt und folgt ihm die Treppe hinauf bis in ein Schlafzimmer, in dem ein großes Doppelbett unter einem Baldachin mit Brokatvorhängen steht.

Luise bleibt unschlüssig stehen. Sie fühlt sich ein wenig fehl am Platz, denn er wirkt abgelenkt, als er in einem anschließenden Raum die Koffer unterbringt und dann ganz beiläufig zu ihr sagt: »Komm, wir gehen nach draußen. Das Wetter ist viel zu schön, als dass wir hier drinnen bleiben sollten. Hast du einen Badeanzug mitgenommen?«

Daran hat Luise überhaupt nicht gedacht, aber er hat schon die nächste Lösung parat: »In unserem Poolhaus liegen Unmengen von Badezeug. Da suchst du dir einfach etwas aus.«

Auf dem Weg durch den Garten hält er plötzlich an und deutet auf eine weiß lackierte Sitzgruppe unter schattigen Bäumen. »Komm mit, wir lassen uns erst einmal etwas zur Stärkung bringen«, schlägt er vor und auf ein lässiges Winken von ihm erscheint wie aus dem Nichts ein Butler, dem Francesco mitteilt, was serviert werden soll. Er ist als vollendeter Gastgeber völlig in seinem Element. Erst wird der frische Kaffee gebracht, dann verlangt er nach einer Zitronentorte, einer Spezialität der Köchin, mit der er lange launig plaudert. Luise beobachtet, wie weltmännisch er mit jedem Menschen umgeht, dem er begegnet. Sie beneidet ihn um seine Lockerheit, die anderen die Scheu nimmt.

»Und jetzt ist es Zeit, schwimmen zu gehen«, macht er seinen vorherigen Vorschlag wahr und zeigt ihr den Weg zum Poolhaus, in dem sie tatsächlich einen schwarzen Badeanzug findet, dessen Träger sie im Nacken zusammenknotet.

Dann entdeckt sie auch noch eine Badekappe, die mit bunten Plastikblumen verziert ist, und geht hinunter zum großen Pool, der am Kopfende in einem Steinfresko endet, darauf ein Löwenkopf, aus dessen aufgerissenem Maul eine Wasserfontäne spritzt.

Er schaut ihr mit einem trägen Blick entgegen und Luise will sich gerade auf den Liegestuhl neben ihn setzen, als er urplötzlich aufspringt und sie mit ins Wasser reißt. Sofort wird ihr die Kappe vom Kopf gerissen und sie taucht vollständig unter.

Francesco umfasst sie mit seinen Armen und beginnt bereits unter Wasser, sie zu küssen. Erst glaubt sie, keine Luft mehr zu bekommen, doch im letzten Moment stemmt er sie hoch und klopft ihr auf den Rücken, als sie sich hustend an seinen Schultern festklammert.

Noch ehe sie einen Ton von sich geben kann, umfasst er ihren Kopf mit beiden Händen, streicht ihre nassen Haare nach hinten und befindet: »Besser! Viel besser! Du glaubst gar nicht, wie gut du mit nassen Haaren aussiehst. Viel besser als die Locken, die du sonst immer trägst. Endlich bist du mal ein bisschen aus der Fasson geraten. Endlich mal nicht so streng! Fantastisch!«

Luise aber fühlt sich ohne ihre gewohnte Aufmachung fast nackt. Zu ihrem stets selbstbeherrschten Auftritt gehört auch die immer gleiche Frisur, mal kürzer, mal ein wenig länger, angepasst an die aktuellen Dreharbeiten. Jetzt befindet sie sich erst recht in einer schizophrenen Schieflage.

Sie ist eine völlig ungewohnte veränderte Version von Luise Radell, die sich bemüht, sich wie die normale Irene zu benehmen.

Francesco sorgt dafür, dass sie den Rest des Tages am Pool verbringen, wobei er sogar völlig entspannt einschläft und Luise damit die Möglichkeit gibt, ihn zu betrachten.

Sie glaubt sich unbeobachtet und bewundert seinen Körper, verbunden mit der überwältigenden Selbstverständlichkeit, mit der er ihn zur Schau stellt.

Und zuckt zusammen, als er plötzlich mit geschlossenen Augen fragt: »Gefällt dir, was du siehst?«

Er scheint mit traumwandlerischer Sicherheit immer zu wissen, was sie tut, und Luise nimmt sich vor, sich ein wenig rätselhafter zu geben.

Doch dieser Vorsatz ist verschwunden, als sie ihm am Abend gegenübersitzt. Er hat auf der Terrasse einen Tisch für sie decken lassen. Bei jedem Windhauch zaubert das flackernde Kerzenlicht einen geheimnisvollen Ausdruck in sein Gesicht.

Dann gleitet sein Blick mit einer solchen Intensität über ihren Körper, dass ein gänzlich ungewohntes Gefühl in ihr aufsteigt. Sie empfindet es zunächst als eine wohltuende Wärme, die sich im Verlauf der Stunden wie ein Fieber steigert.

Dann beginnt sie zu zittern.

Luise ahnt, dass sie nicht aus Angst vor der völlig neuen Situation bebt, sondern weil sie ein Verlangen durchströmt, dem sie bisher immer ausgewichen ist.

Bis zu diesem Augenblick in einer warmen Sommernacht in Italien, voller fremder Gerüche und Geräusche, hat sie Männer nur als Verehrer geduldet. Darunter ein bekannter Schriftsteller und ein Komponist, den sie kennengelernt hat, als er die Filmmusik zu einem ihrer größten Erfolge geschaffen hat. Vor allem mit ihm, einem begnadeten Pianisten, ist sie oft ausgegangen, hat ihn sogar einmal zu sich nach Hause eingeladen, doch wann immer eine vertrauensvolle Freundschaft das nächst höhere Level erreicht hat, hat sie panisch einen Rückzieher gemacht.

Sie hat als junges Mädchen eine Furcht vor zu großer Nähe entwickelt. Jetzt aber versucht sie, genau die Gefühle zuzulassen, vor denen sie im Laufe ihres Erwachsenenlebens immer geflohen ist. Sie ist zu dem Wagnis entschlossen, diese Intimität erleben zu wollen.

Für Luise liegt ein verwirrendes Flirren in der Luft und sie hofft, dass er nicht bemerkt, wie unerfahren sie ist. Während der zurückliegenden Stunden hat Francescos Stimme sie eingehüllt. Sie bewundert seine Lässigkeit, seinen Charme und seinen Humor, mit dem er sie immer wieder aufzieht, auch als sie nicht recht weiß, wie sie die Muscheln auf den Spaghetti aus den Schalen lösen soll.

Jetzt aber verstummt er. Sie fühlt einen prickelnden Schauer der Erwartung, der über ihren Rücken strömt, und versteckt sich nicht länger hinter ihrem Vorbild Irene, sondern will sich öffnen, für alles, was sie erwartet.

Francesco kommt um den Tisch herum und reicht ihr die Hand, mit der er sie von ihrem Stuhl hochzieht. Er nimmt sie in die Arme, streichelt ihre glühende Wange und flüstert ihr etwas zu.

Sie versteht nicht, was er sagt, aber einem Impuls folgend, nickt sie. Eng umschlungen gehen sie ins Haus und steigen gemeinsam die Treppe hinauf. Sie fühlt seine warme Hand auf ihrem Rücken und merkt erst gar nicht, dass er den Reißverschluss ihres Kleides behutsam herunterzieht.

Sie unterdrückt bei dieser Geste nicht nur das unwillkürliche Zusammenzucken, sondern wagt es sogar, von sich aus aktiv zu werden. Sie dreht sich zu ihm, schlingt ihre Arme um seinen Hals und drückt ihre Lippen auf seinen Mund.

Er lehnt sich kurz zurück, dann lächelt er zärtlich und erwidert den Kuss mit derselben Intensität, mit der er sie am Set während der Dreharbeiten überrascht hat.

Schließlich hebt er sie mit einem einzigen Schwung auf seine Arme und trägt sie ins Schlafzimmer.

Kurz rast noch der Gedanke durch Luises Kopf, ob es gelingen kann, sich die erotische Ausstrahlung einer anderen Frau zu borgen. Aber dann erlebt sie eine Zweisamkeit, die sich völlig natürlich anfühlt. Plötzlich bedeutet es keine Überwindung, sich nackt betrachten zu lassen, seinen Körper zu fühlen, keine Barriere mehr zum Schutz vor dem eigenen Ich zu errichten, um damit die eigenen Empfindungen zu verbergen.

Luise ist völlig überwältigt von dem Rausch, den Francesco in ihr auslöst und in dem sie nur einen Wunsch hat: dass er niemals enden möge.

Als die Morgendämmerung anbricht, lächelt Luise Francesco an. Sie ist dankbar für seine Zartheit und Rücksichtnahme, die er ihr geschenkt hat, ohne zu wissen, dass es für sie die Voraussetzung gewesen ist, sich ihm hinzugeben.

Dann verschläft sie die Frühstückszeit und merkt erst, als sie aufwacht, dass er nicht mehr neben ihr liegt. Dennoch fühlt sie sich in der Erinnerung an die zurückliegende Nacht so geborgen wie noch nie in ihrem Leben zuvor.

Den ganzen folgenden Tag vermittelt ihr Francesco den Eindruck, als hätten sie alle Zeit der Welt und als wäre ihre Zweisamkeit nicht nur auf wenige Stunden beschränkt. Sie sitzen geschützt hinter Markisen und Sonnenschirmen auf der Terrasse. Ihre Mahlzeiten werden wie von Geisterhand auf Servierwagen herangefahren und Francesco füttert sie manchmal mit einzelnen Leckerbissen. Er unterhält sie mit Anekdoten aus seinem aristokratischen Familienleben, von Dreharbeiten und Erlebnissen mit hysterischen Filmpartnerinnen oder aufdringlichen Fans.

Und Luise durchforstet ihre Gedanken nach den vielen Geschichten, mit denen Irene ihre Freunde und Geschäftspartner unterhält, und serviert sie ihm als neuesten Klatsch.

Aber sie erhält einen peinlichen Dämpfer, als Francesco sie zweimal unterbricht und feststellt: »Das habe ich schon mal gehört. Das liegt schon etwas länger zurück.«

Und sie bemerkt hin und wieder einen rätselhaften Ausdruck in seinen Augen, wenn sie ihn unvermittelt anschaut.

Dann senkt er rasch seine Lider und setzt ein Lächeln auf, als wäre nichts geschehen.

In der zweiten Nacht lässt er seine Zurückhaltung fallen und versetzt Luise in einen Taumel der widersprüchlichsten Empfindungen. Sie will das Gefühl des Loslassens der ersten gemeinsamen Nacht wieder erleben, fürchtet jedoch, dass sie ihm nicht genügen könnte. Also tappt sie erneut in die Falle, eine andere sein zu wollen. Doch die ungeheure Anstrengung, Irene zu imitieren, droht sie zu zerreißen. Für einen gespenstischen

Augenblick glaubt sie fast, sie wären zu dritt im Bett. Was sie jetzt fühlt, ist doch Liebe, oder nicht? Es darf einfach nichts anderes sein, denn sie ist schon jetzt davon überzeugt, keinen Tag mehr ohne ihn sein zu können. Hegt er dieselben intensiven Gefühle für sie wie sie für ihn?

Sie wird am Morgen wach, weil sie hört, dass er mit jemandem telefoniert. Da er das in seiner Muttersprache tut, versteht sie nicht, was gesprochen wird. Aber seine Stimme klingt leise, manche Worte flüstert er, andere gehen in seinem Lachen, das sie so liebt, unter.

Was würde Irene jetzt tun? Hingehen und fragen, mit wem er telefoniert?

Ihm eine Szene machen? Ihn umgarnen, damit er wieder ins Bett kommt?

Sie weiß nicht, wofür sie sich entscheiden soll, als sie hört, dass er zurückkehrt, und tut im ersten Moment so, als würde sie gerade erst aufwachen.

Doch anstatt zu ihr zurück ins Bett zu kommen, ruft er ihr zu: »Aufstehen, Principessa! Wir müssen zurück!«

»Was? Warum?« Sie glaubt, sich verhört zu haben. Sie haben doch noch einen Tag.

Aber bevor er unter die Dusche geht, teilt er ihr mit: »Alle spielen verrückt, sind förmlich durchgedreht. Ganz schlimm scheint ja deine Produzentin zu sein. Wie heißt die? Iwanka oder so?«

»Irene«, ruft sie zurück und erschrickt bei der Nennung der Frau, die sie so gerne sein würde.

Francesco hat das Wasser bereits angestellt und er versucht, sich mit gesteigerter Lautstärke über das Plätschern hinweg verständlich zu machen.

»Sie hat diesen Otto doch tatsächlich zur Klinik geschickt, wo er versucht hat, in das Zimmer zu gelangen, wo du angeblich liegst. Er hat so viel Stress verursacht, dass mich mein Freund alarmiert hat. Du musst unbedingt zurückkommen, sonst kann er für nichts garantieren, hat er gesagt.«

Unmittelbar darauf steht er völlig unbefangen nackt im Zimmer, während er sich mit einem Badehandtuch abtrocknet.

»Diese Irina hat alle halbe Stunde bei Umberto angerufen und von ihm verlangt, er solle ins Krankenhaus fahren und herausfinden, was dir wirklich fehlt. Sie hat mit dieser rabiaten Tour alle angesteckt und die sind jetzt stinksauer, weil sie auch nur die Information haben, dass du in der Obhut von Ärzten bist. Was ist denn das für eine unangenehme Person, mit der du da zusammenarbeitest?«

Luise versucht ihm zu erklären, dass Irene Safranow eine überaus engagierte Frau ist, die eben manchmal über das Ziel hinausschießt.

»Ich will die auf jeden Fall nicht kennenlernen«, erklärt er kategorisch, ehe er drängt: »Schnell, mach dich fertig. Ich lasse uns zwei Frühstückspakete zusammenstellen, dann können wir gleich durchfahren.«

Luise fühlt sich, als wäre ein Eimer mit kaltem Wasser über ihrem Kopf ausgeschüttet worden. Sie kann sich nicht so rasch lösen aus der Gefühlswelt, die sie in der Nacht erlebt hat. Seine Zärtlichkeiten, seine berauschende Nähe, der Duft seines Körpers, die Hitze, die er mit seinen erfahrenen Liebkosungen in ihr entfacht hat.

Was sie aber am meisten verstört, ist die Geschäftsmäßigkeit, mit der er auf den abrupten Abbruch ihres gestohlenen Wochenendes reagiert.

Sie kann sich nicht so schnell auf diese Situation einstellen wie er, als sie sich im Spiegel des Badezimmers betrachtet. Wie soll sie sich nur herrichten, damit niemand merkt, dass sie selige Stunden erlebt hat und nicht in einem Krankenhaus eine angebliche Schwäche oder Magenschmerzen auskuriert hat? Sie ist außerstande, ihre Haare wieder in Locken zu drehen, greift nach einem Hut, den sie zum Schutz vor der Sonne mitgenommen, aber nicht benutzt hat. Entsetzt sieht sie, dass sich in ihrem zart gebräunten Gesicht Sommersprossen zeigen. Wie soll sie die Reni erklären?

»Kommst du?«, ruft Francesco aus der Halle. Sie wirft ihre mitgenommene Kleidung, die sie gar nicht getragen hat, achtlos in den Koffer und läuft die Treppe hinunter, wo der Deckel aufspringt und alle Sachen die Stufen herabfallen.

Francesco sieht genervt aus, während er einem Angestellten aufträgt, alles wieder zusammenzusuchen und den Koffer anschließend ins Auto zu bringen.

Während der ganzen Fahrt spricht er kaum ein Wort, sondern lenkt nur mit einer Hand das Fahrzeug, um mit der anderen mehrere Tramezzini zu essen.

Luise bekommt keinen Bissen herunter und versteckt ihre Augen, die sich mit Tränen der Enttäuschung füllen, hinter einer dunklen Sonnenbrille. Ist das jetzt alles gewesen? Ist er froh, dass ihre Stippvisite abgekürzt werden muss? Hat sie ihn gelangweilt? Hat er ihre Unerfahrenheit bemerkt? Oder noch viel schlimmer, hat er gemerkt, wie sehr sie sich hinter einer ganz anderen Persönlichkeit versteckt, die sie jedoch nicht authentisch darstellen kann?

Zu allem Überfluss erfährt sie am Morgen nach ihrer Rückkehr, dass der Drehplan auf Drängen von Irene drastisch zusammengestrichen worden ist. Auch die Wochenenden sind mit Außenaufnahmen verplant, und Luise glaubt zu ihrem Schrecken, dass die Mitglieder der italienischen Crew mit reichlich anzüglichem Lächeln hinter ihr herschauen, als wüssten sie sehr genau, was geschehen ist.

Als sie Francesco darauf aufmerksam macht, winkt er ab: »Das bildest du dir nur ein. Aber sie wünschen uns natürlich, dass nicht nur der Film ›Romanze in Rom‹ heißt, sondern dass wir auch eine erleben. Sie lieben so was.«

Luise versucht daraufhin, sich noch selbstbewusster am Set zu bewegen, wirft Scherze in die Runde, so wie Irene es immer tut, und wartet am Abend darauf, dass er in ihr Hotel kommt. Doch er hat fast jede Nacht Dreharbeiten auf dem Plan und schickt ihr oft einen bedauernden Blick, gefolgt von einem Schulterzucken.

Luise verzehrt sich nach ihm. Schließlich bestürmt sie Otto, ihr die Adresse von Francesco zu besorgen. »Was willst du denn damit?«, will er wissen.

»Ich will mit ihm Szenen durchgehen. Zum Beispiel die von morgen, wo wir doch unser erstes Aufeinandertreffen im Palazzo nachdrehen. Da möchte ich schon wissen, wie er das darstellerisch anlegen will.«

Otto sieht sie an, als ob sie den Verstand verloren hat. »Sag mal, geht's noch? Das hast du doch noch nie gemacht. Die Szene ist doch eine völlig banale Kiste. Ich frage nicht, wo er wohnt. Das mache ich auf keinen Fall. Da käme ich mir lächerlich vor. Und er wird denken, dass du dich wie eine Anfängerin benimmst. Da verliert er noch zu guter Letzt den Respekt vor dir.«

Luise merkt, dass sie zu weit gegangen ist, und versucht, sich einen gelassenen Anstrich zu geben. »Dann frag wenigstens nach seiner Telefonnummer. Ich möchte die Szene wirklich mit ihm besprechen. Wenn's auch nur am Telefon ist.«

Obwohl Ottos Mimik verrät, was er davon hält, steckt er ihr am Nachmittag einen Zettel zu, auf dem eine Nummer notiert ist.

Kaum in ihrer Suite angekommen, wählt sie aufgewühlt die Zahlenfolge und hört den Freiton. Gott sei Dank ist nicht besetzt.

Dann wird die Verbindung hergestellt und sie hört: »Pronto?«

Als hätte sie einen elektrischen Schlag bekommen, knallt sie den Hörer auf die Gabel. Es ist eine Frauenstimme. Sie kommt Luise jung vor mit einer weichen angenehmen Klangfärbung.

Es könnte natürlich auch eine Hausangestellte gewesen sein. Sie nimmt den Hörer wieder auf und wählt erneut. Doch diesmal ertönt das Besetztzeichen.

Luise braucht dringend Luft zum Durchatmen und öffnet die Terrassentür. Im selben Moment fegt ein Windstoß durch den Raum und zu ihrem Entsetzen sieht sie, wie das Stückchen Papier mit der kostbaren Nummer nach draußen geweht wird. Sie versucht noch, das Stück zu erhaschen, doch sosehr sie sich auch bemüht, sie greift immer wieder daneben. Das Papier segelt über die Brüstung nach unten.

Luise rennt zur Zimmertür, hastet über den Flur und hämmert gegen die Aufzugtür. Ein Hausdiener kommt zufällig vorbei und tippt ihr auf die Schulter. Dann bedient er gelassen den Aufzugknopf, was sie völlig vergessen hat, und das Signal leuchtet auf.

Luise versucht, sich wenigstens äußerlich zusammenzureißen und Haltung anzunehmen. Doch sie kann die Wartezeit kaum ertragen, und als die Tür aufgeht, bestürmt sie den völlig überraschten Liftboy, sie sofort ins Erdgeschoss zu bringen.

Sie scheint ein panisches Bild abzugeben, denn der junge Mann weicht erschrocken ein paar Schritte vor ihr zurück und bemüht sich, ihr nicht zu nahe zu kommen.

Als sie die Hotelhalle erreichen, rast sie durch das Foyer, klemmt sich in der Drehtür ein, die von ihr viel zu hektisch bedient worden ist und deshalb stockt.

Als sie endlich auf der Straße steht, schaut sie überall nach, ob sie den Schnipsel findet.

Plötzlich spricht sie jemand von hinten an, und als sie sich umdreht, steht der Concierge vor ihr, der sie besorgt fragt: »Was kann ich für Sie tun, Signora? Haben Sie etwas verloren? Sind Sie überfallen worden? Hat man Sie beraubt?«

Luise atmet tief durch. Um sie herum sind Passanten stehen geblieben und schauen sie verwundert an.

»Nein, nein, alles ist gut«, behauptet sie und versucht sich einen würdevollen Anstrich zu geben, als sie die Treppenstufen zum Eingang heraufschreitet. Der zweifelnde Blick des Concierge folgt ihr.

Am nächsten Morgen herrscht Aufregung am Set, als Luise aus ihrer Garderobe kommt.

»Was ist los?«, fragt sie Tazzo, der sich wieder einmal seine spärlichen Haarreste rauft.

»Francesco ist nicht da«, informiert er sie aufgebracht. »Und das heute, wo wir sowieso nur wenig Zeit haben.« Die zweite Hälfte seiner Erklärung übersetzt ihr der Dolmetscher, der genauso aufgelöst scheint wie der gestresste Regisseur.

Luise ist sofort alarmiert. Hat Francesco doch eine andere Frau bei sich zu Hause gehabt? Hat er mit ihr vielleicht die Nacht verbracht?

Tazzo wedelt hektisch mit den Händen und schreit Kommandos durch die Kulisse.

Luise meint zu verstehen, dass Francesco dringend gefunden werden soll.

»Hat man denn schon versucht, ihn anzurufen?«, fragt sie angelegentlich den Dolmetscher.

Der schaut sie verdutzt an: »Davon gehe ich ja wohl aus. Aber vielleicht hat er ja nicht daheim übernachtet.« Diese Vermutung garniert er mit einem anzüglichen Lächeln und Luises Stimmung sinkt gegen null.

Plötzlich schlendert der vermisste Superstar völlig entspannt durch das Set auf Tazzo zu, der ihn mit einem Schwall aufgeregter Worte empfängt.

Sie haben keine große Wirkung auf Francesco, der Luise eine Kusshand zuwirft und dem einem Herzinfarkt nahe scheinenden Regisseur einen kleinen Wangenklaps gibt.

»Lass uns anfangen!«, ruft Francesco Luise zu, als ob er der Tonangebende im Studio ist.

Als sie einen Durchlauf geprobt haben, fragt Luise: »Wo warst du?«

Dass sie dabei einen zu scharfen Ton anschlägt, merkt sie erst an seiner Reaktion: »Du klingst wie meine Mutter! So hat die mich immer zu Hause empfangen, als ich sechzehn war.«

Luise versucht zu lachen. »Vielleicht solltest du mir mal deine Telefonnummer geben, damit ich dich wecken kann.«

»Um Himmels willen«, lautet seine Reaktion. »Du nicht auch noch! Es reicht schon, wenn der Aufnahmeleiter und dann die Produzenten-Assistenten hinter mir her telefonieren.«

Mittags sitzt Luise missmutig allein an einem Tisch in der Kantine vor einem Teller mit gemischtem Salat und einem Dressing aus Essig und Öl. Sie versucht gerade mit einer großzügig bemessenen Prise Salz Geschmack in ihr Essen zu bekommen, als plötzlich Otto auftaucht und sich neben sie setzt.

»Du, weißt du, was ich eben erfahren habe?«

»Nein, woher sollte ich?«

»Auch wieder richtig! Also hör zu, Francesco hat eine Einladung nach Monte-Carlo bekommen. Zu irgendeiner Wohltätigkeitsveranstaltung, und sein Agent hat gegenüber dem Produzenten Umberto klargestellt, dass sein Star dort erscheinen muss.«

»Das heißt, er muss weg?« Luises Stimme zittert, doch Otto hat noch mehr Neuigkeiten auf Lager, weswegen er das glücklicherweise gar nicht bemerkt.

»Da wird sich sein Agent nicht von abbringen lassen. Aber er hat noch eine ganz andere Idee. Und dabei geht es um dich.«

Luise wird hellhörig. »Um mich?«

»Ja, denn der Agent hat die Idee, dass es doch ein großartiger PR-Coup wäre, wenn ihr als Paar dieses Films gemeinsam in Monte-Carlo auftreten würdet und die ganze Welt von euch als Filmliebespaar Notiz nimmt. Hast du ihn eigentlich erreicht?«

Luise ist in Gedanken völlig mit der Möglichkeit beschäftigt, mit Francesco nach Monte-Carlo zu reisen, sodass sie fragt: »Wen?«

»Na, Francesco. Du wolltest doch mit ihm telefonieren.«

»Ach das. Nein, ich hab's gar nicht versucht. Du warst doch sowieso dagegen.«

»Seit wann hörst du denn auf mich?« Er grinst.

Doch Luise will bereits etwas anderes wissen: »Hast du schon mit Irene darüber gesprochen?«

Jetzt verdüstert sich sein Gesicht. »Habe ich. Und du kannst dir ja wohl vorstellen, was dann los war. Zwischendrin hatte ich schon Angst, sie schmeißt das Telefon gegen die Wand. So sauer ist sie. Sie hat natürlich einen anderen Film, diesen historischen Schinken, du weißt schon, bereits so getaktet, dass du so schnell wie möglich parallel mit den Dreharbeiten dafür anfängst. Und sie wollte zunächst, dass du auf jeden Fall während Francescos PR-Trip nach Monte-Carlo alle Szenen erledigst, in denen du allein auftrittst. Aber sie hat nicht damit gerechnet, dass sein Agent den Produzenten Umberto auf seine Seite zieht. Die sind ganz dicke. Und der hat dann wiederrum bei Irene angerufen und da musste sie sich ja flexibel zeigen. Aber sei auf der Hut. Vielleicht ruft sie ja noch mal bei dir an.«

Früher wäre Luise froh gewesen, wenn Irene sich bei ihr meldete. Vor ihren römischen Dreharbeiten haben sie jeden Tag miteinander telefoniert und Luise hat es kaum erwarten können, ihre Stimme zu hören. Irenes Ratschläge sind für Luise immer das Rüstzeug für all das gewesen, was auf sie zukommt. Und nun hat sie zum ersten Mal ein Geheimnis vor ihr.

Nachdem Otto sie wieder mit ihrem kargen Lunch allein gelassen hat, schiebt Luise den Teller weit von sich. Sie schwebt wie auf Wolken. Die aufkeimenden Zweifel an Francescos Aufrichtigkeit, das Gefühl von Misstrauen und Eifersucht sind wie weggewischt. Für sie zählt nur, dass sie ein Wochenende mit ihm verbringt, und hat Otto noch die Order mitgegeben, dass sofort ein Gala-Outfit für sie gefertigt werden muss.

Am Abend verbringt sie volle zwei Stunden mit der Kostümbildnerin Raphaela, die ihr einen Entwurf nach dem anderen vorlegt. Und sie entscheidet sich für ein Kleid, mit dem sie auf dem roten Teppich Furore machen will. Eine graue Korsage, die ein tiefes Dekolleté freilegt. Daran ist ein mehrlagiger Tüllrock befestigt, der bestickt mit kleinen Glitzersteinen bis auf den Boden fällt.

Die Robe einer Prinzessin würdig scheint ihr die richtige Wahl, wenn sie an der Seite ihres Geliebten vor die Weltpresse tritt.

Und als diese Vision Realität wird, ist Luise rückhaltlos glücklich. Schon die Vorfahrt an der Treppe des Gebäudes in Monte-Carlo gerät zu einem Triumphzug. Kreischende Menschen springen immer wieder vor die glänzend polierte Limousine. Alle hysterischen Rufe gelten Francesco. Seinem Agenten, der vorne neben dem Fahrer sitzt, stehen Schweißperlen auf der Stirn.

Francesco, der in seinem Smoking tiefenentspannt neben Luise im Fond sitzt, übersetzt ihr amüsiert dessen Klagen. »Er macht sich Sorgen, dass wir zu spät kommen. Dabei ist doch sowieso klar, dass wir als Ehrengäste als Letzte eintreffen.«

Als sie schließlich aussteigen, reicht ihr Francesco mit einer kleinen Verbeugung seinen Arm und sie schreiten umjubelt den ausgerollten roten Teppich entlang. Das Blitzlichtgewitter ist bombastisch. Luise strahlt, bis ihre Mundwinkel schmerzen, während Francesco vielen Fotografen etwas zuruft, worauf sie in Gelächter ausbrechen. Er hat auch die Massen seiner Fans im Griff, indem er einigen zuwinkt und mit Gesten andeutet, er würde ja gerne zu ihnen kommen, um Autogramme zu geben, aber an der Seite seiner Partnerin bleiben muss.

Daraufhin treffen Luise etliche böse Blicke, vor allem von seinen Verehrerinnen, doch sie genießt jede einzelne Sekunde an seiner Seite. Sie ist die Frau, die zu ihm gehört. Nur sie.

Als sie ins Vestibül kommen, macht Otto, der sie auf Irenes Weisung hin begleitet hat, das Daumenhochzeichen.

Und als sie ihn während der Veranstaltung kurz trifft, raunt er ihr zu: »Irene wird Augen machen, wenn sie die Fotos sieht. Das haben wir gut gemacht.«

Seine Bemerkung ist das i-Tüpfelchen an diesem Abend, denn Luise denkt daraufhin sofort daran, wie es sein wird, wenn sie Irene nach ihrer Rückkehr in München erzählt, welche Wende ihr Leben genommen hat. Und dass die Fotos nicht nur zu PR-Zwecken wichtig sind, sondern den glamourösen Teil ihrer Beziehung zu Francesco Dotti markiert.

Während sie mit ihm am Ehrentisch während des Sechs-Gänge-Menüs sitzt, malt sie sich aus, wie Irene erst überrascht reagieren wird, um sich dann mit ihr zu freuen. Sie hört sie schon, wie sie Pläne entwickelt, die Neuigkeit der großen Liebe von zwei Superstars an die Medien zu geben. Und dann die besten Autoren anheuern wird, um das Liebespaar in weiteren Filmen zu vermarkten.

Ihre Fantasien werden unterbrochen, als Francesco ihr zuflüstert: »Sag, dass du Kopfschmerzen hast.«

Erst schaut sie ihn verständnislos an, doch als sie sein verwegenes Lächeln sieht, füllt sich ihr Körper wieder mit der fiebrigen Anspannung, von der sie glaubt, dass nur er sie davon erlösen kann.

Otto reagiert entsetzt, als sie ihm vorspielt, sie müsse sofort ins Hotel zurückkehren, weil es ihr nicht gut geht. Doch als er sie davon überzeugen will, auf jeden Fall einen Skandal zu vermeiden, täuscht sie sogar einen Fast-Zusammenbruch vor.

Francesco, der sie amüsiert beobachtet, übernimmt die Regie und lotst sie so geschickt aus dem Bankettsaal, dass keiner Zeuge von ihrem Aufbruch wird.

Sein Fahrer wartet schon an einem Nebenausgang, und nachdem Francesco sie auf die Rückbank geschubst hat, kichert sie ausgelassen wie ein Teenager.

Voller Ungeduld erwartet Luise, dass sie die kurze Strecke zum Hotel in ein paar Minuten bewältigen, doch die Fahrt nimmt kein Ende.

Von seinen Armen umschlungen, fragt sie nicht, wohin er sie bringen will. Für sie fühlt es sich an, als wäre sie ihr ganzes bisheriges Leben auf einer unendlich langen, staubigen Straße entlanggelaufen, immer weiter, ohne zu wissen, für welches Ziel sie diese Tortur auf sich nimmt.

Doch jetzt, auf der Rückbank des Autos, geschützt vor allen Blicken, auf dem Weg ins Unbekannte, ist sie angekommen.

Luise will, dass die Fahrt niemals endet.

Das ist der Wunsch des kleinen Mädchens in ihr, das sich endlich geliebt fühlt. Doch sie ist sich gewiss, dass sie Francesco dieses kleine Mädchen nicht zeigen darf. Also schlüpft sie wieder in Irenes Haut und fragt, so wie die es tun würde, wo denn der fällige Champagner bleibt, obwohl sie sich nichts mehr ersehnt, als in seinen Armen ihrem eigenen Herzschlag zu lauschen.

»Gleich«, ermahnt er sie nahe an ihrem Ohr. »Sei nicht immer so ungeduldig!«

Der Chauffeur fährt in der Dunkelheit die kurvige Bergstraße immer höher hinauf, bis er schließlich vor einer Villa hält, deren Räume hell erleuchtet sind. Francesco steckt dem Fahrer einige Geldscheine zu und gibt ihm Instruktionen, die der nickend bestätigt, um dann zu verschwinden.

Luise steht auf der Terrasse und schaut auf die funkelnden Lichter der Küste herab, riecht die Düfte der warmen Sommernacht und fühlt sich in ihrem aufregenden Abendkleid wie die Fee in einem Märchen, die sich selbst einen Wunsch erfüllt.

Sie spürt seinen Mund in ihrem Nacken, dann fühlt sie die Kälte eines Glases auf ihrem nackten Oberarm, der von den abperlenden Tropfen feucht wird.

Seine Lippen wandern zur empfindlichen Stelle hinter ihrem Ohr und sie will sich voller Verlangen zu ihm umdrehen.

Doch er lässt es nicht zu und bedeckt ihren Rücken mit Küssen und öffnet dabei, ohne dass sie es bemerkt, die Haken ihrer Korsage. Sie hat das Gefühl, sich nicht mehr auf den Beinen halten zu können.

Ihr Kopf liegt wehrlos nach hinten gebogen auf seiner Schulter. Das Oberteil ihrer Robe gibt unter seinem beharrlichen Streicheln nach und senkt sich auf den bauschigen Tüllrock.

Schließlich überwinden seine Finger auch dessen Verschluss und das Gebilde fällt mit leisem Rascheln, das wie ein Seufzen klingt, auf den Steinboden.

Er liebt sie die ganze Nacht und Luise versucht nicht länger, so zu sein wie Irene, sondern kreist erneut um sich selbst und ihre Empfindungen. Doch ganz lässt sich die ewig quälende Frage nicht ausblenden, ob sie wohl jetzt seinen Vorstellungen entspricht, die sie unbedingt erfüllen will. Sie will perfekt sein wie Irene.

Als die Sonne aufgeht, hofft sie, dass nun ein gemeinsames ausgiebiges Frühstück folgt. Sie möchte sich weiter an ihn schmiegen, seine unmittelbare Nähe auskosten bis zum allerletzten Moment.

Doch zu ihrer Enttäuschung ist Francesco längst im Bad und ruft ihr zu: »Avanti! Wir müssen uns beeilen.«

Sie folgt dem Klang seiner Stimme aus der Dusche, eilt zu ihm und hofft, dass er sie zu sich unter das laufende Wasser zieht. Ihre Erregung nimmt sofort zu, als sie die Umrisse seines nackten Körpers inmitten des Wasserdampfes ausmacht, und sie lässt das Laken fallen, mit dem sie sich bedeckt hatte.

Doch als er herauskommt, schenkt er ihr keinen Blick, sondern greift nach einem Handtuch und spornt sie noch einmal an, sich rasch fertig zu machen.

Am liebsten möchte sie ihn bestürmen, ihr und ihm mehr Zeit zu geben, aber sie weiß, dass er genau wie sie Zwängen unterliegt und einen Terminplan zu erfüllen hat.

Eigentlich sollte sie einfach nur dankbar sein für die gestohlenen Stunden der Zweisamkeit, die er möglich gemacht hat. Aber sie, für die es etwas so Epochales bedeutet, was sie in seinen Armen erlebt hat, kennt keine Anleitung, wie sich eine verliebte Frau nach einer Liebesnacht verhält. Sie zerbricht sich den Kopf, wo diese feine Linie verläuft, die ein wild klopfendes Herz wieder in seinen normalen Rhythmus übergehen lässt. Wie lange darf die Verzückung andauern, ehe sie sich erschöpft?

Als sie im Bademantel in den Raum der geräumigen Suite zurückkehrt, steht vor ihm schon ein Servierwagen, auf dem sie außer zwei Silberkaffeekännchen, einer noch unbenutzten Tasse für sie und einer Zuckerdose nichts entdeckt.

Bei diesem Anblick steigt eine tiefe Enttäuschung in ihr hoch. Wie hat er das bloß geschafft? Er ist bereits vollständig angezogen, kein Makel zeigt sich auf seiner Kleidung. Nichts deutet darauf hin, dass er vor nicht einmal einer Dreiviertelstunde noch neben ihr im Bett gelegen hat. Angesichts der Perfektion seines Anblicks geniert sie sich plötzlich ihres entblößten Körpers.

Während er seine Tasse leert, klemmt er gleichzeitig routiniert einen Telefonhörer zwischen Schulter und Ohr und palavert in temperamentvoller Lautstärke. Währenddessen weist er mit einer Hand in die Richtung der großen Standuhr, um sie zur Eile anzutreiben.

Luise ist irritiert. Wie würde sich Irene jetzt verhalten? Was soll sie jetzt machen? Wie stellt er sich das vor? Als sie am Vorabend das aufwendige Abendkleid angezogen hat, sind Raphaela und ihre beiden Assistentinnen anwesend gewesen, die ihr jeden Handgriff abgenommen haben. Solch ein Galakleid lässt sich nicht einfach überstreifen. Sie steigt in den bauschigen Rock und versucht, ihren Oberkörper in die Korsage zu zwängen, doch sie ist außerstande, die Haken im Rücken zu schließen.

Als er das endlich begreift, versucht Francesco dies für sie zu erledigen, doch er scheint abgelenkt, da er schon nach dem Fahrer pfeift.

Sie schafft es vor der Abfahrt nur noch, zwei Schlucke des inzwischen kalten Kaffees zu trinken. Er hinterlässt bei ihr einen bitteren Nachgeschmack und entspricht damit ihrem Gefühl der Ernüchterung.

Aber, so tröstet sie sich, vielleicht ist sie ja einfach noch zu ungeübt im Wechsel von entrückter Lust in der Nacht zur Normalität des anschließenden Tages. Was sie genau wie bei der Rückfahrt von ihrem Ausflug zu seiner Familienvilla beschäftigt, ist seine Fähigkeit, von einer ungeheuren Intimität wieder in einen nahezu unverbindlichen Modus zu fallen. Er bleibt ihr zwar vertraut, aber er scheint mit seinen Gedanken weit weg.

Wieder hat er ihre Rückkehr so präzise vorbereiten lassen, dass er Luise durch den Nebeneingang des Hotels über das Treppenhaus unbemerkt zu ihrer Suite schleusen kann. Er gibt ihr einen raschen Abschiedskuss und fordert sie wortlos mit dem Zeigefinger auf dem Mund zur Verschwiegenheit auf.

Als sie daraufhin bekümmert ihre Zimmertür aufschließt, stürzt Otto auf sie zu. Er hat sich vom Personal Zugang zu ihrer

Suite verschafft und blafft sie an: »Ich warte hier schon die ganze Nacht. Wo bist du gewesen?«

»Spazieren«, behauptet sie mit einem kapriziösen Unterton und schenkt ihm ein strahlendes Lächeln.

Beides versetzt ihn noch stärker in Rage, als er schimpft: »Du hast einen regelrechten Skandal provoziert, spinnst du eigentlich? Schau dich doch an! Zieh sofort was Vernünftiges an. Du musst zum Flughafen.«

Luise schaut an sich herab. Sie hat ganz vergessen, was für einen Anblick sie bietet. Die Haken der Korsage sind schief geschlossen. Francesco ist auf jeden Fall gewandter im Aus- als im Ankleiden. Sie muss unwillkürlich lächeln bei der Erinnerung an seine unbeholfenen Versuche, das Oberteil zu schließen.

Aber ihr Lächeln erstirbt, als sie Otto sagen hört: »Der Flug nach Rom wartet nicht auf dich!«

Nach Rom?

Luise fährt herum. »Wir haben doch noch Termine hier und dann fliege ich nach München. Mit Francesco.«

Er schaut sie wütend an. »Er schon. Du nicht. Du musst die Nahaufnahmen shooten. Und die Szenen mit dem Palazzobesitzer. Also beeil dich!«

»Was macht dann Francesco?«

»Hier nichts mehr, der Plan wurde geändert. Er fängt mit Promoauftritten in München an. Der ist im Zeitplan. Der hat alles bis jetzt abgedreht. Szene für Szene. Auch die Nachtaufnahmen. Aber du wolltest ja immer wieder frei haben. Du hinkst hinterher. Du hast den gesamten Zeitplan der Produktion behindert und damit für ungeheuren Stress gesorgt. Ist dir das eigentlich klar? Du musst jetzt alles nachholen.«

»Nein!«, widersetzt sie sich. »Ich fliege mit ihm.«

Alle Pläne, die sie sich gestern ausgemalt hat, krachen in sich zusammen. Erst wollte sie in München mit Irene sprechen, ihr von der unglaublichen Wandlung in ihrem Leben erzählen. Dann wollte sie Francesco dazuholen und Irene würde an ihrer beider Gesichtsausdrücken und den verschränkten Fingern sehen, was in der Zwischenzeit passiert ist. So hat sie sich das vorgestellt.

Doch Otto fordert ungeduldig: »Zick jetzt nicht schon wieder rum! Was ist bloß mit dir los? Du bist so anders als dein normales Ich. Es ist alles abgesprochen. Der Dotti ist sowieso schon am Flughafen. Wahrscheinlich startet seine Maschine in wenigen Augenblicken.«

Luise sackt auf einem Sessel zusammen. Ihr Rock bauscht sich um sie herum auf. Das Gebilde, das sich in der Nacht wie ein riesiger Blütentraum um sie herum auf der Terrasse ausgebreitet hat, scheint sie jetzt verbergen zu wollen. Eine Masse knisternder Stoff, der sie wie eine Mauer umschließt.

Sie schleppt sich schließlich in ihr Ankleidezimmer und sieht die gefüllten Koffer, deren Deckel aufgeschlagen auf dem Boden liegen. Otto hat während ihrer Abwesenheit alle Kleidungsstücke wild durcheinander hineingeworfen. Im Schrank hängt nur noch ihr Reisekostüm, darunter stehen ein paar braune Pumps.

Zutiefst deprimiert nestelt sie sich aus ihrem Kleidertraum, legt die Maßanfertigung sorgsam auf ihr Bett und greift nach ihrer silbernen Abendhandtasche, um den Inhalt in ihre Reisetasche fallen zu lassen.

Sie stutzt.

Etwas Goldenes gleitet neben ihrer Puderdose, dem Lippenstift und einem Taschentuch heraus und sie greift danach, um den Gegenstand genauer zu betrachten. Es ist eine Zigarettendose. Ganz schlicht. Sehr edel. Der Deckel scheint auf jeden Fall vergoldet zu sein. Sie drückt auf den Schnappmechanismus und schaut auf die Innenseite des Deckels.

T. A. F.

Sie weiß, was das bedeutet.

Ti amo, Francesco.

Ja! Er liebt sie!

Und er hat dieses Geschenk mit der Widmung heimlich in ihre Abendtasche geschmuggelt, um ihr etwas ganz Persönliches mit auf den Weg zu geben. Bis sie sich wiedersehen.

Sie presst die Dose an ihre Brust.

Diese Gravur ist ein Versprechen für die Zukunft.

Doch noch während sie sich glücklich hin und her wiegt, melden sich wieder leise ihre Dissonanzen.

Hat er gewusst, dass sie sich erst einmal trennen müssen?

Warum hat er ihr nichts gesagt?

Doch ihr Glückstaumel ist stärker und wischt alle Zweifel fort.

Ganz sicher hat er die verzauberte Nacht nicht mit Abschiedstränen enden lassen wollen. Er ist so rücksichtsvoll und hat jede Sekunde des Glücks mit ihr auskosten wollen.

Außerdem würden sie sich ja ganz bald schon wiedersehen und er hatte sicherlich warten wollen, bis sie beide ihre Gefühle zusammen öffentlich machen.

Während ihrer Rückreise nach Rom umklammert sie ihre Handtasche, in der Francescos Geschenk verborgen ist. Sie ahnt, dass die vor ihr liegende Zeit mit den ununterbrochenen Dreharbeiten ihr das Äußerste abverlangen wird.

Kapitel 14

Rom, August 1959

Jetzt ist sie diejenige, die Tempo macht. Ständig bestürmt sie Tazzo, es mit einer Aufnahme der Szene gut sein zu lassen, doch sie stößt bei ihm auf Granit. Sie muss feststellen, dass sämtliche Verzögerungen, die Francesco während der zurückliegenden Zeit verursacht hat, unwidersprochen geblieben sind. Er ist der Superstar, dessen Launen sich alle beugen. Bei ihr ist das etwas anderes.

Tazzo ist selten gleich im ersten Anlauf mit ihren Close-ups zufrieden. Immer verlangt er mehr Gefühl. Er kann ja nicht wissen, dass die physische Nähe von Francesco am Set ihr diese Mimik aufs Gesicht gezaubert hat.

Schließlich muss sie ein Dutzend Mal die Szene mit dem Palazzobesitzer wiederholen. Der ältere italienische Schauspieler stellt ihn als etwas schusseligen Mann dar, der als Adliger noch die vergangenen glorreichen Zeiten erlebt hat und nun den Schein von Noblesse aufrechterhalten will, obwohl seine Kleidung abgetragen ist und jeder weiß, dass seine Familie verarmt ist.

Luise erlebt, dass ihr Kollege die Feinheiten des Charakters besonders glaubwürdig herausarbeiten will, was dazu führt, dass er in seinem Eifer ganze Textpassagen vergisst oder mit viel zu viel Pathos vorträgt.

Mit dem Ergebnis, dass sie einen ganzen Tag nur mit dieser Einstellung verlieren.

Am nächsten Morgen spricht Tazzo lange auf Luises Kollegen ein, dann muss Luise zum x-ten Mal als zugeknöpfte Deutsche die überwältigend schöne Wohnhalle des Palazzos betreten, sich voller Erstaunen umblicken, ehe er als Besitzer die Szene betritt.

Als endlich das erlösende »Cut!« gerufen wird, glaubt Luise, dass sie ihrer Abreise ein großes Stück näher gekommen ist. Aber es kommt anders. Es dauert Tage, bis die Szenen folgen, in denen sie ihn vorwurfsvoll bestürmen soll, voller Wut, weil ein Unbekannter aufgetaucht ist, der ebenfalls einen Mietvertrag in Händen hält. Diesmal kapituliert der Schauspieler fast, da er noch größere Textmengen zu bewältigen hat und jedes Mal sein Stichwort vergisst, das Luise auf Deutsch vorgibt.

Jeden Abend nach Drehschluss überkommt Luise das schmerzende Gefühl der Verlassenheit und sie versucht ununterbrochen, Francesco in seinem Hotel in München zu erreichen. Doch jedes Mal hört sie: »Herr Dotti ist außer Haus!«

Selbst bei Irene landet sie regelmäßig auf dem neu installierten, seelenlosen Anrufbeantworter, auf dem sie Nachrichten hinterlässt mit der dringenden Bitte um Rückruf.

Schließlich wird ihr an einem Abend vom Concierge ein Zettel überreicht, auf dem notiert ist, eine Dame hätte angerufen. Als sie wissen will, wer diese Frau gewesen ist, erntet sie nur ein Schulterzucken, da die Nachtschicht bereits die betreffenden Kollegen vom Tag abgelöst hat.

Was ihr bleibt, sind Erinnerungen. Immer wieder setzt sie sich mit einem Glas Wermut auf die Terrasse ihrer Suite und lässt jeden Moment des magischen Sommers mit Francesco in Italien Revue passieren. Sie kostet noch einmal den Rückblick auf jeden einzelnen Augenblick aus, sein Lachen, seinen Duft, seine Berührungen, das federleichte Gleiten seiner Fingerspitzen auf ihrer nackten Haut, seine geraunten Worte an ihrem Ohr. Es sind italienische Laute gewesen, aber sie ist überzeugt, ihre Bedeutung verstanden zu haben. Ihre Sehnsucht gleicht wieder der Hitze des Fiebers, das sie vor ihrer ersten gemeinsamen Nacht zu spüren geglaubt hat. Aber wenn sie völlig erschöpft vom Grübeln morgens im Atelier erscheint, quälen sie irreale Zweifel, ob sie diese Intimität wirklich erlebt hat.

Und dann folgt immer die Angst, ob er sie wohl durchschaut hat. Ob er bemerkt hat, dass sie die gemeinsamen Nächte als rauschhaften Zustand erlebt und er als erfahrener Mann erkannt hat, dass für sie das Zusammenspiel ihrer Körper völliges Neuland gewesen ist. Sie hat diesen Umstand als Makel empfunden.

Hat sie es geschafft, ihr seliges Gefühl, das sie durchströmt hat, zu verbergen, um ihre Unerfahrenheit zu überspielen?

Jetzt kann sie sich nicht mehr wehren gegen all die unangenehmen Rückblenden, die auf sie einprasseln und von denen sie geglaubt hat, sie erfolgreich ausgelöscht zu haben. Aber in ihrer Einsamkeit kommen sie wieder hoch, die peinlichen Momente ihrer großen Scham, als sie zu angestrengt versucht hat, Irenes dröhnendes Lachen zu imitieren, wenn er beiläufig einen kleinen Scherz gemacht hat.

So erinnert sie sich vor allem an den entsetzlichen Moment, als sie an dem Nachmittag am Pool einige Tanzschritte gemacht hat, die denen geähnelt haben, die sie einmal an Irene beobachtet hat, als die am Ende einer Party einen angedeuteten Striptease vor ihrer neuesten Eroberung vorgeführt hat. Dabei haben sich diese Bewegungen deshalb in ihr Unterbewusstsein gebrannt, weil sie den Anblick damals als unendlich peinlich empfunden hat.

Sie durchströmt noch einmal das furchtbare Schamgefühl, wenn sie an Francescos Gesichtsausdruck denkt, mit dem er ihre unbeholfenen Schritte kommentiert hat. Nämlich mit einem Kopfschütteln und der anschließenden Bemerkung: »Mach dich nicht lächerlich!«

Immer mehr dieser Augenblicke stürzen auf sie ein. Oft hat sie sich ertappt gefühlt, wenn sein nachdenklicher Blick auf ihr geruht hat. Sie weiß noch, dass sie einmal in betont kokettem Tonfall hat wissen wollen: »Was ist?«

Und dass sie beinahe hysterisch geworden ist, als er geantwortet hat: »Du hast dich verändert! Manchmal erkenne ich dich überhaupt nicht wieder. Dann bist du merkwürdig.«

Statt sich zurückzunehmen, wie es eigentlich ihrer Natur entspricht, hat sie sich daraufhin noch ausgelassener gegeben, sich noch mehr angestrengt, Irenes Unbekümmertheit nachzuahmen. Zu suggerieren, dass sie voller ausgelassener Lebenslust wäre, die ihr so fremd ist, die sie aber an Irene ganz besonders bewundert.

Es fühlt sich für Luise so an, als würde sie von der Erinnerung an ihr falsches Spiel erdrückt. Aber was hätte sie stattdessen tun sollen? Dem erfahrenen Mann zeigen, wie sie in Wirklichkeit ist? Gestehen, was sie als junges Mädchen durchlitten hat? Dass sie eine Frau ist, die in der Öffentlichkeit bewundert und geliebt wird, aber bisher Zuneigung nur aus der Ferne hat zulassen können?

Je länger sie darüber nachdenkt, umso mehr kommt sie zu dem Schluss, dass sie richtig gehandelt hat, ihre Geheimnisse vor ihm zu verbergen, indem sie sich hinter der Persönlichkeit ihrer engsten Vertrauten versteckt hat. Nein, sie geht nicht mit ihren seelischen Verletzungen hausieren.

Und sie ist außerstande, sich auch nur im Ansatz vorstellen zu können, wie Francesco reagiert hätte. Er ist ein Sonnyboy, einer, der auf der fröhlichen Seite des Lebens unterwegs ist und sicher völlig überfordert gewesen wäre.

Und so verliert sich Luise immer mehr in Tagträumen. Sie plant ihr Leben rund um Francesco. Längst steht es für sie fest, dass sie ihre Karriere aufgeben wird. Sie wird Irene mitteilen, dass sie, wenn überhaupt, nur noch einen Film pro Jahr dreht und nicht mehr wie bisher drei oder sogar vier Filme parallel. Immer von einem Set zum anderen hetzen gehört für sie definitiv der Vergangenheit an. Sie ist sich darüber im Klaren, dass Francesco nicht bereit wäre, zu ihr nach Deutschland zu ziehen, und stellt sich darauf ein, ihre Zeit zwischen Italien und München aufzuteilen.

Sie möchte sich aber in der Hauptsache darauf konzentrieren, für ihn da zu sein. Sie taugt nicht zu einer Liebelei. Sie ist nur geschaffen für die ganz große Liebe. Und die bedeutet in ihren Augen eben auch den Verzicht, so weiterzuarbeiten wie bisher. Aber vor der Hochzeit, von der sie ganz fest ausgeht, wird sie ihm ein wenig Einblick in ihre psychischen Abgründe geben müssen. Doch sicher nicht das ganze Ausmaß gestehen. Und auf jeden Fall wird sie vor dieser Beichte Irene um Rat fragen, wie viel sie preisgeben soll.

Wie sie wohl von seiner Familie aufgenommen wird? Werden sie sie mit offenen Armen empfangen? Sie hat schon begonnen, ein wenig Italienisch zu lernen. Gleich nach ihrer Rückkehr aus Monte-Carlo hat sie sich von Reni ein deutsch-italienisches Wörterbuch besorgen lassen und eifrig Vokabeln gelernt.

Ganze Abende verbringt Luise schließlich damit, sich vorzustellen, welches Hochzeitskleid sie tragen wird. Vielleicht wird sie erneut Raphaela als Chefin der Kostümabteilung beauftragen, ein Kleid anzufertigen. Es wäre eine wundervolle

Reminiszenz an ihr Kennenlernen bei dem Film mit dem so passenden Titel »Romanze in Rom«.

Luise bereitet sich schon darauf vor, dass sie beide beim Verlassen von Standesamt und Kirche sicher einer ganzen Wand von Fotografen gegenüberstehen werden, die sich zuvor auf Hockern und Leitern postiert haben. Sie werden dann als das Traumpaar des Films umjubelt werden und auf allen möglichen in- und ausländischen Magazinen als Titelbild erscheinen.

Immer noch kann sie weder Francesco noch Irene telefonisch erreichen. Vielleicht ist er ja schon auf dem Rückweg nach Rom und wird bald vor ihrer Tür stehen. Irene, das kennt Luise schon, ist oft unterwegs, um in anderen Ländern die Vorführmodalitäten ihrer Filme zu besprechen.

Als sie schließlich Otto, der schon wieder nach München zurückgeflogen ist, endlich ans Telefon bekommt und fragt, wo Irene ist, antwortet er ganz gestresst: »Du, wie immer on Tour! Ich weiß im Moment gar nicht, ob sie schon nach London abgereist ist oder doch erst Paris ansteuert. Sie hatte übrigens vor, dich in Rom heimzusuchen, denn sie war stinksauer, dass du so undiszipliniert warst. Dauernd ausgeschert bist. Sie hat dich, genau wie ich, überhaupt nicht wiedererkannt. So was hast du noch nie veranstaltet. Aber ich hatte dir ja schon angekündigt, dass das ein Nachspiel haben wird.«

Luise will ihn schon die ganze Zeit unterbrechen, um nach Francesco zu fragen, als Otto von sich auf ihn zu sprechen kommt: »Übrigens, dein Kollege, dieser Dotti, ist ein Vollprofi. Du glaubst gar nicht, wie viele Promo-Termine der schon abgearbeitet hat. Da kannst du dich mal bei Gelegenheit bei ihm bedanken. Und die Mädels von der Journaille sind natürlich hin und weg, dass er so gut Deutsch spricht. Du, der hat die alle so um den Finger gewickelt, dass wahre Hymnen auf euren Romanzen-Film gedruckt werden, noch bevor ihn überhaupt jemand gesehen hat. Ein Super-Typ.«

In der vierten Woche ihres Zwangsaufenthalts entschließt sich Luise, einen der Fahrer privat zu engagieren, um sich in das Lokal bringen zu lassen, das Francesco ganz allein für sie beide gemietet hatte.

Jetzt ist sie froh, dass sie am Ende des Besuchs, als sich Francesco von seinem Freund mit einer herzlichen Umarmung verabschiedet hat, am Ausgang heimlich eine Speisekarte eingesteckt hat, auf der die Adresse abgedruckt ist. Sie hat sie als Erinnerung aufbewahren wollen und versucht jetzt mit den frisch gelernten Brocken Italienisch, viel Mimik und Handzeichen auch noch den ungefähren Weg zu beschreiben, wie sie ihn bei der Rückfahrt beobachtet hat. Offensichtlich hat Francesco auf der Flucht vor den unzähligen Paparazzi in das versteckt liegende Restaurant viele ungewöhnliche Wege benutzt. Doch als sie nach anderthalb Stunden dort tatsächlich ankommen, liegt das Lokal und der sich anschließende Garten im Dunkeln und ein Schild informiert: Chiuso!

Geschlossen!

Das Schild ist für sie wie ein Spiegel ihrer deprimierten Seelenlage.

Als sie endlich nach den quälenden Wochen alle Dreharbeiten inklusive unzähliger Nahaufnahmen erfüllt hat, in denen sie dem längst abwesenden Filmpartner Francesco ihre Liebe gesteht, besteigt sie voller Vorfreude aufgeregt das Flugzeug nach München.

Die Fotografen und Reporter, die sie nach der Landung bereits auf dem Vorfeld überfallen, führen sich auf, als wäre sie mindestens ein ganzes Jahr lang nicht in Deutschland gewesen. Routiniert absolviert sie die üblichen Posen, lässt sich Berge von Blumensträußen in den Arm drücken und beantwortet geduldig alle Fragen.

Sie benutzt ihre Standardsätze, die sie den Journalisten in die Blöcke diktiert. Die Zeit in Italien sei so unfassbar schön gewesen, ganz wunderbar die Zusammenarbeit mit den internationalen Kollegen, und sie schwärmt, wie fantastisch das Essen geschmeckt habe. Und nein, es hat ihr keine überflüssigen Pfunde auf den Hüften beschert.

Währenddessen sucht sie mit den Augen die Umgebung ab, aber sie kann weder Irene noch Otto entdecken. Das ist ungewöhnlich, denn normalerweise ist Irene die Meisterin der Inszenierung für die Rückkehr ihrer Stars aus dem Ausland.

Immer hat sie schon vorab die Zeit des Wartens genutzt, um die Reporter zu umgarnen, ihnen die neuen Pläne zu verraten, was sie immer mit einem »Aber das erzähle ich nur Ihnen!« garniert und ihnen Exklusiv-Interviews mit ihren Schützlingen verspricht.

Schließlich erscheint einer der Mitarbeiter aus Irenes Büro, der sie aus dem Ansturm lotst und zu einer Limousine führt, die im Gegensatz zu sonst etwas weiter entfernt auf dem Rollfeld steht.

Als er sich ans Steuer setzt, will Luise sofort wissen: »Wo ist Frau Safranow?«

»In Besprechungen«, informiert er sie. »Sie lässt Sie ganz herzlich grüßen, heißt Sie willkommen in München und wird sich heute noch bei Ihnen melden.«

»Und was macht Herr Dotti? Ist er schon abgereist?« Luise versucht, ihrer Stimme einen gleichgültigen Klang zu geben, und bemerkt gar nicht, dass der junge Mann via Innenspiegel einen prüfenden Blick in ihre Richtung wirft.

»Nein, Herr Dotti ist nach wie vor in München. Er trifft Journalisten zu einem zünftigen Ausflug in die bayerische Umgebung. Er ist sehr gefragt!«

Luise schaut betont desinteressiert aus dem Fenster, doch zählt innerlich die Minuten, bis sie zu Hause ist und versuchen wird, ihn zu erreichen.

Jetzt ist es nur wichtig, in seine Arme zu fallen und ihm zu erzählen, wie sehr sie ihn vermisst hat.

Nachdem sie sechsmal vergeblich versucht hat, mit ihm verbunden zu werden, und der Empfangschef seines Hotels ihr bereits zum dritten Mal versichert hat, Herrn Dotti ihre Nummer zum Rückruf übergeben zu wollen, greift Luise nach ihrer Handtasche, um aufzubrechen. Sie will zu ihm fahren und ihn überraschen. Er wird sich ganz sicher nicht verleugnen, wenn er hört, dass sie gekommen ist, und sie hat Verständnis, dass er gegenüber dem Concierge verfügt hat, ihn nicht zu stören. Vermutlich hat er Angst, dass die deutschen Fans genauso aufdringlich sind wie die in Italien, von denen einige, das hat er ihr erzählt, sich als Hausmädchen verkleiden und an seine Tür klopfen.

In genau diesem Moment ruft Irene an und fragt ganz gegen ihre Gewohnheit tatsächlich nach Luises Befinden: »Luise, wie geht's? Hast du meine Blumen am Flughafen bekommen? So schön, dass du wieder da bist!«

»Alles gut«, beginnt Luise, »ich habe so oft versucht, dich zu …«

»Es läuft! Alles gut! Ich war so viel unterwegs, um Verträge klarzumachen. Aber deine ›Romanze in Rom‹ wird ein Megaerfolg! Ich habe die ersten Szenen gesehen, großartig! Du bist so gut wie noch nie. Du hast dich selbst übertroffen, wie du diese Renate Soundso gespielt hast. Einfach klasse! Erst so verschwurbelt, total verkrampft. Dann ganz überrascht von den eigenen Gefühlen und dann diese seelenvollen Blicke, wenn Francesco nur am Bildrand auftaucht. Luise, ich bin stolz auf dich!«

Luise versucht vergeblich, sie zu stoppen: »Irene, wo ist …?«

Irene hört gar nicht hin und fährt fort: »Pass auf, ich kann nicht lange reden, dabei muss ich dich unbedingt sprechen. Aber erst muss ich noch mal nach London. Dort wartet eine schöne

Kooperation auf mich. Jetzt erhol dich erst einmal. Du hast ja irre lange in Rom gedreht. Jetzt bekommst du deine Pause, die du doch so dringend haben wolltest. Schenk ich dir! Ich gebe dir ganz offiziell frei! Und wenn ich wieder zurück bin, dann schmeiß ich eine Riesenparty – für meine beiden Superstars als Ehrengäste. Dagegen ist Monte-Carlo ein Nichts. Das verspreche ich dir! Geh doch auf so eine Schönheitsfarm. Die Dings, jetzt fällt mir ihr Name gerade nicht ein, hat mir davon vorgeschwärmt. Und ich sage dir, die sah zehn Jahre jünger aus. Lass dich da mal so richtig verwöhnen.«

»Wann kommst du denn wieder?«

»Ich denke, in zwei Wochen habe ich alles unter Dach und Fach. Dann geht's so richtig rund! Schöne Ferien!«

Kapitel 15

München, Mitte September 1959

Luise hat die letzten Tage in Lethargie verbracht. Sie versteht nicht, warum Francesco nicht anruft. Sie hat mittlerweile erfahren, dass er immer wieder zu Stippvisiten ins Ausland reisen muss, um neue Projekte zu besprechen. Und das hat sie auch nur von Otto gehört, den sie mehrmals gelöchert hat, wohin er denn reisen müsse.

»Du, ich weiß nur, dass er in Madrid war, dann nach Paris musste. Sein Agent tut da sehr geheimnisvoll.«

»Hat er denn etwas für mich hinterlassen?«, hat sie ihn schließlich direkt angesprochen und Otto hat sie verdutzt angesehen.

»Wieso sollte er? Ihr seid doch fertig mit dem Film. Da gibt's doch nix mehr zu besprechen. Aber du siehst ihn ja sowieso bei der großen Party. Da kannst du ihn ja selbst fragen, was er alles gemacht hat.«

Luise hat sich in ihrer Villa in Harlaching vergraben.

Zweimal ist sie von Irenes PR-Mitarbeitern für Interviews mit Illustrierten verplant gewesen und hat die Journalisten jedes Mal in das Hotel bestellt, in dem Francesco eine Dauersuite bewohnt und die auch für ihn bereitgehalten wird, wenn er München verlassen muss.

Beide Male hat Luise das Interieur der Halle betrachtet und sich vorgestellt, er würde völlig überraschend auftauchen.

Doch sie wurde enttäuscht und musste stattdessen in episch anmutender Länge die üblichen Fragen beantworten. Als ihr eine sehr junge Reporterin die Frage stellte: »Wie ist denn Francesco Dotti so privat?«, musste sie sich fast auf die Zunge beißen, um ihrem Image entsprechend zurückhaltend zu antworten.

»Sehr charmant. Aber ich habe ihn eigentlich nur am Set getroffen. Er ist sehr begabt. Und es war eine große Freude, mit ihm zu arbeiten.«

Erst als Otto anruft, um ihr den Termin für die große Party zu bestätigen, verändert sich sofort ihre Stimmung.

»Sie freut sich auf dich und lässt dir ausrichten, du sollst dich ganz besonders glamourös zurechtmachen. Sie will euch als *das* Filmpaar vorstellen und sagt, du sollst alle Register ziehen.«

Bereits am Vortag bestellt Luise Reni ein und bespricht mit ihr ihre geplante Aufmachung.

»Ich ziehe das neue goldene Lamé-Kleid an und habe schon im Geschäft einen passenden Mantel dazu entdeckt. Bringst du mir den morgen bitte mit? Und dann musst du meine Lockenfrisur wieder so frisieren wie in Rom. Also geschwungener und weicher. Vielleicht nehme ich die diamantenen tropfenförmigen Ohrhänger dazu. Was meinst du?«

Reni lässt sich von ihrer Vorfreude anstecken und bringt am nächsten Nachmittag ihren größten Schminkkoffer mit. Über dem Arm hängt der gewünschte Mantel und Luise schlüpft sofort hinein. »Wie findest du ihn?«

»Schick!«, lautet ihre Antwort und Luise bemerkt, dass Reni sie ganz verwundert anschaut.

Sie kennt den Grund. Normalerweise muss sie Luise vor großen Events immer erst aus einer gewissen Lethargie herausreißen. Partys mit großen Menschenansammlungen sind für Luise bisher immer ein Gräuel gewesen, doch heute ist sie so überschwänglich, dass sie Reni sogar mit einem Glas Champagner in der Hand begrüßt.

Reni nippt daran, während sie Luises Haare sorgsam auf Lockenwickler dreht und anschließend mit einem Stielkamm in die gewünschte weiche Form bringt. Dann versinkt Luise in einem Haarspray-Nebel.

Reni will sichergehen, dass Luise perfekt durch die Nacht kommt. »Vielleicht fängt es ja an zu regnen. Dann kann dir mit dem Lack auf der Frisur nichts verrutschen. Du wirst perfekt aussehen.« Anschließend nimmt sie sich die doppelte Zeit, um Luise zu schminken, und sie beraten ausführlich, welche Lippenstiftfarbe sie wählen soll. Normalerweise ist es Luise völlig gleichgültig, zu welchem Rot oder Rosé ihre erfahrene Maskenbildnerin greift.

Schließlich ertönt die Klingel und Reni umarmt Luise, ohne jedoch ihre Wange an ihre zu pressen, um das Make-up zu schützen, tut so, als würde sie über ihre Schulter spucken und wünscht: »Toi, toi, toi!«

Sie wartet noch so lange an der Tür, bis Luise in die vom livrierten Chauffeur geöffnete Limousine einsteigt, und winkt hinter ihr her.

Das große geschwungene Eisentor zu Irenes Traumanwesen mit ihren Initialen steht sperrangelweit offen. Der Fahrer lenkt die Limousine den langen Kiesweg hinauf zu der Vorfahrt, an deren Seiten schon unzählige Wagen hintereinander geparkt worden sind.

Sofort versucht sie, den Wagen auszumachen, der von Francescos Hotel zum Transport der VIP-Gäste eingesetzt wird.

Doch sie erkennt kein Auto mit dem typischen goldenen Hotel-Emblem. Also ist Francesco noch gar nicht da. Das gibt ihr die Möglichkeit, ihrem festgelegten Ablauf zu folgen. Erst Irene einzuweihen, ehe sie ihn dazuholt.

Lautes Lachen erreicht Luises Ohren. Es kommt von dem riesigen Grundstück hinter der Villa, auf dem Irene bei ihren Partys gepolsterte Gartenstühle, Bänke aus Metall mit dicken Kissen für die Sitzflächen und schützende Sonnenschirme aufstellen lässt.

Luise geht die Terrasse entlang und sieht eine Masse von Gästen, die Damen in bunten Sommerkleidern und die Herren in formellen Anzügen mit Krawatten. Eine Einladung von Irene bedeutet immer Business gepaart mit exquisiter Unterhaltung – großer Auftritt inklusive.

Viele Damen haben passende Stolas mitgebracht, einige sogar aus Pelz, denn sie wissen, dass die Abende und Nächte am See im September oft schon sehr kühl werden.

Auf dem Wasser kreuzen die Jollen. Auf einigen winken Freunde von Irene, die ihre aufsehenerregenden Ankünfte an ihrem privaten Bootssteg zelebrieren.

Luise reißt sich von dem Anblick los und will gerade durch die Haustür ins Innere treten, als mehrere Hunde, allen voran Topsy, laut bellend an ihr vorbeistürmen.

Fast wäre Luise über sie gestolpert, doch Traudl, Irenes langjährige Haushälterin, packt ihren Arm und bewahrt sie vor einem Sturz. Luise ist froh, dass sie den Mantel übergestreift hat, sonst wären auf ihrem nackten Oberarm sicherlich rote Abdrücke von Traudls energischem Griff zu sehen.

»Hallo, Frau Radell, das ist ja noch mal gut gegangen!«

Luise bedankt sich und fragt wie immer, wenn sie kommt: »Wo ist sie?«

»Oben. Sie kennen ja den Weg.«

Luise durchquert die Eingangshalle auf dem kostbaren Marmorboden und denkt daran, wie Irene ihr den beim ersten Besuch stolz gezeigt hat.

»Das habe ich mir in mehreren Top-Hotels auf der ganzen Welt abgeschaut. Ist das nicht schön? Ich könnte hier einen schicken Tresen hinstellen und einen Concierge dahinter postieren. Wie findest du das? Vielleicht mache ich das wirklich. Zumindest bei großen Festen und verteile vorher schriftliche Einladungen, die er überprüfen muss. Dann wär aber was los!«

Ihr damaliges Gelächter hallt noch in Luises Erinnerung, als sie in Richtung der beiden links und rechts sich erhebenden geschwungenen Treppen geht. Komisch, sie nimmt immer die linke, denkt sie noch, während sie die ihr so vertraute Tapete an den Wänden wahrnimmt, auf denen zarte, verspielte Rosenranken-Muster im blassen Farbton ein Gefühl von Frische und Leichtigkeit vermitteln.

Als sie vor Irenes Boudoir steht, hört sie durch die nur angelehnte Tür Irenes Stimme: »Rosi, das hast du gut gemacht! Ich sehe klasse aus! Heute muss alles stimmen. Endlich ist der große Tag da!«

Luise hört Rosi Zanker etwas flüstern, was sie nicht verstehen kann. Rosi ist eine Maskenbildnerin, die auf Irenes Gehaltsliste steht. Sie kommt jeden Morgen zu ihr, schminkt sie und bringt ihre Frisur in die typische Form.

Ihr privater Dauerauftrag bedeutet eine zusätzliche Einnahmequelle und außerdem bringt sie Irene immer den neuesten Klatsch von den diversen Dreharbeiten mit, bei denen sie die Stars schminkt. So weiß Irene immer, wer mit wem, wer bei einer Party zu viel Alkohol getrunken hat und welche Schauspielerin in »Schwierigkeiten« ist, was nichts anderes bedeutet, als dass die eine Abtreibung plant.

Luise ist extrem aufgeregt. Jetzt ist endlich der große Moment gekommen, den sie schon so lange geplant hat. Gleich wird sie Irene von ihrem neuen Ich berichten, von der totalen Veränderung, die aus ihr einen neuen Menschen gemacht hat.

Von ihrer großen Liebe, ausgerechnet zu einem Filmpartner, dem Superstar aus Italien. Irene wird erst erstaunt gucken, ihr dann um den Hals fallen und sich mit ihr freuen. Sie wird ganz sicher sagen: »Siehst du! Ich habe dich mal wieder zu deinem Glück zwingen müssen. Weißt du noch, wie du bei mir auf dem Rasen gelegen hast und gar nicht nach Italien wolltest? Und jetzt habe ich die glücklichste Frau auf der Welt aus dir gemacht.«

Luise schiebt die Tür auf und Irene blickt ihr entgegen.

Sofort zeigt sich auf ihrem Gesicht ein strahlendes Lächeln. Die grünen Augen wie immer von schwarz getuschten Wimpern umkränzt. Die Augenbrauen zu perfekten Bögen gezupft und von Rosi akkurat mit einem grauen Stift ausgemalt. Diesmal hat Irene ihre Lippen von einem kräftigen Rot betonen lassen und ihre Wangen sind von einem identisch gefärbten Rouge konturiert.

Die typischen Ponyfransen sind von einer frischen Dauerwelle in Schwung gebracht und an ihren Ohrläppchen hängt der Brillantschmuck an dem längeren Steg.

Irene springt von ihrem Hocker vor ihrem Schminktisch auf und fällt Luise um den Hals. »Wie schön, dass du da bist. Lass dich anschauen. Warst du auf der Schönheitsfarm?«

Luise schüttelt den Kopf und sieht erstaunt, dass Irene noch im Bademantel vor ihr steht, obwohl ihre Party schon in vollem Gange ist.

»Ist auch egal«, befindet Irene. »Du siehst fabelhaft aus. Hast du dich gut erholt? Und bist zu neuen Taten bereit?«

Irenes überwältigende Präsenz erreicht Luise bis ins Mark, und als sie bei ihrer Umarmung Irenes Parfüm riecht, umhüllt sie der Duft wie immer wie ein feiner Chiffonschal. Quelques Fleurs.

Er scheint für sie wie gemacht und nur bei ihr entfaltet er eine besondere Note, die ihn förmlich zu ihrem Markenzeichen werden lässt.

Luise hat es immer geliebt, wie großzügig Irene mit dem Duft hantiert, denn so haftet er noch eine Weile an Luises Kleidern und vermittelt ihr das Gefühl, ihre Mentorin würde sie nach ihrer Abschiedsumarmung weiterhin begleiten.

Irene hat Luises erstaunten Blick auf ihren Bademantel bemerkt und versichert: »Ich zieh mich gleich um! Zeig doch mal, was du anhast.«

Sie hilft Luise aus dem Mantel und betrachtet ihr Goldlamé-Kleid. »Super! Ist das neu? Und was für ein schönes Dekolleté.«

»Nur der Mantel«, berichtet Luise. »Aber das Kleid habe ich noch nie angehabt.«

»Dann ist heute genau der richtige Tag, um es zu tragen«, hört sie Irene, die Rosi verabschiedet. »Hast du gut gemacht, Rosi! Jetzt hol dir was Prickelndes von der Bar und lass es krachen!«

Rosi winkt Luise noch kurz zu und macht sich auf den Weg nach unten.

Luise überlegt, ob sie jetzt sofort mit ihrer Neuigkeit herausplatzen oder noch ein wenig warten soll.

»Komm mit«, fordert Irene sie auf und schiebt ihren Arm um Luises Taille. Sie zieht sie ins anschließende Ankleidezimmer, das mit einem genoppten Nappaleder an den Wänden rund um die Schränke gepolstert ist. In einem sanften Beigeton, unterbrochen von den Noppen in Gold.

Sie geht zu einer der Schranktüren, die an der oberen und unteren Kante mit aufgesetzten Holzleisten verziert sind, auf denen ein schwungvolles I eingraviert ist. I für Irene.

Die zieht an einem runden goldenen Knauf und öffnet damit das Faltsystem, hinter dem ihre Garderobe sichtbar wird.

Luise kennt den kleinen Ausschnitt, der jetzt sichtbar wird, und weiß, dass das an die einhundert Quadratmeter große Zimmer rundum mit geschickt verteilten Schränken ausgestattet ist. Darin Kleider, Röcke, Blusen, Pullover, Twinsets, Abend- und Cocktailkleider, Mäntel, Hüte, Schuhe, Taschen und die Extrafächer für die Unzahl von Handschuhen. Luise kennt Irenes Tick. Sie besitzt Hunderte von Exemplaren aus jedem denkbaren Material. Leder, Satin, Seide, Baumwolle, alle nach Farben und Beschaffenheit fein säuberlich einsortiert und katalogisiert.

Irene kauft niemals nur ein Paar, sondern immer das gesamte Farb- und Material-Sortiment, das im exklusivsten Geschäft in der Nähe der Maximilianstraße angeboten wird. Luise hat sie schon so oft dorthin begleitet und sich mit einer Tasse Kaffee auf einem der Sessel bewirten lassen, weil Irene sich unendlich viel Zeit nimmt.

Ganz versonnen streift sie dabei jedes einzelne Paar über ihre Hände, befühlt das Material, geht immer zum Schaufenster und prüft dort beim einfallenden Tageslicht das Farbspiel der verarbeiteten Substanz. Manchmal schnuppert sie sogar am Gewebe. Luise hat schon früh begriffen, dass Irene ein Mensch ist, der Qualität sucht, sofort erkennt und schätzt. Der kleinste Makel am Material kann sie verärgern. Sosehr sie auch den Luxus liebt, Verschwendung und gedankenloser Umgang kann sie in Rage versetzen.

»Du trägst Gold, dann nehme ich einfach mal Silber. Dann laufen wir rum wie Schwestern. Wie findest du das?«

Ohne auf Luises Erwiderung zu warten, zieht sie an der richtigen Stelle das gewünschte Kleid aus dem Schrank. Den Bügel wirft sie achtlos auf den Boden.

Wie immer streift sie den Bademantel ungeniert ab und steht nur in hauchzarten durchsichtigen Dessous vor ihr.

»Übrigens kannst du noch ein bisschen länger eine Pause machen«, teilt Irene ihr beiläufig mit.

»Aber du hast doch einen neuen Film für mich abgeschlossen. Diesen Historienfilm, von dem du mir am Telefon berichtet hast und der sich doch nur verschoben hat«, will Luise sie korrigieren.

»Du meinst den mit der Adeligen, die was mit einem Angestellten anfängt? Da warst du ja so gar nicht scharf drauf. Die Rolle musste ich Viola geben, weil du noch so viele Nachdrehs in Rom machen musstest.«

Luise glaubt erst nicht, was sie da hört. Wahrscheinlich will Irene sie nur ein wenig foppen, eine kleine Rache, weil sie so sehr gemauert hat, um in der Nähe von Francesco bleiben zu können.

»Viola Holm?«, fragt sie deshalb nach und hofft, dass es das Stichwort für Irene sein wird, ihr ihren kleinen Scherz zu enthüllen.

Doch sie wird enttäuscht.

»Ja. Viola Holm. Ich war wahnsinnig dankbar, dass sie sofort akzeptiert hat. Denn durch deine Bummelei in Rom war ich in große Schwierigkeiten geraten. Das kannst du mir glauben.«

Als sie Luises fassungsloses Gesicht sieht, sagt sie ihr lachend: »Mach nicht so ein erschüttertes Gesicht. Darf ich dich erinnern? Erst wolltest du auf keinen Fall zu Dreharbeiten nach Italien. Dann hast du dort so rumgebummelt wie noch nie zuvor. Woran du nicht gedacht hast, ist, dass dadurch die gesamte Finanzierung des Streifens in Gefahr gebracht wurde. Die stand kurz vor dem Aus. Und dann wolltest du auf gar keinen Fall einen Historienschinken, wie du gesagt hast, im Anschluss an deine römische Romanze drehen. Das wäre nach den gigantisch langen Nachdrehs von dir in Rom sowieso unmöglich geworden. Du warst in den letzten Wochen so gar nicht wie in all den Jahren, in denen ich dir einen Film nach dem anderen besorgt habe. Aber Schwamm drüber! Eigentlich darf ich es dir noch gar nicht verraten. Aber ich werde es eh gleich unten verkünden. Also kann ich es dir schon sagen. Du kriegst wieder den Publikumspreis der Illustrierten, die du weißt schon. Und das, jetzt ein kleiner Tusch, zum fünften Mal in Folge. Da muss sich eine Viola Holm aber erst mal ganz hinten anstellen, ehe die solch einen Erfolg vorweisen kann.«

Luise holt tief Luft. Jetzt ist der richtige Moment, ihr zu erklären, warum sie sich in den vergangenen Wochen so anders verhalten hat, doch Irene fragt schon: »Und? Freust du dich? Also ein bisschen mehr Überraschung kannst du schon zeigen. Mach das unten auf jeden Fall besser. Da tust du so, als würdest du zum ersten Mal davon hören. Okay?«

»Irene, ich muss dir was …«

Das Telefon klingelt.

Irene nimmt den Hörer ab und beginnt ein Telefonat in englischer Sprache. Sie macht noch rasch ein bedauerndes Handzeichen zu Luise, ehe sie sich vor dem Spiegel betrachtet.

Luise hört sie abwechselnd »Ja« und »Yes« murmeln und ist wie immer von ihrer Zwanglosigkeit verblüfft. Irene ist nicht so perfekt gebaut wie ein Teil ihrer weiblichen Stars, aber ihr Körper verströmt mit jeder Pore eine selbstsichere Aura, die sie schön erscheinen lässt. Ihren üppigen Busen betont sie sogar noch mit tiefen Ausschnitten und eng anliegenden Pullovern. Zwar hat sie keine ausgeprägte Taille, aber sie widersteht dem herrschenden Diktat der Mode, sich in ein Mieder zu quetschen.

»Das sollen meine Stars machen. Ich muss tief Luft holen können, denn die brauche ich für meinen Kopf, vor allem für das, was drin ist!«, lautet immer ihr Credo.

Als sie das Telefonat endlich beenden kann, greift sie nach dem Kleid, das sie über den Hocker geworfen hat. Sie streift es sich vorsichtig über den Kopf, wobei sie darauf achtet, weder ihre Frisur zu zerstören noch Make-up-Reste an den Stoff zu schmieren.

Luise will endlich ihr Geständnis vorbringen, als sie schon wieder unterbrochen wird.

Otto steckt seinen Kopf durch den Türspalt: »Irene, du musst kommen. Alle fragen nach dir.«

»Kein Problem«, behauptet Irene und zieht Luise mit sich. »Wir sind schon bereit. Otto, gibst du mir mal eben meine silbernen Pumps? Die habe ich hier irgendwo fallen lassen.«

»Irene«, beginnt Luise, »ich muss dir dringend etwas …«

»Später, Luischen, jetzt kommt erst mal der große Paukenschlag. Wenn du wüsstest, was ich alles erlebt habe in der Zeit, als du die vielen Nachdrehs machen musstest. Da kommst du nie drauf. Aber das erzähl ich dir später. Jetzt mach mal ein strahlendes Gesicht. Zeig allen, dass du die berühmte, erfolgreiche Luise Radell bist. Der Star, der mit Preisen überhäuft wird. Der Superstar, den die Massen lieben.«

Irene hakt sich bei Luise unter und gemeinsam treten sie durch die beiseitegeschobene breite Fensterfront auf die hintere Terrasse.

Sofort ertönt Applaus und Irene wird von Luises Seite weggezogen. Dutzende Menschen bilden einen Kreis um sie, bis sie ruft: »Kinder, ihr zerdrückt mich ja. Ich brauch erst mal was zu trinken.«

Sofort stieben die Männer auseinander und überholen sich gegenseitig bei dem Versuch, der Erste zu sein, der ihr ein Glas Champagner überreicht.

Luise ist zurückgeblieben und sucht erneut mit Blicken das gesamte Areal ab.

Wo ist Francesco? Ist er mittlerweile angekommen?

Dann entdeckt sie ihn und ihr Herz schlägt schneller.

Er steht in der Mitte der Rasenfläche des gigantischen abschüssigen Geländes und ist von mehreren Frauen umringt.

Unter ihnen die Klatschreporterin einer erfolgreichen Tageszeitung. Maria Strickler, in Luises Augen eine unangenehme, aufdringliche Person, die sich selbst viel zu wichtig nimmt.

Noch hat niemand von dieser Gruppe Luise entdeckt und sie hebt ihren Arm in die Luft, um Francesco auf sich aufmerksam zu machen.

In genau dieser Sekunde bahnt sich Irene mit einem hochgehobenen Glas Champagner ihren Weg durch die umstehenden Gäste. Wie immer jeden resolut beiseiteschiebend, der ihr im Weg steht.

Otto bemüht sich angestrengt, mit ihr Schritt zu halten. Sogar die »Stricklerin«, wie Irene die Klatsch-Reporterin getauft hat, gerät in dem Tumult kurz aus dem Gleichgewicht, als Irene ihr Ziel erreicht.

Francesco.

Völlig unbefangen schlingt sie einen Arm um seine Taille und er beugt sich zu ihr herab. Luise glaubt, Irene hätte etwas zu ihm gesagt und er hätte sie nicht verstanden und wollte mit seiner Geste erreichen, dass sie das Gesagte wiederholt.

Doch dann küsst er Irene auf den Mund.

Die Gäste jubeln bei diesem Anblick, spitze Schreie von denen, die unmittelbar am nächsten stehen. Andere drängen nach, weil sie wissen wollen, was sie verpasst haben. Allen voran die anwesenden Journalisten, darunter ganz hysterisch die Stricklerin, die gellend nach ihrem Fotografen ruft.

Als sie dann verzückt schreit: »Ein Traumpaar!«, drehen auch die Letzten ihre Köpfe zu der Gruppe in der Rasenmitte.

Luises Verstand weigert sich zu glauben, was sie sieht. Sie muss diese Szene sofort korrigieren.

Alles ist falsch.

Sie gehört an seine Seite.

»Francesco und ich!«, flüstert sie. »Wir sind das Traumpaar!«

Niemand hört sie, und als würde eine höhere Macht Regie führen, öffnet der Himmel ohne Vorwarnung seine Schleusen und ein heftiger Regenguss fegt über das Gelände. Binnen Minuten fühlt es sich für Luise an, als wären die Spätsommertemperaturen um zehn Grad gesunken. Sie steht immer noch auf demselben Fleck und reagiert auch nicht, als einer der Gäste ihr zuruft: »Schnell, nach drinnen! Das wird noch dauern!«

Sie streicht mit den Händen über ihre nassen Arme und fröstelt. Wo hat sie ihren Mantel gelassen? Ach ja, in Irenes Boudoir. Es ist zwar erst wenige Minuten her, aber es fühlt sich an, als wäre es in einem anderen Leben gewesen.

Die angeheuerten Servicekräfte in ihren weißen Kellnerjacken scheuchen die kreischenden Gäste in Richtung des Hauses, und Luise sieht fassungslos zu, wie Francesco Irene lachend auf seine Arme hebt und zum Spurt auf die Terrasse ansetzt, immer verfolgt vom Klicken der Fotografen.

Schließlich ist die zum Ballsaal umfunktionierte Wohnhalle völlig überfüllt von lachenden, die Nässe abschüttelnden Gästen.

Die hastig geschlossenen Türen und Fenster, gegen die der Regen peitscht, sorgen dafür, dass die Luftfeuchtigkeit steigt, und einige lamentieren, es fühle sich wie ein Saunagang an.

»Wem's zu warm ist, darf sich ruhig entblättern«, ruft Irene und flüstert ihrer neuen Entdeckung Diana Corell etwas zu.

Die lässt sich wie immer nicht lange bitten, reißt sich das Kleid vom Leib und steht im knappen Bikini da. Für ihren Auftritt wird sie belohnt, die Fotografen tauchen sie in das grelle Blitzlicht ihrer Kameras. Unter viel Gelächter entledigen sich fast alle Männer ihrer Jacketts und Irene schaltet ihre Musikanlage auf höchste Lautstärke, um ihre Gäste zum Tanzen zu animieren.

Als sie dann auch noch die große, von der Decke hängende Kugel in Gang setzt, die mit unendlich vielen kleinen Spiegelplättchen bedeckt ist und bei jeder Drehung einen bunt glitzernden Anblick bietet, wird die Stimmung immer ausgelassener.

Luise kommt sich wie ein Fremdkörper vor inmitten der johlenden Menschen, die zum Teil gar nicht den Grund für die ausgelassene Stimmung ihrer Gastgeberin kennen. Aber Hauptsache, sie sind dabei.

Luise schiebt sich durch die dicht gedrängten Menschen, bis sie schließlich vor Francesco steht.

Als er sie sieht, erstirbt das Lächeln auf seinem Gesicht und er wendet sich wieder Irene zu.

Noch bevor Luise etwas sagen kann, taucht die Stricklerin neben ihr auf, die wiederum ihren Fotografen hinter sich herzerrt.

»Los, mach mal ein Foto vom Erfolgstrio!«, fordert sie ihn auf. Sie schiebt Luise an Francescos freie Seite.

Luise merkt, dass er peinlich bemüht ist, jede Berührung mit ihr zu vermeiden, aber einen Arm um Irene legt. Die lacht Luise an und schickt ihr übermütig eine Kusshand zu.

Luise zwingt sich zu einem Lächeln, denn immer mehr Fotografen balgen sich plötzlich um dieses Dreier-Motiv.

Bei dem Gedränge wird Luise näher an Francescos Körper gedrückt und schaut zu ihm auf, während sie ihn fragt: »Was hast du?«

Er antwortet nicht, sondern deutet mit beiden Händen auf seine Ohren und in die Luft, als wäre der Krach der sie umringenden Menschen und der Musik zu laut, um sie zu verstehen.

Die folgenden Stunden übersteht Luise wie in einem Nebel. Reporter bombardieren sie mit Fragen zu ihrem neuesten Film. Andere wollen Auskunft über ihre anstehenden Pläne. Viele Gäste schmeicheln ihr, gratulieren zu ihrem guten Aussehen, ihren fantastischen Erfolgen und dem erneuten Gewinn des begehrten Publikumspreises.

Wann immer sie Francesco im Getümmel ausmacht, wird er von einer Traube Menschen eingekreist, Irene immer an seiner Seite. So nah, dass Luise sie nur hin und wieder an einer ihrer wippenden blonden Locken in der Nähe seiner Schultern erkennen kann.

Aufgeschreckt weicht sie zurück, als die Stricklerin ganz nah vor ihr steht und mit breitem Grinsen sagt: »Sie haben das Traumpaar zusammengebracht. Seit wann wussten Sie, dass die beiden füreinander bestimmt sind?«

Luise schaut sie verständnislos an, deshalb fährt die Reporterin fort, die unter dem albernen Titel »Maria strickt Neues für Sie« angebliche Top-News aus dem Leben der Promis an ihre Leserschaft verkauft: »Sie haben es doch durch Ihre langen Nachdrehs in Rom überhaupt erst möglich gemacht, dass die beiden sich über den Weg gelaufen sind. Irene hat es mir exklusiv gesteckt. Eigentlich war sie schon auf dem Weg nach Paris, als der Dotti in München ankam, um hier Promo zu machen. Sie wollte es erst gar nicht, aber da Sie nicht da waren, musste sie sich schon aus Gründen der Höflichkeit um ihn kümmern. Nur deshalb haben sie nach und nach mächtig viel Zeit miteinander verbracht und dabei ihre große Zuneigung füreinander entdeckt. Aus der ist dann Liebe geworden. Er ist mit ihr sogar nach London geflogen. Ich glaube, sie hat für ihn da auch etwas Berufliches tun können. Also das muss ich sagen, eine echte Win-win-Situation für beide, meinen Sie nicht auch?«

Luise ist wie erschlagen von der Wucht der grausamen Neuigkeiten. So ist das also gewesen, als sie von Rom aus verzweifelt versucht hat, beide zu erreichen. Sie hätte sich niemals vorstellen können, dass ausgerechnet sie selbst erst den Weg zu ihrem Kennenlernen geebnet hat.

Mit aller Kraft versucht sie, ihren bohrenden Schmerz vor der Reporterin zu verbergen. Sie verspricht ihr ein Exklusiv-Interview im Laufe der nächsten Tage, natürlich geschmückt mit vielen Details, von denen sie jetzt noch nicht einmal weiß, wie sie was erfinden soll, und wird sie endlich los.

Sie hofft, im Gewühl unbemerkt verschwinden zu können, und hat für ihre Flucht auf der Vorfahrt des Anwesens eine lange Reihe von wartenden Taxifahrern in ihren Autos entdeckt. Sie wird also auf ihren Chauffeur verzichten, um ohne viel Aufhebens einfach das Gelände verlassen zu können.

Bevor sie geht, wirft sie noch einen letzten, langen Blick auf das umringte Paar, das die Hände nicht voneinander lassen kann.

Und da begreift sie.

Francesco betet Irene an.

Die Qual der Eifersucht durchzieht ihren ganzen Körper. So hat er sie zu Beginn ihres Kennenlernens angesehen.

Offen, bewundernd, aufmerksam.

Doch die eigentliche Überraschung für sie ist Irene.

Sie hat sich völlig verwandelt. Sie schaut zu ihm hoch mit einem Blick voller Verwunderung. Ein Staunen über sich selbst, das spürt Luise. Irene ist in diesem Moment nicht mehr die Toughe, Starke, Unbeugsame, die sich nimmt, was sie will. Sondern sie blickt zu ihm auf mit einem Ausdruck voller Scheu, ja, sie wirkt fast mädchenhaft schüchtern.

Sie schaut ihn an, wie es Luise getan hat.

Irene ist verliebt.

Wirklich und aufrichtig verliebt. Nichts an ihr ist mehr die selbstbewusste zukünftige Besitzerin eines interessanten Objekts ihrer Begierde, so wie sie es bisher gegenüber Männern getan hat, die sie für sich reservieren wollte und wie es Luise – völlig ungenügend – in Rom gegenüber Francesco zu kopieren versucht hat.

* * *

Vier Tage und vier Nächte versinkt Luise in eine tiefe Depression. Sie glaubt, den Schmerz nicht aushalten zu können. Reni ist die Einzige, die zu ihr durchdringt, und als Luise behauptet, sie sei total erschöpft von den anstrengenden Dreharbeiten in Rom, alarmiert die einen befreundeten Arzt, von dem sie weiß, dass er viele Schauspieler mit Medikamenten und großem Verständnis behandelt.

Der blockt schließlich alle Anfragen, auch die von Irenes Sekretärin, Otto und sämtlichen Journalisten, kategorisch ab. Er lässt verlauten, sie habe sich, ausgelaugt nach den anstrengenden Dreharbeiten in Italien, bei Irene Safranows Gartenparty eine Grippe eingefangen.

Luise dröhnt sich mit Alkohol zu, um dem Schmerz zu entkommen, und schluckt nachts Tabletten, um Schlaf zu finden.

Wann immer sie einigermaßen klar denken kann, ruft sie in Francescos Hotel an und verlangt, durchgestellt zu werden. Jedes Mal wird sie abgespeist. »Leider ist Herr Dotti außer Haus. Darf ich etwas ausrichten?«

Schließlich reißt sie an einem Nachmittag das Schrillen des Telefons aus einem Dämmerschlaf.

Francesco.

Seine Stimme ist kalt und unpersönlich.

»Wir müssen sprechen.«

»Wo bist du?« Luise rappelt sich mühsam hoch und versucht wach zu werden.

»Ich erwarte dich. Um siebzehn Uhr.«

»Ich komme in dein Hotel«, versichert sie, doch er wehrt ab: »Nein! Ich wohne bei Irene. Wir treffen uns in ihrem Poolhaus. Sie ist nicht da. Sieh zu, dass du vermeidest, auf dem Weg gesehen zu werden.«

Dann bricht das Telefonat ab.

Trotz seines harten Tonfalls keimt in Luise Hoffnung auf. Er will sie heimlich sehen. Das kann nur heißen, dass er sich doch eines Besseren besonnen hat und Irene erst nach ihrem Wiedersehen darauf vorbereiten will, dass Luise diejenige ist, mit der ihn schon länger ein tiefes Gefühl verbindet.

Sie stürzt in ihr Ankleidezimmer, weiß zunächst gar nicht, was sie anziehen soll. Sie ist nicht zurechtgemacht. Ihre Haare sind fettig. Sie hat nur im Bett gelegen, sich kaum gewaschen.

Erst jetzt schaut sie auf die Uhr. Sie hat noch genügend Zeit, um sich auf dieses Treffen vorzubereiten. Also steigt sie in ihre Dusche und hält auch ihren Kopf unter das Wasser. Was hat er noch mal im Pool seiner Familienvilla gesagt? Sie erinnert sich nicht mehr an den genauen Wortlaut, aber er hat ihre Haare nach hinten gestrichen und davon gesprochen, dass sie so viel besser aussieht als mit ihren in Form gebrachten Locken.

Sie ist noch nie mit nassen Haaren aus dem Haus gegangen. Aber heute, bei dieser schicksalhaften Begegnung, will sie ihm ganz besonders gut gefallen.

Sie putzt sich die Zähne, gurgelt mit Mundwasser. Hoffentlich bemerkt er nicht den Restalkohol. Soll sie sich besser noch einen Kaffee machen?

Schließlich sucht sie nach einem ganz bestimmten Kleid in ihrem Schrank. Das rote mit dem schmalen Gürtel. Aber sie findet es nicht. Hat Susanne Maerger, ihre Zugehfrau, das Kleid etwa zur Reinigung gebracht?

Sie probiert zwei weitere Kleider an, streift sie sich jedoch jedes Mal wieder über den Kopf und merkt dabei, dass die Haare noch tropfnass sind und die Kragen nass machen.

Also eilt sie noch einmal zurück ins Badezimmer und wickelt sich ein Handtuch wie einen Turban um den Kopf.

Dann läuft sie zurück und schiebt die Bügel hin und her, auf denen die aktuellsten Modelle hängen.

Sie hält inne. Natürlich. Das ist das Richtige. Ein weißes, enges Leinenkleid, in dem er sie schon einmal gesehen hat. Das wird ihn sofort an die schönen Stunden erinnern, die sie gemeinsam verbracht haben.

Dann schlüpft sie in die blau-weißen Pumps. Die sind neu. Aber sie werden ihm sicherlich gefallen.

Als ihr Turban vom Kopf rutscht, merkt sie, dass ihre kurzen Haare bereits halb trocken sind, aber keine Form haben. In ihrer Not greift sie nach einem gemusterten Seidentuch, das sie umbinden und im Nacken zusammenknoten will, reißt aber in ihrer Hast den ganzen Stapel aus dem Fach, der zu Boden fällt. Ungeschickt bleibt sie mit einem Absatz in dem Stoffwust hängen. Bei dem Versuch, sich zu befreien, bohrt sie in zwei Tücher große Löcher. Plötzlich fällt ihr auf, dass der schmale Gürtel an ihrem Kleid fehlt.

Wieder wühlt sie in ihrem Schrank hektisch alles durcheinander, nimmt drei Gürtel in die Hand, starrt darauf, als hätte sie sie noch nie gesehen, und schleudert sie schließlich entnervt in eine Ecke. Endlich findet sie den richtigen und versucht, ihn mit zitternder Hand in die zwei Ösen an der Taille zu befestigen, was jedoch misslingt. In der Angst, zu viel Zeit zu verschwenden, knotet sie ihn einfach fest.

Sie greift nach ihrer Handtasche, nimmt die goldene Zigarettenschachtel, die er ihr geschenkt hat, und steckt sie in ein Seitenfach im seidenen Innenfutter, tastet auf dem Flur nach dem Schlüsselbund, an dem auch der von Irenes Anwesen befestigt ist.

»Damit du immer zu mir kommen kannst«, hat sie gesagt, als sie ihn Luise überreicht hat. »Versprochen, ich bin immer für dich da!«

Als sie an ihrer Haustür ankommt, fällt Luise ein, dass sie sich nicht geschminkt hat. Sie will schon zurückhasten, doch dann hält sie inne.

Er soll ruhig sehen, wie schlecht es ihr geht. Er soll sehen, wie sie sich fühlt. Und er soll endlich sehen, wer sie ist.

Als sie diesen Entschluss fasst, tritt sie schon durch ihre Haustür. Und bemerkt erst jetzt, wie viel Zeit inzwischen vergangen ist. Der Herbst hat schon längst den Sommer verdrängt. Es ist empfindlich kühl und sie fröstelt in ihrem ärmellosen Leinenkleid.

Sie läuft zurück und greift nach einem ihrer Pelze. In diesem Moment ist es ihr egal, ob er die passende Wahl für die Jahreszeit ist. Er verspricht Schutz vor der Kälte, die sie tief bis ins Innere spürt.

Als sie sich ans Steuer ihres Wagens setzt, fällt ihr ein, dass sie wie bei ihren verstohlenen Ausflügen mit Francesco in Italien niemanden informiert hat, wohin sie aufbricht. Und damit alle, die sie kennen, in große Verwirrung gestürzt zu haben scheint. Luise, die urplötzlich so ganz anders gewesen ist, als man sie kennt. Die einen Drehplan durcheinandergebracht und Zeit vergeudet hat.

Mit diesen Gedanken erreicht sie nach einer unkonzentrierten, viel zu schnellen Fahrt das Eisentor von Irenes Grundstück und blickt kurz auf die Verzierung mit den verschlungenen Initialen.

I und S.

Irene Safranow.

Luise folgt der Anweisung Francescos, fährt am Eingang vorbei, parkt ihr Auto versteckt zwischen wild wuchernden Sträuchern und läuft auf dem Uferweg zurück. Sie öffnet die eingelassene schmale Tür im großen Tor und schlüpft hindurch.

Auf dem Weg zum weit oben befindlichen Poolhaus überquert Luise das Rasengelände auf Zehenspitzen. Sie hat Angst, dass ihre hohen Absätze in der Wiese stecken bleiben. Und während sie sich immer wieder umschaut, fragt sie sich plötzlich, ob Irene vielleicht doch anwesend sein könnte. Ob er nur behauptet hat, sie wäre nicht da. Und dass sie dann in einigen Minuten beiden gegenüberstehen würde.

Vor lauter Aufregung atmet sie schwer, als sie am Poolhaus ankommt. Sie kann nicht durch die Fenster erkennen, ob er schon da ist, denn sie sind aus Milchglas, damit sich Irenes Gäste auch im Saunabereich ungeniert bewegen können. Während der heißen Sommermonate kann eine ganze Fensterfront beiseitegeschoben werden, sodass die Badenden das Gefühl haben, im Freien zu schwimmen.

Mit klopfendem Herzen drückt Luise die große Tür auf und entdeckt die Umrisse von Francesco vor der gut bestückten Bar, die Irene auch im Winter auffüllen lässt, wenn das Haus und das Wasser im Pool beheizt werden.

Luise wartet einen Augenblick und erhofft sich sehnlichst, dass alles, was sich bei der Party vor ihren Augen abgespielt hat, nur ein böser Traum gewesen ist.

Dass er sich gleich umdrehen wird, sein berückendes Lächeln auf seinem Gesicht erscheint und er die Arme zu ihrer Begrüßung weit ausbreiten wird.

Doch als er sich ihr tatsächlich zuwendet, hält er in der einen Hand ein gefülltes Glas, die andere lässt er in der Hosentasche seines Anzugs verschwinden und sieht ihr ausdruckslos entgegen.

Sie schauen sich lange schweigend an.

Dann durchbricht er die Stille und fragt beiläufig, als wären sie nur gute Bekannte, die sich durch Zufall treffen: »Willst du einen Drink?«

Sie schüttelt den Kopf, geht um den Pool herum auf ihn zu. Flehentlich streckt sie ihre Hände aus und fragt: »Was habe ich getan?«

Er nimmt in aller Ruhe einen Schluck aus seinem Glas, lässt seinen Blick erst herumschweifen, ehe er sie fixiert. »Du hast mich getäuscht«, stellt er mit ruhiger Stimme fest. »Du bist nicht die, die ich zu kennen glaubte.«

»Ich habe nicht …«, beginnt sie, obwohl sie gar nicht weiß, was sie erwidern will.

»Doch«, schneidet er ihr den Satz ab. »Du hast! Eine Rolle gespielt. Ich habe mich während der Zeit in Rom immer wieder gefragt, wer du eigentlich wirklich bist. Weißt du«, fährt er fort, während er sich lässig auf einen Barhocker setzt, »als ich dich das erste Mal bei dem Empfang im Hotel sah, erschienst du mir eine berückende Frau zu sein. Du warst sensibel, nachdenklich, intelligent auf eine ganz eigene Weise. Nicht so eine verzickte, aufgedonnerte Primadonna, wie ich es sonst gewohnt war. Du schienst etwas Besonderes zu sein. Mir gefiel dieses Zurückhaltende, ja sogar fast ein wenig Ängstliche, was ich an deinem Verhalten zu entdecken glaubte.

Dann kamen wir uns näher und du wurdest immer merkwürdiger. Immer fremder in deinem Auftreten, deinen Antworten. Du gabst plötzlich die Kokette, die selbstsichere Lady, aber das passte nicht zu dem, was ich erst in dir gesehen hatte. Oder besser, was ich in dir zu sehen glaubte.«

Luise lauscht seinen Worten und klammert sich an das Gefühl, das er beschreibt, und glaubt, dass sie ihm jetzt die Wahrheit sagen muss.

»Das ist nicht ganz richtig, was du sagst«, versucht sie, ihn zu korrigieren. »Ich bin tatsächlich genau so, wie du mich zuallererst wahrgenommen hast. Aber ich habe meine Geschichte, die du nicht kennst, und ich habe gedacht, mich für dich interessanter machen zu müssen, also habe ich …«

»Du hast eine ganz andere Persönlichkeit gestohlen«, stößt er erbost aus. »Ich habe erst gemerkt, wie verlogen du bist, als ich das Original getroffen habe. Irene.«

Luise steigen Tränen in die Augen. »Ich …«

»Ach, sei still«, fällt er ihr ins Wort. »Ich war drauf und dran, mich in dich zu verlieben. Wirklich zu verlieben, als mich dein albernes Verhalten misstrauisch machte. Als ich Irene getroffen habe, war es so, dass ich auf einmal all das bekam, was du, übrigens sehr schlecht, mir vorgaukeln wolltest. Eine selbstständige, attraktive Frau mit Grips und Sex-Appeal. Eine Frau, die nicht ständig vorgibt, etwas zu sein, sondern die ist, was sie ist. Mit allen Fehlern, mit allen Ecken und Kanten, mit allen Widersprüchen. Und die dazu steht.«

»Du hast mich geliebt«, beschwört sie ihn mit bebender Stimme. »Denk doch an unsere Nächte.«

»Das war Sex, keine Liebe. Zweimal war ich kurz davor, mittendrin aufzuhören, um dich zu fragen, welche Rolle du gerade spielst.«

»Ich war ich«, will sie ihn überzeugen, während sie rot anläuft.

Er trinkt in einem Schluck sein Glas leer und stellt es mit einem dumpfen Knall auf den Bartresen. »Sie ist warm. Du bist kalt. Du spielst die Liebende – und zwar miserabel. Du bist berechnend. Du wolltest unbedingt, dass wir ein Traumpaar abgeben. Du wolltest das Geschäft.«

»Nein, nein«, beginnt Luise und beugt sich ein wenig vor. »Francesco, bitte hör mich an.« Dabei berührt ihre Hand ein kleines Schächtelchen, das vor ihm auf dem Tresen steht.

»Fass das nicht an!«, warnt er sie in einem Ton, der sie so verletzt, dass sie genau das Gegenteil tut, die Schachtel in die Hand nimmt und öffnet.

Ein wunderschöner Ring liegt darin. Ein großer Rubin, umgeben von unzähligen Brillanten.

Francesco reißt ihr den Ring aus der Hand.

»Er ist für Irene«, betont er. »Rot wie die Liebe.«

Luise zittert vor Enttäuschung. Die Demütigung schnürt ihr die Kehle zu. Und sie hört ihn sagen: »Du bist eine

Betrügerin. Eine Mogelpackung. Du hast Irene imitiert. Ach was, die Wahrheit ist, du hast krampfhaft versucht, sie zu imitieren. Du bist eine geborene Verliererin. Ich habe meine Zeit mit dir vergeudet. Ich verachte dich!«

Er sagt das alles ohne Anstrengung. Er spricht so leichthin, als würden sie sich über das Wetter unterhalten.

Er dreht sich zur Seite, um sich einen neuen Drink einzuschenken, und Luise ist gezwungen, einen Schritt zurückzutreten, um ihm auszuweichen.

Als sie hört, wie er in aller Seelenruhe zunächst einige Eiswürfel aus dem Behälter nimmt, um dann Whisky darüber laufen zu lassen, erinnert sie das Knistern des Eises an den Sommertag am Ammersee, als ihr Irene von dem bevorstehenden Dreh in Italien erzählt hat, als Partnerin eines italienischen Superstars, dessen Namen sie noch nicht einmal gewusst hat.

Alles verschwimmt vor ihren Augen, als ihre Hand plötzlich gegen einen schweren Gegenstand stößt. Sie schaut gar nicht hin, was es ist. Aber seine Vorwürfe, seine Beleidigungen hallen in ihr nach, werden immer lauter und setzen sich mit aller brutalen Verachtung in ihren Gedanken fest. Schließlich ist es nur noch ein unerträgliches Kreischen, in dem die Worte »Ich verachte dich!« ihr die Selbstbeherrschung rauben.

Sie ist wie ferngesteuert, als sie schließlich nach dem massiven gläsernen Aschenbecher greift und ihn mit aller Kraft gegen seine Schläfe schlägt, so hart, dass er sich um seine eigene Achse dreht und rückwärts in den Pool fällt.

Voller Entsetzen sieht Luise ihn untergehen. Hat sie ihn getötet? Einige Sekunden lang ist sie wie gelähmt. Dann sieht sie zu ihrer unendlichen Erleichterung, dass er sich am Boden abstößt und wieder nach oben aufsteigt.

Sein Gesicht taucht aus dem Wasser auf.

Er ist nicht tot.

Doch anstatt an den Rand zu schwimmen, lässt er sich ausgestreckt auf dem Rücken treiben und wirkt wie der aufreizend lässige Hauptdarsteller in einer Salonkomödie.

Ein eleganter Mann in seinem dreiteiligen maßgeschneiderten Tweed-Anzug. An den Füßen die handgefertigten, glänzend polierten Schuhe, in einem Swimming-Pool, dessen türkisfarbene, winzige Kacheln das Wasser exotisch schimmern lässt.

Die Verletzung an seinem Kopf scheint ihn nicht zu behindern, doch Luise beobachtet mit schreckgeweiteten Augen, dass sich rund um seine schwarzen Haare eine Lache austretenden Blutes ausbreitet.

»Komm heraus«, schreit sie schrill. »Du bist verletzt!«

Doch er lacht nur, unbeschwert und selbstsicher. Er hebt den Ring, den er in einer Hand umklammert hat, in die Höhe und betrachtet genießerisch das Glitzern des facettierten Steins im Widerschein der vielen kleinen Deckenleuchten.

Diese Geste trifft Luise wie ein Schlag in die Magengrube. Er ignoriert ihre Angst um ihn, degradiert sie zu einer überflüssigen Statistin am Beckenrand. Eine völlig unwichtige Figur, deren Gefühle in seinem Leben keine Rolle mehr spielen.

Luise will seine Aufmerksamkeit erlangen. Sie will ihm beweisen, dass sie es wert ist, geliebt zu werden, als ihr sein Geschenk einfällt.

Hastig öffnet sie ihre Tasche, zerrt die goldene Schachtel heraus und ruft: »Aber du liebst mich doch. Du hast es mir selbst gesagt – mit der Gravur. Ti amo, Francesco! Ich weiß, was das heißt. Ich liebe dich!«

Er schaut kurz zu dem Gegenstand hin, den sie aufgeklappt in seine Richtung hält, dann fertigt er sie ab: »Die habe ich zu Dutzenden verschenkt an meine Affären. Aber ich habe noch nie einen Ring gekauft.«

Das Funkeln des Rubins blendet sie kurz und der stechende Schmerz lässt sie die Augen schließen.

Als Luise sie wieder öffnet, sieht sie, dass er mit mühsamen Schwimmbewegungen auf den gegenüberliegenden Beckenrand zukrault, eine rote Blutspur hinter sich herziehend.

Er will weg.

Er will sie zurücklassen.

Er will zu Irene.

Luise sieht den weiteren Verlauf ihres Lebens vor sich. Allein. Einsam. Mit einem Schmerz, der nicht mehr vergehen wird.

Sie gerät ein wenig ins Taumeln und greift nach dem Rand des Tresens, um sich daran festzuhalten.

Dabei stößt ihre Hand erneut gegen etwas. Vielleicht eine Flasche?

Das Summen der Abdeckungsvorrichtung erfüllt die Luft.

Zunächst hört Francesco anscheinend nichts, wahrscheinlich übertönt das Schaukeln und Schwappen des aufwirbelnden Wassers die Geräusche der Mechanik. Und als er bemerkt, dass sich die Abdeckungsvorrichtung auf ihn zubewegt, hält er inne – und lacht.

Er lacht sie aus. Er glaubt wohl, dass sie ihm Angst machen will. Er glaubt, es ist ein Spiel. Er nimmt sie nicht ernst. Luise versucht hektisch, das Geschehen zu stoppen. Sie schaut sich auf dem Tresen um. Gegen was ist sie denn mit der Hand gestoßen? Was hat die Mechanik in Gang gesetzt? Doch sosehr sie sich auch bemüht, sie kann den richtigen Hebel oder Knopf nicht finden.

Entsetzt fährt sie herum und sieht, dass er, obwohl er offensichtlich benommen ist, doch endlich den Ernst der Lage zu erkennen scheint und begreift, dass er die Treppenstufen der Beckenseite nicht mehr erreichen wird.

Er hat seine Kräfte überschätzt und Luise schlägt entsetzt ihre Hand vor den Mund, als sie als Letztes seine Hand mit dem Rubinring am Ende des Beckens eingeklemmt sieht.

Dann glaubt sie noch, dumpfe Schläge und wie erstickt klingende Wortfetzen aus dem Untergrund zu hören, bis schließlich eine gespenstische Ruhe einkehrt.

Panisch sucht Luise noch einmal den Tresen der Bar ab. Wo ist der verfluchte Knopf, mit der sie die Mechanik wieder in Gang setzen kann? Sie muss sie öffnen, versuchen, ihn aus dem Becken zu ziehen. Versuchen, ihn wiederzubeleben. Sie schlägt mit ihrer Hand gegen jede Erhebung, auf der Marmorplatte, verschiebt Gläser und Flaschen, die vielleicht eine Tarnung des alles auslösenden Signals sein können.

Aber nichts geschieht. Luise sinkt voller Grauen langsam auf ihre Knie. Was soll sie jetzt tun? Erst nach einigen Minuten, die sich wie eine Ewigkeit anfühlen, kommt wieder Leben in ihren Körper und sie hastet zur Tür, um Hilfe zu holen. Sie muss aufpassen, dass sie nicht ausrutscht, denn während Francescos Todeskampf hat er jede Menge Wasser aus dem Becken auf den Fliesen verteilt.

Als Luise an der Tür ankommt, stockt sie. Wer kann helfen? Die Haushälterin hat frei. Irenes Mitarbeiter, die in ihren Büros arbeiten, sind längst im Feierabend. Der Gärtner wird erst morgen wieder erwartet.

Niemand weiß, dass sie hier ist.

Wen soll sie alarmieren? Die Polizei? Den Rettungsdienst?

Bisher war es immer Irene, die sie um Rat gefragt hat. Luise selbst hat keine Probleme mehr lösen müssen, seit Irene sich um alles in ihrem Leben kümmert.

Natürlich! Natürlich! Carl! Ihr Bruder! Ihn konnte sie um Hilfe bitten. Sie greift zum Hörer des Telefons, das Irene wie in allen ihren Räumlichkeiten auch im Poolhaus hat installieren lassen.

* * *

Zuerst hört Carl nur ein Schluchzen, als er den Hörer abnimmt. »Bist du das, Luise?«

Es folgt ein erneutes Schluchzen, gefolgt von einem gehauchten »Ja«.

»Was ist passiert?«, will er wissen.

»Er ist tot!«

Was redet Luise da? »Wer ist tot? Luise, reiß dich zusammen. Wer ist gestorben?«

»Francesco.«

»Wer ist Francesco?«

Luise stockt, dann sagt sie: »Mein Filmpartner aus Italien. Er ist verunglückt.«

»Wie?«

»Ach Carl«, fleht Luise weinend. »Bitte, bitte komm, hilf mir!«

Als er hört, wo sie ist, verspricht er ihr, so schnell wie möglich zu ihr zu kommen.

Er findet sie zusammengekauert auf dem Boden im Poolhaus. Zunächst glaubt er, dass sie einen Nervenzusammenbruch erlitten hat, und wundert sich nur, warum sie in einen Pelzmantel gehüllt ausgerechnet in Irenes Poolhaus hockt.

Sie muss völlig aus der Spur geraten sein. Was hat sie ihm erzählt? Dass jemand tot ist. Er sieht jedoch keine Leiche.

Die letzten langen Dreharbeiten müssen sie so ausgelaugt haben, dass sie nicht mehr bei Sinnen ist.

Rasch geht er zu ihr und versucht, sie an den Schultern hochzuziehen. Doch sie verharrt in der Stellung und er gibt es schließlich auf.

»Komm, Luise«, spricht er auf sie ein. »Du hast einfach zu viel um die Ohren. Da kann man sich schon mal etwas einbilden, was in Wahrheit gar nicht passiert ist. Komm, steh auf! Du musst dich mal ausruhen.«

Sie schaut auf, als würde ihr erst jetzt bewusst, dass sie nicht mehr allein ist. Überrascht sieht er in ihrem tränenüberströmten Gesicht, dass sie völlig ungeschminkt ist. So hat er sie schon lange nicht mehr erlebt. Selbst wenn sie nur zu einem kurzen Termin das Haus verlässt, ist sie immer perfekt geschminkt.

Er beugt sich zu ihr herab und fragt: »Was ist passiert?«

Mit ihrem bebenden Zeigefinger deutet Luise auf den Pool. Carl sieht nur eine robuste, geschlossene Abdeckung, die Irene vor gar nicht langer Zeit hat installieren lassen, da die vorherige Plane von einem Marder zerbissen worden war.

»Was ist?«, will er endlich wissen. Was hat die Abdeckung mit ihrem Ausnahmezustand zu tun?

Schließlich flüstert sie etwas. Doch es ist so leise, dass er nichts verstehen kann.

Er geht in die Hocke neben sie und wiederholt: »Luise, was ist?«

Jetzt hört er, was sie fast unhörbar von sich gibt: »Aufmachen!«

»Die Abdeckung?«, fragt er ungläubig.

»Geht nicht«, wispert sie.

Carl ist jetzt völlig sicher, dass er einen Spezialisten holen muss. Sie braucht dringend Hilfe. Er überlegt, ob er einen Nervenarzt kennt, der ihr etwas zur Beruhigung geben kann. Auf jeden Fall muss sie dringend eine Zeit lang aus dem Verkehr gezogen werden.

Sie kauert da in einem Pelzmantel und denkt daran, schwimmen zu wollen?

Langsam wird sie ihm unheimlich.

Als er sich erheben will, um zum Telefon zu greifen, packt sie ihn plötzlich am Arm. Er ist erstaunt über die Kraft, mit der sie sich an ihn klammert.

»Er ist dadrin«, behauptet sie schluchzend. »Im Pool!«

»Wer?«, fragt er sofort. Dann fällt ihm wieder ein, was sie am Telefon behauptet hat. Wie hieß der Schauspieler noch mal?

»Francesco«, stößt sie jetzt hervor. »Er ist tot!«

Carl will dem Spuk ein Ende bereiten. Für ihn befindet sie sich ganz offensichtlich in einem Ausnahmestadium und empfindet in Gedanken eine Filmszene nach.

Zwar wundert er sich, dass in einem seichten Streifen rund um eine Liebelei, das Übliche, was sie derzeit darstellt, solch eine furchtbare Szene vorkommt, aber er hat lange nicht mit ihr telefoniert. Vielleicht ist es ja ein Krimi, mit dem sie so viele Wochen beschäftigt war.

Er kommt zu dem Schluss, dass es das Beste ist, ihren Wunsch zu erfüllen und die Abdeckung zu entfernen. Wenn sie erst einmal das Wasser im Pool sieht, in dem sich niemand befindet, würde er sie vielleicht überreden können, mit ihm zu kommen und ihren Albtraum hinter sich zu lassen.

Als er zum Tresen geht und den Hebel bedient, setzt das typische Surren ein und die Abdeckung setzt sich sofort in Gang.

Im selben Moment springt Luise auf und fragt ihn ungläubig: »Wie hast du das gemacht?«

Irritiert deutet Carl auf den mit einer roten Signalfarbe gekennzeichneten Hebel, der gut sichtbar in der Mitte aus der Marmorplatte der Bar ragt.

»Es … es …« Sie stockt und schlägt die Hände vors Gesicht. »Ich … ich habe ihn nicht gefunden.«

Da sie vor ihm steht und die Sicht versperrt, schiebt er sie ein Stück zur Seite und schaut an ihr vorbei in den Pool.

Was er sieht, lässt ihn erstarren.

Das Wasser ist rot verfärbt und auf dem Grund des Pools liegt ein Mann, der voll bekleidet ist. Er hat die Arme weit von sich gestreckt, als hätte ihn die Kraft verlassen und er sich in sein Schicksal ergeben, zu ertrinken.

Fassungslos greift er nach Luises Schulter und rüttelt sie. »Was ist hier passiert? Wer ist das, um Gottes willen?«

Immer noch versteckt sie ihr Gesicht, als er sie hört: »Francesco Dotti.«

»Was macht der hier? Und vor allem, wieso ist der in voller Montur ins Wasser gesprungen?«

»Er ist gefallen«, wispert sie.

»Was soll das viele Blut? Ist er auf den Kopf gefallen?«

Er erwartet von ihr schon keine Antwort mehr. Ihr Weinen ist in ein Jammern übergegangen und er bemüht sich, einen klaren Kopf zu behalten.

Dann macht er einen neuen Anlauf: »Luise, wieso bist du hier? Im Poolhaus? In einem Pelzmantel? Vor allem, was macht dieser Mann hier?«

Immer noch erhält er keine Erklärung, denn obwohl sie ihn endlich anschaut, stammelt sie nur: »Der … der Schalter. Nichts gesehen. Ich wollte ihn retten.« Luise dreht ihm den Rücken zu.

Carl hört nur noch mit halbem Ohr hin, reißt sich seine Sachen vom Leib, bis er nur noch in seiner Unterhose vor ihr steht, und hechtet ins Wasser.

Er taucht und zieht mit aller Kraft an dem leblosen Mann.

Völlig außer Atem kommt er schließlich mit ihm an der Treppe an und zieht und zerrt mit letzter Kraft den schweren Köper auf die Fliesen. Schwer atmend schaut er auf ihn nieder und entdeckt an seinem Kopf eine klaffende Wunde.

»Er muss sich irgendwo gestoßen haben«, befindet er kopfschüttelnd. »Wieso ist er da reingefallen? Luise, sag was!«

Luise verharrt mit dem Rücken zu ihm.

Währenddessen schaut Carl noch einmal auf den Boden des Beckens und entdeckt einen gläsernen Aschenbecher.

Dann wendet er sich Luise zu. »Hast du … hast du ihm den an den Kopf geworfen? Luise, sag mir endlich, was hier passiert ist!«

»Ein Unfall«, sagt sie. »Ich wollte ihm nicht wehtun. Und er … er hat nur gelacht.«

Carl starrt vor sich hin.

Dann gibt er sich einen Ruck, holt tief Luft, springt noch einmal ins Wasser und taucht bis zu dem Aschenbecher. Er holt ihn aus dem Becken, untersucht kurz, ob er irgendwelche Spuren an ihm entdeckt. Als das nicht der Fall ist, holt er ein Handtuch aus dem Regal, trocknet ihn ab und fragt Luise: »Wo war der?«

Als sie ihn verständnislos anschaut, hält er den Gegenstand vor sie hin und wiederholt: »Wo steht der normalerweise?«

Luise deutet stumm auf den Bar-Tresen und Carl stellt ihn dort ab.

Dann wendet er sich dem Toten zu, der eine Hand zu einer Faust geballt hat. Was wollte er verbergen? Oder schützen?

Einem Impuls folgend öffnet Carl die Hand und entdeckt einen Ring mit einem Rubin.

»Was machen wir hiermit?«

Jetzt dreht sich Luise zum ersten Mal um und sagt: »Ich nehme ihn. Er war für …«

»Will ich gar nicht wissen«, unterbricht er sie.

In seinen Gedanken ist er schon damit beschäftigt, wie er die Horror-Situation lösen kann.

Auf jeden Fall muss Luise hier weg.

»Du verschwindest jetzt hier«, befiehlt er ihr. »Du musst weg. Sofort!«

»Aber?«

»Kein aber. Wo ist Irene? Ist die im Haus?«

»Nein, sie ist unterwegs.«

»Gut. Ich werde die Polizei anrufen …«

Luise zuckt zusammen. »Aber was willst du dann sagen?«

»Ich denke mir was aus. Ich werde behaupten, dass ich plötzlich Lust hatte, schwimmen zu gehen. Irene hat mir ja immer freien Zugang angeboten. Und dann kam ich hier rein und entdeckte einen toten Mann im Pool. Ein Unfall! Natürlich. Der Mann war noch gar nicht in der Badehose, muss wohl in den Pool gefallen sein. Hat sich am Kopf verletzt. Wurde bewusstlos und ist ertrunken. So mach ich das. Luise, reiß dich jetzt zusammen! Egal, was hier passiert ist, ich will es nicht wissen. Aber wenn die Öffentlichkeit erfährt, dass du mit einem Mann im Poolhaus von Irene warst, und jetzt ist er tot, einen solchen Skandal würdest du nicht überstehen. Also, verdammt noch mal! Los jetzt!«

Endlich erwacht Luise aus ihrer Trance. Sie nickt ihm zu, nimmt ihre Handtasche und geht zur Tür.

Dort dreht sie sich noch einmal um und schaut ihn an.

Er merkt, dass sie versucht, keinen Blick auf den Toten zu werfen. Es kommt ihm so vor, als wüsste sie genau, dass sie ihre Fassung erneut verliert, wenn sie das volle Ausmaß des Geschehens begreift.

Dann reißt sie die Tür auf und stolpert ins Freie.

Kapitel 16

München, Ende Oktober 1959

Luises Welt ist in tausend Stücke zerbrochen. Sie hat sich in ihrem Haus versteckt und bemüht sich krampfhaft, das Geschehene zu begreifen. Sie hat niemanden, mit dem sie über das Trauma sprechen könnte. Kein Mensch weiß von ihrer Liebe zu einem Mann, der ihr einen Weg aus ihrem von Gefühlen abgetrennten Leben gewiesen hat, in dem sie so lange verharrt hat.

Ein Mann, den sie so rückhaltlos geliebt hat, dass sie sich in Gedanken schon als seine Frau gesehen hat. Niemand ahnt, dass sie die Frau ist, die in einem unbeherrschten Augenblick sein und auch ihr Leben zerstört hat. Die Trauer um den Verlust von Francesco droht sie zu zerreißen, doch sie ist allein. Niemand kommt, um sie zu trösten. Und sie kann nicht offenbaren, welche Hauptrolle sie in diesem Drama gespielt hat.

Auch Carl bietet ihr keinen Halt in ihrem überwältigenden Kummer, sondern verlangt kategorisch von ihr zu schweigen.

»Luise, begreif doch endlich, ich will wirklich nichts wissen. Ich versuche zu verdrängen, was ich gesehen habe. Und vor allem, was ich getan habe. Die Polizisten und Sanitäter haben mich so misstrauisch angeguckt, als ich ihnen meine Geschichte aufgetischt habe. Ganz schlimm war es, als sie fragten, wo denn meine Badehose sei. Und ich Blödmann frage auch noch zurück: »Wieso?« Bis mir endlich einfällt, dass ich behauptet habe, ich wollte schwimmen gehen. Und weißt du, was ich dann gesagt habe? Dass ich nackt schwimmen wollte. So peinlich. Ich hätte ja geglaubt, dass ich allein sein würde.«

Luise glaubt, den Verstand zu verlieren. Jeden Tag spielt die Presse verrückt. In fett gedruckten Schlagzeilen wird nach der Lösung des Rätsels gesucht, warum der Super-Filmstar ertrunken ist.

Luises Telefon schellt ununterbrochen. Die Journalisten wollen mit ihr über den italienischen Schauspieler sprechen, dessen überraschender Tod eine ganze Nation in Trauer versinken lässt. Ja, es werde sogar überlegt, dem Idol ein Staatsbegräbnis auszurichten.

Als dann auch noch international bekannt wird, dass Francesco Dotti und Irene Safranow ein Liebespaar gewesen sind, drehen die Journalisten durch. Jeden Tag werden Fotos von Irenes Party abgedruckt, ganz besonders häufig eins, auf dem die Szene abgelichtet worden ist, als Luise auf Wunsch der Klatschreporterin mit beiden zusammen posiert hat. Bis es schließlich von einem Kussfoto des Liebespaares verdrängt wird, dessen Anblick Luise jedes Mal das Herz zerreißt.

Während sie in einsamer Agonie verharrt, schart sich die gesamte in- und ausländische Filmindustrie um Irene. Die Frau, die er geliebt hat und die er heiraten wollte. Irene steht im Mittelpunkt einer ungeheuren Mitleidswelle. Jeder fühlt mit ihr. Bietet seinen Beistand an. Will trösten und ihr helfen, ins Leben zurückzufinden.

Luises Telefon klingelt. Erst will sie nicht drangehen. Sicher wieder einer der Journalisten, der von ihr wissen will, wie denn der Herr Dotti so als Mensch gewesen sei. Sie habe doch wochenlang mit ihm zusammen einen Film in Rom gedreht.

Wie war er denn so als Kollege? Und Luise, die das Schicksal verflucht, das ihr eine Liebe beschert hat, von der durch ihr viel zu langes Zögern niemand gewusst hat, ist gezwungen, völlig belanglose Floskeln zu finden: »Er war ein großartiger Darsteller. Außerordentlich kollegial, immer hilfsbereit. Er ließ mir genügend Raum, alle Facetten meiner Filmfigur herauszuarbeiten.«

»Wie heißt denn der Film?«, hat einer gefragt.

»Romanze in Rom.«

»Na, das muss man ja wohl jetzt abändern in ›Romanze in München‹«, hat er lachend vorgeschlagen und tatsächlich als Überschrift über seinen Artikel gewählt.

Luise hebt den Hörer von der Gabel.

Es meldet sich Traudl, Irenes Haushälterin.

Sofort fragt Luise: »Wie geht es ihr?«

Traudl scheint dankbar für diese Frage, denn es bricht aus ihr heraus: »Schrecklich. Ganz schrecklich geht es ihr. Seit sie von der Beerdigung von Herrn Dotti in Italien zurückgekehrt ist, ist sie völlig verändert. Ich erkenne sie gar nicht mehr. Alles, was sie früher immer war, ist weg. Ihre Lebenslust, dieses Fröhliche, wie soll ich sagen, dieses ›Hoppla, jetzt komm ich!‹ ist verschwunden. Sie grübelt viel. Und wenn ich sie frage, was ich kochen soll, sagt sie immer nur: Irgendwas, was dir gefällt. Frau Radell, wissen Sie noch, wie sie früher gewesen ist? Gab ganz genaue Anweisungen, was auf den Tisch kommen soll. Und überraschte mich regelmäßig zwischendurch in meiner Küche, um zu kosten. Jetzt ist sie dünn geworden. Und ich mache mir solche Sorgen um sie.«

»Ich auch«, gibt Luise zu.

»Frau Safranow bittet Sie, heute am späten Nachmittag zu ihr zu kommen. Können Sie das möglich machen?«

»Selbstverständlich«, bejaht Luise rasch.

»Oh, das ist gut, Frau Radell. Sie sind doch ihre beste Freundin. Sagen Sie ihr bitte unbedingt, dass sie mehr essen soll. Auf Sie wird sie hören.«

Luise hört noch ihr Schluchzen, ehe sie auflegt.

Danach brütet Luise vor sich hin.

Was hat sie nur angerichtet? Wie kann sie unbefangen mit Irene umgehen, wenn sie doch jedes Mal, wenn sie sie sieht, die dumpfen Schläge wieder hört, mit denen Francesco unter der Abdeckung um sein Leben gekämpft hat?

Warum, quält sie sich bis heute, hat sie den Hebel in der signalroten Farbe nicht gesehen, der inmitten des Marmortresens herausragt? Sie hätte Francesco so leicht retten können. Hätte sie den Hebel entdeckt und sofort betätigt, wäre die Abdeckung auseinandergefahren und er hätte problemlos die rettende Poolumrandung erreicht.

Sicher hätte er sie erst beschimpft, aber sie hätte ihn darüber aufklären können, dass sie zuvor nur versehentlich an die Vorrichtung gekommen ist. Dass sie den Mechanismus nicht absichtlich in Gang gesetzt hat. Dass es ein unglückliches Versehen gewesen ist.

Luise überlegt lange, was sie für ihr Treffen mit Irene anziehen soll. Schwarz wäre die Farbe ihrer Wahl und würde auch ihren Seelenzustand ausdrücken. Aber sie ahnt, dass Irene ebenfalls dunkle Kleidung trägt, und sie fände es makaber, wenn sie sich wie zwei Witwen gegenübersitzen würden.

Sie wählt schließlich ein graues Kostüm, wechselt den roten Gürtel gegen einen schwarzen aus und zögert einen Moment, ob sie ihren Pelz umhängen soll. Doch sie bringt es nicht über sich, ihn vom Garderobenhaken zu nehmen. Lieber friert sie, als die weiche schwere Hülle anzufassen, mit der sie auf dem Boden des Poolhauses gehockt hat.

Die Zeit drängt, deshalb will sie sich nicht damit aufhalten, in ihr Ankleidezimmer zurückzugehen, um einen Wollmantel zu holen. Stattdessen nimmt sie ihren dunkelgrauen breiten Schal, schlingt ihn sich um die Schultern und verlässt das Haus.

Diesmal fährt sie vorsichtig, denn der Regen prasselt auf die Windschutzscheibe und beeinträchtigt ihre Sicht auf den Verkehr.

Plötzlich grübelt sie, welches Datum eigentlich heute ist. Welcher Monat? Luises Ausnahmezustand hat dazu geführt, dass sie sich nur in ihren Kummer vergraben und der Realität vollständig entzogen hat.

Während der Scheibenwischer ein eintöniges Quietschgeräusch verursacht, fällt Luise ein, dass Irene ihr bei ihrem letzten Besuch ein Drehbuch in die Hand gedrückt hat. Und ganz beiläufig gesagt hat: »Lies mal! Vielleicht ist es ja was für dich!« Es hat ihr schmerzhaft gezeigt, dass Irene nie mehr diejenige sein wird, die ihr flapsig den Inhalt eines neuen Filmstoffs referiert mit dem Fazit: »Und den musst du unbedingt machen. Wird ein Megaerfolg! Keine Widerrede!«

Stattdessen ist Luises Rolle in Irenes Leben jetzt eine andere geworden. Sie ist die Klagemauer für sie. Immer wieder spricht Irene über den Toten. Luise weiß, dass es für sie ein Ventil ist, das ihr selbst verwehrt bleibt. Wie gerne würde sie über ihre Zeit mit Francesco sprechen, um ihren Verlust deutlich zu machen. Doch diese Entlastung bleibt ihr versagt und es ist ihre Schulter, an der Irene sich ausweinen kann.

Luise steuert ihr Auto durch das große Eisentor und fährt die gewundene Auffahrt hoch bis zur Haustür. Sie drückt auf den Klingelknopf und es dauert nicht lange, bis Irene selbst die Tür öffnet. Sie hat verweinte Augen, dennoch hat sie sich wie immer zurechtmachen lassen. Sicher ist Rosi am Morgen bei ihr gewesen und hat versucht, sie ein wenig aufzuheitern. Dieses Mal registriert Luise überdeutlich, dass Traudls Beschreibung zutrifft. Irene hat noch mehr abgenommen, was deutlich wird durch die Wahl eines schwarzen Kleides. Luise kennt das

Modell. Früher saß es wie eine zweite Haut, jetzt muss sie einen Gürtel zu Hilfe nehmen, den sie in der Taille fest verknotet hat, sonst würde der Stoff an ihr wie ein Sack hängen.

Sie umarmt Luise und zieht sie mit sich in die Wohnhalle, in der die beiden sich gegenüberstehenden Kamine in Betrieb sind.

»Komm, setz dich zu mir«, bittet Irene und schiebt einen Sessel für Luise vor das Feuer, aus dem die Flammen hell lodern.

»Es ist kalt draußen«, hört sie Irene sagen. »Der Sommer ist schon so lange vorbei.«

Sie streicht sich mit einer Hand eine Locke aus der Stirn. Dabei spiegelt sich der Feuerschein in ihrer goldenen Armbanduhr, deren Ziffernblatt mit unzähligen Brillanten verziert ist. Am anderen Handgelenk trägt sie einen ihrer massiv goldenen Gliederarmbänder, wie jeden Tag.

»Ich verstehe es nicht«, hört Luise sie zum wiederholten Mal klagen. »Was hat er in dem Poolhaus gemacht? Warum, um Himmels willen, ist er dahin gegangen? Er wäre niemals auf die Idee gekommen, zu dieser Uhrzeit dort schwimmen zu gehen. Als wir beim letzten Mal zusammen in der Sauna waren, hat er mich noch aufgezogen, wie jämmerlich klein der Pool ist und dass er sich schon darauf freue, wenn er mir endlich die, wie er sagte, olympischen Ausmaße des Pools an seiner Familienvilla zeigen würde. ›In so einen Teich wie bei dir würde ich niemals springen‹, hat er lachend gesagt und dann behauptet: ›Das wäre ja lebensgefährlich.‹«

Luise kann diese Worte kaum ertragen. Sofort taucht sie selbst vor ihrem geistigen Auge auf, wie sie ihre unbeholfenen Tanzschritte an seinem Pool während des sonnendurchfluteten Nachmittags vor ihm aufgeführt hat.

Sie lässt den Kopf sinken und atmet tief ein. Sie ermahnt sich, unbedingt Haltung zu bewahren und auf keinen Fall vor ihr in Tränen auszubrechen.

Irene hat ihre Reaktion gar nicht bemerkt. Sie starrt ins Feuer, aus dem sich gerade unter lautem Zischen ein Holzscheit löst.

»Die Villa habe ich nie gesehen«, fährt Irene jetzt mit einem Aufseufzen fort. »Aber seine Familie. Sie hat mich mit offenen Armen empfangen und war unfassbar freundlich zu mir, als ich in ihrer Mitte die Kirche zur Trauerfeier betrat. ›Ah, Irena‹, hat seine Schwester bei unserem Kennenlernen sofort ausgerufen. ›Wir haben so viel von dir gehört. Francesco hat so von dir geschwärmt. Zeig, hast du seinen Ring?‹

Ich wusste gar nicht, was sie meinte. ›Doch, doch‹, hat sein Bruder bekräftigt. ›Er wollte dir einen Antrag machen. Mit einem Rubinring. Francesco hat noch nie einer Frau einen Heiratsantrag gemacht.‹

Luise, ich habe keinen Ring. Aber weißt du, was komisch ist? Die Polizei hat mir eine kleine Schachtel eines Londoner Juweliers überreicht. Die haben sie gefunden. Sie lag, so haben sie gesagt, auf der Marmorfläche der Bar. Francesco und ich waren doch gemeinsam in London und da muss er heimlich losgegangen sein, um einen Ring für mich zu kaufen. Aber ich schwöre dir, es war kein Ring in dem Kästchen. Und da in diesem vermaledeiten Poolhaus niemand außer deinem Bruder war, der ja nun völlig unverdächtig ist, einen Wertgegenstand an sich zu nehmen, ist es ein absolutes Rätsel, was mit dem Ring passiert ist.«

Luise dreht sich der Magen um. Sie sieht Carl vor sich mit seinem fragenden Blick, als er den Rubinring aus Francescos Faust gelöst hat. Warum nur hat sie aus einer völlig unüberlegten Augenblicksentscheidung den Ring haben wollen? Wäre sie doch diesem Impuls nicht gefolgt, etwas von ihm besitzen zu wollen. Sie hat doch schon sein persönliches Geschenk, die goldene Zigarettenschachtel. Vielleicht ist der demütigende Satz

»Die habe ich zu Dutzenden verschenkt an meine Affären« der Auslöser für alles gewesen, was gefolgt ist.

Jetzt liegt der Ring in ihrem Safe und sie wird ihn niemals tragen können. Im Gegenteil. Nun wäre sie aufrichtig froh, sie würde ihn an Irenes Finger sehen und nicht ständig mit der Frage konfrontiert werden: »Wo ist der Ring?«

Warum nur? Warum das alles? Warum ist das alles passiert?

Irene spricht schon längst weiter: »Ich war so überrascht, als mir sein Bruder erzählt hat, Francesco habe mir einen Antrag machen wollen. Aber es fühlt sich richtig an. Wir kannten uns ja noch nicht so lange, aber auch ich war total überzeugt, dass wir in uns unseren Lebensmenschen gefunden haben.

Wenn du wüsstest, wie oft ich vorgehabt hatte, dich in Rom anzurufen, um dir von diesem unglaublichen Glück zu erzählen. Aber ich habe dann immer gezögert und mir gesagt, nein, das erzählst du ihr erst, wenn wir uns gegenüberstehen. Ich wusste, dass du erst überrascht gucken würdest, ganz ungläubig, und mir dann um den Hals fällst. Du würdest dich mit mir freuen. Du konntest ermessen, was das für mich heißt.

Ich war doch immer die Starke, die sich die Kerle ausgesucht hat, wenn ihr einer gefiel. Und plötzlich, Luise, ich weiß gar nicht, wie ich dir das beschreiben soll, urplötzlich stolziert ein Mann in mein Büro, wir sehen uns an – und es ist passiert. Von einer auf die andere Sekunde. Wir haben erst einmal gar nichts gesagt und ab diesem Augenblick, einem Wimpernschlag, waren wir unzertrennlich. Wir haben den halben Tag und die Nacht in meinem Büro gesessen und geredet, Luise, nur geredet. Über alles Mögliche. Er war so ein sensibler, mitfühlender, ernsthafter Mensch und ich hatte das Gefühl, er blickt auf den Grund meiner Seele.«

Luise ist froh, dass sie nichts erwidern muss. Irene will einfach nur reden. Und Luise kommt es so vor, als wäre ein Teil davon ihre eigene Geschichte.

Sie presst ihre Lippen fest aufeinander, um Irenes Redefluss nicht zu stören.

»Ich war plötzlich ein ganz anderer Mensch. Nein, das ist falsch. Ich knüpfte an mein eigenes Ich als junge Frau an. Du kannst dir das vielleicht gar nicht vorstellen, aber ich war so viel mädchenhafter, so viel zurückhaltender, ja, eigentlich schüchtern, als ich jung war. Bis ich mir im Umgang mit den Kerlen, privat wie beruflich, eine Art Rüstung zugelegt habe.

Aber bei ihm war ich endlich davon erlöst, eine Show abziehen zu müssen. Ihm habe ich alle Ecken und Kanten gezeigt. Ich war wahrhaftig. Er hatte keine Angst vor meinem Grips, im Gegenteil, er war stolz auf meine Erfolge. Und er akzeptierte auch meine Widersprüche. Ich habe mich kein bisschen verstellen müssen, keinen einzigen verführerischen Kniff versuchen müssen, nichts.

Für ihn war ich richtig, so wie ich bin!

Zwischen uns gab es keine Spielchen, kein Verstellen. Wir gehörten einfach zusammen. Ich bin so froh, dass du uns zusammen erlebt hast. Ich wollte schon in dem Augenblick mit dieser überwältigenden Entwicklung in meinem Leben herausplatzen, als du bei meiner Party zu mir raufkamst und wir überlegt haben, was ich anziehen soll. Da war ich einen kleinen Moment versucht, dir sofort von meiner großen Liebe zu erzählen. Aber dann habe ich mir gesagt, das brauchst du gar nicht. Wenn sie gleich sieht, wie Francesco mich in den Arm nimmt, dann weiß sie sofort, hier ist etwas Unglaubliches passiert.

Ach, Luise, als du in Rom so unendlich lange Nachdrehs hattest, war ich dir richtig dankbar. Er wäre sonst nie allein nach München gekommen, sondern ihr wart ja schon in meiner Planung als das neue große, erfolgreiche Kino-Liebespaar vorgesehen. Du wärst mit ihm gemeinsam am Flughafen angekommen und ich wäre zu der Zeit in Paris gewesen, um einen neuen Film einzutüten.

Ich hatte mir gesagt: Lass die beiden mal alle Pressetermine zu zweit wahrnehmen. Er wäre dann wahrscheinlich schon wieder nach Rom zurückgekehrt und ich hätte ihn nie getroffen.

Dir, Luise, verdanke ich meine glücklichste Zeit im Leben. Den Sommer meiner großen Liebe.«

Luise schießen bei diesen Worten Tränen in die Augen, verstohlen will sie sie mit dem Handrücken wegwischen.

Doch Irene greift nach ihrer Hand. »Ach, Luise, wenn ich dich nicht hätte. Es ist so lieb, wie du mit mir leidest. Wann immer ich mich bei dir ausheulen kann, sehe ich auf deinem Gesicht genau die Empfindungen, die ich habe. Du verstehst alles. Du bist wie mein Zweites Ich. Wie eine Zwillingsschwester, die alle Gefühle mit mir teilt. Der ich blind vertraue und die mir niemals in den Rücken fallen würde. Die mich auffängt in meinem Leid und so sensibel meine Gedanken erfühlt.

Luise, ich wünsche dir so einen Glücksfall in der Liebe, wie ich ihn erleben durfte. Ich hoffe aus ganzem Herzen, dass du jemanden triffst, der dich bis ins Mark berührt. Bei dem du sofort spürst, er ist für dich bestimmt.«

Innerlich windet sich Luise unter Irenes Worten. Sie kommt sich falsch vor, möchte sie ständig unterbrechen und herausschreien: »Aber ich habe ihn geliebt! Und ich bin schuld an seinem Tod!« Dennoch glaubt sie zu wissen, dass Irene die Erste wäre, die ihr verzeihen und von einem Unfall sprechen würde, der sich aus einer verfahrenen Konstellation heraus ereignet hat.

Um sich zu fangen, tut sie so, als würde sie wie hypnotisiert dem Schauspiel zusehen, das die Flammen im Kamin in immer bizarreren Formen darbieten. Sie schlängeln sich um die hoch aufgerichteten Holzscheite, hüllen sie ein und übertreffen sich gegenseitig in den zuckenden Kapriolen, mit deren Schein sie den Kamin erhellen.

Irene lässt Luises Hand los und zieht sie am Arm hoch. »Komm, ich will dir zeigen, wo alles passiert ist.«

»Im Poolhaus?« Luise kann das Entsetzen in ihrer Stimme nicht unterdrücken, sodass Irene spontan ihre Arme um sie schlingt.

»Du bist so lieb. Ich weiß, dass du mir das ersparen willst, aber ich muss immer wieder dorthin, wo er gestorben ist. Und du, meine Seelenverwandte, bist die beste Begleitung, die ich dabeihaben kann. Komm, lass mich nicht wieder allein dort hingehen.«

»Aber es regnet«, startet Luise einen letzten hilflosen Versuch, sie an diesem Gang zu hindern.

Doch Irene ist schon bei der Garderobe angekommen und hält ihr ein Regencape hin. »Hier, zieh dir die Kapuze bis weit ins Gesicht runter.«

Sie selbst zieht einen Trenchcoat an und streicht traurig über die Knopfleiste. »Den haben wir in London gekauft. Francesco hat mich damit aufgezogen, dass es doch nicht nur in England, sondern vor allem in Deutschland dauernd regnet.«

Dann öffnet sie die Tür und Luise bleibt nichts anderes übrig, als ihr zu folgen.

Schon die ersten Schritte auf dem Rasen beweisen, dass sich der Regenguss verstärkt hat. Es gießt wie aus Kübeln. Irene scheint gar nicht zu bemerken, dass ihr Trenchcoat im Nu durchnässt ist, denn sie stapft ungerührt auf ihren hohen Absätzen vor Luise her. Offensichtlich ist ihr völlig egal, ob sie im schlammigen Untergrund stecken bleibt.

Luise ertappt sich dabei, dass sie ihr auf Zehenspitzen folgt, genauso vorsichtig wie bei ihrem Gang zu ihrer Verabredung mit Francesco. Als sie am Poolhaus ankommen, zieht Irene die Tür weit auf und wartet auf Luise, um sie durchgehen zu lassen.

Luise zögert. Irene missdeutet ihr Zaudern als die Geste einer Frau, die nicht an einen Ort des Schreckens will.

»Luise, komm! Es ist lieb, dass du dir so viele Gedanken um mich machst. Aber wie ich dir vorhin gesagt habe, ich gehe hier täglich hin.«

Luise muss ihrer Aufforderung Folge leisten und tritt zögernd ein.

Sofort betätigt Irene den Lichtschalter und die vielen kleinen Deckenleuchten flammen auf.

Es kostet Luise Überwindung, in das Becken zu schauen.

Es ist leer.

Man hat das Wasser längst abgelassen und Irene geht mit festem Schritt zur Bar. An ihren Absätzen stecken Rasenreste und nasse Erde. Sie greift zu einem Glas und schenkt sich einen Whisky ein. Erst dann dreht sie sich zu Luise um und fragt: »Willst du auch einen?«

Luise starrt sie an, denn sie sieht jemand anderen an der Bar stehen und hört die Frage: »Möchtest du einen Drink?«

Rasch schüttelt sie mit dem Kopf, wobei von ihrer Kapuze Regenreste auf den Fliesenboden tropfen.

Als sie sieht, wie Irene die bernsteinfarbene Flüssigkeit in ihrem Glas kreisen lässt, wird ihr schwindlig.

»Ich möchte gehen«, wispert sie. Doch sie scheint es nur zu sich selbst gesagt zu haben, denn Irene reagiert gar nicht.

Sie tippt plötzlich mit dem Zeigefinger auf eine Stelle des Marmortresens. »Hier lag das Schmuckschächtelchen mit der Inschrift vom Juwelier aus London. Der Polizist hat mir die Stelle gezeigt. Ein Schächtelchen für einen Ring. Aber wo ist er? Sie haben Francescos Kleidung durchsucht, weil sie dachten, er habe den Ring vielleicht in einer seiner Taschen versteckt. Aber, Luise, er wusste doch, dass ich an dem Tag auf dem Studiogelände bis in den späten Abend festgehalten worden wäre. Das hatten wir ausführlich besprochen. Warum sollte er dann die Schachtel hierhinstellen, den Ring aber bei sich tragen? Und vor allem anderen, warum war er überhaupt hier?«

Luise schweigt.

Aber Irene ist so in Gedanken versunken, dass sie dies überhaupt nicht wahrnimmt.

»Vielleicht ist der Ring ja in den Rohren. Ich habe schon den Auftrag vergeben, hier alles aufzustemmen, sämtliche Rohrleitungen. Das Sieb wird auseinandergenommen. Vielleicht hat sich der Ring ja darin verfangen. Es kann doch sein, dass Francesco sich das Schmuckstück noch einmal ganz genau anschauen wollte, es in der Hand hielt, als er in den Pool gestürzt ist. Aber, Luise, da geht es weiter mit den Fragen. Francesco hat mir erzählt und seine Familie hat das bestätigt, er war als Siebzehnjähriger Landesmeister als Schwimmer. Wie kann so jemand ertrinken?«

Luise glaubt, etwas sagen zu müssen, und beginnt: »Aber die Verletzung …«

Irene unterbricht sie: »Die war nicht tödlich. Er war wahrscheinlich, wenn überhaupt, ein wenig benommen, aber ganz sicher nicht bewusstlos. Das hat die Obduktion ergeben. Ich bin die Unterlagen mit seiner Familie ganz genau durchgegangen. Seine Mutter ist untröstlich über den Verlust, aber sie ist eine sehr starke Frau. Sie hat mir gesagt, dass ich ihr unglaublich ähnlich sei. Wann immer wir gesprochen haben, hat sie mich in den Arm genommen. Und sie hat mir gesagt, dass es für sie ein Trost ist, dass ich jetzt zur Familie gehöre. Für immer und ewig, hat sie gesagt. Seine Schwester hat mir den Ring übrigens aufgezeichnet und beim Juwelier ist der Auftrag von seiner Mutter aufgegeben worden, eine Kopie herzustellen. Sie planen eine Zeremonie, um ihn mir zu überreichen.« Irene leert das Glas in einem Schluck, genauso wie es Francesco an dem verhängnisvollen Tag getan hatte.

Auch das Klirren, als sie das Glas energisch auf den Tresen stellt, hört sich genauso an wie bei ihm. Als Luise beobachtet, wie Irene gedankenverloren den gläsernen Aschenbecher vor ihr ein wenig zur Seite schiebt, glaubt sie, gleich ohnmächtig zu werden. Sie macht einen Schritt nach vorne und stützt sich an einem der Barhocker ab.

Irene schaut auf.

»Sosehr ich mich über die Geste seiner Familie freue, mir eine Kopie zu schenken, so sehr werde ich weiter versuchen, das Original zu finden. Denn der Ring ist sein Vermächtnis an mich.«

Irene kann den Blick nicht vom leeren Pool abwenden und Luise überlegt fieberhaft, ob sie den Ring vielleicht während der bevorstehenden Aufreißarbeiten im Bauschutt verstecken könnte. Oder noch besser, so tun sollte, als hätte es ihr keine Ruhe gelassen und sie wäre noch einmal an den Ort von Irenes Trauer zurückgekehrt und hätte den Ring ganz zufällig zwischen den Flaschen gefunden.

»Wann fangen denn die Arbeiten hier an?«, fragt sie betont beiläufig und erschrickt, als Irene antwortet: »Noch heute Abend. In einer Stunde fangen sie an! Und ich werde die ganze Nacht bei ihnen bleiben.«

Nachdem sie Irene schließlich verlassen hat, quält sich Luise durch die Nacht. Immer wieder stellt sie sich vor, wie Irene in Gummistiefeln, dem Regencape und einer Mütze auf dem Kopf zwischen den Bauarbeitern steht und jede Bewegung, die sie mit einer Schaufel machen, aufmerksam überwacht.

Schließlich kann Luise dieses Bild nicht mehr ertragen und sie fasst einen Entschluss. Sie muss dem grausamen Spiel ein Ende bereiten.

Sie muss sich stellen.

Als Erstes muss sie Irene von ihrer Liebe zu Francesco berichten. Auch wenn es schockierend sein wird, Luise wird darüber Auskunft geben müssen, dass sie in dem festen Glauben war, von ihm wiedergeliebt zu werden. Und sie muss sich dabei auch zu ihrem missglückten Versuch bekennen, sie imitieren zu wollen. Aber zu guter Letzt kann sie ihr eine Gewissheit verschaffen: »Als er dich getroffen hat, ist ihm sofort klar geworden, dass du es bist, die ich ihm vorspielen wollte. Dass du das Original bist. Geliebt hat er nur dich!«

Und sie wird damit ihrer verzweifelten Vertrauten die absolute Bestätigung geben, dass sie die Frau ist, mit der er sein Leben teilen wollte. Luise nimmt sich auch vor, dass sie sich selbst keine seiner für sie so demütigenden Sätze während des fatalen Treffens im Poolhaus ersparen wird. Alles wird sie rückhaltlos offenlegen. Bis hin zu ihrem Schlag mit dem schweren Aschenbecher auf Francescos Kopf.

Schließlich wird sie Irene beichten, dass sie aus Versehen gegen den Hebel zur Mechanik der Becken-Abdeckung gestoßen ist und sie, geschockt vom Verlauf des Ereignisses, den Hebel anschließend wirklich nicht wahrgenommen hat.

Und sie will ihr endlich anvertrauen, dass sie sich seitdem mit unvorstellbar vielen Selbstvorwürfen quält, ihn nicht hat retten zu können. Alles, alle Schuld für jeden ihrer Schritte in den vergangenen Monaten wird sie auf sich nehmen.

Luise stellt sich auf Irenes Fassungslosigkeit ein, hofft aber, dass ihre späte Ehrlichkeit ein Fundament sein wird, auf dem sie ihre Beziehung erhalten können. Auch wenn es Zeit in Anspruch nehmen wird, sie will Irene nicht auch noch verlieren.

Um fünf Uhr dreißig steigt Luise völlig verschwitzt aus ihrem Bett, in dem sie sich stundenlang hin und her gewälzt hat.

Sie wird Zeit brauchen, um sich herzurichten. Wenn sie in ein paar Stunden vor Irene stehen wird, um ihre Beichte abzulegen, will sie nicht jämmerlich erscheinen. Nach einer ausgiebigen Dusche, während der sie ihre Frisur mit einer Duschhaube schützt, cremt sie ihren Körper sorgfältig ein und erinnert sich nach einem Blick auf das Etikett, dass die Körperlotion ein Weihnachtsgeschenk von Irene ist.

Dann will sie sich so schminken, wie Reni es immer macht. Seit Jahren hat sie dies nicht mehr selbst versucht. Und erhält prompt die Quittung dafür, dass sie stets, bequem zurückgelehnt in dem Sessel der Maskenbildner-Abteilung, die Augen schließt, während Reni wahre Wunder vollbringt. Zweimal muss sie die Schminke wieder abwaschen, da sie zu ungeschickt mit Make-up, Puder, Rouge, vor allem dem Lidstrichpinsel hantiert. Sofort zeigen sich auf ihrer empfindlichen Haut die typischen hektischen roten Flecken. Schließlich gibt sie auf und pudert sich nur ein wenig, um die größten Makel zu verdecken, und macht sich daran, ein Kleid auszusuchen. Sie entscheidet sich für ein grünes, vielleicht, weil es die Farbe der Hoffnung ist.

Als sie glaubt, zumindest äußerlich für das bevorstehende Treffen gerüstet zu sein, nimmt sie den Hörer in die Hand und wählt entschlossen Irenes Nummer.

Sie erwartet, dass Traudl oder einer von Irenes Angestellten das Telefonat entgegennimmt, aber zu ihrer großen Überraschung ist es Irene selbst, die sich sofort meldet. Zunächst verschlägt es Luise die Stimme, dann räuspert sie sich, gibt sich zu erkennen und sagt völlig unvermittelt: »Irene, komm bitte sofort zu mir! Ich habe den Ring! Und ich weiß auch, warum Francesco im Poolhaus war!«

Noch ehe Irene etwas erwidern kann, drückt sie auf die Gabel und legt den Hörer neben das Telefon. Sie will ihr Geständnis auf keinen Fall feige am Telefon machen, sondern Irene dabei in die Augen schauen.

»Guten Morgen!« Luise dreht sich erschrocken um. Sie hat völlig vergessen, dass heute einer der drei Tage ist, an denen ihre Haushaltshilfe, Susanne Maerger, in ihrem Haus für Sauberkeit und Ordnung sorgt.

Jetzt erklärt sie ihr rasch: »Susanne, Sie können sich heute freinehmen. Ich bezahl selbstverständlich für den Ausfall.«

»Aber heute ist Wäschetag«, beharrt Susanne auf dem normalen Ablauf. »Sie haben sonst bald keine frischen Handtücher mehr.«

»Das können Sie morgen machen. Heute erwarte ich überraschend wichtigen Besuch. Da will ich nicht gestört werden.« Susanne scheint ein wenig beleidigt, als sie wortlos in den Flur zurückkehrt, ihren Mantel anzieht, um dann doch noch zu rufen: »Ich habe Ihr rotes Kleid aus der Reinigung mitgebracht. Das lass ich jetzt aber an der Garderobe hängen.«

Danach lässt sie die Haustür hinter sich ins Schloss fallen.

Luise geht in die Küche, setzt Wasser auf und schüttet Kaffeepulver in den Papierfilter. Während sie darauf wartet, dass der frische Kaffee in die Glaskanne läuft, taucht die Erinnerung an die vielen Espressi auf, die sie mit Francesco vor und während der Drehtage immer getrunken hat. Doch sie ermahnt sich, solche aufkommenden Erinnerungen zu verdrängen. Vielleicht wird es ja mal eine Zeit geben, in der sie sich gestatten darf, an die vielen Glücksmomente während eines heißen Sommers in Italien zu denken.

Doch heute schlägt sie ein ganz anderes Kapitel in ihrem Leben auf. Das von Schuld und Sühne.

Luise schätzt, dass Irene in etwa fünfunddreißig Minuten vor ihrer Haustür stehen wird, und beschließt, die Zeit nur mit Warten zu verbringen. Sie sieht sich außerstande, in der Zwischenzeit irgendetwas Sinnvolles zu erledigen.

Sie nimmt ihre Kaffeetasse mit in den Wohnraum und setzt sich auf ihre Lieblingsecke der Couch. Ihr Blick schweift zu dem weißen Sessel, auf dem Irene immer seitwärts sitzt, die schlanken Beine über der Lehne baumelnd. Dabei fällt ihr der lila Kaschmirschal ins Auge, den Irene wohl bei einem ihrer letzten Besuche dort vergessen hat.

Es ist gut, dass sie gleich kommt und ihn wieder an sich nimmt.

Luise merkt, dass sie müde wird. Sie lässt ihren Kopf auf das Polster in ihrem Rücken fallen. Ihre Augen brennen und sie ist froh, sie für einige Minuten zu schließen.

Dann schreckt sie hoch. Sie schaut auf ihre Uhr. Es sind zweieinhalb Stunden vergangen und sie muss eingeschlafen sein, übermüdet nach der durchwachten Nacht. Wo bleibt Irene? Was könnte sie aufhalten, nachdem sie ihre so wichtige Nachricht erhalten hat? Hat sie ihr nicht geglaubt?

Sofort ruft sie in Herrsching an. Traudl meldet sich und Luise fällt mit der Tür ins Haus: »Traudl, ich mache mir Sorgen. Wo ist Irene?«

Traudl antwortet im Gegensatz zu ihrer eigenen mit einer ganz ruhigen Stimme: »Sie hat vorhin einen Anruf erhalten und ist sofort aufgebrochen. Sie hat zum ersten Mal wieder am Frühstückstisch bei mir in der Küche gesessen. Ich habe ihr nämlich gesagt, bevor sie wieder zu den Bauarbeitern im Poolhaus geht, muss sie erst einmal was zu sich nehmen. Sonst würde ich kündigen. Da hat sie sich doch tatsächlich hingesetzt und ich hatte schon alles ganz wunderschön für sie eingedeckt. Wenn Sie hier wären, Frau Radell, könnten Sie es mit eigenen Augen sehen. Kaffeetasse mit passendem Unterteller, von dem feinen Service diesmal. Entsprechende Kanne mit brühheißem Kaffee, frische Semmeln, ihre rote Lieblingsmarmelade. So wie sie das liebt. Und sie hat tatsächlich etwas gegessen. Das sehe ich gerade an dem Messer, das sie auf ihren Frühstücksteller gelegt hat. Da ist sogar noch ein bisschen Butter dran. Als das Telefon geklingelt hat, habe ich ihr gleich den Hörer hingehalten von dem Apparat, den sie hier an der Wand hat anbringen lassen. Sie hat kein Wort gesagt, sondern nur zugehört.

Und dann hätten Sie mal sehen müssen, wie schnell sie aufgesprungen ist, hat mit den Kniekehlen ihren Stuhl zurückgeschoben, Sie wissen schon, Frau Radell, den schönen mit dem zarten Rosenmuster. Und wissen Sie, was sie dann gemacht hat?

Sie hat mich ganz spontan in die Arme genommen, so wie sie es früher dauernd getan hat, und hat mir einen dicken Kuss auf die Wange gegeben. Ich habe das Gefühl, sie kommt wieder zu sich. Sie wirkte fast ein bisschen glücklich. Sie war so voller Tatendrang, wie früher. Und ich habe ja das Gefühl, dass Sie daran nicht ganz unschuldig sind, Frau Radell.«

»Warum?«

»Sie waren doch gestern hier und scheinen ihr eine Portion Kraft geschenkt zu haben. Ein großes Dankeschön dafür! Und wissen Sie, worüber ich mich so gefreut habe?«

Es ist eine rhetorische Frage, da Traudl keine Antwort zu erwarten scheint, denn sie beschreibt sofort weiter: »Sie hat zum ersten Mal seit Langem nicht nach einem schwarzen Mantel gegriffen, sondern ihre geliebte hellbraune Lederjacke übergezogen, dazu hat sie sich ein buntes Seidentuch um den Kopf gebunden, so wie früher. Und ich dachte, ich seh nicht recht. Zieht sie doch tatsächlich ihre frühere Lieblingshandtasche aus dem Regal, und zwar die aus feinstem Kalbsleder, hat endlich wieder ihre Handschuhe, die daneben lagen, genommen, Sie wissen, welche ich meine, die so eine Farbe haben wie Cognac, und ist mit einem Winken für mich rausgestürmt zu ihrem Auto. Also Sie brauchen sich keine Gedanken zu machen. Frau Safranow ist wieder dabei, die Alte zu werden. Gott sei Dank! Wahrscheinlich hat sie jetzt noch eine Menge zu erledigen. Sie meldet sich bestimmt bei Ihnen!«

Luise befürchtet, dass Irene in den vergangenen Stunden versucht hat, sie telefonisch zu erreichen. Doch da sie den Hörer neben die Gabel gelegt hat, wäre immer das Besetztzeichen ertönt.

Die Unruhe in ihr wächst. Sie glaubt nicht wie Traudl, dass Irene irgendwo etwas erledigt. Aber dann fällt ihr die Möglichkeit ein, dass sie vielleicht im Stau steckt, was viel zu häufig auf dem Weg zwischen Herrsching am Ammersee und

München vorkommt. Vor allem in den Sommermonaten, wenn Ausflügler mit ihren Autos die Straßen verstopfen. Aber es herrscht trüber Herbst und die Ferienzeit ist längst vorüber.

Luise schaut durch das kleine vergitterte Fenster in ihrer Haustür, ob sie Irenes roten Sportflitzer herannahen sieht. Doch weitere quälende anderthalb Stunden passiert nichts. Als endlich das Telefon ertönt, hastet sie zum Apparat und hört zu ihrer Enttäuschung, dass es nicht Irene, sondern Otto ist. Sofort versucht sie, ihn abzuwimmeln, indem sie erklärt: »Du, Otto, ich kann jetzt nicht. Ich erwarte einen …« Doch da ist etwas in Ottos Stimme gewesen, das sie verstummen lässt.

»Luise, weißt du es schon?«

»Was?«

»Irene ist tot!«

Luise kann sich nicht mehr auf den Beinen halten. Sie sackt auf dem Stuhl an ihrem Schreibtisch zusammen.

»Luise, bist du noch da?«

»Ja.« Ihre Stimme klingt ganz heiser, als sie sich zwingt zu fragen: »Was ist passiert?«

»Ich weiß es nicht. Noch nicht. Auf jeden Fall ein Unfall. Die Polizei war hier. Du kannst dir ja wohl ungefähr vorstellen, was hier los ist. Traudl ist völlig am Boden zerstört. Dauernd sagt sie, aber sie war doch wieder die Alte. Die Frau Radell hat ihr Kraft gegeben. Das kann nicht sein.

Übrigens ist der Unfall ganz in deiner Nähe passiert. Wollte sie heute wirklich zu dir? Mir hatte sie gesagt, dass sie noch länger bei den Bauarbeitern sein wird, die alles im Poolhaus aufgestemmt haben. Auch drumherum liegen alle Rohre frei. Das sollte heute so bis zum Haus runtergehen. Sie hat doch so manisch nach diesem verfluchten Rubinring gesucht. Du, ich denke die Polizei wird auch zu dir kommen, weil wir alle gleich gesagt haben, die Unfallstelle ist aber ganz in der Nähe von deinem Haus. Luise, sag, kommst du klar? Ich muss mich jetzt um alles kümmern. Pressemitteilungen und so. Ach, Luise, es ist so furchtbar. Das ist das Ende einer Ära!«

Er wartet Luises Reaktion nicht mehr ab und legt auf.

Luise hält den Hörer noch eine Weile fest umklammert, als ob sie daraus etwas hören könnte, was ihr den Schmerz von der Seele nimmt.

Sie fühlt sich wie versteinert und dennoch funktioniert ihr Denken, und das sagt ihr mit brutaler Klarheit, dass nichts mehr ihr Seelenheil retten wird. Irene ist die einzige Person gewesen, die ihr hätte vergeben können. Luise muss ab jetzt mit einer doppelten, ins Unermessliche ansteigenden Schuld leben. Sie hat nicht nur Francescos Tod zu verantworten, sondern auch ihr zweites Ich, Irene, in den Tod getrieben. Nichts anderes ist passiert.

Hätte sie sich nicht selbst mit dem Lockanruf Erleichterung verschaffen wollen, wäre Irene nicht zu ihr gerast, um endlich Antworten auf die beiden wichtigsten Fragen zu erhalten, die ihr die Rückkehr in ein einigermaßen normales Leben versperrten. Warum ist Francesco im Poolhaus gewesen? Wo ist der Rubinring?

Kapitel 17

München, Anfang November 1959

Die Beisetzung von Irene Safranow erfolgt standesgemäß auf dem Prominentenfriedhof der Stadt München.

Luise empfindet die vielen Fragen der Journalisten, die ihr auf dem Weg in die Kirche ihre Mikrofone vor das Gesicht halten, und die neugierigen Blicke der Schaulustigen als eine Woge der Sensationsgier.

Beim Gedenkgottesdienst ist die Kirche brechend voll, besetzt mit Stars, Honoratioren aus Politik, Wirtschaft, Kunst und Adel.

Otto ist total beeindruckt von dieser Mischung, als er Luise zuraunt: »Was für ein Spektakel!«, um sich dann gleich zu korrigieren: »Ich meine natürlich, was für ein ungeheuer würdevoller Abschied!«

Auf dem Weg zum Friedhof ist es Luise, die überwältigt ist von dem Spalier der Tausenden von Menschen, die die Straßen säumen und applaudieren, als das Fahrzeug mit Irenes weißem Sarg von der Trauerfeier zum Friedhof an ihnen vorbeifährt.

Bei Irene Safranows Beisetzung steht Luise inmitten all der Stars, die mit ihr zusammengearbeitet haben, auf dem Friedhof, als sie ein lautes impertinentes Schluchzen wahrnimmt. Es ist Diana Corell. Sie hat mit ihrem exaltierten Auftreten schon die Trauerfeier unangenehm gestört und Hartmut Ewers hat geflüstert: »Jetzt fehlt ihr ein Drehbuch für angemessenes Verhalten. Sie chargiert, wie immer!«

Luise kann es kaum ertragen, als sie aufgefordert wird, an Irenes offenes Grab zu treten und eine bereitgestellte langstielige Rose auf den weißen Sarg zu werfen, gefolgt von einer Handvoll Erde.

Sie möchte sich am liebsten verkriechen und unsichtbar machen, weiß jedoch, dass gerade sie von allen Seiten aufmerksam beobachtet wird. Darunter ganz sicher viele nicht wohlmeinende Kolleginnen, die sich jetzt Chancen ausrechnen, in der Erfolgskurve an ihr vorbeiziehen zu können.

Die Klatschreporterin Maria Strickler ist sogar so weit gegangen, in einem Artikel heuchlerisch zu fragen: »Was wird jetzt aus der Königin des Films? Wird es noch Top-Rollen für Luise Radell geben, jetzt, wo ihre einflussreiche Freundin ihr nicht mehr helfen kann?«

Luise wendet sich vom Grab ab und lässt sich von einem jungen Polizisten zu ihrer Limousine eskortieren, als immer mehr Trauergäste nach vorne drängeln, um vor den Kameras der Fotografen ihre Betroffenheit zu zelebrieren.

Als sie mit gesenktem Kopf vor der geöffneten Autotür innehält, spricht er sie an. »Ich bin's«, sagt er. »Ich war bei Ihnen, als wir Sie nach dem Unfall der Frau Safranow befragt haben. Wissen Sie noch?«

Wie sollte sie dies jemals vergessen können?

Er ist einer der beiden Beamten, die ihr fast ehrerbietig gegenübergetreten sind. Vermutlich sind sie Fans und haben gar nicht fassen können, sie persönlich zu treffen.

Sie entschuldigten sich bei ihrem Besuch mehrmals, ehe sie fragten: »Waren Sie mit Frau Safranow verabredet?«

»Nein«, antwortete sie. Für sie ergab es keinen Sinn mehr, über das geplante Treffen zu sprechen.

»Sie ist ja ganz in der Nähe Ihres Hauses verunglückt. Wollte sie vielleicht unangemeldet bei Ihnen vorbeischauen?«

»Ich wüsste nicht, warum.«

»Fuhr sie oft zu schnell?«

Luise log. »Nein, sie war eine umsichtige Fahrerin.«

Währenddessen dachte sie daran, wie oft sie Irene gebeten hatte, langsamer zu fahren. Sie hatte immer Angst gehabt, wenn sie in einem von Irenes Sportwagen auf der Beifahrerseite saß. Doch Irene hatte sie jedes Mal ausgelacht und gesagt: »Langsam fahren können alle. Was meinst du denn, wozu ich mir diese Luxusautos leiste? Damit ich schnell fahren kann. Dazu sind sie da!«

Der ältere Polizist fragte nach: »Wie kommt es dann, dass eine so umsichtige Fahrerin, wie Sie gerade sagten, bei strömendem Regen über die Landstraße rast?«

»Ich kann mir das nicht erklären.«

»Hatte sie vielleicht berufliche Probleme, von denen Sie wussten?«

»Aber nein«, hat Luise entrüstet getan. »Sie feierte einen Triumph nach dem anderen. Sie war Europas erfolgreichste Produzentin und auch privat hat sie sich nach dem Tod von Francesco Dotti langsam wieder gefangen.«

Luise schaut in das junge Gesicht des Beamten. Hat er in der Zwischenzeit doch mehr herausbekommen, als sie bereit ist zu erzählen? Was will er jetzt von ihr?

»Frau Radell, Sie haben mir schon leidgetan, als wir bei Ihnen waren, um Sie zu befragen. Und als ich Sie heute hier bei der Beerdigung beobachtet habe, ging mir Ihr Kummer richtig ans Herz. Ich habe mir überlegt, ob ich Ihnen eine Abschrift des Unfallprotokolls zukommen lassen soll. Es wäre vielleicht für

Sie eine Möglichkeit, wirklich Abschied zu nehmen. Also einen Abschluss zu finden.«

Luise möchte ihm am liebsten um den Hals fallen. Er ist der einzige Mensch, der ihr anmerkt, wie sehr sie am Boden zerstört ist. Und er ist der Einzige, der sie fragt, ob er etwas Gutes für sie tun kann. Und diese Anteilnahme kommt ausgerechnet von einem Polizisten. In diesem Moment gestattet sich Luise, ihren Tränen freien Lauf zu lassen, während sie ihm ihre Hand reicht.

»Das wäre mir eine große Hilfe! Würden Sie das für mich tun?«

Ein zufriedenes Lächeln erhellt sein Gesicht, als er ihre Hand ergreift, sie konspirativ drückt und dann bittet: »Sie dürfen aber keinem Menschen etwas davon erzählen. Wenn das rauskommt, flieg ich aus dem Dienst.«

»Sie können sich auf mich verlassen!«

»Gut! Ich werfe den Bericht in den nächsten Tagen einfach in Ihren Briefkasten.«

* * *

Luise verbringt die nächsten beiden Tage in einem Dauerzustand der Anspannung. Immer noch schwirren in ihren Gedanken die impertinenten Artikel der Presse herum, die Amok läuft.

Natürlich hat die Stricklerin die Sensationsstory bis ins Unendliche ausgeschlachtet. Sie reitet vor allem auf Irenes Beziehung zu Francesco herum. Sie ergeht sich Tag für Tag in Beschreibungen »des perfekten Glücks, das die Erfolgsproduzentin mit dem gut aussehenden italienischen Superstar Francesco Dotti erlebte – als der grausame Gevatter Tod zuschlug!«.

Hinzu kommen die Spekulationen der gesamten Sensationspresse: »War es gar kein Unfall? Hat sie sich umgebracht, weil ihr Liebhaber tödlich verunglückt ist?«

Luise versucht, Otto zu überzeugen, dass auf keinen Fall der Film »Romanze in Rom« in die Lichtspielhäuser kommen darf. Sie findet es obszön, ihn im Zuge des Todes der beiden zu vermarkten.

Aber Otto reagiert nur mit Unverständnis und weist sie auf die internationale Riege der Co-Produzenten hin, die genau wie er völlig anderer Meinung sind.

Und so kommt der Streifen in unzählige Kinos im In- und Ausland und spielt bereits am ersten Tag seiner Aufführung ein Rekordergebnis ein.

Luise weigert sich jedoch aus Gründen der Pietät, bei einer der gleichzeitigen Uraufführungen in Rom und München anwesend zu sein.

Aber sie schmiedet bereits einen Plan, auf den niemand vorbereitet sein kann. Nur sie weiß, dass sie die Alleinerbin von Irene ist. Keiner von Irenes Geschäftspartnern hat Kenntnis davon, dass sie einmal, nach zwei gemeinsam geleerten Flaschen Wein und einigen darauffolgenden Gin Tonics, aus Jux ein gemeinsames Testament aufgesetzt haben, in dem sie sich gegenseitig als Alleinerbinnen eingesetzt haben. Irene hat dann, trotz ihres erheblichen Alkoholpegels tüchtig wie immer, darauf bestanden, dass sie ordnungsgemäß unterschrieben und alle Eventualitäten, wie mögliche Partner, die irgendwann in ihr Leben treten würden, vom Erbrecht ausgeschlossen würden.

Luise hat sich danach gar nicht mehr damit beschäftigt, aber Irene hat ihr einmal erklärt, dass sie alles notariell hat beglaubigen lassen und es seine rechtliche Ordnung hat.

Und sie kann sich schon ausmalen, wie groß der Aufschrei in der Branche sein wird, wenn sie erst erfährt, dass sie Irenes millionenschweren Schmuck bekommt, außerdem Besitzerin ihres gigantischen Anwesens am Ammersee wird, ihrer Kinos, ihrer unzähligen Immobilien im In- und Ausland, sämtliche Filmrechte erhält, ihr gesamtes Unternehmen und ihren Fuhrpark, in dem sich viele Oldtimer im Wert von Millionen befinden.

Luise wird eine steinreiche Frau sein.

Niemand würde glauben, dass sie nur deshalb dem ersten Moment als Alleinherrscherin über Irenes Imperium entgegenfiebert, um dafür sorgen zu können, dass der Film »Romanze in Rom« sofort unter Verschluss genommen wird. Sie wird alle Versuche der Wiederaufführung in allen möglichen Formen verbieten.

Irenes wunderschönes Anwesen in Herrsching am Ammersee wird sie verschließen und alles dort so lassen, wie es in dem Moment gewesen ist, als sie das Haus verlassen hat. Auch die stummen Zeugen von Irenes letztem Frühstück, von dem sie so überhastet aufgebrochen ist, um in den Tod zu fahren, wird sie für die Ewigkeit dort stehen lassen.

Es wird Jahre dauern, ehe sie sich noch einmal in die Villa wagen wird, wo sie jeder einzelne Gegenstand an Irene erinnert. Und ganz sicher wird es eine Ewigkeit dauern, ehe sie das Untergeschoss betritt, in dem Irene Luises gesamte Filmkostüme hat archivieren lassen. Nicht nur das, auch Memorabilien aus ihrer Erfolgszeit wie Möbel aus den Kulissen, ja sogar Zigarettenpackungen, die am Set herumgelegen haben, Karten, die sie geschrieben hat, oder Autogrammkarten aus den unterschiedlichen Zeiten von Luises Karriere. »Daraus mache ich mal ein Museum«, hat Irene ihr angekündigt. »Das wird ein Megaerfolg werden. Ich lasse dann einfach die Erfolgszeit des Kinos, deine Erfolgszeit, wieder aufleben. Ich habe schon alles mit Lokalpolitikern, die was zu sagen haben, abgesprochen. Die sind begeistert!«

Am dritten Tag nach der Beerdigung hört Luise das Klappern ihres Briefkastens und ahnt, dass der Unfallbericht darin liegt. Nach dem Angebot des jungen Polizisten, ihr Einblick in die

Akten zu geben, ist sie nach wie vor hin- und hergerissen. Will sie wirklich wissen, wie die letzten Minuten in Irenes Lebens gewesen sind? Wird sie die Bilder im Kopf jemals loswerden?

Sie kämpft noch eine Weile mit sich, dann hört sie, wie Susanne die Post hereinholt.

»Hier ist ein großer Briefumschlag«, berichtet sie. »Da steht gar nichts drauf. Und es ist auch kein Absender da. Soll ich den wegschmeißen?«

»Nein«, beschwört Luise sie. »Geben Sie ihn mir.«

Susanne schaut sie verwundert über die Heftigkeit ihrer Reaktion an, dann legt sie den Umschlag mit mehreren weiteren Briefen umständlich auf den Schreibtisch.

Es dauert eine Weile, bis Luise ihren Brieföffner aus dem Futteral nimmt und ihn öffnet. Es befindet sich nur ein Blatt darin, auf dem handschriftlich der Unfallhergang festgehalten ist.

Luise knipst ihre Tischlampe an, denn der anhaltende Regen taucht den Raum in düsteres Grau.

Zunächst versucht sie, den Inhalt des Schriftstücks rasch zu überfliegen. Aber da sie die Handschrift nur mühsam entziffern kann, ist sie gezwungen, das Geschriebene Wort für Wort zu lesen. Ihr wird bewusst, dass dies einer der Gründe sein wird, warum sie die Beschreibung des Unfallhergangs nie wieder wird vergessen können.

Sie ist deshalb so detailliert, weil ein Zeuge wegen der Panne seines Mopeds am Straßenrand gestrandet ist und genau beobachtet hat, was geschehen ist.

»Es wirkte so«, hat er zu Protokoll gegeben, »als hätte die Fahrerin einen Schlag verspürt, denn sie hat das Lenkrad hektisch herumgerissen und der Sportwagen raste im Zickzackkurs über die nasse Straße. Sie schaute nach unten, ich dachte schon, sie ist so verwirrt und sucht das Bremspedal. Gleichzeitig hatte ich das Gefühl, als ob sie mit dem linken Fuß die Kupplung tritt. Aber es half ihr nicht. Denn die vier Räder blockierten, das sah ich genau. Sie fanden keinen Kontakt auf der regennassen Fahrbahn. Das Schreckliche war, dass dann das Lenkrad eine ungeheure Eigendynamik entwickelte, denn es drehte sich ununterbrochen.

Und die rasende Bewegung übertrug sich natürlich wiederrum auf die Räder. Ich sah, wie das Auto begann, sich wie ein Kreisel zu drehen. Erst war's ein Schlingern, untermalt von kreischenden und quietschenden Geräuschen, dann folgte ein Aufheulen des Motors. Schließlich vollführte der Wagen einen wilden Tanz, anders kann ich es nicht beschreiben. Dreimal drehte er sich um die eigene Achse und geriet immer näher an die Bäume am Straßenrand. Dann touchierte er einen Zaun und dieser Aufprall vervielfachte die Geschwindigkeit. Es war furchtbar, das mitansehen zu müssen.

Die Fahrerin geriet in Panik und ich beobachtete, dass sie das Lenkrad losließ und hektisch versuchte, die Fahrertür zu öffnen. Sie wollte sich wohl rausfallen lassen, aber gegen den Schleuderdruck gelang ihr das nicht.

Dann hat sie, wohl mit letzter Kraft, ihre Hände gegen das Wagendach gepresst, um sich abzustützen, aber da brach das Fahrzeug auch schon aus, schien sich in die Luft zu katapultieren und vollführte drei Überschläge, ehe es mit ungebremster Wucht auf dem Asphalt aufkrachte. Scheiben sind zersplittert, das Dach in viele Einzelteile zerborsten, es hinterließ eine meterlange Spur auf der nassen Straße.

Ein abgesprungener Reifen rollte die Böschung herab. Und es war ganz furchtbar, als ich völlig geschockt sah, wie ihr Oberkörper langsam seitlich aus dem zertrümmerten Wrack rutschte. Sie hatte ein Kopftuch um, das ihr über das Gesicht fiel. Ich habe genau gesehen, dass sich ihr Arm in einer hellbraunen Lederjacke noch für etwa zwei Sekunden bewegte, als wollte sie dem Inferno entkommen.

Aber dann zuckten nur noch die Finger in einem Handschuh – und sie war tot.«

Kapitel 18

München, 2022

Es herrscht totale Stille im Raum. Weder Sophie noch Felix sind in der Lage, sich zu rühren. Luise Radell sitzt zusammengesunken auf dem Sofa und hält sich eine Hand vor den Mund. So als wollte sie all das, was sie gerade preisgegeben hat, wieder zurücknehmen. Oder ist es die Erschütterung, sich selbst zugehört zu haben?

Sophie empfindet tiefste Betroffenheit. Mit Verwunderung spürt sie, dass sie sich während der langen dramatischen Schilderungen einer Frau, die bisher Persönliches hermetisch unter Verschluss gehalten hat, von ihrer Rolle als Journalistin entfernt hat. Es ist für sie nicht der herbeigesehnte Augenblick eines großen Triumphs, endlich die wahre Geschichte, die Lebensbeichte der Luise Radell von ihr selbst zu hören. Endlich zu erfahren, warum sich ein früher von den Massen verehrter Superstar plötzlich vor der Öffentlichkeit versteckt hat.

Um nun eine erschütterte Frau vor sich zu sehen, die immer in der Furcht gelebt hat, zur Rechenschaft gezogen zu werden. Bei Luise Radell geht es nicht um die üblichen Eitelkeiten weiblicher Ex-Filmstars, die Spuren des Alters krampfhaft verbergen und die Illusion einer ewigen Jugend aufrechterhalten wollen. Hier ist ein Leben brutal aus den Angeln gehoben worden. Ein Mensch wurde von Schuldgefühlen zerfressen, die auch die Ewigkeiten von Zeitläufen nicht mindern können.

Sophie schaut verstohlen zur Seite und sieht, dass Tränen über das Gesicht von Felix strömen. Auch ihn hat die Beichte der Diva bis ins Mark getroffen. Bis zu diesem Tag hat Sophie beobachten können, wie geschickt er ihren oft so unverständlich wirkenden Stimmungsschwankungen auf eine spielerisch-lockere Art begegnet ist. Sie hat es rührend gefunden, wie er das perfekte Bild der von ihm so verehrten Diva hat aufrechterhalten wollen. Ihr ermöglicht hat, keine Schwäche zu zeigen, und damit geholfen hat, dass das Gerüst ihres Lebens nicht viel früher zusammengebrochen ist. Aber die Offenlegung der Katastrophen, denen er gemeinsam mit ihr über Stunden gelauscht hat, scheint ihren Tribut zu fordern. Er wirkt völlig überfordert.

Sophies Handy vibriert.

So leise dieses Geräusch auch ist, es reißt die Diva aus der Versunkenheit ihrer Erinnerung an die schicksalhaften Verstrickungen ihrer untergegangenen Welt.

Es kostet sie sichtbar Kraft, sich aufzurichten, als sie ihnen mitteilt: »Ich werde mich jetzt zurückziehen.«

Unwillkürlich erheben sich Sophie und Felix gleichzeitig von ihren Plätzen und sie kann nicht leugnen, dass Luise Radell plötzlich wirklich wie eine alte Frau wirkt.

Sie taumelt ein wenig bei den ersten Schritten und sucht mit einer Hand Halt an den Rändern der Möbel, an denen sie vorbeigeht. Als die Tür hinter ihr zufällt, nimmt Sophie ihr Handy vom Tisch und schaut auf das Display.

Drei Anrufe. Mike. Lammer. Hille.

Nachrichten aus der Gegenwart, obwohl sie immer noch in den vielen Bildern der Vergangenheit versinkt.

Felix wendet sich ab. Er versucht tapfer, seine Fassung wiederzuerlangen, indem er Sophie ankündigt: »Ich werde nach ihr schauen und melde mich bei Ihnen, wenn ich absehen kann, wie es weitergeht. Ist das für Sie okay?«

»Natürlich«, erwidert Sophie. »Lassen Sie ihr Zeit. Sie wird erst einmal realisieren müssen, was heute geschehen ist.«

Felix dreht sich angsterfüllt um und beschwört sie: »Sie werden doch nicht … also, Sie werden jetzt nicht …«

»Natürlich nicht«, versichert Sophie, die genau weiß, worum er eigentlich bitten will.

»Gut«, sagt er und atmet erleichtert aus. »Sie finden allein hinaus, nicht wahr?«

Sein zutiefst unglücklicher Gesichtsausdruck berührt Sophie und aus diesem Gefühl heraus umarmt sie ihn fest.

Dankbar für ihre Geste erwidert er die Umarmung und lässt Sophie nur widerstrebend los. »Es ist unfassbar, nicht wahr?«, flüstert er. »Sie tut mir so leid. Wie hat sie damit nur so lange leben können?«

* * *

Luise zieht sich mühsam am Treppengeländer die vielen Stufen in den oberen Stock hoch. Sie hat Angst zu fallen. Nicht mehr die Kraft aufbringen zu können, es bis nach oben zu schaffen. Normalerweise würde sie jetzt nach Felix oder Hilde rufen und beide würden sie auf diesem Weg begleiten.

Doch heute will sie es allein schaffen. Sie braucht Zeit, um sich darüber klar zu werden, was geschehen ist.

Als sie endlich die Tür zu ihrem Boudoir erreicht und sie öffnet, kommt ihr alles fremd vor. So als ob sie die Möblierung mit anderen Augen betrachtet. Sie schaut sich um und langsam wird ihr klar, dass sich nichts verändert hat außer sie selbst.

Wie konnte es passieren, dass sie sich aus dem Kokon aus Vorsicht, Geheimhaltung und Einsamkeit herausbewegt hat? Nichts hat sie davon geplant. Sie ist gar nicht vorbereitet auf sich selbst ohne diese schützende Hülle, die gleichzeitig auch eine ununterbrochene Abwehr gegen jeden Menschen gewesen ist, der in ihre Nähe gelangt ist.

Sie hätte doch schon viel früher die Möglichkeit gehabt, ihr Gewissen zu erleichtern.

Hartmut Ewers, ihr treuer Kameramann, und seine Frau Elke sind schon so lange Lebensbegleiter gewesen, absolut vertrauenswürdig und verständnisvoll. Sie hätten sicher Argumente gefunden, um ihr einen Ausweg aus ihrer persönlichen Hölle zu weisen.

Aber wann immer sie dies auch nur ansatzweise in Erwägung gezogen hat, hat sie sich wieder zurückgeschleudert gefühlt in ihre unmittelbaren Empfindungen in den Momenten der Tragödien. Sie hat Francesco unter der Abdeckung verschwinden sehen. Irene in ihren furchtbaren letzten Minuten während ihres Unfalltodes, miterlebt durch die plastischen Schilderungen eines Zeugen auf der regennassen Landstraße.

Dann hat sie jedes Mal die Woge aus Schuld und Scham mit einer solchen Wucht überwältigt, dass sie unfähig gewesen ist, einen klaren Gedanken zur eigenen Rettung zu fassen.

Und jetzt? Jetzt fühlt sie sich leer und ausgelaugt. Aber nicht erleichtert. Nur unendlich müde. Ihr ist nicht klar, wie sie den beiden Menschen, denen sie die Beichte ihres Lebens zugemutet hat, wieder begegnen soll.

Wie werden sie mit den Wahrheiten umgehen? Was wird die Kenntnis der Katastrophen mit ihnen machen?

Es fühlt sich makaber an, dass eine der Personen ausgerechnet eine Journalistin ist, die gekommen ist, um Sensationen an die Öffentlichkeit zu verkaufen.

Der Loyalität von Felix ist sie sich sicher. Er wird niemals etwas tun, was ihr schaden könnte. Aber was bedeutet eigentlich jetzt noch schaden? Was hat sie schützen wollen?

Eine alte traurige Frau, die froh gewesen ist, dass man sie vergessen hat. Und die zu ihrem Schrecken erlebt hat, dass man sich noch an sie erinnert.

Und damit Schlaglichter auf vergrabene Ereignisse geworfen hat, die sie unter so vielen Qualen für immer verdeckt zu haben glaubte.

Luise blickt auf ihre zitternde Hand, an dessen Finger der schwere Ring steckt. Als sie sich von den beiden verabschiedet hat, hat sie geglaubt, dass die Journalistin auf ihn starrte. Sicher hat sie sich gefragt, warum sie ihn all die Jahre getragen hat, obwohl er doch nicht für sie bestimmt gewesen ist.

Irenes Ring. Der Ring mit dem großen Rubin, umgeben von unzähligen Brillanten.

Warum?

Weil er ein Mahnmal ihrer Schuld ist. Wann immer Luise einen Moment erlebt hat, vielleicht ausgelöst durch einen Scherz, der gemacht worden ist, oder eine der flapsigen Bemerkungen von Felix, was in ihr das Gefühl ausgelöst hat, befreit lachen zu wollen, hat ein Blick auf den Ring genügt und das Verlangen ist erstorben. Ihn zu tragen, bedeutet das Versprechen, niemals nachzulassen mit der ununterbrochenen Selbstbestrafung. Und während der ersten erzwungenen Treffen mit der Journalistin hat es schon genügt, ihn ohne Unterlass am Finger zu drehen, um zu verhindern, etwas preiszugeben.

Luise zögert einen Augenblick, dann zieht sie den Ring behutsam von ihrem Finger.

Sie wird versuchen, ohne ihn zu leben.

Und eine Idee keimt in ihr auf, die immer mehr Gestalt annimmt. Sie wird Felix in den nächsten Tagen bitten, zu Irenes Grab zu gehen und ihn tief in der Erde zu versenken. Und sich damit zum ersten Mal nach Jahrzehnten auf jemanden stützen, der jetzt eingeweiht ist in alles, was das Leben mit seinen Zufällen, Unwägbarkeiten, falschen Hoffnungen und Irrtümern aus ihr gemacht hat.

Luise beschließt, selbst erstaunt über den Anflug von Mut, sie selbst sein zu wollen.

Keine Kopie. Kein Plagiat.

Nur sie.

* * *

Sophie fühlt sich wie erschlagen, als sie aus der Tür von Luise Radells Haus tritt. Das grelle Sonnenlicht blendet sie. Sie hat das Gefühl, als wäre sie Tage nicht an die frische Luft gekommen, dabei sind es nur Stunden gewesen, in denen sie allerdings den unfassbaren Wendungen im Leben der Diva gefolgt ist.

Wie furchtbar hat das Leben ihr mitgespielt. Die Erlebnisse in ihrer Jugendzeit, das konsequente Abwehren von Beziehungen, dann die überwältigende Erfahrung einer leidenschaftlichen Liebe, schließlich die totale Demütigung durch den geliebten Mann, dessen Tod sie verursacht hat.

Aber am meisten verfolgt Sophie die detaillierte Schilderung von Irene Safranows Unfalltod.

Sie kennt deren Namen, ihren Einfluss auf die Filmindustrie, aber sie hat sich nie mit dem privaten Leben der Ausnahmeerscheinung, vor allem in den männerbetonten Hierarchien der Fünfzigerjahre, beschäftigt.

Sophie widerstrebt es, jetzt sofort zu ihrer Wohnung zu gehen. Lieber will sie noch ein wenig spazieren gehen, um das Gehörte zu verarbeiten, und wählt automatisch den Weg zu Mikes Baustelle am Ende der Straße.

Als sie vor dem geschäftigen Treiben steht, hört sie zu ihrer völligen Verblüffung eine Jungenstimme, die jubelt: »Noch mal!«

Das kann doch nicht sein. Mini ist doch mit seiner Mutter im Ferienhaus in Italien. Sie betritt das Gelände und sieht den Kleinen tatsächlich neben einem Arbeiter auf einem rangierenden Bagger sitzen.

Sie will sich schon bemerkbar machen, als er sie bereits entdeckt und schreit: »Mima! Komm mal her! Ich kann Bagger fahren.«

Mima?

Erst jetzt dreht sich sein Vater um, der gerade vor ausgebreiteten Bauplänen mit einigen Männern spricht.

Sofort winkt er ihr strahlend zu und sie kann sich im ersten Moment gar nicht entscheiden, zu wem sie als Erstes läuft.

Aber Mini macht schon Anstalten, sich vom Bagger herunterheben zu lassen, als Mike neben ihm auftaucht und ihn auf den Arm nimmt.

Als beide auf Sophie zusteuern, kommt es ihr vor, als würde eine schwere Last von ihr abfallen, und sie rennt auf das Duo zu.

Als sie bei ihnen ankommt, schlingt sie ihre Arme um Mike und Mini und will sie gar nicht mehr loslassen.

»Hey«, beginnt Mike überrascht, »haben wir uns so lange nicht gesehen?«

»Viel zu lange«, erwidert Sophie, die ihm Mini zum ersten Mal abnimmt und ihn fest an sich presst.

Dann fragt sie den verdutzten Kleinen: »Mima?«

»Ja«, antwortet der treuherzig. »Mami ist Mami und du bist Mima!«

»Super, nicht wahr?«, befindet Mike, der am Kopf seines Sohnes vorbei Sophie auf den Mund küsst. »Hat er sich ausgedacht. Ich find's klasse! Wie kommt's, dass du hier so einfach herspazierst? Was macht Frau *Radau*? Hat sie dich rausgeschmissen?«

Sophie ist so unendlich dankbar für diesen unverkrampften Ton, der sie aus der Tristesse und tiefen Verzweiflung im Haus der Diva reißt.

»Von wegen«, antwortet sie ihm. »Aber ich muss auch mal Luft holen können.«

»Unbedingt«, stimmt ihr Mike zu und Mini nickt synchron, ohne zu begreifen, worum es gerade geht. »Hast du meine Nachricht nicht bekommen?«

»Die habe ich gerade erst gesehen. Ist etwas passiert?«

»Nein«, beruhigt er sie sofort. »Ich wollte dich nur wissen lassen, dass Mini schon wieder zurück ist.«

»Hat's dir nicht gefallen?«, will Sophie von dem neben ihr auf und ab hüpfenden Jungen wissen.

»Langweilig! War nur Regen«, wird sie von ihm informiert, und Mike zieht ein schiefes Gesicht, mit dem er ihr zu verstehen gibt, wie sehr er bedauert, dass die geplante Woche ihrer Zweisamkeit ausfällt.

Sophie versteht ihn auch ohne Worte und befindet spitzbübisch: »Die ist dann ja wohl im wahrsten Sinne des Wortes ins Wasser gefallen.«

Worauf er lachend zustimmt. Dann schlägt er vor: »Lass uns essen gehen. Und, Mini«, sagt er voll überschäumend guter Laune, »damit du etwas lernst fürs Leben, hör gut zu. Eigentlich lässt man der Dame die Wahl, wohin sie gehen will. Aber heute machen wir mal eine Ausnahme, und wir gehen dahin, wo du willst.«

Noch ehe Sophie sich's versieht, hört sie schon Minis Wunsch, der keine Überraschung für sie ist.

»Hack mit Pommes geht immer«, sagt Mike und grinst über Minis Kopf hinweg.

Als sie ihn in die Mitte nehmen und er jedem von ihnen eine Hand gibt, empfindet Sophie nichts außer einem tiefen Glücksgefühl.

Nachdem sie am Abend von den beiden zu ihrer Wohnung gefahren worden ist, ist sie noch ganz erfüllt von Minis unbefangenem Plappern, von Mikes liebevollem Abschiedskuss und vor allem seinem Versprechen, ganz schnell dafür zu sorgen, dass sie eine gemeinsame Nacht verbringen können.

Sie ist überrascht von sich selbst. Dass sie sich so schnell in Mikes Familienalltag einfinden würde, hätte sie nicht zu hoffen gewagt. Sie weiß aber auch einzuschätzen, dass vor allem Minis Bereitschaft, sie zu akzeptieren, für den gelungenen Einstieg gesorgt hat.

Sie schaut auf die Uhr. Ist es zu spät, um Lammer zurückzurufen? Da er bei seiner Nachricht auch seine private Handynummer preisgegeben hat, würde er wohl nichts gegen einen verspäteten Rückruf haben. Und so ist es auch. »Ich ersticke hier in einem Berg von Anfragen«, eröffnet er ihr.

»Wofür?«, fragt sie.

»Ich habe es sortieren lassen nach Angeboten für Filmrollen von Produzenten. Dann TV-Verpflichtungen für diverse Krimis und Familienserien. Dazu massenweise Bitten, in Talkshows aufzutreten, alle mit ihr als einzigem Gast. Unmengen von Promi-Sendungen, die bei ihr zu Hause drehen wollen. Natürlich!« Bei diesem Zusatz trieft seine Stimme vor Hohn. »Sie soll im Rahmen einer Riesengala einen Filmpreis für ihr Lebenswerk überreicht bekommen. Außerdem gibt es Anfragen zuhauf von Autoren, die ihre Biografie, am liebsten verkauft als Autobiografie, verfassen wollen.«

Jetzt erst fällt ihm wohl auf, dass Sophie dies alles bisher schweigend zur Kenntnis nimmt.

Deshalb unterbricht er seine Aufzählung und fragt neugierig nach: »Wieso versteckt sie sich eigentlich so? Sie sagten doch, dass sie tipptopp aussieht. Also, was ist der Grund?«

»Den kenne ich noch nicht«, weicht Sophie aus.

»Wenn Sie ihr von dem megagroßen Interesse erzählen, wird sie sich umstimmen lassen, oder?«

»Vielleicht.« Sophie bleibt vage.

»Oder ist der wahre Grund, dass sie trinkt?«, insistiert er unvermittelt. »Ist sie Alkoholikerin?«

»Wie kommen Sie denn darauf?«, fragt sie genervt.

»Dann haben Sie den Bericht gar nicht gesehen?«, lautet seine Gegenfrage.

»Welchen?«

»In der einen sehr beliebten Promisendung. Ich weiß im Moment den Sender nicht. Mit Bewegtbildern von einem TV-Team, das vom Baugrundstück am Ende ihrer Straße in ihr Haus reingefilmt hat. Sie hatte leider ihren Garten hell erleuchtet und da erkennt man sie durch das Terrassenfenster mit einem Glas in der Hand. Und ehrlich gesagt, sieht es so aus, als ob sie sich am Alkohol festhält.«

Wut brodelt in Sophie auf. »Wieso haben Sie die Ausstrahlung nicht verhindert?«

»Weil ich nicht wusste, dass so etwas passiert ist. Man hätte mich sofort informieren müssen. Jetzt konnte ich nur dafür sorgen, dass eine erneute Ausstrahlung aus Gründen des Persönlichkeitsschutzes verboten ist. Ich kann nur hoffen, dass nicht irgendwas illegal im Netz hochgeladen wird. Auf jeden Fall ist der Schaden bereits angerichtet.«

Während Sophie anschließend Felix anrufen will, um ihn über den TV-Beitrag zu informieren und vor allem, um die Diva zu warnen, sich nicht mehr so nah am Fenster aufzuhalten, ruft Hille an.

»Sag mal, du machst dich aber rar«, beschwert sie sich sofort. »Wie weit bist du denn schon mit dem Interview? Die scharren hier alle mit den Hufen, das kann ich dir aber sagen. Du kommst mir vor, als würdest du dich in der Mitte eines Orkans befinden und gar nichts von den Auswirkungen spüren. Liege ich da falsch?«

»Nein, das ist sehr treffend beschrieben«, lobt Sophie ihre Freundin. »Aber es wird nicht leicht zu entscheiden, was sich alles für eine Veröffentlichung eignet.«

Hille kennt sie gut genug, um zwischen den Zeilen zu lesen.

»Also hast du sehr wohl sehr Interessantes herausbekommen, weißt aber nicht, ob du es veröffentlichen sollst. So was kennt man ja.«

»Was meinst du?«

»Dass man sich durch zu große Nähe zu jemandem plötzlich in der Pflicht fühlt, ihn zu schützen.«

Sophie fühlt sich ertappt. Aber sie weicht aus: »Ich hoffe, dass mir das nicht passiert.«

»Da bin ich jetzt aber doppelt froh, dass ich dich davor schützen kann«, eröffnet ihr Hille.

»Wie?«, fragt Sophie, während sie auf dem Weg ins Bad ist, um sich für die Nacht fertig zu machen. Sie ist plötzlich nur noch erschöpft.

Sie hat schon die Klinke der Badezimmertür in der Hand, als der nächste Satz ihrer Freundin sie stocken lässt.

»Ich habe unter meinen vergrabenen Schätzen Fotos der Diva gefunden, die ein ganz anderes Schlaglicht auf sie werfen. Aus Italien.«

Sophie schluckt.

»Was denn für Fotos?«, fragt sie alarmiert.

»Da muss ich ein bisschen ausholen. Du kennst doch die Safranow. Irene Safranow, um präzise zu sein. Die war die erfolgreichste Produzentin, Managerin, Filmverleiherin, und,

und, und. You name it! Die ist ganz unglücklich bei einem Autounfall ums Leben gekommen. Richtig tragisch. Die hatte vorher eine Beziehung zu einem italienischen Superfilmstar. Francesco Dotti hieß der.«

Sophie presst das Handy an ihr Ohr und lässt sich langsam auf den Boden sinken, wo sie gegen die Tür gelehnt hocken bleibt.

»Auch so eine traurige Story. Der ist auf jeden Fall in ihrem Pool abgesoffen. Frag mich nicht, wie es dazu kam. Vielleicht ist er betrunken gewesen. Ob's da eine Party gab, keine Ahnung. Ist auch egal. Auf jeden Fall war das zuvor Grande Amore zwischen der Safranow und ihm. Ich habe da Berge von Artikeln, die alle die Tragik dieses Liebespaares ausgequetscht haben, das ging über Jahre. Aber ich habe jetzt die Sensation für dich!«

Sophie schließt die Augen. Da Hille eine Pause eintreten lässt, spürt sie, dass sie eine Reaktion zeigen muss. »Und die lautet?«

»Tusch! Ich habe eine Serie von drei Fotos, die eine Frau mit Dotti an dem Pool seiner italienischen Familienvilla zeigen. Astreine Paparazzi-Abschüsse! Offensichtlich hat sich da ein Fotograf in einer Baumkrone verschanzt. Auf jeden Fall sind beide scharf genug. Sozusagen in jeder Form. Und du glaubst nicht, wer das ist!«

Sophie holt tief Atem.

»Die Safranow?«, versucht sie noch, Hille abzulenken.

»Eben nicht. Die Radell! Deine Luise Radell! Deine von dir wiederentdeckte Diva!«

»Bist du sicher?«

»Ganz sicher. Ich dachte erst, ich trau meinen Augen nicht. Ich wollte den alten Artikel aus einem italienischen Klatschmagazin schon weglegen, weil ich dachte, das ist die Produzentin im Liebesurlaub mit ihrem Lover. Aber nein! Ich habe es noch mal genau untersucht und siehe da, es ist die

Radell. In einem schwarzen Badeanzug, dessen Träger in ihrem Nacken verknotet sind. Ganz schick! Und was das Bizarre daran ist, sie scheint vor dem auf einer Liege hingefläzten Dotti eine Art, na, ich will mal sagen, erotischen Tanz aufzuführen. Und das Groteske ist, dass sie wahnsinnig unbeholfen aussieht. Auf jeden Fall ist das der Beweis, dass die ach so züchtige Diva, die ja angeblich nie eine Affäre hatte, auch mit dem Italian Lover verbandelt war. Das muss ja wohl böses Blut zwischen den beiden Ladys gegeben haben.«

Sophie stützt sich am Türrahmen ab. Wie ist das möglich? Und warum hat Hille ausgerechnet jetzt die Fotos entdeckt? »Wie bist du denn daran gekommen?«

»Weil ich dauernd mein Archiv nach Skandälchen für deine Interviewserie durchforste. Ich will, dass du sie festnageln kannst, zum Beispiel mit dem Wissen, dass die so verklemmte Fünfzigerjahre-Ikone es faustdick hinter den Ohren hatte. Und dieser Artikel mit den Fotos war bei uns im Verlagshaus gar nicht digitalisiert worden, sondern war in einem Uralt-Ordner abgeheftet, aus dem schon der Staub rieselte, als ich ihn aufgemacht habe. Ich hab die Bilder schon gescannt und schicke sie dir gleich.«

»Kriegen das dann alle mit?«, fragt Sophie entsetzt.

»Nein, ich gebe das nicht so einfach ins System. Es ist für dich gedacht, damit du ihr mal auf den Zahn fühlen kannst. Freiwillig wird sie dir ja wohl nicht von einer Amour fou berichten.«

Sophie bemüht sich, die Nerven zu behalten. »Was steht denn in dem Artikel dazu?«

»Ich habe es mir mit einem Übersetzungsprogramm zusammengereimt. Also, die italienischen Klatschreporter haben sich damals nicht getraut zu behaupten, dass die Radell und der Dotti ein Paar sind. Aber sie haben das sehr geschickt verpackt und so ganz angelegentlich spekuliert, ob der nationale Liebling mal wieder eine Filmpartnerin rumgekriegt hat. Das war wohl bei ihm üblich.«

Sophie zermartert ihr Hirn, was sie jetzt machen soll.

Zunächst verschafft sie sich Zeit, indem sie fragt: »Warum ist das denn in Deutschland nie publik geworden?«

»Das ist eine gute Frage. Soll ich mal auf die Suche nach der Agentur gehen, die diese Abschüsse an das Magazin verkauft hat? Ob die damals in Deutschland angeboten wurden? Ich vermute ja, dass sich die deutschen Blätter nicht getraut haben, die stilvolle Ikone Radell vom Sockel zu stürzen.«

»Nein, bitte nicht bei den Agenturen nachfragen«, wehrt Sophie ab. »Das sollten wir auf keinen Fall tun. Wenn wir da jetzt nachhaken, werden Agenturen, die vielleicht die Bilder irgendwann übernommen haben, noch aufmerksam und machen uns die Story kaputt.«

»Und? Freust du dich eigentlich? Du scheinst gar nicht so begeistert zu sein.«

»Doch, doch«, beteuert Sophie und bemüht sich, enthusiastisch zu klingen. »Ich bin nur völlig überwältigt, was du da gefunden hast. Ich danke dir von Herzen, dass du mich so unterstützt. Danke, danke!«

Sophie hofft, dass sie Hille ein gutes Gefühl vermitteln konnte. Unter anderen Umständen, da hat Hille recht, wäre sie jetzt ganz aus dem Häuschen, endlich von einem möglichen Skandal erfahren zu haben, mit dem sie die Diva aus der Reserve locken könnte. Doch nun kennt sie die Geschichte bereits aus dem Mund von Luise Radell selbst.

Kurz darauf tauchen die drei Fotos bei ihr auf dem Bildschirm auf. Und sie sieht jetzt mit eigenen Augen, was Luise Radell im Verlauf ihrer Lebensbeichte beschrieben hat.

Luise Radell als junge Frau in einem schwarzen Badeanzug, die Träger im Nacken verknotet. Sie macht tatsächlich einige Verrenkungen, die sehr unbeholfen wirken. Sie balanciert dabei auf hochhackigen Sandaletten und kämpft darum, das Gleichgewicht zu halten. Vor ihr liegt Francesco Dotti in einer knappen schwarzen Badehose lang ausgestreckt auf einer Sonnenliege. Sein Gesichtsausdruck lässt sich mit einer Mischung aus Belustigung und Widerwillen beschreiben.

Sophie empfindet Mitleid, als sie auf dem zweiten Foto erkennt, dass Luise tatsächlich aus dem Gleichgewicht geraten ist und sich, wohl in letzter Minute, an den Stab eines Sonnenschirmes klammert. Das dritte Bild zeigt das Ergebnis ihrer vergeblichen Bemühungen, ihrem Lover zu gefallen. Er ist aufgestanden, hat sich abgewandt und scheint mit einer Hand eine wegwerfende Geste zu machen.

Sophie versteht jetzt, warum diese Fotos nicht sofort in den internationalen Umlauf gekommen sind. Vermutlich haben sie nicht zum Image des Publikumslieblings Francesco Dotti gepasst. Un Homme à Femmes, der sich hier nicht wirklich ritterlich verhält, indem er in Kauf nimmt, dass eine herumtänzelnde Frau kurz davor steht, auf den harten Fliesenboden rund um einen Pool zu stürzen.

Und in Deutschland hat man vermutlich gezögert, Luise Radell, dem nationalen Filmstar Nummer eins, etwas zu unterstellen, was ihrem Sauberfraubild in der Öffentlichkeit total widersprochen hat. Eine Affäre mit ihrem Filmpartner.

Sophie brennen die Augen vor lauter Müdigkeit, aber sie starrt noch lange auf eine Szene, die für die Diva bis zum heutigen Moment schambesetzt ist.

Kapitel 19

München, 2022

Luise Radell lässt am nächsten Morgen ungewöhnlich lange auf sich warten. Felix geht im großen Salon unruhig auf und ab. Er muss sich eingestehen, dass er bei dem Gedanken, sie heute wiederzusehen, ein großes Unbehagen verspürt. Nicht, weil er sie etwa verurteilt wegen ihres Geständnisses, sondern weil er sich sorgt, wie sie sich fühlt, wenn sie auf ihn trifft. Ihre grauenvollen Details rund um den Tod von Francesco Dotti hat er für sich bereits unter dem Begriff »Unfall« gespeichert. Und davon wird er niemals abrücken. Aber was hat die Erschütterung über den Einblick in ihr Leben bei ihr selbst ausgelöst? Warum hat er heute noch nichts von ihr gehört?

Hilde klappert schon lange mit dem Frühstückszubehör in der Küche. Sie hat frisch gebackene Brötchen geholt, deren Duft durch das Haus weht.

Seine Befürchtungen werden immer düsterer. Sie wird sich doch wohl nichts angetan haben? Endlich hört er sie seinen Namen rufen, hastet die Treppe hoch, klopft kurz an und öffnet vorsichtig die Schlafzimmertür.

Er ist überrascht, sie bereits fertig angezogen in einem grau-weiß melierten Kostüm vor sich zu sehen. Als Erstes fällt ihm auf, wie blass und durchscheinend sie ohne die übliche Schminke wirkt. Dann wird ihm klar, dass irgendetwas fehlt, was sonst immer da ist. Was das ist, macht sie ihm selbst deutlich. Sie weist mit dem Finger auf ihren antiken Schminktisch.

Dort liegt der Ring. Der Ring mit dem großen Rubin, umrahmt von unzähligen Brillanten. Irenes Ring, wie er nun weiß.

Als er ihre Bitte hört, ihn im Grab von Irene Safranow in der Erde zu versenken, wird ihm heiß und kalt. Das bedeutet einen Abschied für immer. Aber von wem? Oder von was? Wieder kriecht die Angst in ihm hoch. Sie plant nicht etwa doch, sich etwas anzutun? Er hat die Diva noch nie ohne diesen Ring erlebt, auf den sie immer mal wieder schaut, wenn sie spricht. Er hat geglaubt, es wäre nur eine Marotte, dass sie ihn so oft an ihrem Finger gedreht hat. Für ihn ist das dem Umstand geschuldet gewesen, dass er im Laufe der Jahrzehnte zu groß für ihre schmal gewordene Hand geworden ist. Deshalb hat er sie erst vor wenigen Tagen auf einen Bühnenkniff aufmerksam gemacht, nämlich Pflaster um die Ringschiene zu kleben, so wie er das immer macht, wenn er sich mit solchen viel zu großen Accessoires auf der Bühne zeigt.

Sie hat zu seiner Erklärung genickt und er hat ihr die Pflaster so zugeschnitten, dass sie sich in kleinen Partien haben anbringen lassen und damit dem Schmuckstück sofort einen festen Halt geboten haben.

Er erinnert sich noch an ihr wehmütiges Lächeln bei diesem Anblick. Ihre Bemerkung »Ließe sich doch alles im Leben so leicht reparieren« hat er zu dem Zeitpunkt nicht recht deuten können. Aber jetzt ist ihm der tiefere Sinn dahinter sehr wohl bewusst.

»Das werde ich heute noch erledigen«, verspricht er ihr, während sie den Ring ergreift und ihn in seine geöffnete Hand fallen lässt. Als er sie unwillkürlich zu einer Faust verschließt, atmet sie hörbar ein. Es dauert einen Moment, bis er begreift, dass sie seine unwillkürliche Geste in den Moment zurückkatapultiert hat, als sie die Frage ihres Bruders gehört hat: »Was machen wir hiermit?«, nachdem er die verkrampfte Hand des Toten geöffnet hat.

Rasch lässt er deshalb den Ring in seiner Jackentasche verschwinden und die Diva scheint sich wieder zu fangen.

Das beweist ihm auch ihre Frage: »Sind Reni und Alfons schon da?«

Er schaut sie bekümmert an. »Die sind wieder gegangen, gnädige Frau!«

»Aber warum?«

»Weil es so aussah, als würden Sie heute länger schlafen wollen. Ich habe auch der Frau Schaller nichts durchgegeben wegen eines Termins heute. Ich dachte, Sie wollten den vielleicht heute ausfallen lassen.«

»Nein«, überrascht sie ihn. »Wir werden heute weitermachen. Können Sie wenigstens Reni zurückholen?«

Felix fürchtet, dass dies nicht möglich sein wird. Reni, die damals sogar als blutjunge Maskenbildnerin bei den fatalen italienischen Dreharbeiten dabei gewesen ist und schon lange als Rentnerin nur noch Luise Radell Tag für Tag schminkt, hat sich auf den Weg zu ihrem Sohn aufgemacht, als sie erfahren hat, dass der heutige Termin ausfällt. Und Alfons ist längst zu seinem Salon gefahren und mit Sicherheit nicht in der Lage, jetzt noch einmal zurückzukehren.

Die Diva schaut ihn ratlos an. Er versteht völlig, dass sie sich ohne ihre übliche Aufmachung verloren fühlt, und er überlegt, ob er ihr einen ungewöhnlichen Vorschlag machen soll.

Schließlich überwindet er seine Hemmungen und fragt: »Soll ich Sie vielleicht schminken, gnädige Frau?«

Bei diesem Vorschlag huscht ein kleines Lächeln über ihr Gesicht. »Sie wissen ja, wie es geht«, bestärkt sie ihn und nickt.

Und so setzt sie sich auf ihren Stuhl vor dem Schminktisch und Felix beginnt sein Werk. Zunächst ist er stark verunsichert, denn sein eigener Schminkkoffer mit den vertrauten Produkten steht unten in seinem Appartement. Er geht erst einmal alle Utensilien von Reni durch und beginnt dann mit der Foundation, gefolgt von Puder. Ihre Haut ist so zart, fast durchscheinend, und er muss sich ermahnen, nicht zu zittern. Sie schließt die Augen und zeigt ihm damit, dass sie volles Vertrauen in seine Fähigkeiten hat. Auch als er den Klebstoff auf die Wimpernkränze aufträgt, bleibt sie ganz gelassen. Er schafft es tatsächlich, sie ohne größere Korrekturen auf ihren Lidern zu befestigen, und als sie sich im Spiegel sieht, lobt sie: »Das haben Sie fabelhaft gemacht, Felix. Vielen Dank!«

Als sie schon aufstehen will, erinnert er sie: »Ihre Haare, gnädige Frau.«

»Das können Sie auch?«, fragt sie überrascht.

»Selbstverständlich!«

Im Badezimmer findet er tatsächlich unter den Präparaten, die Alfons dort aufbewahrt, ein Auffrischungsspray, greift zu Bürste und Föhn und zaubert der Diva ihre ganz typische Lockenfrisur. Diesmal ist er selbst ganz erstaunt über sein Können, denn seine diversen Perücken, die er bei seinen Auftritten als Luise Radell benutzt, lässt er von Alfons' Mitarbeitern in dessen Salon waschen und frisieren.

Er empfindet es als ungeheuer beglückend, dass ihm der Umstand erlaubt, ihr so nahe kommen zu können. Noch nie hat sie sich so verletzlich und ungeschützt gezeigt. Immer ist sie perfekt hergerichtet gewesen, wenn sie aufeinandergetroffen sind. Nur das eine Mal, als sie völlig aufgelöst und konfus vor dem Besuch von Sophie Schaller gewesen ist, hat er sie ungeschminkt erlebt.

Jetzt steht sie auf und bittet ihn: »Rufen Sie bei der Journalistin an. Sie soll kommen.«

* * *

Sophie dröhnen schon die Ohren, so bestimmt redet Werner Graber am Telefon auf sie ein. Sie verspricht ihm, möglichst bald die erste Folge der Interviewserie fertigzustellen und auch endlich in der Fotoredaktion Bilder zu bestellen, die zu dem Text passen und noch nicht so oft abgedruckt worden sind.

Als sie merkt, dass ein anderer Teilnehmer sie erreichen will, beendet sie das Gespräch und ist überrascht, Felix' Stimme zu hören.

»Wie geht es ihr?«, will sie sofort wissen.

»Gut. Ich muss sagen, ich bin auch überrascht, aber noch viel mehr über ihre Ankündigung, dass sie heute weitermachen will.«

Sophie stimmt ihm zu und fragt: »Was glauben Sie, Felix? Wird sie die Freigabe für ihre gestrigen Geständnisse geben?«

Felix zögert einen Moment. »Wohl eher nicht. Ich kann mir nicht vorstellen, dass sie das, was sie so lange als Geheimnis gehütet hat, plötzlich vor aller Welt ausgebreitet sehen will. Aber man könnte doch mal überlegen, ob nicht einige Punkte veröffentlicht werden könnten.«

»Zum Beispiel?«

»Einfach die ungeheure Nähe zwischen den beiden Frauen wieder aufleben lassen. Ihr Vertrauen, das sie zueinander hatten. Dann Luise Radells Betroffenheit über deren Tod. Das wäre doch ganz unverbindlich. Und es spricht doch auch nichts dagegen, wenn sie, sagen wir mal, die Person von Francesco Dotti wieder ins Bewusstsein der Leserschaft holt, indem sie die ausgezeichnete Kollegialität mit ihm beschreibt. Vielleicht auch ein paar unverbindliche Anekdoten erzählt. Wie er ihr Italien zeigte. Wie er von seiner adligen Familie berichtete. Also so in der Richtung. Könnten Sie da was mit anfangen?«

Sophie ist überrascht, dass er schon nach einem Ausweg aus ihrem eigenen Dilemma gesucht hat. Auch sie hat sich bereits überlegt, möglichst authentisch klingende Anekdoten zu benutzen, um den beiden Toten den richtigen Platz im Leben der Diva einzuräumen. »Was auf jeden Fall bei so einem Versuch hilft, ist jetzt die plausibel klingende Erklärung, warum sie so urplötzlich ihre Karriere beendet hat: der Unfalltod von Irene Safranow.«

»Richtig«, stimmt Felix zu, ganz offensichtlich glücklich darüber, dass sie eben keine Krawalljournalistin ist, die mit den schockierenden Geständnissen einer alten Frau an die Öffentlichkeit drängt. »Das fragen wir sie heute«, kündigt er an und benutzt den Sprachstil der Diva: »In einer Stunde. Sharp!«

Sophie hat sich gefragt, wie sie die Diva heute vorfinden würde. Wirkt sie noch so zerbrechlich wie am Tag zuvor? Doch sie stellt fest, dass sie äußerlich unverändert wirkt. Dass sie wieder perfekt zurechtgemacht sein würde, hat sie schon von einem sichtlich stolzen Felix gehört, der ihr bei ihrer Ankunft im Haus Nummer zehn zugeraunt hat: »Heute habe ich sie herrichten dürfen. Haare und Make-up!«

Dennoch hat sich etwas verändert. Sophie entdeckt nach einigen Minuten, dass der wuchtige Rubinring an ihrem Finger fehlt. Ist es eine Art Abschied, den sie vollzieht und der längst überfällig gewesen ist?

Sophie würde Felix später dazu befragen, aber jetzt konzentriert sie sich auf das Verhalten von Luise Radell. Sophie bewundert sie für die Haltung, die sie zeigt. Wieder derselbe Platz auf dem Sofa, immer noch der durchgedrückte Rücken und die sorgsam zusammengepressten Knie.

Aber es gibt noch etwas, das sich verändert hat, und es dauert fast eine halbe Stunde, bis Sophie registriert, dass der weiße Sessel mit dem lila Schal darauf nicht mehr an dem angestammten Platz steht. Bisher hat die Diva noch nicht einmal geduldet, dass er um ein paar Zentimeter verschoben wird, wie es Mike zu spüren bekommen hat, als er unbeabsichtigt dagegengestoßen ist. Was hat das zu bedeuten?

Etwas ist allerdings gleich geblieben. Die Herzlichkeit, mit der Hilde sie begrüßt, einen Käsekuchen auf der üblichen Kuchenplatte auf den Glastisch stellt und dampfend heißen Kaffee einschenkt.

»Vielen Dank, Hilde«, hört Sophie die Diva zum ersten Mal sagen.

Es liegt etwas Defensives in ihrer Stimme. Das starre Verhalten scheint gemildert. Sie wirkt nicht mehr so verschlossen, sondern den Menschen zugewandt, die um sie herum sind.

Sophie will diese Stimmungsänderung sofort nutzen. Noch ist sie unsicher, ob sie der Diva die in ihrer Tasche mitgebrachten Fotos des italienischen Magazins zeigen soll, auf der sie in einer Szene für die Ewigkeit festgehalten ist, die wohl immer noch auf ihrer Seele brennt. Sophie hat sie gestern Nacht ausgedruckt.

Erst einmal entscheidet sie sich dagegen, denn sie will dies zunächst mit Felix besprechen. Als ob sie zwei mittlerweile eine eingeschworene Gemeinschaft bilden, die sich vor allem um das Wohlergehen des so lange verschwundenen Stars kümmert.

»Ich habe ein paar Neuigkeiten«, beginnt Sophie.

Die Diva schaut auf.

»Bei Herrn Lammer sind Unmengen von Anfragen an Sie eingegangen. Darunter viele Angebote für Film und TV-Rollen. Natürlich auch für Talkshow-Auftritte.«

Felix strahlt über das ganze Gesicht. Doch die Diva schüttelt entschieden den Kopf. »Nein, das kommt alles nicht infrage.«

»Warum nicht, gnädige Frau?«, schaltet sich Felix eifrig ein. »Das wäre doch ein Geschenk für Ihre Fans! Die wünschen sich nichts sehnlicher als ein Comeback!«

»Ach ja, woher nehmen Sie diese Weisheit?«, lautet die sarkastisch anmutende Frage von Luise Radell.

»Aus den wahnsinnig vielen Briefen, die an Sie gerichtet sind. Alle wollen Sie wieder sehen.«

»Ich will aber nicht gesehen werden«, lautet ihre kategorisch klingende Entscheidung.

»Das ist aber schon geschehen«, wirft Sophie ein. »Die Aufnahmen von Ihnen, als Sie nachts an der Verandatür waren, sind tatsächlich gesendet worden.«

Luise Radell schließt ihre Augen. Sie schweigt.

»Frau Radell«, versucht Sophie erneut, zu ihr durchzudringen. »Ich habe mir Gedanken gemacht, wie wir die verabredeten Interviewfolgen gestalten können, ohne die Sie so belastenden Ereignisse Ihres Lebens öffentlich zu machen.«

»Ich möchte gar nicht, dass Sie etwas veröffentlichen, verstehen Sie das doch bitte!«

»Das verstehe ich durchaus. Aber Sie werden nicht mehr in Ihr selbst gewähltes abgeschiedenes Leben zurückkehren können. Dazu ist zu viel passiert, was nicht in Ihrer Hand gelegen hat. Ich möchte Ihnen helfen!«

Bei diesem Bekenntnis öffnet die Diva ihre Augen und schaut verwundert auf Sophie. »Sie? Sie wollen mir helfen?«

»Ja«, sagt Sophie entschlossen. »Als Allererstes will ich Ihnen versichern, dass Sie sich in einer psychischen Ausnahmesituation befunden haben, als es zum Tod von Herrn Dotti kam.«

Die Diva zuckt kurz zusammen, was Sophie auf den simplen Umstand zurückführt, dass jemand diesen Namen in ihrer Gegenwart ausspricht. Jahrzehntelang hat Luise Radell ihn nicht mehr gehört.

»Sie wären auch nicht wegen Mordes angeklagt worden, selbst wenn die Polizei damals andere Schlüsse gezogen hätte.«

Die Diva schaut sie erstaunt fragend an.

»Dafür gibt es viele Beispiele. Bekannte Stars, die, allerdings meistens unter Einfluss von Alkohol oder Drogen, zu Waffen gegriffen und ihre Partner getötet haben. Immer wird die psychische Situation untersucht und die hätte bei Ihnen auf jeden Fall strafmildernd gewirkt. Aber zu so einem Prozess kann es gar nicht mehr kommen. Denn Totschlag verjährt.«

Felix schaut Sophie voller Bewunderung an. »Sehen Sie!«, sagt er jetzt in Richtung der Diva. »Sie brauchen sich nicht mehr zu quälen! Hören Sie auf Frau Schaller!«

»Aber ich bin schuld an seinem Tod!«, beharrt die Diva.

»Versuchen Sie doch mal, sich von außen zu betrachten«, bemüht sich Sophie, sie von ihrem selbstzerstörerischen Schuldgefühl zu befreien. »Sie wurden von dem Mann, den Sie geliebt haben, gedemütigt, vorgeführt, Ihrer Würde beraubt. Sie befanden sich in einer grausamen Ausnahmesituation und haben im Schockzustand nicht überlegt reagieren können. Sie haben den Hebel der Pool-Abdeckung nicht gesehen. Das ist absolut glaubhaft! Verstehen Sie? Das nennt man einen Schock! Sie haben zuvor nicht mit Berechnung den Hebel berührt. Und der Hieb mit dem Aschenbecher ist im Affekt geschehen. Vielleicht sollte ich Ihnen mal die Artikel über Ihre vielen Kollegen raussuchen, wie es zu deren Übersprungshandlungen gekommen ist. Und die Tatsache, dass Ihre beste Freundin, Ihre Mentorin, auf einer nassen Landstraße in den Tod gerast ist, ist ein Unfall. Sie sind nicht verantwortlich für Leichtsinn am Steuer, überhöhte Geschwindigkeit bei Regen, für das Versagen von Bremsen. Natürlich ist es ein ganz unglücklicher Umstand, dass Sie ihr doch eigentlich von Angesicht zu Angesicht das Geschehene erklären wollten. Aber Sie haben nicht am Steuer gesessen und dafür gesorgt, dass sie zu Tode kam. Auch wenn

Sie nun schon so unendlich lange an einer Form von moralischer Schuld festhalten, lassen Sie endlich los!«

Sophie holt tief Luft.

Hat Luise Radell ihr überhaupt zugehört? Felix hat auf jeden Fall die ganze Zeit während ihrer leidenschaftlich vorgebrachten Erklärungen genickt.

Sophie ist dankbar, dass er jetzt ergänzt: »Sehen Sie, Frau Radell, die Frau Schaller hat sich da juristisch schlaugemacht und Sie können ihr glauben. Sie hätten sich gar nicht zu verstecken brauchen. Alles in Ihrem Leben aufgeben, was Ihnen etwas bedeutet hat!«

Bei diesen Sätzen kommt Leben in die Gestalt, die unbeweglich zugehört hat.

»Ich habe aufgehört, weil sie nicht mehr da war!«

»Irene!«, bestätigen Sophie und Felix gleichzeitig.

Die Diva nickt. »Nach Irenes Tod war ich wie gelähmt. Ich habe eigentlich nur darauf gewartet, ob ich vielleicht erfühlen kann, was sie jetzt an meiner Stelle tun würde. Dabei war ich doch schuld daran, dass sie verunglückt ist.«

Sophie will gerade ihre Worte, dass sie das eben nicht ist, wiederholen, als Felix ihren Arm berührt, um sie zum Schweigen zu bringen.

Sie vertraut darauf, dass er die Diva am besten kennt, und verstummt.

Und tatsächlich lehnt sich Luise Radell ein wenig vor, als wollte sie erreichen, dass sie ihr genau zuhören. »Der Verlust von Irene hat mich gelähmt, bis ich plötzlich das Gefühl hatte, dass sie wieder da ist. Können Sie das verstehen? Ich glaubte, ihre Stimme wieder zu hören, die mich fragte: ›Und? Was ist der nächste Film? Hast du dich entschieden? Ich habe dir doch ein Manuskript gegeben. Hast du es gelesen?‹ Ich musste mir eingestehen, dass ich das wegen der schrecklichen Ereignisse nicht getan hatte. Ich habe es dann angeschaut, und sofort fühlte es sich für mich an, als ob sie mir über die Schulter blickt und wieder wissen will: ›Und? Wie sieht's aus?‹

Ich habe gedacht, dass ich ihr sagen könnte: ›Ich werde das nicht machen, weil du nicht mehr da bist!‹ Und ob Sie es mir glauben oder nicht: Ich habe wieder ihre Stimme vernommen. Wie früher hat sie ganz energisch geklungen: ›Papperlapapp!‹ Das hat sie immer gesagt, wenn ich etwas vorbrachte, was ihr so gar nicht in den Kram passte.«

Für Sophie ist es ungeheuer bewegend zu beobachten, wie Luise Radells Augen glänzen, während sie von dieser Zeit erzählt. Ihre ganze Körperhaltung verändert sich. Sie wirkt um Jahre jünger. Lebhaft, strahlend, mitreißend. Sie scheint weit weg zu sein, aber in Wirklichkeit ist sie zum allerersten Mal im Hier und Jetzt.

Auch Felix hat die Veränderung an ihr bemerkt, denn er schaut die Diva sichtlich fasziniert an.

»Am nächsten Tag habe ich Otto angerufen, zum ersten Mal nach vielen Wochen, in denen ich mich nicht gemeldet habe.

›Oh, Luise‹, hat er sofort gesagt. ›Ich bin ja so froh, dass ich dich am Apparat habe. Ich will ja nicht drängen, aber weißt du eigentlich, dass ich Dutzende Angebote auf dem Tisch habe? Alle wollen mit dir drehen. Da sind ein paar ganz schöne Sachen dabei.‹ Aber ich habe ihm gesagt, dass ich mich entschlossen habe, genau den Film zu drehen, den Irene vor ihrem entsetzlichen Tod für mich im Auge hatte. Otto überschlug sich fast vor Eifer und begann sofort, alles zu organisieren. Als Erstes besorgte er mir Hartmut Ewers, meinen Lieblingskameramann, der genau wusste, wie er mich in Szene setzt. Der brachte seine gesamte Crew mit, auch die Beleuchter, die die exakten Anweisungen kannten, wie sie die Scheinwerfer postieren müssen, um mich perfekt aussehen zu lassen. Drumherum die gesamten Mitarbeiter, die mir angenehm waren. Er sortierte jeden aus, den ich nicht mochte. Otto heuerte meine Lieblings-Kostümbildnerin an, dann meine Reni, die mich schminken würde, ja, sogar Alfons, mein Lieblingsfriseur, wurde für die Dauer der Dreharbeiten verpflichtet. Meinen Vertrauten wurde vertraglich zugesichert, dass ihre Namen im Abspann zu sehen sein werden. Eine große Ehre.

Ich weiß noch genau, wie es sich anfühlte, als ich am ersten Tag das Studio betrat. Alle begannen, wie wild zu klatschen. Otto hatte ein großes Plakat aufhängen lassen, auf dem stand: ›Welcome back, Lady!‹ Es war schon rührend. Jeder wollte mir die Hand schütteln. Alle sagten: ›Wie schön, dass Sie wieder da sind!‹ In der Mitte der Halle stand eine überdimensionale Torte auf einem Podest, die ich während des ganzen Brimboriums anschnitt. Das Blitzlichtgewitter war überwältigend. Es waren rund vierzig Fotografen da, die drängelten und schubsten. Ein ungeheurer Tumult.

In der Garderobe wartete Reni, die mich erst sorgfältig abschminkte, um dann die kamerataugliche Variation aufzutragen. Ich weiß noch, wie aufgeregt sie war. ›Endlich!‹, hat sie immer wieder gesagt. ›Alle haben so sehr auf Sie gewartet!‹ Dann ließ ich mir von den Kostümbildnerinnen helfen, das maßgeschneiderte Kleid für die erste Szene anzuziehen. Sie überschlugen sich in Schmeicheleien: ›Wie toll Sie aussehen! Wie wunderschön! Das Kleid ist wie für Sie gemacht! Sie sind ein Gesamtkunstwerk! Alle Frauen werden Ihren Stil wie immer kopieren!‹

Ich betrat das Set, auf dem alle bereits auf ihre Positionen gegangen waren, und ich sah noch, wie Hartmut neben seine Kamera trat, um mir eine Kusshand zuzuwerfen.

Als der Regisseur das Kommando rief: ›Ruhe, bitte. Und ab!‹, fühlte ich die Hitze der Scheinwerfer auf meinem Gesicht. Wie immer blendeten sie mich und ich versuchte, die Umrisse der anwesenden Personen auszumachen. Das hatte ich immer getan.

Aber eine fehlte. Die Wichtigste. Irene.

Ich sah nicht ihre Locken, die immer auf und ab wippten, wenn sie am ersten Drehtag eines Films im Studio auftauchte. Sie hatte nämlich die Angewohnheit, den Kopf nach rechts und links zu bewegen, um zu prüfen, ob ich mich im genau richtigen Lichtkegel befand.

Und in diesem Augenblick wusste ich, dass ich verloren war. Ohne sie war ich nichts. Ich drehte mich um, rief nach meinem Fahrer und verließ den Drehort. Otto rannte hinter mir her und fragte entgeistert: ›Warum? Was ist los, Luise? Haben wir was falsch gemacht?‹

Ich gab ihm keine Antwort, nahm der völlig perplexen Kostümbildnerin die Sonnenbrille aus der Hand, die als Accessoire für eine Szene gebraucht werden sollte. Ich setzte sie auf und ließ mich nach Hause fahren. Die dunklen Gläser vermittelten mir einen Vorgeschmack auf die Dunkelheit, in die ich von nun an eintauchen würde.

Denn ich beschloss, nie wieder einen Fuß in ein Atelier zu setzen. Ich würde mich unsichtbar machen und mir war es egal, was in den Zeitungen über diesen Rückzug ins Private kolportiert werden würde. Ich nahm keine Artikel mehr zur Kenntnis. Und ließ auch zu, dass Bücher über mich verfasst wurden, in denen erfundene Storys standen.

Mein öffentliches Leben war beendet.«

Die Diva lässt sich gegen die Rückenlehne des Sofas fallen.

Nach einer langen Pause versucht Sophie einen neuen Anlauf: »Aber jetzt können Sie all diesen Spekulationen ein Ende bereiten. Sie können sich vor den vielen Versuchen, Fotos von Ihnen zu schießen, schützen.«

Die Diva schaut sie zweifelnd an.

»Indem Sie bestimmen, wann und wie Sie sich zeigen wollen. Wir können organisieren, dass Sie zwei oder drei Fragen von eingeweihten Kollegen vor der Presse beantworten. Verstehen Sie, dann ist die Luft raus. Sie könnten denen sagen, dass Sie die vielen Angebote für ein Comeback prüfen, sich aber noch nicht entschieden haben, denn das braucht noch Zeit.«

»Eine Pressekonferenz? Auf keinen Fall!«, entgegnet Luise Radell bestimmt.

»Nein, nein. Ich stelle mir das so vor, dass Fotografen und Kameraleute vor dem Zaun von Ihrem Grundstück postiert werden. Sie treten dann aus der Tür, und sagen wir drei Kollegen, mit denen ich das vorab verabreden würde, halten Ihnen Mikrofone entgegen und Sie antworten kurz.«

Jetzt kann Felix nicht mehr an sich halten: »Das wäre doch fantastisch. Das wird bei Politikern immer so gemacht. Da tritt dann die wichtige Person nach vorne, gibt ein Statement ab. Und das war's. Dann können alle wieder gehen!«

Sophie verspricht erneut: »Damit hört erfahrungsgemäß der ganze Quatsch der Jagd nach Bewegtbildern sofort auf. Sie haben wieder Ruhe.«

»Und was haben Sie nun vor?«, wendet sich die Diva Sophie zu. »Wie werden Sie Ihren Auftrag, eine Interviewserie für Ihr Magazin zu verfassen, erfüllen? Was werden Sie schreiben?«

Das klang nach einer Zustimmung für eine Veröffentlichung, mit der Sophie fast nicht mehr gerechnet hat. »Ich mache einen Entwurf, wie die einzelnen Interviewfolgen aussehen könnten. Das besprechen wir dann gemeinsam in aller Ruhe. Ich werde das schon so aufbereiten, dass es interessant wirkt, jedoch nichts von dem preisgibt, was Sie verschweigen wollen. Sie können sich auf mich verlassen!«

Felix nickt heftig. »Frau Radell«, beschwört er sie. »Das ist die Chance, das Heft des Handelns bei Ihnen zu lassen. Wir … also Sie können froh sein, dass so eine Frau wie Sophie Schaller auf Ihren Aufenthaltsort aufmerksam geworden ist, und nicht jemand, der Sie fertigmachen will. Wenn ich das so formulieren darf.«

Die Diva greift neben sich und Sophie erwartet, dass sie wie immer die goldene Schatulle öffnen wird, um eine Zigarette herauszufischen. Doch in der letzten Sekunde zuckt ihre Hand zurück und sie nimmt eine Packung vom Glastisch hoch. Die lag, gut versteckt, zwischen dem Kuchenteller und ihrer Tasse. Dann sagt sie völlig unerwartet: »Felix, würden Sie mir bitte Feuer geben?«

Felix springt auf und klappt sein Feuerzeug auf.

Sophie prägt sich diesen Moment ein. Für sie ist es die totale Verwandlung einer Frau, die bisher mit sparsamsten Gesten die klein gewordene Welt um sich herum dominiert hat, um jetzt menschliche Nähe nicht nur zuzulassen, sondern sie sogar herbeizuwünschen.

Aber heißt das auch, dass sie begreift, wie man einen Medienorkan, wenn nicht auslöschen, dann doch umleiten kann?

Zu Hause entschließt sich Sophie, zu einem drastischen Mittel zu greifen, um die Diva zu ihrem Glück zu zwingen. Sie hat Hille gebeten, ihr eine Kopie von dem im TV ausgestrahlten Video zu schicken, auf dem Luise Radell durch ihre Fensterfront gefilmt worden ist. Als sie den Beitrag zum ersten Mal in Augenschein nimmt, muss sie Lammer für seine Frage nach einem Alkoholproblem von Luise Radell Abbitte leisten. Tatsächlich sieht es so aus, als hätte sie im Laufe eines langen Abends bereits viele Gläser geleert, was durch die beiden leeren Flaschen neben ihr auf einem Beistelltisch noch untermauert wird.

Sophie hofft, dass Luise Radell diesen Blick auf ihr abgeschiedenes Leben nicht so in der Welt stehen lassen will.

Sie nimmt ihren Laptop mit zum nächsten Treffen und spielt den TV-Beitrag vor den Augen der Diva ab, ohne Felix darauf vorzubereiten. Er zieht scharf die Luft ein, als er, hinter ihr stehend, die Bilder anschaut.

»Das ist so gemein«, urteilt er angesichts der illegal aufgenommenen Szene.

Luise wirkt versteinert. »Das ist infam!«, lautet ihr Urteil.

»Allerdings«, stimmt Sophie zu. »Und darum müssen wir meine Strategie umsetzen. Was könnten Sie sich vorstellen, bei so einem für die Presse gestellten Kurzauftritt in die Mikrofone zu sprechen?«

Nach einem kurzen Moment des Überlegens fragt Luise Radell zurück: »Sie sind der Profi. Was denken Sie?«

»Ich finde, Sie sollten drei Sätze loswerden. Zum einen, wie sehr Sie sich über die Zuneigung der immens vielen Fans freuen, von denen so viele einer neuen Generation angehören. Dann würde ich vorschlagen, dass Sie die Frage nach einem möglichen Comeback so weit beantworten, dass Sie darüber nachdenken und nichts ausschließen. Wir müssen uns etwas ausdenken, was die nicht zu vermeidende Frage nach dem Grund Ihres Abschieds aus der Öffentlichkeit beantwortet.«

Felix nutzt die Pause, indem er vorschlägt, was Sophie schon im Ansatz mit ihm besprochen hat: »Sie kann doch einfach sagen, dass sie nach dem Unfalltod ihrer Mentorin eine lange Pause brauchte, um sich zu erholen. Danach hatte sich die Welt der Filmindustrie in den Sechzigerjahren gewandelt und sie sah für sich nicht die Möglichkeit, adäquate Rollen zu spielen.«

»Finde ich gut«, meint Sophie. »Das hat dann nicht mehr nur mit Ihnen zu tun, sondern es betrifft den Wandel der Zeit. Das ist eine gute Idee.«

Sophie und Felix sind so mit der Formulierung möglicher Fragen beschäftigt, dass sie völlig überrascht von der unmittelbaren Entscheidung der Diva sind.

»Wie schnell können Sie alles Nötige vorbereiten?«, fragt sie und Sophie entgegnet verblüfft: »Geben Sie mir drei Tage. Felix, übernehmen Sie einige Anrufe bei Fotoagenturen?«

Der nickt begeistert, offensichtlich völlig hingerissen von seiner Einbeziehung in den bevorstehenden Wandel im Leben der Diva.

Sophie notiert in ihrem Handy bereits die Namen von drei mit ihr befreundeten Kollegen, die sie aus Hamburg kommen lassen will. Sie würden auf jeden Fall genau die richtigen Fragen stellen, die Sophie ihnen vorgibt.

Außerdem wird sie Hille um die Adressen der Agenturen bitten, die ihre Mitarbeiter schicken sollen.

* * *

Es bedeutet einen immensen Kraftakt, aber nach drei hektischen Tagen ist es so weit.

Seit dem frühen Morgen ist Sophie bei Luise Radell.

Unzählige Fotografen und Kameraleute haben sich vor dem Zaun des Hauses Nummer zehn versammelt. Die meisten ausgerüstet mit Hockern und Leitern. Gemeinsam mit den Fotografen, die in die Hocke gegangen sind, wirken sie wie eine Wand, aus der die Objektive ragen.

Wann immer sich die Haustür öffnet, knipsen und filmen sie wie verrückt los, weil sie glauben, die Diva würde früher als verabredet vor ihre Linsen treten.

Womit sie aber nicht gerechnet haben, ist der Anblick der erbosten Hilde, die sich rabiat einen Weg durch die Ansammlung von Menschen bahnt, als sie erst auf ihrem täglichen Weg zum Bäcker und dann erneut bei ihrer Rückkehr von den Blitzlichtern geblendet wird.

Beide Male beobachtet Sophie das Schauspiel aus einem seitlichen Fenster heraus.

Hilde droht ihnen mit der Faust und hält mit ihrer lautstarken Meinung über das Theater nicht hinterm Berg.

Die Diva selbst ist ganz ruhig. Sophie hat damit gerechnet, dass sie angesichts des Medienansturms aus der Fassung geraten könnte, aber das genaue Gegenteil ist der Fall. Sie ist in ihrem weiß-schwarzen Kostüm, der passenden Schluppenbluse inklusive der vielen Perlenketten um ihren Hals total professionell. So als wäre sie wieder in ihr junges Ich zurückverwandelt, das es gewohnt gewesen ist, von unzähligen Journalisten umgeben zu sein.

Völlig aufgelöst dagegen ist Felix, der um die Erlaubnis gebeten hat, sich in dem großen Moment neben sie stellen zu dürfen. Sophie erinnert sich an den amüsierten Gesichtsausdruck, mit dem Luise Radell ihr Einverständnis gegeben hat.

Und so fragt er jetzt zum gefühlt zehnten Mal: »Sehe ich gut aus? Ist auch kein Stäubchen auf meinem Anzug?«

»Alles gut!«, versucht Sophie, ihm Mut zuzusprechen, und schaut noch kurz durch das vergitterte Fenster in der Haustür. Tatsächlich sind auch die Security-Leute vor Ort, die Mike organisiert hat. Sophie will absolut sichergehen, dass niemand aus seiner Rolle fällt und vor allem nicht versucht wird, über den Zaun zu klettern.

Sie überprüft die Uhrzeit und wendet sich der Diva zu. Als sie dann sagt: »Es ist elf Uhr sharp!«, erntet sie ein Lächeln von Luise Radell. Aus Sophies Eindringen in die so lange düstere Welt der Diva ist eine Komplizenschaft geworden.

Sophie öffnet die Tür und hat das Gefühl, in einen entfesselten Blitzeinschlag zu geraten. Schuld daran sind nicht nur die Lichter der Kameras, sondern auch der grelle Kegel von drei Scheinwerfern, die hinter den Medienvertretern aufgestellt worden sind. Während sie rasch zur Seite tritt, hört sie die vielen Rufe in dröhnender Lautstärke: »Hierher! Hallo, hierhin schauen!«

Die Diva tritt heraus. Unmittelbar nach ihr betritt Felix stolz die Szenerie und stellt sich neben sie. Er wirkt wie ein Bodyguard, lässt seine Blicke schweifen und suggeriert, dass er jeden bestrafen wird, der sich der schmalen Gestalt an seiner Seite nähern wird.

Die Diva selbst hat nicht einen Moment gezögert, sondern ist mit sicherem Schritt vor die Presse getreten, wo das verabredete Schauspiel beginnt.

Sophies von ihr ausgesuchte Hamburger Kollegen erledigen ihre Rolle mit Bravour. Formulieren die Fragen genau so, wie Sophie sie ihnen vorgeschrieben hat, und erwecken kein einziges Mal den Eindruck, es wäre eine abgekartete Sache.

Als Luise Radell mit ihrer berühmten Stimme ihre Antworten gibt, verstummen alle Rufe der Kameraleute. Entweder, so mutmaßt Sophie, wollen sie ihr den nötigen Respekt zollen oder aber, und das glaubt sie eher, wollen sie alle die Antworten hören und auf den Tonspulen festhalten.

Und dann ist der ganze Spuk auch schon vorbei.

Luise Radell lässt noch ein letztes Mal ihre Blicke schweifen, setzt ihr berühmtes berückendes Lächeln auf, winkt noch einmal, genau so lange, damit sämtliche Fotografen ihr Bild machen können, wendet sich ab und verschwindet wieder in ihrem Haus.

Drinnen angekommen scheint sie von dem Spektakel völlig unbeeindruckt und bittet Hilde, als wäre es ein Tag wie jeder anderer: »Jetzt können Sie den Kaffee einschenken. Er ist doch sicher fertig!«

Doch als sie sich dabei umschaut, fragt sie erschrocken: »Wo ist Felix?«

Sophie schaut wie zuvor durch das kleine Fenster und sieht Felix, der sich von den Kameras der noch verbliebenen Fotografen und Kameraleute dreht und wendet. Sie beobachtet entsetzt, dass er Kommentare in hingehaltene Mikrofone abgibt, öffnet alarmiert die Tür einen Spalt und ruft seinen Namen.

Widerstrebend verabschiedet er sich per Handschlag von den Journalisten, ehe er sich durch die Türöffnung zwängt.

»Was haben Sie denen gesagt?«, wird er von Sophie bestürmt, die wütend auf ihn und seine Eitelkeit ist.

»Dass sie eine fantastische Chefin ist. Immer freundlich! Immer topinformiert über das Weltgeschehen!«

»Aber warum?«

»Die Journaille soll nicht wagen zu denken, dass sie eine tüdelige alte Oma ist!«, lautet seine Begründung.

»Aber den Eindruck hat sie doch gar nicht gemacht!«

»Ich wollte es noch einmal ganz deutlich machen. Man kennt das ja. Wenn ein Insider spricht, können sie keine Dinge mehr unterstellen. Schon gar nicht, dass sie eine Alkoholikerin ist!«

Sophie schüttelt den Kopf. »Und was haben Sie gesagt, wer Sie sind?«

»Dass ich ihr Butler bin. Ein Vertrauter. Ein Kenner ihres Schaffens. Ich habe denen mal gleich die Titel ihrer wichtigsten Erfolgsfilme in die Mikrofone diktiert.«

Sophie will gerade aufgebracht erwidern, dass man das googeln kann, als Luise Radell dazwischengeht: »Das haben Sie gut gemacht, Felix! Sie sind mein Fels in der Brandung!«

Felix nickt Sophie hinter dem Rücken der Diva triumphierend zu und Sophie kommt sich für einen flüchtigen Augenblick vor, als wäre sie in einem Kindergarten gelandet.

* * *

Am Abend sitzt Sophie zufrieden in ihrer Wohnung. Alle TV-Sender haben in ihren Promi-News über den gigantischen Medienauflauf berichtet. Sie haben Luise Radells Antworten gezeigt und Sophie ist mit dem Ergebnis mehr als zufrieden.

Die Diva sieht frisch aus, kein bisschen gebrechlich, im Gegenteil, sie hat die Pressemeute total im Griff. Selbst den Versuch einiger Kameraleute, sie in einem Close-up zu zeigen, der schon wieder unvorteilhaft wirken könnte, hat sie mit ihrem siebten Sinn für perfekte Kopfhaltung, verbunden mit einem gleichzeitigen Lächeln, gut überspielen können.

Werner Graber hat kurz gemault, warum Sophie denn nicht auf Reporter aus dem Verlagshaus zurückgegriffen hat, aber sie konnte das mit einem Versehen des persönlichen Assistenten der Diva entkräften. Dafür sei sie leider nicht zuständig gewesen. »Dafür bekommst du umgehend die erste Folge des Interviews. Und außerdem habe ich die Fotobestellungen durchgegeben. Du hast ja schon die aktuellen Bilder von heute auf dem Tisch. Davon wirst du doch sicher eins auf dem nächsten Titel bringen. Habe ich recht?«

Schmallippig hat er ihre Vermutung bejaht und noch hinzugefügt: »Good Job!«

Sophie weiß, dass dies die höchste Form der Anerkennung ist, die man von ihm kriegen kann.

Dann macht sie sich daran, den Text von zwei Folgen der Interviewserie zu vervollständigen, in denen sie Luise Radell davon erzählen lässt, wie ehrgeizig ihre Mutter war und dass sie sehr wohl Mittel zum Zweck gewesen ist, als sie als Sechzehnjährige den ersten Produzenten von ihr vorgestellt worden ist.

Dann ertönt Sophies Klingel.

Zu ihrem Entsetzen verstummt die nicht wieder, sondern wird zu einem Dauerklingeln, und Scheppern dröhnt durch ihre Wohnung.

Jetzt hat Sophie endgültig die Nase voll. Sie rennt zur Tür, stellt sich auf die Zehenspitzen und reißt die Klingel von der Wand, wobei allerdings auch das Display erlischt und sie nicht sehen kann, wer vor der Haustür steht. In ihrer Zerstörungswut hat sie unbeabsichtigt den Türöffner aktiviert.

Sie öffnet ihre Wohnungstür einen Spalt und erkennt schon am schnellen Schritt, wer kommt.

Mike!

Sie läuft ins Treppenhaus und als sie ruft: »Mike, warum hast du geklingelt? Du wolltest doch vorher Bescheid sagen!«, steht er schon vor ihr und sie will ihm um den Hals fallen.

»Vorsicht! Vorsicht!«

Sie macht überrascht einen Schritt zurück und versteht, warum er sie warnt.

Er hält zwei Brotzeitteller in den Händen. Sie zieht ihn in den Flur und er übergibt ihr die belegten Holzbretter. Dann zieht er aus beiden Jackentaschen jeweils eine Flasche Bier und erklärt: »Ich wollte schnell zu dir. Da konnte ich mich nicht mehr per Handy vorher anmelden. Und geklingelt habe ich mit meiner Nasenspitze.« Er folgt ihr in die Küche und sie stellt die Bretter auf dem Tisch ab und versinkt in seiner Umarmung. Dabei fallen zwei Zeitungen zu Boden, die er unter den Arm geklemmt hat.

Bevor er sie aufheben will, zeigt er auf die Bierflaschen. »Ich habe einen Flaschenöffner mitgebracht, du hast doch bestimmt deinen noch nicht gefunden.« Seine Jacke legt er über einen Stuhl.

Sophie zeigt auf den letzten noch verbliebenen Umzugskarton, den sie als Hockerunterlage für ausgedruckte Seiten benutzt.

»Da muss er drin sein.« Sie sieht noch das breite Grinsen auf seinem Gesicht, ehe er sie an sich heranzieht und sie die Leidenschaft genießt, mit der sie ihr Wiedersehen feiern.

»Und … Mini?«, versucht sie zwischen den Küssen zu fragen.

»Bei … Kinder…geburtstag … mit Übernachtung.«

Sophie zieht ihn ungestüm ins Schlafzimmer und beginnt, sein Hemd aufzuknöpfen.

Doch zu ihrer großen Verblüffung nimmt er ihre Hände und fordert sie auf: »Ehe wir uns diesen wirklich wichtigen Dingen des Lebens zuwenden, lies bitte erst die Überschriften von den Nachtausgaben der Zeitungen. Ich bin extra zu den Verlagshäusern gefahren, um sie dir zu besorgen. Ganz großes Kino! Du hast Frau *Radau* doch tatsächlich zur Vernunft gebracht.«

Erst jetzt kommt sie zur Besinnung, läuft rasch in die Küche und greift nach den Zeitungen. Auf allen beiden Titelseiten ist die Diva in dem Moment ganz groß abgebildet, in dem sie vor den vielen Journalisten Fragen beantwortet. Es ist das von Sophie geplante beeindruckende Dokument geworden. Und als sie die Headlines liest, ist sie völlig zufrieden.

»Die verschollene Diva ist wieder da! Fotografen drehen durch! Gerangel am Gartenzaun!« Das Konkurrenzblatt titelt: »Luise Radell – die Legende lebt! Nach Jahren des Schweigens spricht die Diva: Ich denke über ein Comeback nach!«

Das hat sie zwar so nicht gesagt, aber Sophie ist begeistert. Endlich hat sich die Diva aus ihrem Versteck getraut.

Jetzt wird es nicht mehr lange dauern, bis Sophie mit ihr gemeinsam Antworten für das Magazin-Interview formuliert und sie sich selbst endlich wieder um ihr eigenes Leben kümmern kann.

Mike hat unterdessen die Verschlüsse an den Bierflaschen geöffnet und sie prosten sich zu. »Auf dich!«, sagt Mike und beide nehmen einen tiefen Schluck. »Komm, lass uns essen«, schlägt er vor und zieht die Klarsichtfolien von den Holzbrettern.

Sie sieht darauf Emmentaler Käse, Speck, Leberkäse, luftgetrocknete Salami, Senf, Radieschen, Radi, Gurke und Senf.

»Das ist nun typisch bayerisch«, wird sie von Mike aufgeklärt. »So was musst du kennen!« Als er sie fragt, ob sie frisches Brot hat, schaut sie in ihren Brotkasten und meldet deprimierende Leere.

»Egal, hab ich mir schon gedacht«, erklärt er lachend und zaubert noch einmal etwas aus den Jackentaschen hervor.

»Toll, Brezeln«, freut sie sich, wird jedoch sofort korrigiert.

»Brez'n sagt man hier«, erklärt er mit gespielt ernster Miene. »Da muss ich zum Bewahrer des Bajuwarischen werden.«

Jetzt will es Sophie aber ganz genau wissen. »Und was ist das?«, fragt sie und zeigt mit ihrem Finger auf ein cremiges Gemisch.

»Das ist Obazda«, erfährt sie und ist tief beeindruckt, als er aufzählt: »Camembert, Zwiebeln, Kümmel, edelsüßes und scharfes Paprikapulver, Salz, Pfeffer und Schnittlauch zum Verzieren. Herrlich auf der Brez'n!«

»Wow!«, lobt sie ihn. »Du bist ja sogar rezeptsicher.«

»Wirst du auch bald sein«, behauptet er. »Ich lass dich nämlich nicht mehr gehen.«

Sophie erwidert sein Lächeln und will gerade etwas entgegnen, als er sie bittet: »Komm, erzähl mir, wie du das hingekriegt hast, eine alte Frau in die Neuzeit zu führen!«

Sophie ist in Gedanken ganz woanders gewesen und muss sich erst darauf konzentrieren, was sie preisgeben will. Sie zögert, dann entscheidet sie sich für eine Version, in der sie Felix eine größere Rolle andichtet, als er tatsächlich gespielt hat. Und fügt ehrlich hinzu, dass sie manches Verstörende gehört habe, aber nicht alles preisgeben werde. Mike ist mit dieser Antwort vollauf zufrieden. Sophie spürt, dass es ihm vor allem wichtig ist, ihr Beifall zu zollen.

Als sie das Licht in der Küche löschen und sich viel Zeit nehmen, sich endlich gegenseitig auszuziehen, verändert sich die Stimmung des so locker und unbeschwert verlaufenden Abends. Denn als sie sich umarmen, beweist Mike eine Ernsthaftigkeit in seinen Zärtlichkeiten, die Sophie tief berührt. Zu Beginn murmelt er an ihrem Ohr: »Sophie Schaller, du bist einfach großartig! Und ich liebe dich!«

Sie will sich versichern, ob er dies ernst meint, aber er verschließt ihren Mund mit einem Kuss. Und danach spürt sie in der Intimität ihrer Körper, dass sie gerade seine Antwort erhält: Ja, er liebt sie!

* * *

Es ist schon später Vormittag, als Sophie neben ihm aufwacht. Sie glaubt, ein ununterbrochenes Geräusch hat sie geweckt, von dem sie nicht weiß, wo es herkommt. Als sie sich gerade wieder umdrehen will, um sich an ihn zu schmiegen, schreckt sie endgültig hoch. Ihr Handy! Das anhaltende Summen kommt aus der Küche, wo sie es gestern auf ihrem Schreibtisch hat liegen lassen.

Wer versucht sie so dringend zu erreichen?

Die Diva hat mit ihr keinen Termin für heute vereinbart. Sie schaut aufs Display.

Felix!

Fünfzehn Mal hat er es versucht.

Sie drückt auf Rückruf und hört sofort seine atemlose Stimme: »Ich habe bei Ihnen geklingelt! Dutzende Male! Warum haben Sie nicht aufgemacht?«

Schuldbewusst gibt Sophie zu: »Sorry! Ich habe die Klingel abgerissen. War einfach zu nervig. Aber heute wollen wir uns doch gar nicht treffen. Was ist passiert?«

Felix schluchzt laut auf. »Die Diva ist weg!«

Kapitel 20

Herrsching am Ammersee, 2022

Das Taxi fährt durch die Dunkelheit. Es ist fünf Uhr. »Es ist schlau, so früh zu fahren. Jetzt sind kaum Autos unterwegs. Ich kenne die Strecke nur im Schneckentempo. Dauernd ist hier Stau«, ruft der Fahrer nach hinten.

Luise lächelt zufrieden. Das ist nur einer der Gründe, warum sie zu dieser Uhrzeit unterwegs ist. Niemand hat bemerken können, dass sie sich auf den Weg begeben hat. Hilde kommt erst um acht Uhr. Und Felix liegt um diese Zeit ganz sicher selig schlummernd in seinem Bett.

Sie hat ihren Plan erst während der Nacht gefasst. Die Telefonnummer für das Taxiunternehmen hat sie neben der Telefonanlage in Felix' Arbeitszimmer entdeckt. Doch dann ist ihr eingefallen, dass sie gar kein Geld hat. Seit Jahrzehnten hat sie sich um kein Bargeld mehr kümmern müssen. Alles ist für sie erledigt worden.

Jetzt auf der Rückbank des Taxis ist sie stolz, dass ihr eingefallen ist, wo Hilde Geld für die Einkäufe aufbewahrt. In einer Dose, auf der ein bunter Teddybär abgebildet ist. Sie hat die Küchenschränke durchsucht und sich ein paar Scheine herausgenommen.

Sie weiß zwar, dass die für sie früher gewohnte Währung im Laufe der Jahrzehnte geändert worden ist, aber sie hat das Geld noch nie in der Hand gehalten. Unschlüssig, ob es für die Bezahlung des Taxis reicht, nimmt sie noch ein paar zusätzliche Geldstücke mit.

Das Taxi hat sie an die Stelle bestellt, an der Felix vor ihrer gemeinsamen Fahrt nach Herrsching die Limousine geparkt hat. Sie hat nicht gewagt, die Lichter in ihrem Garten anzuschalten, und es ist mühsam gewesen, sich bei der undurchdringlichen Dunkelheit im Garten zu orientieren.

Aber sie hat es geschafft. Und sitzt nun in einem Auto, das sie zum Anwesen bringen soll.

Sie weiß sehr genau, was sie dort will. Sie wird sich in aller Form von Irene verabschieden. Nachdem sie sich von der Last ihrer Vergangenheit befreit hat und sich tatsächlich in die Öffentlichkeit gewagt hat, fühlt sie eine Stärke, die es ihr erlaubt, sich den Dämonen ein letztes Mal zu stellen.

Als das Taxi das große Eisentor mit den oben angebrachten verschlungenen Initialen ihrer toten Freundin erreicht hat, fragt Luise nach dem Preis. Als der Fahrer ihn nennt, schaut sie ratlos in ihre Handtasche. Sie greift hinein, nimmt zahlreiche Scheine heraus und hält sie ihm hin.

»Reicht das?«, fragt sie ratlos.

Er schaut verblüfft darauf und sagt: »Das ist aber viel zu viel.«

»Nehmen Sie«, drängt sie ihn und öffnet schon die Tür.

Doch er ruft: »Nein, warten Sie!«

Verschreckt hält Luise inne. Was will er jetzt von ihr? Angst kriecht in ihr hoch. Sie ist in den frühen Morgenstunden allein auf einem Uferweg am Ammersee und niemand könnte ihr zu Hilfe kommen. In was für eine Situation hat sie sich da gebracht?

Doch sie hat sich unnötig Gedanken gemacht. Offensichtlich ist die Summe, die sie ihm aufgedrängt hat, so hoch, dass er sich plötzlich als Kavalier entpuppt, um das Fahrzeug herumläuft und ihr die Tür von außen öffnet. Er deutet sogar eine Verbeugung an.

Als sie aussteigt, hebt er gerade seinen Kopf in die Höhe, schaut ihr ins Gesicht und stellt fest: »Sie sind … diese … Sie sind ein Star, nicht wahr?«

Geistesgegenwärtig antwortet Luise: »Ich kenne das schon. Ich werde immer mit jemandem verwechselt«, geht an ihm vorbei und will schon die schmale Tür im Tor aufschließen.

»Soll ich mit Ihnen gehen?«, ruft er ihr hinterher. »Es ist doch alles dunkel. Nicht, dass Sie noch hinfallen und sich verletzen.«

»Alles gut«, erwidert sie. »Ich werde erwartet!«

»Okay!«, hört sie ihn sagen. Dann steigt er endlich in sein Auto, wendet und fährt davon.

Luise atmet auf. Sie schließt die Zwischentür auf und geht hindurch. Sie will schon weitergehen, aber einem plötzlichen Impuls folgend, verschließt sie sie wieder. Man kann ja nicht wissen, ob der Mann vielleicht aus Neugierde zurückkommen würde, um sich mal anzuschauen, wohin sie denn jetzt geht.

Luise hört das Knirschen unter ihren Schuhsohlen. Der Kies ist frisch aufgeschüttet. Luise hat nach Irenes Tod Hartmut Ewers gebeten, immer wieder Gärtner zu dem großen Anwesen zu schicken, die sich dort der wunderbaren Blumenbeete, Sträucher, Bäume und Rasenflächen angenommen haben. Deshalb ist der Anblick dieses Paradieses so unbeschreiblich schön geblieben. Alle Wege sind regelmäßig geharkt und vom Unkraut befreit worden.

Sie atmet tief den frischen Geruch des gemähten Rasens ein und es schießen Bilder durch ihren Kopf, die sie gemeinsam mit Irene auf der Terrasse zeigen, während die fest angestellten Gärtner sich damals um die grüne Pracht gekümmert haben.

Sie schüttelt mit entschiedener Geste den Kopf. Nein, daran will sie jetzt nicht zurückdenken.

Angekommen vor der Haustür schiebt sie den Schlüssel ins Schloss, dreht ihn zweimal um und betritt das Haus.

Sie tastet nach dem Lichtschalter gleich rechts neben der Tür und die Lichter flammen auf. Sofort durchquert sie die Eingangshalle, geht mit sicherem Schritt durch die Wohnhalle und öffnet nacheinander Fenster und Terrassentüren, um die bis jetzt hermetisch verschlossenen Holzläden aufzustoßen.

Ein frühes Morgenlicht strömt herein in das verstaubte Innere mit den vielen Schutzlaken auf den Möbeln.

Heute begibt sie sich nicht auf einen Rundgang durch die Villa wie beim letzten Mal, als sie geglaubt hat, sie würde Irene auf dem Treppenabsatz sehen, die sie mit unheimlich starren toten Augen fixiert hat, um sie zu fragen: »Hast du mich getötet, Luise?«

Nein, jetzt weiß sie, dass sie dies nicht getan hat. Sondern dass Irene, wie hat die junge tüchtige Journalistin es noch einmal gesagt, auf regennasser Straße viel zu schnell gefahren ist.

Luise wendet sich der schweren Stahltür in der Eingangshalle zu und sucht nach dem richtigen Schlüssel. Sie denkt daran, wie Felix ihr beim letzten Mal den Schlüssel abgenommen hat, um ihr zu helfen. Doch diesmal steckt sie ihn gleich richtig herum ins Schloss, dreht ihn und muss viel Kraft aufwenden, um den Koloss aufzuziehen.

Als sie dies schafft, betätigt sie den Lichtschalter, doch es bleibt dunkel. Sie versucht es noch zweimal mit Ein- und Ausschalten des Kippschalters, aber nichts passiert. Offensichtlich muss es einen Stromausfall im unteren Geschoss gegeben haben. Aber sie will sich von solch einer Lappalie nicht von ihrem Vorhaben abbringen lassen und tastet sich mit den Händen an der Wand die Treppenstufen herunter.

Sie weiß genau, wo die Kerzenhalter stehen und die langen Zündhölzer zum Anzünden deponiert worden sind. Sie fasst auf einen Tisch, wo sie die Packung vermutet, und hält die Kartonage sofort in den Händen.

Sie nimmt ein Zündholz heraus, reibt es an der rauen Fläche und kurz darauf brennen die ersten sechs langstieligen Kerzen. Sie geht weiter und schließlich erleuchten die Kerzen an sechs Ständern einen Teil des großen Raums. Dass sie ein wenig rußen, stört sie nicht weiter. Kurz überlegt sie noch, ob die Luftzufuhr funktioniert. Vielleicht war die Lüftung schon defekt, als sie mit Felix da war, oder sie ist durch den Stromausfall jetzt blockiert. Aber sie will sich ja dieses letzte Mal hier unten nicht lange bei den Zeugen ihrer Vergangenheit aufhalten. Allerdings ist die Luft wirklich sehr stickig und Luise ringt nach Atem. Sie muss husten. Doch für den Moment ist sie abgelenkt, denn die Schaufensterpuppen mit den wunderschönen Kleidern und Kostümen ihrer Filme tauchen nach und nach aus der Dunkelheit im flackernden Licht auf. Die zuckenden Reflexe huschen über ihre Puppengesichter und lassen sie lebendig werden.

Ein unerwartetes und so lange schmerzlich vermisstes Glücksgefühl steigt in ihr auf. Nach Jahrzehnten der Lähmung, der Furcht voller Kummer und Schmerz fühlt sie sich befreit und wie neu geboren.

Sie ist ganz bei sich und weiß genau, dass es ein irrationaler Wunsch von ihr ist, der sie ein letztes Mal in Irenes untergegangene Welt zurückkehren lässt. Sie will sich von ihrem Andenken an sie in einem symbolischen Akt verabschieden.

Luise setzt sich in einen pompösen Sessel, der einmal zur Ausstattung ihres Erfolgsfilms »Königin wider Willen« gehört hat, lässt den Kopf gegen die hohe Lehne fallen und ist überwältigt von dem so schmerzlich vermissten Gefühl völliger Entspannung.

Als sie wider Erwarten glaubt, Irene am anderen Ende des Raums verschwommen zu erkennen, weiß sie dieses Mal ganz genau, dass dies ihrem wohligen traumähnlichen Zustand entspringt. Da sie sich der Täuschung bewusst ist, nimmt sie dies als Gelegenheit wahr, sich jetzt als alte Frau hier für immer von der ewig jung bleibenden vertrauten Person zu trennen.

Dieser Augenblick lässt sie fast übermütig ausrufen: »Ich bin gekommen, um mich zu verabschieden. Adieu, Irene!«

Sie erinnert sich noch sehr genau, was Irene Safranow in solchen Momenten gesagt hat, wenn Gäste mit Floskeln wie dieser ihre legendären Partys verlassen wollten: »Ach komm, einen Moment noch! Auf eine letzte Zigarette!«

Luise lächelt aufgrund dieser so plastischen Erinnerung und tastet nach dem Zigarettenpäckchen, das neben ihr auf dem Couchtisch liegt. Ihr ist bewusst, dass es die Lieblingsmarke von Francesco gewesen ist, die mit seinem Filmstarkonterfei darin verkauft worden ist. Irene hat ihm wahrscheinlich die fantastische Sammlung gezeigt, die ein Filmmuseum füllen sollte. Er hat das Päckchen wohl bei diesem Rundgang vergessen und es ist ein Teil der Memorabilien geworden.

Luise ist so entspannt, dass ihr fast die Augen zufallen, doch sie will das Filmkapitel ihres Lebens mit einer ihrer lässigsten Gesten auf der Leinwand abschließen und zündet sich eine Zigarette aus seiner Packung an.

* * *

Zunächst begreift Sophie überhaupt nicht, was Felix ihr sagen will. Die Diva ist weg? Wo soll sie denn hingegangen sein? Eine Frau, die gerade nach so vielen Jahrzehnten die ersten Schritte in die Öffentlichkeit gemacht hat.

»Felix, bitte beruhigen Sie sich!«, fordert sie ihn auf. »Sie kann doch gar nicht weg sein.«

Felix schluchzt. »Doch, ist sie aber! Sie ist verschwunden. Sie ist weg! Ich habe solche Angst um sie! Hoffentlich will sie sich nichts antun!«

»Jetzt hören Sie aber auf«, ermahnt sie ihn. »Sie steigern sich da in was rein, was völlig abwegig ist. Haben Sie denn im Garten nachgesehen? Vielleicht ist sie ja einfach nur an der frischen Luft.«

»Ich war überall. Sie ist weg!«, beharrt Felix auf seiner Hiobsbotschaft.

Sophie schaut aus dem Küchenfenster hinüber in die Auffahrt vor der Villa ihrer Nachbarin. Verblüfft entdeckt sie dort Felix mit seinem Handy am Ohr, der vor der offenen Tür steht und zu ihr aufblickt. Im selben Moment tritt Mike hinter sie und küsst ihre Schulter.

Erst jetzt wird Sophie bewusst, dass sie beide nackt sind. Sie greift nach einer Jacke, die über der Lehne ihres Schreibtischsessels hängt, und hält sie sich vor den Oberkörper.

»Was ist mit ihm?«, fragt Mike interessiert.

Sophie wendet sich ihm zu und flüstert: »Er behauptet, die Diva sei weg!«

Mike verzieht ungläubig sein Gesicht, während er die Kaffeemaschine anstellt.

Dann wirft er noch einmal einen Blick hinaus. Etwas scheint ihn bei Felix' Anblick zu beunruhigen, denn er öffnet das Fenster und ruft ihm zu: »Kommen Sie rauf! Wir besprechen alles!«

Sofort setzt sich Felix in Bewegung, und Mike schlüpft in Slip und Jeans und wirft Sophie ihren Bademantel zu.

»Warum braucht er so lange?«, fragt Mike nach einigen Minuten und Sophie klärt ihn rasch auf: »Ich habe doch die Klingel zerdeppert und anscheinend geht jetzt auch der

Türöffner nicht mehr.« Sie öffnet ihre Tür und rennt die Treppe hinunter. Als sie die Haustür aufmacht, fällt Felix fast auf sie, so fest hat er sich gegen die Tür gestemmt. »Warum können Sie denn nicht einfach aufmachen?«, will er wissen, um sie dann gleich zu bedrängen: »Schnell, wir müssen sie finden!«

»Kommen Sie erst mal nach oben«, fordert Sophie ihn auf.

Mike hat sich in der Zwischenzeit vollständig angezogen und hält Sophie eine Tasse mit einem frisch gebrühten Espresso hin. »Wollen Sie auch einen?«, fragt er Felix.

»Ich hatte schon vier«, erklärt er, während er immer noch sein Handy ans Ohr presst.

»Das können Sie jetzt ausmachen«, fordert ihn Mike auf. »Sophie steht neben Ihnen. Was ist denn geschehen?«

Sophie ist froh, dass sich Mike Felix annimmt, und zieht sich in Windeseile an. Dann kehrt sie in die Küche zurück und hört Felix' Bericht. »Ich habe heute Morgen nichts von ihr gehört. Und als Hilde kam, haben wir uns gedacht, nach der gestrigen Aufregung will sie bestimmt länger schlafen. Obwohl sie so was eigentlich nicht tut. Sie hat einen Tagesablauf, der seit Langem …«

»Verstehe«, unterbricht ihn Mike. »Also, Sie haben nichts von ihr gehört. Und dann sind Sie irgendwann in ihr Schlafzimmer gegangen, um mal nachzuschauen?«

Bei dieser Frage füllen sich Felix' Augen mit Tränen und er berichtet: »Aber natürlich. Und da war sie nicht.«

»Und dann haben Sie das ganze Haus abgesucht, oder?«, forscht Mike weiter.

»Natürlich! Überall! Und Hilde ist beinahe verrückt geworden. So was ist noch nie passiert.« Jetzt schluchzt er erneut auf: »Vielleicht irrt sie draußen verwirrt herum! Vielleicht war es ja doch gestern zu viel für sie. Aber ich muss sagen, ich hatte am Abend noch den Eindruck, alles sei bestens.«

Sophie sucht nach einer Lösung und schaltet sich ein: »Haben Sie mal bei dem Kameramann ihres Vertrauens angerufen?«

»Sie meinen Hartmut Ewers?«, fragt Felix nach.

»Genau!«

»Aber natürlich habe ich das! Längst! Er und seine Frau haben sich total gewundert, dass ich sie frage, ob die Diva bei ihnen ist. Eigentlich wollten sie sofort mit mir darüber sprechen, wie fantastisch doch die Medienresonanz auf ihren Auftritt ist. Aber als ich ihnen berichtet habe, was passiert ist, haben sie es auch mit der Angst zu tun bekommen. Und jetzt ist es schon fast zwölf Uhr mittags. Oje, was machen wir jetzt?«, ruft er aus. »Die Polizei kann ich ja wohl schlecht einschalten, oder doch?«

Sophie schüttelt den Kopf. »Felix«, beginnt sie. »Jetzt mal ganz ruhig! Wo kann sie sein? Überlegen Sie mal ganz genau. Gibt es vielleicht doch noch weitere … natürlich, was ist mit Reni, der alten Visagistin, oder Alfons, ihrem treuen Friseur? Vielleicht wollte sie sich ja mit denen über alles austauschen.«

»Aber nein, die sind ja heute Morgen wie immer gekommen und haben mit mir nach ihr gesucht. Die sind genauso besorgt wie ich. Wir wissen einfach alle, dass sie nirgendwo hingeht. Wie soll sie auch irgendwo hinkommen? Die vielen Autos sind in verschiedenen Garagen untergebracht und nur ich habe die Schlüssel.« Erneut wendet er sich Sophie zu und klagt: »Und Sie konnte ich ja nicht erreichen, weil Sie einfach nicht aufgemacht haben. Dabei habe ich geklingelt wie verrückt …«

»Felix, ich habe Ihnen doch schon erzählt, dass ich die Klingel demoliert habe. Die ist hinüber.«

Mike versucht, Struktur in die Unterhaltung zu bringen, und hält Felix die Abendzeitungen vor die Nase: »Hier! Darum geht es! Gestern war der Startschuss in ein neues Leben. Sie werden sich darauf einstellen müssen, dass die Dame sich ab jetzt anders verhalten wird. Die Frau Rada… Radell kann doch nach ihrem Outing einfach mal alte Bekannte besuchen. Wahrscheinlich sitzt sie jetzt irgendwo und stößt mit einem Gläschen Sekt an!«

Felix reagiert völlig verzweifelt: »Verstehen Sie doch, sie hat keine Bekannten!«

Bei diesen Worten verändert sich Mikes Gesichtsausdruck, als er sich besorgt Sophie zuwendet. »Das hört sich wirklich nicht gut an. Du kennst sie doch jetzt mittlerweile auch schon besser. Gibt es einen Ort, von dem sie sich wie magisch angezogen fühlt?«

»Irenes Grab?«, schlägt Sophie vor.

»Irene? Wer ist das?«, will Mike wissen.

Doch Sophie reagiert erst einmal nicht, bis Felix sagt: »Dort geht sie nicht hin. Sie hat mich gerade erst hingeschickt, um den Rubinring zu vergraben.«

»Welchen Ring?« Mike versucht sichtlich, die Versatzstücke einzuordnen.

Jetzt bedauert Sophie, ihn nicht längst mit mehr Informationen über die Diva versorgt zu haben.

Gerade will sie ihm Einblicke in Luise Radells Beichte geben, als sich Felix plötzlich mit der flachen Hand gegen die Stirn schlägt.

»Natürlich! Ich weiß, wo sie sein kann.«

Er hat die volle Aufmerksamkeit von Sophie und Mike.

»Im Anwesen von Irene Safranow in Herrsching am Ammersee.«

»Das sie geerbt hat«, erinnert sich jetzt Sophie an den Bericht der Diva. »Haben Sie denn dort noch nicht angerufen? Da wären wir doch schon ein Stück weiter. Da gibt es doch sicher einen Haufen Angestellte, oder?«

»Nein! Nein!«, wehrt er diese Vermutung ab. »Das ist ein Geisterhaus, in dem die Zeit stehen geblieben ist. Wir müssen dort hinfahren. Ich hol schnell die Limousine! Geben Sie mir nur ein paar Minuten, dann schau ich kurz nach, ob sie diesen dicken Schlüsselbund mitgenommen hat. Obwohl ich gar nicht sagen kann, wo sie den immer aufbewahrt hat. Aber das dauert zu lange, ich lass das lieber. Bitte, bitte, kommen Sie mit! Lassen Sie uns einfach hinfahren. So schnell wie möglich!«

Sophie schaut Mike an. »Kommst du mit?«

»Natürlich! Und ich fahre. Sie heißen Felix, nicht wahr?«

Der nickt.

»Okay, um das jetzt mal zu organisieren. Sie ... wir sagen besser gleich du. Ich heiße Mike. Also, Felix, du bist viel zu durcheinander. Dich lasse ich an kein Steuer. Du hast die Adresse und kennst dich da aus, richtig?«

Felix scheint total überwältigt zu sein, dass ihm endlich geglaubt wird und ihm ein offensichtlich glänzender Organisator die Last des Handelns aus der Hand nimmt.

Kurze Zeit später sitzen sie zu dritt in Mikes SUV. Er hat das Ziel in sein Navi eingegeben und will nach einigen Minuten von Felix ganz genau wissen, wie das Anwesen aussieht. »Es ist das größte und schönste«, beginnt Felix schwärmerisch, und nachdem er es näher beschrieben hat, merkt Mike: »Ich kenne die Villa! Sehr gut sogar. Die ist ein Traum! Ich habe oft vom Wasser aus beim Segeln das Areal betrachtet. Jedes Mal haben meine Freunde und ich geschwärmt, wie stilvoll, wie elegant die Villa mit den fantastischen Seitenflügeln konzipiert ist. Fast wie ein Schloss. Und dann dieses wunderschöne riesengroße Gelände mit den sanft gewellten Hügeln. Ein Multi-Millionen-Anwesen, eine Perle unter den Top-Besitztümern am Ammersee. Natürlich mit einem laternengesäumten Weg runter zum privaten Bootssteg. Komischerweise haben wir uns nie darum gekümmert, wer der Besitzer ist. Eigentlich wollte ich das immer wissen. Wer ist denn diese Frau, wie heißt die noch mal? Lebt die dort noch?«

Sophie klärt ihn auf: »Irene Safranow. Eine Produzentin. Sie ist schon lange tot. Sie war die Frau, die für ihren Star Luise Radell der Lebensmensch geworden ist.«

Mike wirft einen kurzen Blick rüber zu ihr auf dem Beifahrersitz. »Wow! Das ist aber eine poetische Beschreibung«, befindet er spöttisch.

»Ja«, bestätigt Sophie seinen Eindruck und bleibt ernst. »Aber in diesem Fall trifft es wirklich zu. Sagen Sie, Felix, kennen Sie denn das Haus?«

Felix beugt sich auf dem Rücksitz etwas nach vorne und seine Stimme klingt fast schüchtern, als er bittet: »Frau Schaller, sollen wir uns auch duzen? Oder ist das für die Diva ganz schlimm, wenn sie das merkt? Aber wir können ja dann auch immer wieder zum Siezen übergehen.«

Sophie dreht sich mit einem Lächeln zu ihm um: »Wir duzen uns! Und sie kann das ruhig mitbekommen. Wir sind ja mittlerweile ein richtiges Team geworden. Da sollte sie froh drüber sein.«

Sophie spürt, dass sich Mike mühsam ein Grinsen verkneift. Er hat ihre Zusammenarbeit mit Felix nur aus der Ferne mitbekommen und wundert sich sicher, wie förmlich sie immer noch miteinander umgegangen sind.

Felix wirkt zufrieden, verschränkt seine Finger im Schoß und beginnt zu schwärmen: »Ja, ich habe das Haus von innen sehen dürfen. Ich war erst vor Kurzem mit ihr dort. Eigentlich war sie alleine reingegangen und ich habe mich schließlich gewundert, wo sie so lange bleibt. Bin zur Haustür gegangen und da fiel sie mir in die Arme. Sie hat gezittert und war schrecklich aufgeregt. Wenn ihr das erlebt hättet. Ich hatte das Gefühl, dass sie völlig durcheinander war. Als ob sie einem Geist begegnet wäre. Ich sollte sogar alle Räume durchsuchen und hatte wirklich Angst, plötzlich einem Einbrecher gegenüberzustehen.« Er seufzt. »Hoffentlich hat sie sich nicht …«

»Hat sie bestimmt nicht«, unterbricht Sophie.

»Mike«, beginnt er und Sophie vermutet, dass er einfach mal die neue Nähe ausprobieren will, indem er ihn beim Vornamen nennt. »Du kennst dich doch mit solchen exklusiven Häusern aus. Ich selbst bin früher immer zu dem Haus gefahren, habe mir einen Kaffee mitgenommen und vom Auto aus vor mich hingeträumt, wie es dort wohl früher zugegangen ist. Ich habe mir auch immer von alten Einheimischen erzählen lassen, wie …«

»Wie sieht es denn nun innen aus?«, unterbricht ihn Mike rasch.

»Ja, natürlich, da war ich stehen geblieben. Also, allein die Wohnhalle ist so groß wie ein Ballsaal. Wenn Sie … also, wenn ihr die gleich seht, werdet ihr es kaum glauben. Marmorkamine, riesige goldgerahmte Spiegel darüber an den Wänden, goldene Stehlampen, fantastische Sessel, die zum größten Teil mit Laken abgedeckt sind, aber ich habe an den Füßen gesehen, dass sie eine Mischung aus antik und Fünfzigerjahre-Chic sind. Und eine Bar, geradezu riesig!«

Felix beugt sich ein Stück weit vor und füllt damit die Lücke zwischen Sophie und Mike aus: »Und alle Räume, Badezimmer, Ankleidezimmer, sind mit den Sachen dieser Safranow gefüllt. Alles ist an seinem Platz geblieben. Eigentlich schon wirklich ein bisschen verrückt. Und dann …« Er scheint zu überlegen, ob er weitererzählen soll, dann sagt er entschlossen: »Im Untergeschoss ist ein Museum!«

Sofort dreht sich Sophie um: »Wofür? Was ist dadrin?«

Sie ist so erleichtert, dass Felix sich dermaßen in seinen Schilderungen verliert und deshalb nicht mehr angstvoll fragt, ob sie sich was angetan habe.

Er hat sie mit seiner Furcht mittlerweile angesteckt und auch sie kann plötzlich die Angst nachempfinden, die Diva hätte den Schritt vor die Kameralinsen doch nicht so einfach verkraftet, wie es den Anschein gehabt hat.

Nun ist Felix von seiner Furcht um das Wohlergehen der Diva völlig abgelenkt, als er schwärmt: »Der Filmkosmos der Luise Radell! So viele lebensgroße Schaufensterpuppen stehen rund herum an den Wänden, angekleidet mit Kostümen, Kleidern, den tollen Abendkleidern, aufwendigen Roben, Pelzen. Raffiniert beleuchtet! Dazwischen riesige Schrankkoffer, die Inhalte in den aufgezogenen Schubladen habe ich gesehen. Meterhohe Regale mit hunderten Schuhen, alle nach Farben aufgestellt, und …« Hier macht er eine Pause. »Ich durfte mir was aussuchen!«

Sophie bemerkt, dass Mike amüsiert lächelt, als Felix hinzufügt: »Da lagen mindestens dreißig Hutschachteln, Schmuckkästchen, ach, Feuerzeuge und was weiß ich nicht alles. Und dann der Hermelinmantel aus ›Königin wider Willen‹ und der breite Reifrock. Ich bin sicher, dass sie bei den Dreharbeiten gar nicht durch die Türen kam und dann …«

Mike fürchtet wohl, dass Felix sich in den vielen Storys und Aufzählungen hoffnungslos verliert, und will deshalb lieber wissen: »Wozu hat sie das alles behalten und wohnt aber nicht dort?«

Sophie erklärt ihm: »Da denkst du zu praktisch. So ist sie nicht. Sie verbindet viel Schreckliches mit dem ganzen Anwesen, da konnte sie nicht einziehen. Dort spielte sich das Leben der Safranow ab, alles trägt deren Handschrift. Sie wäre quasi in das Leben der anderen geschlüpft.«

Wie wahr, durchzuckt es Sophie. Es wäre die totale Verwandlung gewesen, nachdem sie in Italien so schrecklich an ihrer Imitation von Irene gescheitert ist.

Mike, unbelastet vom Wissen um die desaströsen Folgen, denkt schon weiter. »Man könnte ein fantastisches Hotel daraus machen. Schlag ihr das doch mal vor.«

Mike betätigt den Blinker und setzt zum Überholen eines Lieferwagens an. »Wieso vermutet ihr eigentlich, dass sie ausgerechnet heute dorthin wollte?«

Sophie nimmt Felix die Antwort ab: »Das ist symbolisch zu verstehen. Ich könnte mir vorstellen, dass sie wirklich zu der Villa gefahren ist und mit einem vielleicht letzten Besuch den Schlussstrich ziehen will unter all das, was sie durchlitten hat. Da gibt es so einiges.«

Mike ist nicht überzeugt. »Aber dann hätte sie sich doch auch von Felix hinbringen lassen können.«

Sophie nickt und hofft inständig, dass sie die Diva gleich in Irenes Villa antreffen und befragen können. Und sie gesteht sich ein, dass sie nun außerdem furchtbar neugierig ist, den Ort des Schreckens mit eigenen Augen zu sehen.

»Du hättest mir von diesem Besuch mit ihr erzählen müssen«, wirft sie Felix vor. »Es hätte alles ein bisschen einfacher gemacht. Wir hätten ja mit ihr zusammen dahin …«

»Mist!« Sie wird von Mike aufgeschreckt. »Jetzt bitte kein Stau!«

Sophie sieht die Bremsleuchten der voranfahrenden Autos aufleuchten. Dann entdeckt sie im Außenspiegel ein Auto mit blau zuckendem Signal auf dem Dach heranrasen. Sofort fährt Mike rechts an den Straßenrand und das Polizeiauto rauscht wie ein Blitz an ihnen vorbei.

Mike will sich schon wieder in den Verkehr einfädeln, als laute Signalhörner eines Feuerwehrlasters ertönen.

»Das hat uns gerade noch gefehlt! Da muss es einen Riesenunfall gegeben haben«, vermutet er.

Denn erneut schrillen Hornsignale, und Sophie beobachtet, dass ein ganzer Zug von Feuerwehrautos mit ohrenbetäubenden Tönen und grell blinkenden Signalen ihr Ziel ansteuern. Sophie zählt acht Löschzüge, gefolgt von drei Einsatzfahrzeugen der Polizei.

»Was für ein Großeinsatz«, sagt Mike. »Ich könnte mir vorstellen, dass gleich eine Absperrung kommt«, fürchtet er, bevor er sich bei Felix erkundigt: »Wie könnte denn die Frau Rada…«, er schafft es gerade noch erneut, seinen Spitznamen für die Diva zu unterdrücken, und setzt den Satz fort: »… Radell dort hingekommen sein?«

»Die einzige Möglichkeit, die mir einfällt, wäre ein Taxi«, antwortet der. »Aber sie hat noch nie eins gerufen.«

Mike reagiert nicht auf seine Bemerkung, sondern zeigt plötzlich nach vorne.

Sophie sieht, dass die Einsatzkräfte abbiegen. »Das ist unsere Richtung, da müssen wir hin«, erklärt Mike mit ernster Stimme und Felix ruft aufgeschreckt: »Das ist genau der Abschnitt, den wir brauchen, um zur Villa zu kommen. Fahr drumherum«, verlangt er mit gellender Stimme.

»Wie stellst du dir das vor?«

Sophie ist alarmiert. »Brennt da ein Haus auf einem Nachbargrundstück?«

Sie macht sich sofort große Sorgen. Noch weiß sie nicht, wie weit Irene Safranows Anwesen entfernt ist. Sollte es einen Brand in einem Haus der Nachbarschaft geben, wird die Diva, sollte sie sich tatsächlich in der Villa befinden, den Lärm auf jeden Fall hören und sich furchtbar erschrecken.

Auch Felix ist alarmiert.

Er krallt eine Hand in Sophies Oberarm. Doch sie spürt keinen Schmerz. Sie ist viel zu sehr mit ihrer Sorge um die Diva beschäftigt.

Mike scheint als Einziger im Fahrzeug einen kühlen Kopf zu bewahren. Er setzt den Blinker, reißt das Steuerrad herum und versucht, auf Nebenstraßen weiter voranzukommen.

»Wie kommen wir jetzt auf Schleichwegen zu der Villa dieser Frau Saf…?«, will er von Felix wissen.

Glücklicherweise kann Felix aufgrund seiner vielen Stippvisiten zu seinem Sehnsuchtsort konkrete Anweisungen geben, auf welchen Wegen sie sich auf dem noch nicht abgesperrten Teil der Uferstraße dem Gelände nähern können.

Während sich Mike rasant durch Autos schlängelt, deren Fahrer längst ausgestiegen sind, um den Einsatz zu begaffen, beobachtet Sophie bedrückt das Geschehen. Die blinkenden Lichter der Mannschaftswagen und Feuerwehrfahrzeuge, sie sieht Männer in ihren Schutzanzügen, die Wasserschläuche ausrollen, hört laute Kommandos, wildes Gebrüll, schließlich Mikes Fluchen, während Felix mit sich überschlagender Stimme schreit: »Das ist die Villa von Irene Safranow!«

Und sie begreift geschockt, dass es in der Traumvilla der Filmmogulin lichterloh brennt.

Obwohl der alte Baumbestand das Gelände vor den Augen der Öffentlichkeit abschirmt, sieht sie jetzt meterhohe Flammen, die aus dem Gebäude in Richtung des Himmels lodern.

Sie schlägt die Hand vor den Mund und ist wie gelähmt bei diesem furchtbaren Anblick.

Mike und Felix reißen bereits ihre Türen auf, während sie noch einen Augenblick sitzen bleibt.

Doch dann überwindet sie ihren Schockzustand und will ihnen folgen. Aber sie sieht sie nicht mehr und läuft schließlich orientierungslos trotz des prasselnden Feuers und der enormen Hitze, die sie selbst bei dem beachtlichen Abstand trifft, in die Richtung des Infernos.

Plötzlich wird sie jäh gestoppt. »Sie dürfen nicht weiter«, brüllt ein Feuerwehrmann gegen den Höllenlärm an. »Das ist lebensgefährlich!«

Verzweifelt versucht sie, ihn abzuschütteln. »Da ist jemand drin«, kreischt sie gellend. »Retten Sie sie!«

»Nein!«, schüttelt er den helmbewehrten Kopf. »Beruhigen Sie sich! Da ist niemand drin. Das Anwesen steht schon seit Urzeiten leer!«

»Nein, nein«, schreit sie ihn an. »Da ist wahrscheinlich eine alte Frau drin!«

»Wer?« Er beugt sich zu ihr herunter, hält sein Ohr in die Nähe ihres Mundes, um sie trotz des Tumultes verstehen zu können.

»Luise Radell.«

»Wer ist das?« Sophie hat es mit einem jungen Feuerwehrmann zu tun, der sie verständnislos ansieht.

»Ein früherer Superstar! Eine Filmschauspielerin!«

Er scheint unschlüssig, was er tun soll.

Schließlich siegt seine Professionalität und er spricht in sein Funkgerät: »Lechner hier. Es soll eine Frau im Haus sein. Wird zumindest vermutet.«

»Wer soll da sein?«, schnarrt es aus seinem Gerät. »Der Kasten ist leer. Schon lang. Wer behauptet das Gegenteil?«

Sophie schaut sich suchend nach Mike und Felix um. Sie braucht dringend ihre Unterstützung.

In diesem Moment wird sie abgelenkt, denn man scheint ihre Behauptung doch ernst zu nehmen und sie hört, wie Feuerwehrleute mit Äxten versuchen, die schwere Holztür einzuschlagen. Aber in genau diesem Moment zerbersten die Glasfenster unter der unbarmherzigen Hitze. Die Männer springen zurück.

Der Strahl von vielen Wasserschläuchen prallt wirkungslos am Stein der dicken Außenmauern ab.

Entsetzt wendet sich Sophie ab und macht sich auf die Suche nach Mike und Felix. Sie rennt zum Auto zurück und sieht, dass Mike das Fahrzeug mittlerweile ganz nah neben dem hohen Eisengitter abgestellt hat. Die Beifahrertür steht sperrangelweit offen und Sophie vermutet, dass beide Männer auf das

Autodach gestiegen und über das gefährlich gezackte Gitter auf das Gelände gesprungen sind. Sofort macht sie es ihnen nach und hangelt sich balancierend an dem Gitter auf das Rasenstück hinab.

Hektisch versucht sie, sich zu orientieren, und glaubt, Mikes Stimme zu hören, der brüllt: »Wohin?« Dann erst sieht sie ihn zusammen mit Felix an der Seite eines Gebäudeflügels stehen.

Als sie in deren Richtung rennt, schüttelt Mike entsetzt den Kopf. »Was tust du hier? Bist du verrückt geworden?« Seine panische Sorge um sie lässt sie innehalten. »Bitte«, ruft er mit einem entsetzten Tonfall. »Bitte komm nicht näher! Das ist zu gefährlich!«

Felix tippt ihn auf den Arm und deutet auf ein eingestürztes Mauerstück. »Da kommen wir rein«, hört sie ihn brüllen.

Sophie will Mike nicht allein lassen und läuft trotz seiner Warnung zu ihm hin.

»Warum tust du das?«, fragt er sie eindringlich. »Warum tust du mir das an? Wir wissen gar nicht, ob sie in dem Gebäude ist. Und es ist schon schlimm genug, was wir hier machen. Aber dir, dir soll nichts passieren! Bitte hör auf mich!«

Doch Sophie hat ihren Entschluss längst gefasst. Sie wird Mike nicht allein lassen. Und so wendet sie sich an Felix. »Warum versucht ihr es hier?«

Das Zischen und Knallen von herabstürzenden Mauerteilen macht es ihr fast unmöglich, gegen den Lärm anzuschreien.

»Weil hier drunter das Untergeschoss ist. Mit den Sachen für das Museum. Ich bin sicher, wenn sie hier ist, muss sie dort unten sein. Denn die Feuerwehr wird niemals die Stahltür öffnen können, selbst wenn sie ins Haus gelangen. Den Schlüssel hatte sie.«

Sophie ist sich bewusst, dass alles, was hier passiert, die Fortsetzung eines fremden Albtraums ist, nämlich dem von Luise Radell.

Was ist, wenn sich herausstellt, dass sie gar nicht in dieses Haus gegangen ist? Sondern längst irgendwo in Sicherheit ist. Vielleicht gerade von einem langen Spaziergang in ihre Harlachinger Villa zurückgekehrt ist und sich einen Kaffee einschenken lässt.

Und Mike und sie haben sich von Felix' Hysterie anstecken lassen. Sie klammert sich kurz an Mikes Arm und hofft, dass er sie versteht, als sie bittet: »Nicht! Geh nicht hinein!«

Doch er zuckt bedauernd mit den Schultern. »Versuchen müssen wir es. Wir schauen nach, ob sie da unten ist. Dann geben wir auf, okay?«

Sophie spürt, dass sie ihn nicht mehr zum Aufgeben bewegen kann und er sich gedanklich wie in einem Tunnel befindet. Vernünftige Argumente überzeugen ihn nicht mehr und so lässt sie sich auf die Knie fallen. Sie muss tatenlos zuschauen, wie Mike und Felix versuchen, den Lüftungsschacht am Untergeschoss aufzustemmen. Sie klettern durch ein entstandenes Loch in den Untergrund. Felix dreht noch einmal sein rußgeschwärztes Gesicht zu ihr hin und sie liest an seinen Lippenbewegungen ab: »Mike hat gesagt, wir schaffen das!«

»Hey«, wird Sophie aufgeschreckt. »Seid ihr verrückt? Los, kommt zurück!«

Der junge Feuerwehrmann ist trotz seiner Zweifel hinter ihr hergerannt und ruft den beiden Männern hinterher: »Seid ihr lebensmüde, oder was?«

Als er sieht, dass Sophie sich auf Händen und Knien kriechend in dieselbe Richtung wie die beiden Männer bewegt, versucht er, sie am Arm zu packen, doch sie entwindet sich seinem Griff und rutscht ein Stück weiter.

Obwohl das Geschoss von Rauch erfüllt und eine unerträgliche Hitze zu spüren ist, hört sie Felix' hysterisches Schreien: »Frau Radell! Frau Radell! Wachen Sie auf!«

Jetzt lässt sich auch der Feuerwehrmann auf die Knie nieder und bekommt mit, dass Mike Felix anschreit: »Sie ist ohne Bewusstsein, aber ein Teil der Wand hat sich verschoben und bildet ein schützendes Dach über ihr. Vielleicht hat sie Glück. Rasch, Felix, hilf mir, sie da wegzuziehen!«

Jetzt hat der Feuerwehrmann begriffen, dass tatsächlich ein Mensch in dem Haus ist, der gerettet werden muss. Er gibt Informationen über sein Funkgerät weiter und verlangt Verstärkung.

Erleichtert sieht Sophie sechs Männer in ihre Richtung rennen. Und beobachtet durch den Schacht, dass Felix über sich hinauswächst und zwei Tische und drei Überseekoffer zur Seite drückt, über die Mike bereits geklettert ist, um schneller zur Bewusstlosen zu gelangen. Bei ihr angekommen, erhascht Sophie einen Blick auf die Diva und sieht, dass Luise Radell halb von einem Sessel herabgerutscht ist und Mike nach ihren Armen greift, um den leblos wirkenden Körper aus der Ecke zu ziehen.

Sophie beobachtet, wie er sich den schmalen Körper über eine Schulter wirft und Felix anweist: »Los, hinter mich! Halte ihren Kopf hoch! Nicht, dass sie noch irgendwo dagegenknallt.«

Beide stolpern und rutschen durch den heißen Schutt, und Sophie hört zitternd, wie der Qualm sie husten und würgen lässt. Als sie am Schacht angekommen sind, nimmt Mike die Diva von seiner Schulter und schiebt ihren Oberkörper in die Richtung der Öffnung. Jetzt greifen zwei der Feuerwehrmänner nach Luise Radell und ziehen sie nach oben.

Mike hält währenddessen noch ihre Beine umklammert, ehe er endlich loslassen kann, weil sie sich in Sicherheit befindet und bereits in die Obhut von zwei Sanitätern übergeben wird.

Sophie hat sich bäuchlings auf den Boden fallen lassen und reicht Mike eine Hand. Doch sie erkennt, dass er sich noch einmal suchend nach Felix umdreht, der fassungslos in die Trümmerlandschaft starrt. Schaufensterpuppen liegen quer übereinander, bedeckt von Möbeln, darüber glimmende Hüte, Mäntel, Taschen und Koffer.

»Los jetzt, Felix«, drängt Mike. »Vergiss das alles! Komm raus!«

Jetzt erkennt Sophie den traurigen Anblick, den Felix bietet. Seine Hosenbeine sind zerrissen, das Hemd hängt in Stoffstreifen an ihm herab.

»Das ist … das sind die … Sachen von Luise Rad…, ihre ganze Vergangenheit«, hört sie seine zitternde Stimme.

»Eben«, antwortet Mike rigoros. »Ihre Vergangenheit, und du kommst jetzt sofort raus in die Gegenwart. Sonst bist du so tot wie die Sachen hier!«

Nach einem letzten Blick zurück ergreift Felix endlich Mikes ausgestreckte Hand und wird von ihm durch das Loch geschoben, wo ihn die Feuerwehrmänner in Empfang nehmen und mit Schaum bedecken. Als Mike als Letzter das Untergeschoss verlassen hat, brechen hinter ihm die Reste der Decke mit ohrenbetäubendem Lärm krachend zusammen und lassen alles, was wertvoll, wunderschön und edel gewesen ist, unter Dreck, Schutt, zündelnden Flammen und Asche verschwinden.

Kapitel 21

München, 2022

Luise schlägt die Augen auf. Ihr Atem rasselt. Mit einer Hand will sie sich an den Mund fassen. Doch irgendetwas befindet sich auf ihrem Gesicht und sie schiebt mühsam die Last zur Seite. Es ist dunkel um sie herum. Wo ist sie? Ist sie tot? Sie hebt den Gegenstand in ihrer Hand ganz nah vor ihre Augen und bemerkt dabei ein schwaches Lämpchen, das über ihr ein minimales Licht spendet. Eine Notbeleuchtung. Sie befühlt das Teil und mühsam formt sich in ihrem Gehirn eine Erklärung. Es ist eine Sauerstoffmaske. Aber wer hat sie ihr gegeben? Und warum?

Jeder Atemzug tut ihr weh. Sie tastet neben sich. Eine Decke. Ein Bett. Links von ihr erkennt sie die Umrisse einer Tür, über der ein schmaler Kasten hängt, auf ihm ein grelles, grünes Licht.

Sie muss in einem Krankenhaus sein. Aber warum? Warum ist sie nicht in ihrer Villa in Harlaching?

»Was ist passiert?«, grübelt sie.

Dann kriechen Fetzen der Erinnerung in ihr hoch. Sie sieht sich auf einem Sessel sitzen. Kerzen haben geflackert. Hat sie die angezündet? Warum?

Sie hat plötzlich alles wie durch einen Nebel gesehen, der sie dicht eingehüllt hat. Und jetzt sieht sie die fahlen Umrisse wieder, die sie zu erkennen geglaubt hat, und ihr fällt ein, dass sie vermutet hat, sie gehörten zu Irene. Verschwommen schien sie ihr vom anderen Ende des Raums aus zuzuwinken. Aber Irene ist tot!

Was ist dann passiert? Ihr fällt wieder ein, wie bleiern müde sie gewesen ist. Hat sie das alles nur in einem Traum gesehen?

Aber warum schmerzt dann ihre Brust so sehr? Und warum kriegt sie kaum Luft? Langsam dämmert ihr, dass sie sich eine Zigarette angezündet hat. Natürlich, eine aus dem Päckchen von Francescos Marke. Aber sie hat zu Hause keines dieser Päckchen. Wo ist sie gewesen?

Sie erinnert sich, wie furchtbar warm es sich plötzlich angefühlt hat, und sie versucht, die Decke von sich wegzuschieben. Ist es ihr jetzt zu warm? Sosehr sie sich auch bemüht, alles scheint wie ausgelöscht. Wie lange hat sie geschlafen?

Doch dann schreckt sie zusammen.

Hat sie ein Feuer gesehen? Flammen? Oder sind es nur die vielen Kerzen gewesen, die wie von einem Windstoß angetrieben immer stärker hin und her zuckten?

Sie hört ein schwaches Klopfen und es wird unmittelbar darauf eine Tür geöffnet.

»Luise, was machst du für Sachen?«

Carl.

Warum ist er hier und nicht auf Mallorca?

Er tritt an ihr Bett und nimmt ihr die Sauerstoffmaske aus der Hand.

»Die musst du tragen. Du hast eine Rauchgasvergiftung. Ganz schlimm.«

Sie schiebt das Gerät weg und greift nach seiner Hand, die sie fest umklammert.

»Carl, was ist mit mir geschehen? Warum bin ich hier?«

»Weißt du denn nichts mehr?«, fragt er ungläubig.

Luise versucht, ihren Kopf zu schütteln, doch der Schmerz, den die Bewegung auslöst, ist zu stark, sodass sie haucht: »Nein!«

Carl setzt sich vorsichtig auf den Bettrand und schaut bekümmert auf sie herab.

»Luise, du warst in Irenes Villa. Dort hat es gebrannt. Du wärst beinahe …«

Er wendet den Kopf ab und schweigt einen Moment. Dann bricht es aus ihm heraus: »Wieso warst du da? Und dann auch noch allein? Was hast du getan? Weißt du, wer dich gerettet hat?«

Als sie nicht antwortet, fährt er aufgebracht fort: »Felix, aber eigentlich muss ich sagen, es war vor allem der Architekt und Bauherr Michael Habich, gegen den du so lange geklagt hast. Er hat dich gemeinsam mit Felix im Untergeschoss gefunden. Luise, du warst schon bewusstlos. Die beiden haben dein Leben gerettet und ihr eigenes aufs Spiel gesetzt. Und nicht zu vergessen, die Journalistin hat dafür gesorgt, dass sich schließlich die Feuerwehrleute endlich der Rettung angeschlossen haben. Die waren nämlich überzeugt, dass niemand in dem brennenden Inferno sein konnte. Jeder hat geglaubt, die Villa steht schon lange leer. Was hast du da gewollt?«

Carl holt tief Luft. Dann hört sie ihn fragen: »Hast du etwas mit dem Brand zu tun? Luise, sag mir die Wahrheit. Hast du das gesamte Anwesen abgefackelt?«

Seine unfassbare Frage löst eine Flut der Erinnerungen in ihr aus. Es wirkt so, als würde er mit einem Ruck den Schleier wegreißen, der ihr den Blick auf das Geschehen verwehrt.

Wie grelle Blitze türmen sich Bilder in ihr auf. Die vielen Journalisten vor ihrem Zaun. Das Blitzlichtgewitter. Ihr Entschluss in der Nacht, ein Taxi zu rufen. Irenes wunderschöne Villa, die sie geerbt hat. Das Untergeschoss mit all ihren Filmkostümen. Ihre kostbaren Galaroben.

Der Sessel aus »Königin wider Willen«. Sie ist so müde gewesen. Die Kerzen.

Der viele Rauch. Wie ein Nebel. Darin Irenes Winken.

Wollte Irene, dass sie in einer Flammenhölle umkommt? Wollte Irene ihren Tod? War es die Rache für ihren Geliebten Francesco?

Sollte sie dort sterben?

Oder wollte sie dort sterben?

Luise krümmt sich innerlich unter der Macht der düsteren Gedanken.

Was hat Carl eben gefragt? Die Worte hallen in ihr wie Hammerschläge nach.

»Sag mir die Wahrheit! Hast du das gesamte Anwesen abgefackelt?«

Hat sie das getan? Ist es ihre Schuld? Wieder? Ist es genauso wie bei Francescos Tod? Hat sie wieder eine Katastrophe ausgelöst? So wie sie Irene in ihren Unfalltod geschickt hat?

»Luise, was hast du da unten gemacht? Wieso bist du zu nachtschlafender Zeit rausgefahren? Mit einem Taxi! Ich glaube es nicht, das hast du noch nie gemacht. Felix hat es rausbekommen. Er hat mir erzählt, dass er den Werbeprospekt mit der Telefonnummer nicht an seinem Platz gefunden hat, und hat das Taxiunternehmen kontaktiert.«

Was hat sie dort gewollt? Jetzt fällt es ihr wieder ein. Sie hat sich verabschieden wollen. Es sollte für immer sein. Sie hat sich in der Nacht nach ihrem überwältigenden Auftritt vor der Presse entschlossen, das Anwesen zu verkaufen. Sie hat sich vorgenommen, Felix zu beauftragen, die gesammelten Kostüme und das Filmmaterial an ein Filmmuseum zu übergeben. Auch die exquisite Privatgarderobe von Irene wollte sie einer Modeakademie vermachen. Vorher wollte sie Felix aber noch anbieten, all die Dinge herauszusuchen, die er gern haben wollte.

Mit diesen Entschlüssen wäre sie frei gewesen. Unbelastet. Sie wollte mit der jungen Journalistin zusammen besprechen, ob sie vielleicht einige schöne Erinnerungen an Irene und Francesco in ihren Artikeln wieder aufleben lassen möchte. Dann wäre es ein würdiger Abschluss geworden, diese beiden Menschen noch einmal aus der Vergessenheit ins Rampenlicht zu rücken. Sie hat sich schon überlegt, welche Fotos von den beiden sie gerne in der Zeitschrift sehen würde. Die Journalistin hat ja recht. Sie ist keine Mörderin. Wie hat sie das noch mal genannt? Totschlag. Und der verjährt.

Sie schaut in Carls bestürztes Gesicht. Sie versteht, dass er eine Antwort haben will. Und dass sie ihm eine geben muss.

Und so formuliert sie bedächtig: »Ich wollte ihr Adieu sagen! Für immer!«

»Luise, das ist verrückt. Irene ist seit so unendlich vielen Jahren tot. Du hast am Grab bei ihrer Beerdigung Abschied genommen. Und damit war Schluss!«

Luise will sich aufrichten, doch er drückt sie an ihren Schultern zurück auf das Bett.

»Bleib liegen. Du bist noch viel zu schwach. Lass uns ein anderes Mal sprechen, wenn es dir besser geht. Aber so kann es nicht weitergehen. Du bist ja eine Gefahr für dich selbst. Das kann ich nicht zulassen. Ich werde mich um dich kümmern müssen!«

Epilog

München, zwei Monate später

Sophie schaut aus ihrem Fenster in die Vorfahrt des Nachbarhauses. Es liegt still und verlassen da. Noch vor einer Woche haben dort die großen Umzugswagen gestanden und die Möbelpacker unter Felix' Aufsicht Möbel und unzählige Kisten herausgeschleppt. Es ist eine lange Prozession von Dingen gewesen, die ein Leben lang angehäuft worden sind.

Sophie hat die Couch im Laster verschwinden sehen, auf der eine Kuhle zurückgeblieben ist.

Der Lieblingsplatz der Diva.

Der Beistelltisch, auf dem die goldene Schachtel mit der Gravur T. A. F. gestanden hat, aus der sie sich immer mit ihren Zigaretten bedient hat.

Schließlich der lebensgroße Klappaufsteller mit dem aufgedruckten Konterfei der jungen Luise Radell. Der Packer hat ihn an den Rand der Ladefläche gelehnt und Sophie hat für einen Moment das Gefühl gehabt, die Diva würde ihr einen Abschiedsgruß zuwinken.

Das leise Surren der neuen Klingel ertönt. Luise hat sich eingestehen müssen, dass sie sich nach dem alten Modell mit dem entsetzlichen Ton zurücksehnt.

Damals ist alles im Aufbruch gewesen.

Jetzt bedeutet es das Ende.

Aber nicht für sie und sie springt auf und drückt auf den Öffner. Sie braucht nicht zu schauen, wer unten steht. Es ist Mike. Als er bei ihr ankommt, trägt er Mini auf seinem Arm, der an seiner Schulter tief und fest schläft.

»Es war heute ein bisschen viel für ihn«, berichtet er. »Aber er wollte unbedingt mit zu dir.«

Sie bringen ihn zu der Couch im Wohnzimmer, die Sophie bisher noch gar nicht benutzt hat, decken ihn zu und schleichen auf Zehenspitzen in die Küche, die der wahre Lebensmittelpunkt geworden ist.

Mike zieht sie an sich und blickt über ihre Schulter durch das Fenster.

»Ist alles weg?«, fragt er und Sophie nickt.

»Traurig?«

»Ein bisschen«, gibt sie zu. »Und ich bin froh, dass ich bald wegziehe und nicht miterleben muss, wie sich interessierte Käufer die Klinke in die Hand geben werden.«

Mike küsst sie zärtlich und stemmt sie dann übermütig in die Luft. »Du solltest dich nur freuen, dass du bald mit einem kleinen und einem großen Mann zusammenziehst. Mini ist schon total aufgeregt und will dir sogar ein paar von seinen Autos ausleihen.«

Sophie schaut auf ihn herab. »Ich bin glücklich«, sagt sie. »Und auch ein bisschen schuldbewusst.«

»Warum?«, will er wissen und stellt sie vorsichtig wieder auf die Füße.

»Weil ich ein neues Leben beginne und meine Nachbarin ihre zweite Flucht angetreten hat. Zuerst vor vielen Jahrzehnten die in die Anonymität, jetzt die vor den Schlagzeilen rund um einen infernalischen Brand.«

»Es gibt aber Schlimmeres, als ein, sagen wir mal, drittes Leben auf Mallorca zu beginnen. Betreut von ihrem Bruder, ihrem Felix und auch noch ihrer Haushälterin, die gleich mitgezogen ist.«

Er öffnet den Kühlschrank und nimmt eine Flasche Wein heraus. »Wollen wir?«, fragt er.

Sophie nickt, greift mit großer Geste hinter sich und zieht einen nagelneuen Korkenzieher aus einer Schublade.

»Wow!«, macht Mike. »Jetzt, wo du wegziehst, bist du endlich vollständig ausgestattet. Ich bin tief beeindruckt. Der bekommt bei uns einen Ehrenplatz!«

Er öffnet die Flasche und schenkt zwei Gläser voll.

Dann sagt er: »Ich habe heute von ihrem Bruder die Unterlagen zugeschickt bekommen mit dem nun schriftlich fixierten Angebot, das Megagelände am Ammersee neu zu bebauen. Sophie, das ist der Auftrag meines Lebens.«

Während er spricht, stößt er versehentlich mit dem Fuß an den letzten, immer noch nicht ausgepackten Umzugskarton neben Sophies Schreibtisch, und mehrere Zeitungen rutschen auf den Boden.

»Lass ruhig liegen«, meint Sophie.

Doch er hebt sie hoch und wirft noch einmal einen Blick auf die Schlagzeilen, die die letzten Wochen beherrscht haben: »Inferno am Ammersee!«, »Traumvilla bis auf die Grundmauern niedergebrannt!«, »Luise Radell dem Inferno nur knapp entgangen!«, »Brandstiftung?«, »Warum war die wieder aufgetauchte Diva in der Feuersbrunst?«

Mike seufzt. »Ich war gestern dort und es ist ein beklemmender Anblick. Das schöne schmiedeeiserne Tor liegt niedergewalzt am Boden. Die Feuerwehr hat schweres Gerät einsetzen müssen, um zum Brandherd zu gelangen. Die Ermittler glauben, dass ein Kabelbrand im Untergeschoss das Inferno ausgelöst hat. Sie wollen dringend wissen, ob Luise Radell den Lichtschalter hat betätigen können.«

»Ihr Bruder wird auch weiterhin erreichen, dass sie vor solchen Anfragen geschützt bleibt«, glaubt Sophie und Mike nickt.

»Ist auch besser so. Die Flammen haben natürlich ungeheuer viel Nahrung bekommen. Felix hat ja gesehen, dass sämtliche Kleidung dieser Produzentin dort immer noch gehangen hat, ganz zu schweigen von dem vermaledeiten Untergeschoss mit hunderten Kostümen, Koffern und was weiß ich nicht alles. Das hat gebrannt wie Zunder. Furchtbar! Alles Relikte einer schon so lange untergegangenen Zeit! Apropos, wie geht es Felix? Meinem neuen Buddy! Hast du schon von ihm gehört?«

Sophie fängt befreit an zu lachen. »Machst du Witze? Wir haben quasi eine Standleitung. Jeden Tag berichtet er mir, wie es seiner Diva geht. Prächtig, behauptet er. Sie wird jetzt, da ihre Möbel gekommen sind, in das neue Haus einziehen, das ihr Bruder für sie gekauft hat. Felix lebt dann bei ihr im geräumigen Souterrain und Hilde hat das Gartenhaus für sich. Und jetzt kommt der Hammer: Felix hat Angebote von diversen Bars und Cabarets, als Luise Radell bei ihnen aufzutreten. Er fühlt sich wahnsinnig umworben. Das Gute ist, dass man die Diva in Spanien von früher her noch kennt, und durch die letzten Ereignisse ist sie natürlich noch mal ins Bewusstsein gerückt.«

»Und er bleibt ihr Butler, Beschützer und Lebensbegleiter wie hier«, ergänzt Mike. »Hast du schon die neue Ausgabe mit der letzten Folge von deiner Interviewserie?«

Sophie zieht das Magazin von ihrem Schreibtisch herüber und zeigt ihm das Titelbild.

Luise Radell und Irene Safranow Wange an Wange. Sie strahlen in die Kamera und wirken wie Zwillinge. Sophie kommt es so vor, als würde sich bei dieser Aufnahme die überschäumende

Lebhaftigkeit ihrer Mentorin auch auf Luise Radells Gesicht widerspiegeln. Die identische Kurzhaarfrisur der beiden Frauen, einmal in einem hellen Blond, bei der Radell in einem sanfteren Ton, umrahmen ihre Gesichter in weichen Locken und Wellen. Sophie findet die Wahl der Chefredaktion, genau dieses intime Foto auf dem Cover abzudrucken, geradezu perfekt.

Und auch die Titelzeile »Ich war nichts ohne sie!« bildet den passenden Abschluss für all das, was Sophie aus Versatzstücken ihrer Gespräche zusammengefügt hat.

Mike stößt vorsichtig sein Glas gegen das ihre und das leise Klirren lenkt Sophie von der Betrachtung des Fotos ab.

»Sophie, der Telefonterror meiner Ex ist übrigens endgültig vorbei. Ich habe ihr als Letztes auch noch unser Ferienhaus in Italien überlassen. Jetzt sind auch hierfür keine Absprachen mehr nötig! Alles ist geklärt! Und die Aufenthaltsbestimmungen für Mini sind von uns noch einmal bestätigt worden. Aber bitte sag mir ehrlich, ist dir klar, dass wir ab jetzt mit Mini ein Leben zu dritt führen werden? Kannst du dir das wirklich vorstellen?«

Sophie schaut ihn an. »Das habe ich längst! Und ich will es nicht anders haben!«

* * *

Am nächsten Morgen verlangt Mini kategorisch Schoko-Croissants zum Frühstück, und Sophie will den Gang zum Bäcker nutzen, um einen allerletzten Blick in das Haus Nummer zehn zu werfen. Sie krabbelt durch die alte Öffnung im Bauzaun und geht langsam über den Rasen zur Terrasse. Dort schaut sie durch die Glastür ins Innere hinein.

Der Raum ist leer.

Bis auf einen weißen Sessel, der in der Mitte des Zimmers steht und auf den in diesem Moment ein Sonnenstrahl fällt.

An der Seitenlehne hängt ein Schal. Ein lila Kaschmirschal, dessen zartes Gewebe wie durch einen sanften Lufthauch zu weichen Wellen hingeweht wirkt.

Ein lila Schal, wie zufällig dort vergessen. Zurückgelassen bei einem Besuch.

Von einer Frau, die ihn vergessen hat und der keine Zeit mehr blieb, ihn abzuholen.

Folge der Autorin auf Amazon

Wenn dir dieses Buch gefallen hat, folge Sibylle Weischenberg auf Amazon. Dann erhältst du eine Benachrichtigung, wenn die Autorin ihr nächstes Buch veröffentlicht. Um der Autorin zu folgen, gehe bitte folgendermaßen vor:

Desktop:

1) Suche auf Amazon.de oder in der Amazon App nach dem Namen der Autorin.
2) Klicke auf den Namen der Autorin, um auf die Autorenseite zu gelangen.
3) Klicke auf den »Folgen«-Button.

Smartphone und Tablet:

1) Suche auf Amazon.de oder in der Amazon App nach dem Namen der Autorin.
2) Klicke auf einen Titel der Autorin.
3) Klicke auf den Namen der Autorin, um auf die Autorenseite zu gelangen.
4) Klicke auf den »Folgen«-Button.

Kindle eReader und Kindle App:

Wenn du dieses Buch auf einem Kindle eReader oder in der Kindle App liest, wird dir automatisch angeboten, der Autorin zu folgen, nachdem du die letzte Seite des Buches gelesen hast.

Printed in Poland
by Amazon Fulfillment
Poland Sp. z o.o., Wrocław

22319236R00217